緋の河
桜木紫乃
SAKURAGI SHINO
新潮社

緋の河

1

釧路の街に、昭和二十四年を迎える除夜の鐘が響いた。

目の前に白いものがちらつき始め、体を寄せ合って歩いていた姉の章子《しょうこ》が耳元で「ヒデ坊、雪だ」とささやいた。秀男《ひでお》は毛糸のマフラーを巻いた首を伸ばし、真夜中の空を見上げた。

街灯を斜めに切ってゆく細かな雪の着地を確かめているうちに、立ち止まっていたらしい。章子が「はやく」と急《せ》かした。前を向くと弟、松男《まつお》の手を引いて歩く母の姿が雪にぼやけた。母の横には大柄な父の背がある。兄と姉、秀男と弟、家族六人で向かっているのは、南大通りを抜けた先にある厳島《いつくしま》神社だった。

「お姉ちゃん、雪きれい」

「そんなことより、はやく。遅れたらまた父さんに叱られる」

一家は港湾の運輸会社に勤める家長、時次郎《ときじろう》の稼ぎで暮らしている。子供たちが家の中にいるとき、父は木刀を側に置いて新聞を開いた。時次郎は、子供たちがはしゃげば雨が降り、雨が降ると運送の仕事に支障がでる、と怒鳴る。騒ぐと、すぐに父の木刀が子供らの尻を打った。

「ふたりとも、早く」

兄の昭夫《あきお》が父親そっくりな口調で遅れているふたりを呼んだ。続いて角巻きに身を包んだ母が振り向き、秀男を見た。父になにか訴えている。両親が立ち止まり、娘と息子に早く来いと手招きをする。

河口に架かる橋のたもとで、父と母が待っていた。秀男は章子と手を繋ぎ、母の顔がしっかりと見えるところまで駆け寄った。

「初詣は一年の始まりの大事なお参りだから、ふたりとも父さんに叱られちゃなんないよ。さあ、しっかりついといで」

秀男の自慢は、この母と姉の章子と、どこへ行っても可愛《かわい》いと褒められる自分だった。父はいつも恐ろしく、兄は父の子分のようであったし、弟は秀男にとって大好きな母を独り占めする厄介な存在だ。

橋の上を歩くと、河口を上る海風が雪の粒をいっそう細かく割ってゆくのがわかる。手を繋いでいる章子が、「雪、雪」とつぶやく秀男の腕をときどき大きく揺らして注意を引いた。

「ヒデ坊、雪より足の先をちゃんと見ないと。転んじゃうよ」

釧路駅前から続く北大通りを南に進み、幣舞橋《ぬさまいばし》を抜けて南大通りへ。行き先の厳島神社までいったいどのくらいあるのか、覚えていなかった。去年までは母に手を繋いでもらっていたのだが、母は松男を背中からおろし、手を引いて歩くようになった。代わりに二歳年上の章子が秀男の世話をする。母が少し遠くなったのは、松男が生まれてからだ。母も赤ん坊返りを始めた秀男を少々面倒に思うことがあるのか、さして外遊びもしたがらない次男を、長女の章子にあずけている。

秀男は章子と一緒に遊んでいるうちに、姉を真似て自分のことを「アチシ」と呼ぶようになった。口がまわらず「わたし」と上手く発音出来ないのだ。母はそんな秀男に、「お前、アチシじゃないだろう」とときどき目を伏せる。

橋を渡り終えると、いくぶん風がおとなしくなった。昭夫が妹や弟たちの頭に積もった雪を払う。乱暴ではないがその手はどこか父親の気配を帯びていた。

脇道から後ろから、神社へと向かう外套《がいとう》姿が増えてきた。豊漁や商売繁盛をお願いしに行く人々の足どりは軽やかだった。お参りを終えて家に戻ったら、餅が食べられると章子が耳打ちした。本当か、と問うと大きく頷く。やっと雪から思いが逸れた。

朝が来たら餅が食べられると聞けば、心が騒ぐ。どこから手に入れたのかまでは、思いが至らなかった。秀男は餅があると聞いた途端、毎日豆と芋、氷下魚《こまい》の飯寿司《いずし》しかない食卓を忘れた。

好きなものは、餅と赤飯と、塩豆入りの大福だった。弟が生まれたときに母の乳を出すためにと近所から届いた祝い餅米の、幸福なにおいをまだ忘れられない。

最初の乳を出すために母は「すまんねえ」と言いながら餅米を蒸した。秀男が「アチシも」とすり寄ってゆくと、母は泣きながら秀男の口に小指の先ほどの赤飯を入れる。昭夫や章子は決して「食べたい」とは言わなかった。

収入はすべて父親の時次郎が管理しており、母のマツは時次郎から渡される少ない生活費で子供らの衣服から食費、学業にかかるあれやこれやをまかなっている。

一家が住む港湾周辺はトンケシと呼ばれており、街の流通の中心であった。駅前通りは日々買い出しの人であふれ、週末ともなれば近隣の炭鉱からバスで人が押し寄せる。娯楽も飯も、事件も人も墨流しのようにぐるぐるとした模様を描く場所だった。

いつもなら酔った漁師がそちらこちらで怒鳴りあい、喧嘩の声が絶えない街角も、年が変わる境目となれば厳かな気配が漂っていた。街灯の少ない通りからも、川沿いの道からも、振り返れば繁華街のあるあたりからも、神社へと向かう人影が湧いてくる。黒い大きな影に寄り添う女たちの姿は、洋装和装を問わずみな男のほうへ傾いていた。

神社の高台へ続く道の手前で左へ曲がる。雪景色のなかに赤い灯火が増えた。銀行や百貨店、個人商店が建ち並ぶ北の通りとはあきらかに趣が変わる。街の成り立ちからある古い地域は、卸問屋が並ぶ問屋街であり、商談を丸める花街も含んでいる。

除夜の鐘が鳴り響くなか、とりわけ目立つのは静かな軒先にこぼれる明かりだ。

明かりの向こうには、白い化粧の女たちがいた。窓をひとつ通り抜けるたびに、煙草のにおいが漂ってくる。立て付けの悪い窓辺で、誰かが煙草を喫《の》んでいるのか、それとも道行く参拝客を煙でからかっているのか。煙が束になって秀男の鼻先をかすめた。時次郎が会社を退《ひ》けてきたときのにおいとも違う、甘さを含んだ香りだった。

一家総出の初詣は幼い子供たちの足運びに合わせゆっくりと進んでいるのだが、明かりの灯る軒先へさしかかるたびに秀男はさらにのんびりとした足取りになった。二人連れの参拝客が数組、一家を追い越してゆく。

いつの間にか雪は止んでいた。かさかさとした新雪の感触がゴム長靴の中でかじかむ足に痛い。つい先ほどまで雪に見とれながら歩いていたのだった。雪が止んで初めて、秀男は寒さに気づいた。毛糸の帽子の粗い編み目から沁みてくる寒さが、足の裏から指先から、体を冷やしてゆく。

提灯《ちょうちん》の下、門松のあいだから着物姿の女がひとり飛び出してきた。下駄の後ろに雪を跳ねながら、建物のあいだにできた吹きだまりの前に立ち、袖口から伸びた白く細い手に雪をひとつかみ取った。女はそれを両手で丸め始めた。

ひとつ、ふたつ——秀男が側に寄るまでに、女の足下には四つの雪玉が並んでいた。立ち止まろうとする秀男を、章子の腕が引っ張る。秀男が姉の手を自ら解いたのは初めてのことだった。

「なにしてるの？」

女が振り向いた。手には五つ目の雪玉がある。街灯の下で浮かび上がる女の顔は雪より白い。濃い紅をひいて、目元には若さと負けん気の強さが漂っていた。赤い着物に襟巻きをして、袖無しの綿入れを着ているとはいえ、足袋《たび》もない足は冷たいに違いない。

「なにをしてるかってお前、見れば分かろう。硬い雪玉を作ってんのさ」

「雪遊びなら、かぜてよ」

結い上げた髪とほっそりとした体、女は母のマツより少し上背があるようだが、その声を聞けば蓮《はす》っ葉《ぱ》な少女だった。秀男は大きな牡丹の花が描かれた綿入れ半纏《はんてん》姿の女を見上げた。この冷気に負けずに漂ってくる香のにおいに引き寄せられるように一歩近づいた。

「ヒデ坊——」

章子の手が秀男の袖を摑んだ。けれど秀男はもっとしっかり女の顔を見たかった。引き寄せられるよい香りの正体を知りたくてたまらないのだった。

「なんだい、おとっちゃんとおっかちゃんはもう先に行っちゃってるよ。そっちのねえちゃんも困ってるよ。初詣なんだろう、さっさとお参りしといでよ」

「おねえさんは、初詣には行かないの？」

「あたしは賽銭箱だから、ここを動くわけにはいかないのさ」

女はそう言うと、雪玉を門松の下に並べた。

「ここに置いといて、嫌なことがあったら道ばたに叩きつけるんだ。いい憂さの晴らしかただろ。我ながら上出来だ」

しゃがんだ女は目の高さを秀男に合わせて「あらら、よく見りゃ可愛い坊やだねえ」とつぶやき、冷えた両手で秀男の頬を挟んだ。紅はひいたばかりなのか、提灯の明かりの下でつやつやと光る。笑っているはずの口調だが、女は笑顔に見えなかった。着物の裾近くでは、憂さ晴らしのために作られた雪玉が出番を待って並んでいた。

胸に溜まりゆくよい香りは、秀男の心を摑んで離さない。弟の手を引き先をゆく母から、秀男の心がふっと離れた。さびしさの詰まった心が、女の作った雪玉ひとつぶんずつ、軽くなっていった。

境内には港から街から炭鉱から、厳島神社への参拝客が溢れていた。賽銭箱にたどり着くのを待てずに投げたものか財布から落ちたものか、大人たちの足下で秀男は寒さにしゃがみ込むふりをしながら金を拾うことを覚えた。

復興という言葉を使い、景気のいい話をしている大人たちもいれば、魚くさい男たちもいる。冬だというのに汗のにおいが気になり辺りを見回せば、自分と同じように金拾いにしゃがみ込んだ坊主頭がある。秀男が手を伸ばすのが遅れ、穴あき銭がさっとその坊主の手に収まった。

「それ、アチシが先に見つけたのに」

「うるせえ」

すっくと立ち上がった坊主は秀男よりずっと背丈があった。大人たちの腰より上に頭がある。明らかに余り毛糸で作られたセーターを着ていた。両袖と胴が色違いで毛糸の太さもまちまちだ。ズボンのポケットから、スリ取ったものか男ものの長い革財布がはみ出しているのが見えた。

秀男は頭上で交わされる大人たちのあけすけな会話を思い出した。

神社から数キロ川上にある長屋では、親のない子や捨てられた子がひと塊になって住みついているという。秀男の住むところでは人も動き船の出入りもよく見えたが、ひとたび光の途切れる谷地《やち》近くには、どんな人間が住んでいるのか分からないのだった。この身なりは、と不思議な勘が働いた。

この子、谷地から来たのかもしれない。秀男は睨むのをやめて「ふん」とそっぽを向いた。勘が間違いでなければ、相手は堂々と「稼ぎ」に境内へとやって来ているのだった。親の目を盗んで小銭を拾っている自分とは違う。ここで穴あき銭を取り合ったところで、敵《かな》わないのは目に見えていた。

物心ついてからずっと「こんまい子だ」「めんこい顔だ」と言われているうちに、腕に覚えがありそうな人間とは対峙しなくなっていた。無駄な諍《いさか》いをして、殴られたり叩かれたりしたのではたまらない。いくら可愛いと言われたところで、この頬も背中も叩かれれば腫れるし痛い。

　父の時次郎も兄の昭夫も、体の大きさを自慢する側の人間だった。戦時中に生まれ、母に言わせれば生きているのでさえ「強運」だった秀男の体は、同じ年頃の子供たちよりふたまわりも小さい。小さい、という言葉は秀男にとってときおり罪のように響いた。近所の小母さんたちは「ヒデ坊、少し大きくなったかい」と、挨拶代わりに頭を撫《な》でる。けれど秀男は撫でられるたびにそこから縮んでしまうのではないかと、内心ひやひやする。

　章子が不安そうな顔で訊ねた。

「ヒデ坊、今の子知ってるのかい」

「いや、知らない」

「この寒いなか裸足にゴムの短靴《たんぐつ》履いてたね」

　章子もまた、彼がどのあたりからやって来た少年か気づいているらしい。

　長い行列に並び、やっと順番が回ってきた。除夜の鐘は厳かに続いている。誰かが「日が変わったぞ」と声を上げた。新しい年を歓迎する気配がさざ波になって進んでゆく。

　階段を進み、家族全員一列に並んだ。父の教えどおりに二礼し、拍手《かしわで》を打った。列の端で、秀男も章子と一緒に頭を下げる。

　父からは、小学校に上がるのだから勉強ができるように祈れと言われていた。刺さるような海風が吹くなか、しかし秀男は別のことを願っていた。

　またあのきれいなねえさんに会えますように――

　鼻先にお香のにおいを思い出そうとしても、なかなか上手くいかなかった。息を吸い込めば、湿った潮のにおいが邪魔をする。

帰り道、夜明けにかけて寒さの増す問屋街を、父は懐に松男を抱きながら歩いた。遠慮なく家路を急ぐ父の後を追って、今度は母が秀男の手を引いた。背後では章子が小声で「東京ブギウギ」を口ずさんでいる。弟の面倒をみなくてもよくなり安心しているようだ。

母の手は丸めた新聞紙くらいかさついていた。いつもなら、油のひとつも塗ってあげたいと思うはずだった。やっと母の元に戻れたというのに、秀男の心はまったく別の場所へと逸れている。

たしかこのあたりだったはず――

門松が現れるたびに雪玉を探したが、見つけることが出来ないまま橋まで着いてしまった。橋にさしかかっても赤い提灯を振り向き振り向き歩く秀男に母が訊ねた。

「ヒデ、あんたあの辺になんか落としものでもしたかい。何がそんなに気になるんだ」

「ううん、なんもだよ」

初めて母に嘘をついた。何を落としたのか、秀男自身にとってもそれはわからないままだった。

母ではないひとを母のように恋《こ》うていることが、途方もなく悪いことに思えて口をつぐんだ。かさついた手よりずっと悲しげな指先は、橋を渡った後でさえ秀男を捉えて離さなかった。

「神様に、学校さ上がったらちゃんと勉強出来ますようにってお願いしたかい？」

母がゆったりとした声で問うた。

「うん、お願いしたよ」

迷わず答えた。空いた手で母が頭を撫でた。秀男はこれ以上背が縮まぬように、慌てて首をすくめた。

市街地では、内陸とは違って、雪もせいぜい子供の腰までしか積もらない。ただ気温が上がらぬので、一度降った雪は半分氷となって長く橋の欄干や窓の木枠に残る。秀男が子供部屋の窓辺に美しい結晶を見つけたのは、二月の初めだった。

「ショコちゃん、ちょっと来て」

秀男は窓辺に学校から戻ったばかりの章子を呼んだ。姉を待ってふたりで人形遊びをする毎日も、もうすぐ終わる。四月になれば同じ学校に通うのだ。

「なあに、ヒデ坊」

窓ガラスにふたりで額を寄せ合う。ガラスに近づくと、息が白くなった。秀男は息を止めて窓枠に積もった雪を指さした。

「これ、ものすごくきれい」

「ヒデ坊、これ雪の結晶って言うんだよ」

「けっしょう?」

「空から落ちてくるときに、かたちが決まるんだって。きれいな六角形。宝石みたいだね」

空から落ちてくるときにかたちが決まると聞いて納得した。美しいもそうでないも、この世に生まれ落ちる際の風の気まぐれに思えてくる。

「どうやったら、こんなきれいになれるんだろか」

弟のつぶやきに、章子は首を傾げながら答えを探している。

「いっしょうけんめいお祈りしたら、きれいになれっかなあ」

「お祈りかあ。アチシ、お祈りなら毎日してるよ」

「ヒデ坊は毎日、なにを祈ってるの」

口が滑りそうになり、黙った。また橋向こうのきれいなねえさんに会えるよう祈っているのだが、そんなことがもし知れたら、母が悲しむような気がしたのだった。わずかでも母から気持ちが逸れたことに、とてつもなく「悪いこと」をしている気分になる。うまく言葉には出来ないことがもどかしいのだが、このわだかまりが今日明日でうまく解けるとも思えなかった。

なにを祈っているのかとしつこく訊ねてくる姉に、秀男は「きれいになるようにだ」と答えた。

「へえ、ヒデ坊はもうじゅうぶん可愛いと思うけどねえ。近所のおかみさんたち、みんなヒデ坊はひな人形みたいって言ってた。わたしは、ヒデ坊にはヒデ坊にしか出来ないことがあると思うよ」

おおよそ、嫉《ねた》みそねみという感情から遠い章子と、ぼんやり絵本を開いたり人形遊びの好きな秀男は気が合った。

「この雪くらい、きれいになりたい」

言えば最初からそのように祈っていたような気になるのだった。言ってしまうと、するすると新しい考えが滑り落ちてくる。

「ショコちゃん、おまじないをしようよ」

「おまじないって、どんな?」

「ショコちゃんもアチシも、今よりずっときれいになれるようなおまじない」

秀男はさっと部屋の隅にあるみかん箱のそばに行った。子供がひとり座れるくらいの箱の中には、人形の衣装が畳んで入れてある。章子と秀男がふたりで遊ぶ、宝箱でもあった。秀男は箱の中から、掌《てのひら》大の宝石箱を取り出した。ハート形で三方に猫脚がついている。もともとは、繁華街で働く近所のおねえさんが「ヒデ坊、可愛いから」といってくれたものだった。宝石箱の中は、赤いベルベットがふかふかと詰まっている。秀男はここに入れれば、なんでも美しくなると信じていた。叶うならば自分が入りたいくらいだ。

秀男は宝石箱を手に玄関へと走った。玄関先にはきっちりと子供らの靴が並んでいる。靴が少しでもずれているのが父に見つかったときは、母が叱られるのだった。子供たちはみな、靴を揃えて家に上がる。

兄のお下がりのゴム長靴を履いて、子供部屋の窓まで急いだ。凍った窓の向こうに、姉がいる。心配そうにこちらを見ていた。

薪を踏み台にしてぎりぎり手が届く窓枠の、積もった雪に指先を伸ばした。開いた宝石箱の中へと、六角形の雪をひとつふたつ入れた。急いで蓋を閉める。

「これでもう、だいじょうぶ」

枕元に宝石箱を置いて眠ったその夜、秀男は不思議な夢をみた。

絹糸を垂らし粉雪に霞む橋の上に、着崩した着物姿で女がひとり立っている。雪は女を避けて降っていた。

秀男が近づいてゆくと、女はにっこりと笑った。思わず、もう一度会いたかったことを告げた。

「あたしに会いたいだなんて、百年早いねえ」

手練手管、おんな稼業特有の言い回しだが、むろん秀男にはそんなことはわからない。ただ、夢に出てきたということは、うっすらとでも言葉の意味に気付いているのだった。ただのひとつも言語化できずとも、秀男は女の仕事を理解していた。

百年早いと言われ、夢のなかで秀男は嬉しくなった。何百年早かろうが、今こうして会えたのだ。その邂逅がいま在るということは、自分は百年ぶんの得をしたのだ。

女に、宝石箱の雪を渡さなくては。秀男は防寒着のポケットに手を入れた。右、左。ここにあったはずだと思い込むのも夢のなせる業だ。

宝石箱はどこを探してもなかった。おや、ないない、と焦っているうち、絹糸の雪はいよいよ降り急ぐ。

どうしよう――

顔を上げた秀男の前から女の姿が消えたところで、夢から覚めた。ふすまの向こうの台所で、母が竈に火をいれる音がする。夜明けには少し間があるようだった。隣の姉も、まだ眠りの向こうにいる。規則的な寝息が聞こえてくる。

秀男は枕元にあった宝石箱に手を伸ばした。掛け布団の縁が、吐いた息ですっかり冷たくなっている。敷布団も温かいのは自分の体がのっていた部分だけで、少しでも体をずらすと外で突っ立っているのと同じだった。

女に手渡せなかった宝石箱を、そっと布団の中に入れる。両手で包み込むと、まだ自分の手の中にあることが嬉しく思えてきた。夢の中で、どうしてこれを彼女に渡したくなったのか、考えてみる。誰にも渡したくないと思っているのに、なぜなのか。

ふと、この宝石箱の中の雪と引き換えにしても欲しいものを、あの女が持っているからではないかと思った。

考えているうちにまたうつらうつらと眠りの底へ引き込まれたらしい。布団の肩口を章子に揺すられて目覚めたときは、もう夜が明けていた。

「ヒデ坊、はやく起きな。顔を洗わないと、とうさんに怒られちゃうよ」

横を見れば、姉の布団は既に畳まれてあった。セーターを着ておかっぱ頭の髪をあちこち跳ねさせている。急いで手鞠模様の掛け布団を畳む。子供らの布団はすべて母マツの着物をほどいて縫い直したものだ。上の子がひとり寝できる頃に縫い始め、夜なべの縫い物が終わる時期には、次の子供が腹にいた。

「おはようございます」

章子とふたり声を揃えて茶の間へと入った。石炭ストーブが溶けそうなくらい赤くなっている。兄の昭夫が新聞を読む父に代わり、デレッキでストーブの小窓を突つき、火力の調節をしていた。ストーブの向こうに父の姿を見つけた秀男は、持っていた宝石箱をズボンのポケットに入れた。

ストーブのほうを向いている部分しか温まらず、かといってあまり近づくと着ているものが焦げる。セーターが焦げるほど近づいても、冷たい手はなかなか温まらなかった。

母のそばには今日も松男がいる。竈の煮炊きと松男の世話で、母の手はふさがっており、もう秀男を温めてくれる余裕などないのだった。

ストーブのそばにあるちゃぶ台の上には豆を混ぜた麦飯と芋の汁がある。一度凍ってしまった芋は水気もなく、食べ物だというのにおかしな食感だ。味噌汁に入れようが炊き込もうが、凍ってしまった根菜は生まれ変わらなかった。

朝飯の終わり、食器を置いた父が秀男の名を呼んだ。

「お前も四月から一年生だ。もう、自分の名前と読み書きはできてるんだろうな」

「はい、できます」

「一足す一は、なんだ」

「二です」

横で章子がぼそりと「とうさん、それ算数だ」とつぶやいた。父の目がそちらへ向くと、姉の両肩が上がる。章子がなにも入っていない汁椀《しるわん》に口をつけ、顔を隠した。思わず笑いそうになるのをこらえ、秀男もそれを真似た。ときどき思い出したように、父はそんなことを言う。そして兄も秀男に向かって「茶碗にご飯粒が半欠け貼り付いている。ちゃんと食え」などと言っては父の機嫌取りをするのだった。

章子も秀男も、右に倣っていれば事なきを得ると知っていて、母の言う「から返事」を繰り返した。母だけは子供らの小ずるさに気づいてなおそれを許してくれる。それゆえ秀男は母が恋しい日々を送っている。

母が茶碗を流し台へと移したあと、松男をおぶい紐で背中にくくりつけた。上から綿入れ半纏を着込む。

「とうさん、この子明け方からなんだか体がぽっぽと温かいんです」

「なした」

「熱があるんじゃないかと思うの」

「この時期に風邪ひかしたか、お前」

「すみません」

母はいつも謝ってばかりだった。病院に連れて行ってもいいか、と問うと父は途端に不機嫌になった。そして数秒黙ったあと、もったいをつけるように言うのだった。

「熱くらいで大騒ぎするもんじゃない」

秀男はつい身を乗り出して、父に告げる。

「風邪ひいた松男が悪いんだ、かあさんのせいじゃないよ」

父の目が鋭くなった。その手がすぐにデレッキへ伸び、秀男の手を打った。汁椀が落ちる。手の甲の血管が傷つき、みるみる紫色に腫れ上がった。

「親の話に口を挟むな、この馬鹿者が」

章子が打たれた秀男の手を取り、撫でながら耳元で「ヒデ坊やめな」と囁く。ここで父に逆らえば、母も姉たちも余計に困るのだった。松男をおんぶした母の瞳は、諭すように穏やかだ。

秀男は自分の思いが誰からも支持されていないことを悔しく思うと同時に、母にも悔しさの矛先が向くのを止められない。穏やかな気持ちには戻れないまま、手から落ちた汁椀を元に戻した。章子がふたりぶんの食器を土間へと運んだ。母に労《ねぎら》われて微笑む姉と、それを無表情で見ている兄。父は今日も朝から不機嫌だった。

父は会社へ、兄と姉は学校へ。母のマツと弟、秀男の三人が家に残った。家族が出払うとマツはすぐに石炭ストーブの暖を絞った。秀男も綿入れ半纏の上に、寒いときは姉のものまで重ねて羽織る。

「ヒデ、お前は今日も家でひとり遊びかい」

「うん、ショコちゃんが帰ってきたら、お人形遊びするの」

「もう少しで一緒に学校に通えるから、それまでの辛抱だよ」

「わかってるよ」

近所の同じ年頃の子供たちが通りに出て走り回っている声が聞こえてくる。秀男はやんちゃ小僧たちと一緒に遊ぼうとしない。マツがぼそりと「お前、聞き分けはいいんだけどもねえ」とつぶやき、ため息をついた。

秀男は母の気がかりが背中の松男に傾いてゆくのを見たあと子供部屋へと戻り、ポケットに入れてあった宝石箱を掌の上にのせた。雪の結晶が入っている。両手で包み込むと、あの美しさが自分の体へと沁《し》みてくる気がして嬉しくなる。寒さもさびしさも、美しいものの前では影が薄かった。

「ヒデ、ヒデ」

マツが茶の間で声を高くする。宝石箱をズボンのポケットに戻し「はぁい」と返してストーブの側に戻った。

マツは松男を背から下ろしていた。いつもなら秀男にまとわりついてくるけれど、今日はなにやら赤い顔でぐったりとしている。

「ヒデ、かあさんこれから松男を病院に連れて行くから、留守番を頼んだよ」

「まだ熱あるの？」

マツは次男の問いに答えるというより、自分に言い聞かせるようにして声を絞る。

「とにかくお医者さんに診《み》せないと」

綿入れ半纏に松男を巻いて、角巻きの左右を合わせる暇も惜しむように、マツは玄関から出ていった。家の中が妙に静かになった。土間から冷気が上がってくる。北側の窓が結露して、シダの葉を模した一枚の絵になっていた。ガラスに描かれた真冬の絵画は、色彩を持たぬせいで今まで見たどんな景色よりも美しかった。

近所の坊主たち数人の声が近づき、母親のでべそがどうのと叫びながら遠ざかって行った。秀男は、母の白い肌を思い出し、うちのかあさんはでべそじゃない、とつぶやく。いつのまにか、白い首筋や顎の線が初詣で出逢った女のものへと変わった。

今日も雪玉を作って玄関先に並べている姿を想像する。さぞ寒いだろうと思うと、なにやら自分の体もそわそわとしてくる。子供部屋にとって返した。宝石箱を、着込んだ外套のポケットに移す。大きめの長靴の先には、寸法を合わせるための綿が詰まっていた。何から何まで兄のお下がりで、新品などひとつもない。この長靴が松男に下がってゆくまで、秀男が履き続けなければならないのだった。

毛糸の帽子を被り、手袋に両手を入れた。重たい外套の裾が、ときどき長靴の縁に引っかかった。通りに出ると、照り始めた太陽の光が雪にあたり眩しい。橋にたどり着くまでのあいだ思い出したのは、あんまり外で遊びすぎて雪眼になった子がいるという話だった。章子が学校で覚えてくる話題は、たいがい余所《よそ》の子がどんな遊びをしているかと、通学路である繁華街の昼間の風景だった。朝の登校時はまるで死んだみたいな街も、帰宅のころになると光る服を着て頭にカーラーを巻いた女たちが闊歩《かっぽ》しているという。

姉の言う「かあさんとはぜんぜん違う女のひとたち」という言葉は、そのまま神社近くの建物にいた女へと繋がった。

秀男は橋の欄干の隙間から、凍った川面《かわも》を見た。ゆったりと上下する川面に、大小のちゃぶ台に似た氷がひしめき合っていた。河口が凍るほどの気温のなかでは、あまり大きく息を吸い込んではいけなかった。そんなことをしたら体の中から凍って、死んでしまう。

つま先を橋の向こう岸へと向けた。行き先は南大通りを抜けた場所、女の住む古い建物だった。

薄目を開けて、道をゆく。風のないのがありがたい。道ばたのところどころに黒いものが落ちていた。硬貨かと一瞬立ち止まるも、犬の糞ということを何度か繰り返した。秀男はこの道々で、息も「はぁ」と真っ直ぐ吐けば視界が曇るので「ふぅ」と吐きながら歩くことを覚えた。そして、道に落ちているものをしっかり見ることを自分に言い聞かせるようになった。

ちょっと見ただけじゃ、銭か糞かもわからないなんて。なんでも、よおく見なくちゃ。

河口に架かる橋を渡り、ひとりで街を歩いたのは初めてだった。

赤い雪洞《ぼんぼり》も門松もない真昼のこと。探しあてようと逸る気持ちは、神社へ続く坂のふもとまでたどり着いても萎《な》えなかった。自分が探せば必ず会えると、胸の裡《うち》で信じているようなところもある。秀男自身、そんな確信がどこから湧いてくるのかわからない。

このあたりだったはず、と四方を仰ぎ見る。閉めきった格子窓や、足袋屋の看板、立ち並ぶ旅館や料亭はあるが、どれが女のいた建物だったかがわからない。

足に合わない長靴の、かかとが擦れて痛くなってきた。心細さと足の痛みで、涙が溢れそうになる。通りをオート三輪がゆく。どこからともなく石炭ストーブのにおいが漂ってくる。くるりと振り向いた途端、自分がどの道からやってきたのか分からなくなった。

かあさん――

ひとつ言葉にしてしまうと、もういけない。目からぽろぽろと涙が流れ落ちた。

神社はどっちだ、来るときに見た餅屋の店先は――焦るばかりだ。

歪む景色のなか声を殺して泣いていると、背後から男の声がする。

「こんなところでちっちゃいのがひとりで、どうした。寒くて震えてんのか」

しばらくの間、まともに人の声を聞いていなかった。秀男は、ああこれが噂に聞く「人さらい」かと、ひとつ息を吐いた。怖くはない。さらわれてもなにをされても、ひとりきりここで気を失ってしまうよりはましに思えた。

「なした、父ちゃんか母ちゃんに折檻《せっかん》でもされたか。それとも、親がいないのか」

涙の止まった目でよくよく見れば、声こそ太いが色白で痩せぎすの男だ。

「おじちゃん、人さらいなの？」

「人聞きの悪いこと言うんじゃないよ。お前なんぞさらったところで、売り飛ばす先も持ってないよ」

人さらいは自分からそうとは名乗らないだろうと身構える。後ずさりをしたところで、長靴に擦れたかかとのあたりが痛んだ。思わず声に出る。

「なんだ、靴擦れ起こしてんのか」

秀男の様子を見て男は「どれ」と長靴から足を抜く。鼻先に整髪料の匂いが漂ってくる。しっかりと固めた短髪や首筋から漂ってくる香りは、父が床屋から戻ったときのそれによく似ていた。

どこかで、床屋の看板も見たような気がする。そちらへ向かって歩けば、帰ることができるのではないか。秀男は男に言われるまま、彼の太股《ふともも》に足をのせ、訊ねた。

「おじちゃん、床屋に行ってきたの？」

床屋？　と訊ね返し、男は「ああ」と合点がいった様子で頷く。

「昼風呂浴びて、髭をあたったからな」

そう言うと、かさかささと乾いた笑いを漏らした。

「それにしてもお前、この靴擦れは痛かろうよ」

足首の皮がぺろりとむけて血が滲んでいる。男は急いで靴下を戻すと、背後にある建物を見て「仕方ないな、戻るか」とつぶやき、軽々と秀男を抱き上げた。

男が秀男を連れて入ったのは、大きな玄関と格子窓を持った店だった。黒々と光る廊下と階段、玄関先には見たことのない美しい花が生けてある。男に抱きかかえられたまま、花や掛け軸、飾り物の陶器を次々と目に入れる。

とりわけ秀男を喜ばせたのは、建物の中に満ちたよい匂いだった。仏壇の線香とはまったく違う、ずっと嗅いでいたいほど肉厚で重たい香りだ。

　藍色の暖簾の向こうから、白い手の老婆が出てきた。男を見て「おや」と眉を上げる。

「どうしなさった。今さっき出てったばかりじゃなかったかい」

「出てったところで、この子を拾ってしまったんだ」

「いくらで売るつもりだい？」

　老婆がけらけらと笑った。やはりこの男は人さらいだった――秀男は先ほどのありがたみと心細さを忘れ、身をよじった。

「女将《おかみ》、この子怖がってるよ、やめなよそんな冗談は」

「色白だし、今から仕込めばそこそこやりそうな顔立ちじゃないか。冗談でもないよ」

「ああ、女の子ならそれもいいんだがね」

「あれ、坊主かい」

「最初はずいぶん地味な恰好した女の子だと思ったんだが、どうやら違うようだ」

　男は「それより」と秀男の長靴を三和土《たたき》に下ろした。

「ひどい靴擦れを起こしてる。いったいどこから歩いて来たもんか、手当てだけでもしてあげてほしいんだ」

　女将と呼ばれた老婆は、急に顔中の皺を鼻のあたりに溜めて首を振った。

「いくら顔立ちが可愛くても、小坊主の足なんぞ触れないね。子供が好きだったら、こんな商売してないよ」

「そこをなんとか頼めないかね」

「華代《はなよ》に言えばいいじゃないか。間夫《まぶ》の頼みを聞かないような薄情でもなかろうよ」

今度は男が顔をしかめた。

「それが、ついさっき愛想を尽かされたばかりだ。もう二度とここには来ないと言った口じゃ、どんな頼み事もできないよ」

女将が愉快そうに「そりゃ良かった」と笑いだした。

「けども、あいにく今そんな小坊主の面倒をみてくれそうなのも華代しかいないんだよ。愛想尽かされたんなら、こっちもひと安心。呼んでくるからそこに待ってな」

女将が白足袋のかかとを見せ、階段を上がってゆく。秀男を上がりかまちに座らせて、男も隣に座り込んだ。

「恰好悪いよなあ、まったく」

ぼやいた唇に、胸ポケットから出した煙草を一本くわえ、男は擦ったマッチの火を点けた。手や足に暖が戻ってくると、足の痛みが増した。神社の近くまで歩いて来た目的も薄れそうになったころ、女将が暖簾の中へと戻って行った。

「あんた、どうしたね。さっきの話をまた蒸し返す気かい」

赤い襦袢に丈長の綿入れを着込んだ女がひとり、階段の中ほどから声をかけてきた。

「そう言うんじゃないよ」

男はそのような展開を知っていたように、ゆるゆると振り返る。

「ちょっと拾いものをしてしまったんだ。この辺りじゃ、交番に連れて行くのも面倒だろう。どこから出てきたのか説明しなけりゃいけないんだから」

「月亭《つきてい》で、ひと晩がかりでどうにかこうにか女と別れてきたって言えばいいじゃないか」

「まあ、そう言わず」

男は秀男を指さし、さっき女将に言ったことを繰り返した。

「手当てと言ったたって、軟膏《なんこう》とガーゼくらいしかないよ」

「充分だよ」

秀男は再び男に抱きかかえられ、二階の奥の間に上がった。白粉《おしろい》と整髪料、煙草とお香の匂いを胸いっぱいに吸い込む。足の痛みは強くなったり薄れたりを繰り返した。

「どれ、どんな感じだい」

秀男は両方の靴下を脱がされ、火鉢のそばで裸足になった。大きな外套の下にはセーターとズボンだ。

「なんだ、白くてちっちゃいから女の子かと思ったら坊主か」

「女将も見間違ったようだ。実際俺も、最初は——」

「あんたにゃ、だれでも女に見えるんだよ」

男の言葉を遮る華代は、そこだけ口調をつよくする。

華代は透けるような色の白さとちいさな顔に加えて、くっきりとした二重瞼のせいで顔中が目のようだ。初詣のときに出逢った女ではなかったけれど、漂ってくる匂いは同じだった。赤い長襦袢の片膝を立てながら秀男の足を拭く。ちらとのぞく白い太股が薄暗い部屋で、そこだけ浮き上がる。

「ああ、どんだけ歩いたんだか。こりゃ痛いだろう。坊や、名前は？」

「秀男」

「ヒデ坊か。お家はどこなんだい？」

「橋の向こう」

橋——男の声が裏返る。

「お前、橋の向こうからひとりで歩いて来たのか」

「うん、アチシ、会いたいひとがいたんだ」

華代がけらけらと笑いだした。

「アチシだって、この坊や面白いねえ」

「アチシの会いたいひとも、おねえさんと同じ匂いがしたんだ」

堰《せき》が切れ、ひとりここまで歩いて来た理由が口から飛びだした。男は両腕を組み、華代は秀男の足に軟膏を塗り、ガーゼをあてがいテープで留めた。

「きれいだったからもう一度会いたいっていう理由で、その雪玉の女を探してここまで来たっていうわけかい」

「うん」

「きれいって、その女、どんだけきれいだったのさ」

「雪の結晶みたいにきれいだった」

男が肩を揺らしながら笑う。

「末恐ろしくも見上げた根性だよ。どんだけきれいかって、雪の結晶ときた。こりゃ小粒だがたいした大物だ」

自分の行いが笑われているのが不愉快だ。相手が人さらいでも悪人でもなさそうだと思った途端、頬が怒りに膨れてくる。

「おやめよ、この子本気で怒ってる。まあ、坊主じゃなけりゃ、いいお商売できるようにあたしがなんとか仕込みたいところだけどねえ」

華代は「見てごらんよ、この化粧映えしそうな顔立ちを」と言って秀男の頬を両手で挟み左右に傾げた。

「こっちが根負けするくらい勝ち気じゃないと、芸も技も染み込まないからねえ」

傷口に塗った軟膏が、擦り傷からじんわりと痛みを吸い取ってゆく。ふたりの会話には、父と母のそれとは違い、真綿の繊維一本一本が絡みつくような不思議な気配と意地の悪さが垣間見えた。

秀男に靴下を履かせながら「それで」と華代が言った。

「さっきの話は、もう無かったことかね」

「愛想を尽かされたのは俺のほうだろうさ」

「また、昨夜の続きなんぞまっぴらだね。お前さんからはもう、金も時間も要らないんだよ」

頭上で交わされる男と女の話に耳を澄ませた。喧嘩のすがたかたちを取りながら、ふたりともこの時間を惜しんでいるように聞こえた。

ふたりが、言うほどにそれぞれを嫌っていないことを感じ取り、居心地が良くなってきた。男が会話の接《つ》ぎ穂《ほ》を求め、秀男に話しかける。

「坊、お前の父ちゃんと母ちゃんは、なにしてる」

「とうさんは会社に行ってる。かあさんは、弟を病院に連れてった」

「きょうだいは、弟だけ?」

「にいさんとねえさんがいるよ」

「次男坊か、俺と同じじゃないか。たいしてあてにもされず、自分の口さえなんとかすればまあまあ生きてはいける。いい順番どころに生まれたな」

「おじさんも、じなんぼうなの」

男は、おじさんはやめてくれと言いながら「徹男《てつお》」と名乗った。

「徹底的に闘う男で、徹男。こんな名前のお陰で、結局人と争うのが徹底的に嫌な男になっちまった。戦争だって、行った途端に終わったしな」

華代が口を挟む。

「坊、こういうのを、中途半端って言うのさ。覚えておきな」

「ひでえなあ」

ふたりの間にあったはずの別れ話は、秀男の出現で溶けてしまったらしい。

火鉢に手をあぶっていた男が秀男を膝にのせて窓辺に寄りかかった。

華代は「よっこいしょ」と立ち上がり、男の隣に腰を下ろした。

秀男の頭上で、ふたりの呼気が混じり合う気配がした。

華代のつま先が火鉢から離れる。しもやけに腫れた小指が紅のように赤かった。赤い長襦袢と白粉やお香のいい匂いと、男と女の艶めいた気配で、秀男はすっかり心地よくなった。出来るならずっとこうしていたい。この家で、華代のように赤い襦袢姿で毎日を過ごしたい。

ふたりの頭がほんの少し離れたところで、思い切って口に出した。

「アチシ、ここに住みたいわ」

徹男の顔が横から伸びてきた。

「お前さん、ここに住んでなにをやる気だ」

「おねえさんみたいに、毎日白粉塗ってきれいになる」

「そりゃいい、坊主のお女郎《じょろう》なんぞ聞いたこともない。いや、お前ならお稚児《ちご》さんになれるかもな」

「おじょろう?」

「あんた、女郎におを付けたところで、なんにも変わりゃあしないだろう。坊、ここで働きたいなら、たんと借金作っておいで。借金さえあれば、死ぬまでここで働ける」

「しゃっきん、てなに」

頭上のふたりが体を折って笑いだした。かさかさとしたかなしい笑い声だ。秀男はむきになって「アチシも借金作ってここに来るわ」と、その真っ白な鼻の先を天井に向けた。ふたりはなおも笑い続ける。笑いがおさまるころ、男がひとつぶ涙をこぼした。

秀男は白い飯のおにぎりをふたつ平らげて、華代と徹男をさんざん笑わせたことに満足した。うとうとと昼寝をしたあと、男に送られて橋向こうの家に戻ったのは、短い冬の陽が海へと隠れそうな頃だった。

十字路で手を振り「また行く」と告げる。男はあきれ顔で「足に合った靴で来いよ」と言って、繁華街の方へと去って行った。

家では章子がうろたえていた。のんびりとした顔で帰宅した秀男を見た途端、顔を真っ赤にして怒りだした。

「ヒデ坊がどこに行ったのか、近所の誰にきいてもわかんないし、もしかしたら川に落ちたのかもしれないって、あちこち探したんだから」

章子の心配が既に怒りへと変わっていても、秀男はめまぐるしい一日をふくふくと胸で温めている。にやついているのが自分でもよくわかり、それが姉を更に怒らせていると気づき慌てて神妙な顔を作った。

父と兄が帰宅していないのはありがたかった。

「かあさんは？」

「松男の具合が悪いから、まだ病院にいる。一回帰ってきたんだけど、着替えを持ってすぐに病院に戻った」

そのときに秀男はどうしたのか訊ねられたのだという。

「かあさん、松男の熱が上がって大変なんだから、ヒデ坊まで心配かけちゃだめだ」

章子の言うことはもっともだった。けれど、母がいま、秀男よりも松男のことを心配していることに不満が残る。本当ならばずっと自分と居てくれるはずの母だった。松男がちょっとくらい熱を出したところで、章子と一緒に心配する気にもなれない。

「いいなあ松男は。かあさんと一緒にいられてさ」

そう言いながら腹の裡で「でもアチシも華代ねえさんを見つけたからおあいこさ」とつぶやいた。華代と徹男のやり取りを思い出すと、鼻の奥にまたいい匂いが舞い戻った。

その夜、母は松男の看病で病院に泊まることになった。病院へ寄って帰宅した父の手に、普段は決して食卓には上らないいなり寿司の折があった。兄と姉には二つ与えられたが、父と秀男はひとつずつだった。

甘辛く煮込んだ小揚げに、みっちりと詰まった酢飯は、一粒ずつ口に運びたいほど旨かった。横を見れば、章子も少しずつ口に運んでいる。こんな美味しいものが食べられるのなら、松男の熱も悪くない。

いなり寿司は旨いけれど、母がいない家には会話もなかった。昭夫も章子も、父親の顔色を窺いながら黙々と酢飯の粒を口に運んでいる。秀男はだんだん、この無言が息苦しくなってきた。次第に、この場をどうにかいつものような食卓にしたいと考え始めた。

昼間の会話がまだ耳に残っている。

「おとうさん、美味しいいなり寿司をありがとう」

「黙って食え」

「お願いがあります」

父が顔を上げた。秀男は自分ができるもっとも愛らしい表情を作って言った。

「アチシ、大きくなったらお女郎さんになりたいんです。だから、たくさん借金しなけりゃいけないの」

言い終わるか終わらぬかのところで、風を切って父の掌が飛んできた。

「ふざけるな、この馬鹿者」

場を和ませるつもりのひとことが、今まで見たこともない父の怒りを呼んだ。秀男は自分がどうしてそんなに父の怒りを買ったのか、わからぬまま、襟首を摑まれ引きずられ、子供部屋へと放り投げられた。

宙を飛び、ミカン箱に頭をぶつけても、痛みさえ感じられないほど驚いていた。父は暗い子供部屋に秀男を投げ込んだあと、ふすまを閉めた。次第に熱を持ち、ひと鼓動ごとに腫れてゆく頰をおさえた。昼間の靴擦れなど忘れてしまうほどの痛みだ。薄くしか開かなくなった瞼を精いっぱい開けて、秀男はふすまの隙間から畳に漏れる細い灯《あか》りを見た。茶の間には重苦しい沈黙が戻っている。

痛い――

鼻の先を気丈に持ち上げて、夜の窓を見上げた。凍りついた窓ガラスに、またあの美しい氷の模様が出来つつあった。今夜もまた冷え込むのだろう。

もう二度とこの顔を叩かれることなどあってはならないと心に誓った。華代と徹男、そしてガラスの模様――美しいと感じるものはいくつもあるのだが、幼い言葉をいくつ並べても、美しさと悔しさの混じったこの心持ちをうまく表現することができなかった。


翌朝早くに着替えを取りに戻ったマツは頰が削《そ》げ、ひと晩で十歳も老け込んだように見えた。そのただごとならぬ気配に、昭夫も章子も黙々と学校へゆく準備をする。時次郎が「どうなんだ」と訊ねると、マツは無言で頭を下げた。誰も、それ以上は訊ねなかった。

秀男は、子供部屋にこもっていたところを出がけのマツに見つかった。慌てて顔を隠すが間に合わなかった。

「ヒデ、どうしたその顔」

「とうさんに叱られた」

「叱られるようなこと、やったのかい」

「なんも」

「なんもしないで誰が叱るかい」

泣きたいところをぐっとこらえていると、章子がマツの袖を引っ張った。振り向いた母にそっと耳打ちをしている。

「そんなことを――」

マツが言葉を切り、数秒秀男を見た。腫れた顔を見られたことも、父に叩かれた理由も、もう遠いところへ放ってしまいたい。二度と叩かれまいと誓ったものの、腫れの残る顔はすぐに帳消しにはできない。

「松男が元気になったら、すぐ戻るから。さびしいだろうけどもこらえといて、頼むから」

マツはそう言うと、風呂敷包みをひとつ抱えて再び病院へと戻っていった。

時次郎とマツが三男松男の亡骸《なきがら》を抱えて帰宅したのは、入院してから三日後の朝だった。薄い布団に寝かされ顔に白い布をかけた弟は、ぴくりとも動かなかった。秀男は呆《ほう》けてやつれた様子のマツの横に座り、骨が浮いた弟の亡骸を見た。時次郎は、弔問に訪れた近所のおかみさんや職場の同僚への挨拶を繰り返す。やってきたおかたの女たちは、自分も子供を失ったことがあるという慰め話をして帰った。

秀男はそんな話をさんざん聞かされている母の返答が「ありがとうございます」だったこと

が不思議で仕方なかった。

子供たちに詫びながら乳を出すために餅米を口に入れ、やっと出た乳で育てた子をたった二年で失ったのである。

身内よりも泣き崩れた女がすっかり涙の乾いた顔で、暇乞《いとまご》い代わりに言った。

――子供は、また作ればいいから。

ひと呼吸置いて、マツの体から嗚咽《おえつ》が漏れた。しかしそれは悲しみではないことに、秀男は気づいた。両手を握りしめて震える姿は、力を振り絞って怒りに耐えているようにしか見えなかった。秀男の知る母は、悲しみなどでは泣かない女だった。

帰宅してから石炭をくべたり竈に火をおこしたり、日常をかき集める昭夫と章子は、弔問客から受け取った芋を茹《ゆ》で、一杯酒を飲んで帰る父の同僚のために、するめを炙《あぶ》った。

末の子を亡くした一家は忌引《きびき》を終え、弟が生まれる前の暮らしへと戻ったが、秀男が期待したほどマツの愛情は自分へと注がれなかった。ふさぎ込む母のそばを離れず、世話を焼くつもりであれこれと家事に手を出すも、体よく追い払われる。

松男がいなくなったというのに、なぜ自分が以前のような愛情を取り戻せないのか、秀男は幼い頭で必死に考えた。昭夫も章子も、父さえも以前とほとんど変わらぬように見える。

マツにとって自分はさほど可愛いものではなくなっているのかもしれぬと、おそるおそる鏡をのぞき込んだりもした。色白の、女の子よりもずっと可愛いと言われる顔立ちにはなんの変化もない。母の興味が自分をすり抜けてゆくような心細さを味わい続けていると、華代と徹男のやりとりが思い出される。あのときに感じた心のつよさをもう一度感じたくなり、外套を着込んだ。ポケットにまた宝石箱を入れる。

流し台で室《むろ》から出した大根を洗っていたマツが、秀男を呼び止めた。

「ヒデ、どこへ行くんだい」

「ともだちのところ」

「お前、やっと仲良しが出来たのかい。なんていう子なの」

「華代ちゃんと徹男くん」

自慢ごころのあるときは、筋の通った鼻がつんと上を向く。

「聞かない名前だね、どこの子だい」

「橋向こうに住んでるの。すごく親切で優しいんだ。ちっともアチシに意地悪言わないの」

体のちいさな秀男は、見てくれがなよなよとしていながら誰より気が強いので、同じ年頃の子供たちにとっては恰好の冷やかしの種になる。

――なりかけ、なりかけ、女になりかけ。

周りを囲まれ囃《はや》されて、泣くのを我慢しているときの頭の中は、いつだって「今にみておれ」という思いで充満している。自分がこうして嫌な目に遭うのは、ここいらの小汚い餓鬼どもとは違うものを持っているせいだという、根拠のない自信があった。根拠がないので、言い返せない。

マツが削げた頬を持ち上げ、秀男を膝の上にのせた。久しぶりに頭を撫でられて、華代のところへ行こうという気持ちがわずかに薄れた。

「ヒデや――」

赤ん坊のように抱っこされていると、このまま時間が止まればいいのにと思う。年がら年中着ている絣《かすり》の着物から、母の体温が伝わりくる。

「その友だちは、親切で優しいのかい」

「うん、とっても」

腕に力がこもり、秀男のちいさな頭がその顎のあたりにすっぽりとおさまった。白いはずの襟がずいぶんと黄ばんでいた。ここしばらく、母は家にこもったきりで風呂屋にも行っていなかった。秀男はマツの真っ白い胸に頰を寄せる松男を真似た日を思い出した。大きな湯船の中で吸わせてもらった乳の味が舌に戻ってくる。

ヒデや——

マツは嗚咽しながら更にその腕に力を込める。震える声で、秀男に言った。

「松男も、お前みたいにどっかでそんな優しい友だちが出来ていたらいいねえ。自分で仲のいい友だちが見つけられるまでついていてやりたかったけども、叶わんくなってしまった。子供ってのは、親の懐から出ていつか自分で歩いて行くものだと思ってはいたけれども、こんなに早くひとりでどこかへ行ってしまうとは思わなかったねえ」

秀男は、マツの関心がまだ弟から一歩も動いていないことに落胆した。こうして自分を抱っこしていても、母の心の裡を占めているのは松男なのだった。

「だいじょうぶよ、かあさん。松男もきっと、向こうでいい友だちが出来てるよ」

投げやりな心もちでそう言うと、マツは乾いた布を絞り千切るような声を出した。たくさんの糸が切れてゆく音が頭上で響く。秀男は、やはり自分の気持ちなど今の母には少しも伝わらないのだとわかり、声を上げて泣いた。

さんざん泣いて涙も乾き、秀男はマツの膝を離れた。マツは背中を上下させせながら、しばらくのあいだストーブのそばで突っ伏していた。

秀男は、華代に見せようと思ってポケットに入れた宝石箱を、少しでも元気になればと母に見せることにした。

「かあさん、きれいなものを見せてあげるから、もう泣かないで。ねえ、元気だして」

マツは一向に体を起こそうとはしない。秀男は懸命に母の背を揺らした。そうこうしているうちに、石炭ストーブの火力が弱まって、母はようやく顔を上げた。

「ヒデ、すまんねえ」

嗄《か》れきった声でそう言うと、マツは割烹着《かっぽうぎ》の裾で顔を拭った。松男が死んだときも、こんなに泣いた母を見たことがなかった。秀男のさびしさはつのるばかりだ。自分が死んでもこんなふうに泣いてくれるだろうかと思うと、更にさびしさが増してゆく。もっと泣いてくれたとしても、そのときの自分には松男同様、母の悲しむ姿を見ることが叶わないのだ。

「これ、すごくきれいなものが入ってるの。こっそりかあさんにだけ見せてあげる」

右手に宝石箱をのせて、目の高さに上げた。腫れた瞼の母が、ありがとうと言って蓋《ふた》を開ける。誰かに「美しい」ものを正直に見せたのはこれが初めてだった。

マツがひとつふたつ咳払《せきばら》いをして声を整え、これはなんだい、と訊ねる。秀男は迷わず「雪」と答えた。

「そうかい、雪だったのかい」

優しい声でそう言われて、秀男の自慢心がふわふわと持ち上がった。

「そうだよ、雪。きれいでしょう」

そっとのぞき込んだ宝石箱の、赤いベルベットの上にはなにもなかった。慌てて指を入れ、どこだどこだと探す。あれほど美しい六角形を成していた雪のひとつぶが、あとかたもなく消えていた。

「かあさん、雪がなくなっちゃった」

今度は秀男が先に泣きそうになる。マツはそんな息子の頭をそっと撫でた。

「かあさんに見せちゃったからかもしれないねえ。悪いことをした。一瞬だったけれど、きれいだったねえ」

「ほんとう？　ほんとうにきれいだった？」

「ああ、本当だ。だから、あんまりひとに見せちゃいけないってことかもしれんねえ。きれいなものは、大事に大事に、お前のポケットだけにしまっておきなさい」

秀男はつよく頷いた。そして、きれいだからと自慢をすれば、美しいものはたちまち姿を失うのだと知った。


賑やかな駅前通りに土埃《つちぼこり》が舞う四月、秀男は小学校へと上がった。マツも長男の通学鞄を補修して秀男に与えるため、馬具用の針を持ったり、ブレザーの丈詰め、文房具の用意など忙《せわ》しい毎日が続いた。弟の世話が苦にならぬ章子とふたり、秀男の入学準備を進めていくうち、子を失ったかなしみも幾分紛れたようであった。

入学式へ行く準備も整ったところで秀男はいつもどおりの割烹着姿で微笑む母に訊ねた。

「かあさん、なんでアチシの入学式に来てくれないの」

「とうさんが行ってくれるだろう」

「アチシはかあさんに来てほしいのに」

紺色のサージのブレザーに半ズボンと革の靴。すべて兄のお下がりだった。大柄な父に似た昭夫の入学服は、秀男にすればあと三年待ってちょうどいいくらいの大きさで、仕立て直しも次のことを考えるときっちりとはゆかず、どこか間に合わせの気配を漂わせている。

出かける前、時次郎が玄関先であれこれと秀男にポーズを取らせた。時次郎はときどき、どこにそんな金があるのか流行《はや》りのものを手に帰宅する。カメラもそのひとつだった。興味が湧いた道で食っていけるのでは、という発想は、戦争でいちど何もかもがゼロかマイナスになった経験のある者特有の「熱」だった。元の仕事に戻れる者、立ちゆかぬ者、心乱れる者、復興の混沌は時代を牽引する男たちの挫折と自我で出来た沼でもあった。

写真に収まるのは入学服のあらが目立たぬ角度だ。秀男は父が細かく体の角度を決めるのは、それだけ身につけた衣服が不格好なせいだと悲しくなった。

「とうさん、もっと可愛いものを着たときに撮ってほしいんだけど」

「うるさい。ひとがせっかくカメラを向けているときに、そんな仏頂面するとはなんだ。晴れの入学式だというのに。この、馬鹿者が」

アチシの入学式じゃないか――喉元まで出そうになるのをぐっとこらえた。父親の前で「アチシ」と言えば、すかさず張り手が飛んでくる。顔を殴られるのは二度とご免だった。

父の言うことをきいて、おとなしく息を止めてみる。両手を腹のあたりで重ねると、「もっと力強く拳を握って胸を張れ」と言われる。片方の膝などわずかに曲げようものなら、更に「馬鹿者」の怒鳴り声が増える。章子も今日は、カメラのファインダーから外れた場所でふたりを見守っている。薄いピンクのカーディガンに赤いプリーツのスカート姿で、父の写真に収まる準備だ。父がピントを合わせることに夢中になっている際、秀男は小声で章子に訊ねた。

「ショコちゃん、そのカーディガンいいわね。アチシもそんなお洋服で入学式に出たい」

「あとでこっそり着させてあげる。ヒデ坊、もう少しの辛抱。がんばりな」

ふたつ年上の姉は、秀男が兄のお下がりを着るのを嫌がっていることに気づいており、昨夜も隣の布団で「明日だけだから」と慰めてくれた。今日から章子は小学三年生、秀男は一年生となる。同じお下がりならば、昭夫のものより、背格好が同じくらいの章子のものを着たい。色もデザインも章子より自分のほうがずっと似合う気がする。

「おい、ちょっとこっちに背中を向けなさい」

「とうさん、なんで？」

「男の背中というのは、折に触れて撮っておいたほうがいいんだ」

秀男は言われたとおり、仕立て直しが及ばなかった不格好な背中を父に向けた。いがぐり頭に浅めに被った学童帽子の、つばを生かせばこのブレザーも少しはまともに写る気がして、さっと顔だけを横に向けて両手を腰にあてた。

「なにをやってる、ちゃんと背中を向けて気をつけをしなさい」

「アチシ、こっちのほうが恰好いいと思うの」

粒の大きな砂を蹴る音がしたあと、秀男の学童帽が道ばたに飛んだ。転びそうになった弟を両手で受け止めたのは姉の章子だった。

家の中から、マツが出てきた。なんの騒ぎかと問う前に、章子とふたりで秀男を包むようにして時次郎に背を向けた。マツは秀男を割烹着に隠し家の中に入れながら言った。

「章子、次はお前が撮ってもらいなさい。可愛い顔をするんだよ」

「はい」

聞き分けの良さと長女の賢さで、その場は章子が引き受けることになった。秀男の頭は父に叩かれたことでしばらくのあいだじくじくと痛んだが、本当の深手は胸の裡に在った。

土間でマツに水を飲ませてもらいながら、秀男はぽろぽろと涙を流した。

「お下がりで申しわけないねえ」

マツはとても優しかったが、秀男の内側の隅の隅までを理解しているというわけではなかった。そんなことではないのだ、と胸からせり上がるひとことを口には出せない。そんなことをすれば、母がもっと悲しむ。マツが子供らの入学式に出られないのは、晴れ着を持っていないからだった。隣近所から借りて出席するという見栄の持ち合わせもない、マツは万事控えめで正直な女だった。

宝石箱の中に入れた雪の結晶と、母に向かって吐く自我は、見せれば何かを失うという点でよく似ていた。秀男のうまく伝えきれない心もちは涙となって流れ落ち、母の割烹着の隅で拭われた。

その日秀男は、背が小さいのが幸いして、集合写真を一番前で撮ってもらった。椅子に座り、顔をまっすぐカメラに向けた際、写真屋の大将が「お」という目で秀男を見るのがわかった。嬉しくてにっこりと笑うと「ほほう」という顔つきになる。ははあ、このひとはアチシを分かってくれてるんだ――同じ写真を撮るのでも父と写真屋ではこうも違うものかと、子供心に少し得意になった。

翌日から始まった通学時間に、秀男は自分の行動半径が今までの十倍に膨らんだような気がした。ひとりこっそり神社の坂下にある月亭へ行った日以来の、冒険の始まりである。登校時は姉の章子と一緒だけれど、下校時間が違う。新一年生の下校は近所の者が束になってひとりひとり家の近くで抜けてゆくという決まりだった。

入学式の翌日から既に、誰が最初に言いだしたものか秀男の仇名《あだな》は「なりかけ」だった。

――なりかけがいるぞ。なよなよのおとこおんなだ。

――チビだし肌が真っ白、きっと胸が悪いんだよ。近寄るんじゃないよ。

子供が得意げに使う言葉はそのまま大人たちの言葉でもあった。誰がどこで何を言っているのか、突き止めたことはないけれど、秀男にはわかる。兄の昭夫は父親そっくりなことを言うし、姉の章子は母によく似ている。たとえば自分が誰にも似ていない、女に「なりかけ」なのだとしても、そんな言葉で秀男を馬鹿にしている大人がいるということなのだ。子供は周りの大人を真似てしか大きくなれないのかと思うと、自分が誰を真似ればいいのか分からず、悲しくなってきた。

下校時、秀男は学校を出て早々に新一年生の列を外れることを覚えた。二十人ひと組の後ろのほうについていれば、小粒の秀男が途中で横道に入っても誰も気づかなかった。昼どきの繁華街は、化粧する前の女たちが気怠《けだる》げにゴミを出し、それをつつくカラスやカモメ、雀や野良猫が闊歩する。秀男はのれんの掛かる前の店先のものさびしさや、真昼の明るさに身を縮ませているような街の気配が好きだった。

ある日の下校時、いつものように列から逸れようと準備をしていると、建物の隙間に少ない光を集めて光る何かが見えた。慌てて走れば、よそ見をした子に見つかる。少しずつ列から遅れてゆき、皆が四辻《よつつじ》で立ち止まる直前、大人がひとり通り抜け出来るかどうかの狭く湿った隙間へと入った。

モルタルの壁には秀男の背丈ほどまでびっしりと苔《こけ》が生えていた。辺りには酒や残飯のにおいが漂っている。息を浅くして、さっき光ったものを探す。建物を壁づたいに中ほどまで行くと、足下に砂利とは違う輝きを見つけた。

拾ってみれば、イヤリングだった。涙と雪を足した色の小指の先ほどの石の周りを、更に細かな光る石が取り囲んでいた。片方だけのイヤリングが通りの光を集めて跳ね返し、秀男に在処《ありか》を報《しら》せたのだ。

——もうひとつはどこかしら。

辺りを懸命に探すが、苔の中で光っていたのは片方きりだった。握ると、まだ体温が残っていそうだ。人がひとり通れるかどうかの隙間で、イヤリングを落とした女を想像してみる。秀男の脳裏に、華代と徹男のあいだに流れていた気配が蘇った。

苔のにおいに耐えられず、隙間を通り抜けた。唐突に、飲み屋街の横町に放り出された。上を向いてくるりとひとまわりすると、もう自分がどちらからやって来たのか分からなくなった。

小さな店がひしめく横町からは、右にも左にも、陽の当たる道が見えた。通り抜けできるようになっているが、左右どちらも同じくらいの距離だ。昼間だというのに薄暗く饐《す》えたにおいがする。秀男の立っている場所から一軒先の軒下を、野良猫が一匹横切っていった。

ひとりきりの怖さよりも、好奇心が勝《まさ》った。自分も猫みたいに、ここいらを探検したい。家へ帰っても、章子が戻るまでにはまだ数時間あった。母とふたりでいても、最近はさびしさが増すばかりだ。砂利のところどころに土の出た小路を、夜になればさぞきらびやかになろうという看板の、電球などを撫でながら歩いてゆく。

横町を出ると、今度は少し広い通りに出た。青とも黒とも見えるタイルの壁に大きなポスターが貼ってある。きらびやかなドレスに大きなイヤリング、高く結い上げた髪の女だ。首の横に羽のような「ショウ」の文字がひときわ大きい。そのほかの漢字は読めなかった。

夜になれば、この建物の中でドレス姿の女が歌う。どんな人間が集《つど》ってこの「ショウ」を観に来るのか、考えるだけで胸のあたりが騒がしくなってくる。

四月とはいえ、まだ風は冷たい。ぼんやりと立っていると、土埃があたって頬が痛かった。秀男は建物の壁にそっと触れた。タイルが日の光を吸ってほんのりと温かい。

壁づたいに歩いてゆくと、ゆるやかな曲がり角があった。つと見た足下に、今度は七色に光る真珠のイヤリングが落ちていた。一日に二度もイヤリングを拾った。

――ここには、アチシの夢も落ちてる。

その夢はイヤリングのかたちをしているに違いない。ちいさな光を集めて体いっぱい光り輝くことを許されるには、ふたつ揃えなくてはいけないのだ。

ほんの数歩で、真っ黒いガラスの扉が現れた。秀男は、開く気配もない扉に映った自分の姿を見た。カーディガンも半ズボンも、相変わらずつま先に綿の詰まった短靴も、不恰好でちっとも美しくなかった。

黒いガラスに映った自分の耳に、たった今拾ったイヤリングを重ねてみた。自分の体や顔がずいぶんと小さいことは、同じ年の子供たちがひとクラスに五十人もいればよくわかる。整列をするときも、自分が先頭なのだ。

「チビ」と呼ばれる前に「なりかけ」の仇名が広まっている。

――どこが悪い。

腹の中ではそう思いつつ、喧嘩に持ち込めるだけの体と力がなかった。鼻水を垂らして学校へやってくる連中も嫌だったが、そんな連中が喧嘩をして鼻水が鼻血に変わるのを見るのも寒気がするほど気持ちが悪い。喧嘩を見たらどちらかの味方につき、一緒になって囃さねばならない教室に、秀男の居場所などないのだった。

秀男にとっての救いは、姉の章子が思いのほか社交的で、同学年の友だちともそつなくつきあっているということだった。学級委員では常に副委員長というのも、なにやら章子らしい気がした。決して一番前に立つことをしないし、それを望まない姉だからこそ、学校が退けたらすぐに帰宅し、秀男の面倒をみていたのだと合点がいった。

戦後、赤ん坊を背負いつつ更に腹にもうひとりという女が増えた時期だった。ひとつ違いのきょうだいがずらりと一年から六年まで揃っている家庭も珍しくはない。章子は友人に声をかけ、弟の同級生がいると聞けば「ちいさくて喧嘩などできないひ弱な弟なので、いじめられないよう守ってほしい」と頼んでいた。ただ「秀男と遊んであげてね」と頼まれ、またそれをおもしろがってくれたのはみな女の子ばかりであった。

——ああ、耳は顔の横にふたつあるというのに、イヤリングが片方ずつしかないのは不恰好だわ。

秀男は耳に重ねたイヤリングをポケットに入れた。いくらきらびやかなものも、ふたつでひと揃いでなくては、美しさは完璧の半分までしか届かない。母に見せた雪の結晶も、美しくあるためのなにかを欠いたせいで、見えなくなってしまった。そのなにか、が知りたいのだった。

角を曲がりきったところで、川岸にあるあばら家が見えた。増水したらひとたまりもなさそうな、川縁《かわべり》の工場通りだ。水に浮いたように見える掘っ立て小屋から、干物や練り物のにおいが漂ってくる。夜の街の突き当たりには真っ黒い川が流れており、その岸壁にへばりつくように「橋のたもとの家々」があった。

首に鳥の羽を付けた女が「ショウ」で歌い踊るすぐそばに、干物のにおいが漂っている。きれいなばかりで役に立たない片方ずつのイヤリングが余計に秀男の胸をきしませる。

暗い洞窟へでも続いていそうな蒲鉾《かまぼこ》工場の入口で、ぼんやりと佇んでいると、背後から人の足音がした。驚いて振り向いた秀男の目の前を、隣の学級でいちばん背の高い男子児童が通り過ぎる。他の子よりも頭ひとつ抜きんでた背丈を持つ同学年は、その子ひとりきりだ。

坊主頭に学童帽は同じだが、鞄も靴もシャツも秀男のものよりずっと古ぼけており、いかにもお下がりかもらい物だ。そんな姿は少しも珍しくはないけれど、体の大きな児童だと目立ち具合も増して見えた。

秀男が知る限り、彼は誰よりもくらい目をしていた。体が大きいので、誰も彼にだけは喧嘩を売らない。「勝てそうな人間としか闘わぬ馬鹿ども」と思いながら、秀男自身そんな輩《やから》に歯の立たぬ己の体を呪っている。

入学式の日から、他の子とは少し違うと思っていたが、こうして間近で見るのは初めてだ。耳たぶから、血が流れていた。通り過ぎようとする姿に向かって、秀男は「血が出てるわ」と声を掛けた。どんなきっかけでも、話してみたかった。相手が怪我をしているのなら話題としては好都合だ。

「出てるわ、ってなんだよお前」

絵本の棒読み、といった声だ。怒った様子ではない。秀男の前で他の子が見せる、優越感と卑屈さもない。少年の目はまっすぐにこちらを見ていた。

「耳、怪我してる。痛くないの？」

少年が秀男の示したほうの耳を触り、血を拭った指先を見た。

「こんなもん、赤チン塗っときゃ治る」

「もしかして、ここの蒲鉾工場の子なの？」

「いや、住んでいるだけだ。お前、なんでそんなに聞きたがるんだ」

咄嗟《とっさ》に「友だちになりたかったもんだから」という言葉が口を突いて出た。我ながら上出来だ。騒々しい学校では話す機会を見つけられない。「友だち」などという言葉を、同い年の少年に向かって使ったのも初めてのことだった。

「アチシ隣の組よ。秀男って言うの。あんたその血、どうしたの？」

少年の名は鈴木文次《ぶんじ》で、空襲で家が焼けたので、川岸の蒲鉾工場に住まわせてもらっているという。耳の傷は、上級生に引っ張られて切れたと言った。

「なんでそんなことされなきゃいけないの」

「知らねえよ。あいつらには理由があっても、俺にはわからない。親もいねえからいじめやすいんだろう」

我慢強いことを褒めると「面倒くさいから」と返ってきた。

「工場の手伝いしないとならんし、なにかあると、飯をもらえないからな」

彼がふてた表情になったとき、秀男はやっと神社で屈《かが》み込んで賽銭を拾っていた際に目が合った少年のことを思い出した。しかし今それを告げると嫌われてしまうかもしれない。ここでもう一度会えたのも自分が持って生まれた運だ。

「文次って、いい名前ね」

鉛筆の先から破れた靴下まで、気に入った相手のことは何でもかんでも褒めちぎるのが良いと思っている。黙っていたら伝わるものも伝わらず終わってしまう。こちらが文次に対して覚えた興味の半分でもいい、彼にも同じような思いを求めた。

距離を縮めようと躍起になる秀男の心根が透けて見えたらしい。文次は素っ気なく「じゃあ」と言って工場の入口に向かって歩きだした。秀男は少年の背中に勢いをつけて言葉をぶつけた。

「アチシ明日もここに来るから」

文次は、来るなとも来いとも言わずトタンの戸を閉めた。

橋の上から、細かな砂を含んだ春の風が落ちてくる。学童帽にあたる砂の音は、遠くで奏でられている木琴に似ていた。秀男は砂の音を聞きながら、風が去るのを待った。

このまま川沿いに橋ひとつぶん海側へ歩いて行けば、秀男の家のある一角だった。距離にして三百から四百メートルだ。昼間の工場街は頭上にカモメの啼《な》き声が響き、港湾の車や船着き場を行き来する男たちの騒がしさはなかった。文次が住まう場所は、駅前通りを挟んだだけだというのに、橋ひとつ向こう側とはまるで違う気配を持っている。

秀男は幣舞橋を目指して歩き始めた。ポケットの中にあるイヤリングの片割れを見つけたような嬉しさが、胸の裡に広がっていた。見上げると、太陽が天頂あたりにある。このまま家に戻るのがもったいなくなってきた。

幣舞橋のたもとまでたどり着き立ち止まった。黒い川面がコンクリートの岸壁をゆるゆると撫でながら上下し、河口に向かって流れていた。

まだまだ歩けそうだ。文次と話すきっかけを持てたことで、ひとりきり彼のことを考えている時間が楽しくなってくる。蒲鉾工場の一角に与えられているという部屋を想像し、いまそこで文次が何を考えているかを思った。

秀男のことを少しでも嫌がらずにいてくれれば上等で、明日また会えることをほんの少しでも楽しみにしていてくれたら、この真っ黒な川に飛び込んだっていい——いや、と慌てて首を振った。川面にはタンカーや漁船の油が七色のマーブル模様を描いて浮いている。自分が七色に光るのでなければ、この汚い川に浮いてもなにひとつ意味がない。

やだ、もうちょっときれいな場所がいい。

川面のように上下する心持ちを、誰かに話したくて仕方なかった。秀男は帰宅の道筋を逸れて、幣舞橋を渡った。


「おや、久しぶりだこと」

華代は部屋にやって来た幼い客を見た瞬間、からからと笑いだした。

「そうかい、学校に上がったのかい。なんのお祝いもせず、申しわけなかったねえ」

「おじさんは？」

「ここしばらく顔を見せないが、まあどこかで元気にやってるだろ」

今日の華代は白い襟をしっかり合わせ、紺地のウールの着物に朱の帯を締めていた。髪はうなじでひとまとめにし、紅も薄めだ。「仕事着」の赤い長襦袢は、今日は壁の衣紋《えもんか》掛けに提げられている。

「華代ねえさん、どこか行ってきたの？」

「やだヒデ坊、華代ねえさんだって。たった二か月かそこいらで、ずいぶんとませた口を利くようになったもんだねえ」

部屋まで案内してくれた若いお手伝いさんが使っていたのを真似してみたのだった。

――華代ねえさん、お客様です。

ふすまの前でそう言った彼女も、いつか「月亭」で部屋を与えられるのだという。玄関から階段を上がってくるまでのあいだ、彼女の身の上話を聞き出すともなく聞いていた。秀男が「うらやましいわ」と素直に口に出した際、見習い中の少女は秀男より十《とお》も上と思われるのに

「ありがとう」と子供みたいな八重歯を見せた。

「だって華代ねえさん、アチシもう一年生だもん」

「そうそう、そうでござんした」

華代が笑いながら外出用の巾着袋から飴玉をひとつ取り出し、秀男の手に握らせた。

「あたしからの、お祝いってことで」

「ありがとう」

秀男はもらった飴をポケットに入れた。片方ずつのイヤリングがそれとぶつかる。不思議なことに道ばたで光っていた装飾品よりも、地味な着物に身を包んだ今日の華代のほうがずっと美しく見えた。

部屋の片隅に紺色の風呂敷包みがある。丹前の一枚くらい入っていそうな大きさだった。包みに気づいた秀男に目を留めて、華代が言った。

「これからちょっと出かけなけりゃならない用事が出来てさ。ちょうど橋向こうだから、一緒に大福餅でも食べながら歩こうかね」

「大福？　本当？」

「ああ、珍しく甘いものが食べたくなってね」

秀男は華代のひとことに、素直に喜んだ。

「大福なんて、弟が一歳になったときのお祝いで食べたっきりだ」

「へえ、そうかい。弟はいくつだっけ」

「このあいだ、死んだ」

華代は眉も動かさず、秀男の顔をのぞき込んだ。

「弟、死んだってかい」

「うん。熱が出て、入院して」

華代はそのちいさな顎を何度か上下させた。

「そうかい、死んじまったかい。お互い生きてると、いろいろあるねえ」

華代は歌うようにそう言うと、巾着と風呂敷包みを持った。部屋を出るよう促され、一緒に月亭の勝手口から外へ出る。海側の空は、目が痛くなりそうな青だ。

月亭から出ると、香の匂いが一気に磯の香りへと変わる。引き戻された現実の景色に、品のよい華代の着物姿がある。秀男は餅屋の軒先で掌ほどの大きさの豆大福を与えられ、礼もそこそこにかぶりついた。この世にこんな旨いものがあったのかと思い、そのとおりを口にした。

「ヒデ坊、お前の言うとおりちょっと稼げる女郎になれば、毎日豆大福を食べる暮らしも夢ではないけどね」

「やっぱりアチシ、お女郎さんになるわ」

すかさず返すと、華代は冷たい指先で秀男の頬についた粉を取り「これだけは、やめときな」と笑った。

豆大福を食べ終わったあと何度か話しかけたが、華代は「ああ」「うん」と返すばかりであまり会話にもならなかった。秀男は橋を渡り始めたところで再び華代を見上げた。華代は、月亭の薄暗さのなかでも、西に傾き始めた太陽の下でも白くて美しかった。行き交う行商人や漁師、炭鉱夫がみな華代を振り向き見る。そのたびに秀男は、自分もいつかこんなふうに、道行く人に振り向かれるくらい美しくなってやろうと思うのだった。

幣舞橋を半分渡ったところで、華代が足を止めた。そして石造りの欄干に風呂敷包みをのせ、しみじみとした口調で言った。

「久しぶりにこっちまで来たけど、相変わらず汚い川だねえ。指一本分も透き通ってやしない。昆布だのゴミだのカモメの死骸だの、いろんなものが浮いてるよ。どこに流れて行きたいものか、川のくせに海に圧《お》されて行ったり来たり。川になったり海になったり、どっちつかずの情けないやつだ」

秀男は生まれてから釧路川以外の川を見たことがなかった。谷地のほうへゆけば川だらけらしい。葦原《あしはら》も陸《おか》のようでいて実は水に浮いているだけの浮島と聞いた。大人たちは、谷地へ近づいてはいけない、そんなところへゆくと水に命を取られてしまうと口々に言う。

「アチシ、ここの川しか見たことないの」

華代の声が頭上から心地良く響いた。

「あたしの生まれたところは、この川のずっと上流。摩周湖の近く。父親も母親も材木の切り出しをしながらずいぶん子供をこさえたんだけど、半分は死んだ。上の子は、きょうだいが死んだかどうかもわからないうちから、親に言われるまま土を掘って埋める準備さ」

「華代ねえさんも、きょうだい死んだの？」

「病院なんぞなかったし。さあそろそろ学校に上がるっていうとき、出生届が出てない子もいたねえ」

「しゅっしょうとどけ？」

「お役所に届ける、生まれましたの報告さ」

華代は自分が何番目の子なのかよくわからないまま、十歳に届くかどうかのころ、月亭の見習いとして釧路へ出てきたという。

「学がないからインテリに弱くて。ちょっと頭の良さそうな男に会うと、ころっと参っちゃうんだねえ」

「徹男おじさん、頭いいの？」

華代は少し首を傾げ、橋の欄干にもたれかかり頬づえをついた。

「悪くはないだろうね。けど、女のことはなんにもわかってなさそうだ」

「じゃあ、頭が悪いのよきっと」

「そうかもね」

昼の端が持ち上がった。

秀男の家はどのあたりかと訊ねるので、橋を渡りきったところから左側にある、港湾運輸の近くだと答えた。

「けっこう近くじゃないか。それじゃあ、橋のたもとで別れよう」

できれば一緒に連れていってもらいたい。秀男は精一杯媚びて可愛い声で訊ねた。

「華代ねえさんは、どこへ行くの？」

「あたしは、この先の病院へ行かなけりゃいけないんだ」

「どこか具合が悪いの？　熱は？」

病院と聞くと、松男が死んだときのことを思い出す。

「熱もないし、胸も悪くない。たいしたことはないさ。ついでに街に出るのも悪くないだろ。それで、こんな恰好さ」

風呂敷包みを持ち直し、華代が腹を撫でながら歩きだした。この橋を渡り終えたら別れなければならないことがさびしくて、急いで華代の手を握った。つよく握り返された手を、前後に振る。荒れたことなどないような、細くてなめらかで冷たい手だった。

欄干の間から見え隠れする川面を見ていると、文次のことを打ち明けたくなった。握った手を心もち引くと、視線が降りてきた。

「華代ねえさん、アチシも好きなひとができたよ」

「おや、そうかい。そりゃめでたいねえ。どんな子か、華代ねえさんに教えてちょうだい」

「隣の学級でいちばん背が高くて、体も大きな子」

「おチビさんは、体の大きな女が好みかい」

「違う。女じゃなく男の子なの。文次君っていうの」

華代は足を止めずに「おや、まあ」と抑揚をつけてつぶやいた。

「ヒデ坊に惚れられるとは、男冥利《おとこみょうり》に尽きるだろうねえ。そんなにいい男かい」

「お父さんお母さんがいなくて、いまは親戚の蒲鉾工場にいるんだって。誰にも言ってないんだけど、初詣のときに、一度会ってるの。その子も境内でお賽銭拾ってた」

「そうかい、ふたりとも大したバチあたりでいいことだ」

華代が使うと「バチあたり」も褒め言葉に聞こえた。橋の終わりはすぐにやってきた。秀男は一秒でも彼女が長く立ち止まってくれるような、愛《いと》しみを持ってくれる言葉を探す。それは特別、華代が喜びそうなことでなくてもいいことは、彼女自身が教えてくれた。

「ねえ、アチシやっぱりお女郎さんになりたいわ」

「女郎になるには、女にならなけりゃ、ヒデ坊」

「なるわ、ぜったいになる。そして毎日豆大福を食べるの。華代ねえさんみたく、きれいになるの」

握った手が振りほどかれることのないよう、指先に力を込めた。橋のたもとには、川下やビルの間から、不思議な向きの風が吹く。さっきまで右から左だったのが、今は逆だ。見開いた目に砂粒が入って指でこする。

「いけないよ、そんなことしたら大事な目玉に傷がつく」

しゃがんだ華代が膝の上に風呂敷包みを置き、秀男の顔を風下に向けた。指先で瞼を開いて顔を近づける。砂粒でごろごろする目玉に彼女の舌先が触れた。温かいのか冷たいのか、わからない。ほんのわずか華代の舌に撫でられた目玉から、砂粒がなくなった。

「どうだい、取れただろ」

「うん、ありがとう」

「女ってのはさ、咄嗟にこんなことが出来なけりゃいけないのさ。嘘も垢も、この世の汚いもののすべてを舐められるような人間じゃないと、やってらんないんだよ」

「汚いものぜんぶ舐めたら、ねえさんみたくきれいになれる？」

「こんなへちゃむくれ、きれいなんて言ってくれるのはヒデ坊だけさ。その上手な口だけは、後生大事に取っておきなさいよ」

からからと、陽気に笑った。

「ヒデ坊、おまえ本当に女になりたいのかい」

「うん、チビだけど器量はいいんだって。だから毎日お化粧して、お花みたいに暮らすの」

華代が親指と人差し指で秀男の頬を軽くつまんだ。

「大した自信家だ。チビほど気が強いってのは本当なんだね」

秀男にとって美しい女は、なにを言っても響きが良いのだった。

やっぱり、ねえさんにあげよう——

ポケットに手を入れ、指先に触れたイヤリングのひとつを取り出す。差し出されたものを受け取る華代は笑っていた。

「きれいだこと。あたしにくれるっていうのかい。ヒデ坊、ありがとうね」

ひどくさびしげに響いたので、この度だけは彼女があまり喜んでいないのではないかと不安になった。そして、そんな自信も確信もないまま懸命に彼女を喜ばせる言葉を探し、声にする。

「もう片方を見つけたら、すぐ華代ねえさんのところに届ける。必ず届けるから待ってて」

華代の掌で、模造ダイヤが光った。橋の親柱に寄りかかり、風呂敷包みを抱きしめるようにしながら彼女が言った。

「ヒデ坊、女になんぞなるもんじゃないよ。お前は女になっちゃいけない。美しい女なんてこの世にゃいないんだ。どうせなるのなら、この世にないものにおなりよ」

「この世にないもの？」

「そうだ、ほんとうにきれいなものは、お前がその目で見つけるんだよ。そうじゃなきゃ、他人様にああだこうだ言われたまま人生終わってしまうだろう」

「華代ねえさんは、この世にないものを見たことがあるの？」

華代はゆるゆると細い首を横に振った。

「ないよ。あたしは女だし、そんなふうにつやつやした欲のない瞳を持ってはいないもの。お前は、女に生まれなかったことに意味があるんだろう。そのまんま、まっすぐ生きて行くがいいよ」

秀男は、あれもこれも欲しがり、兄のお下がりを嫌がり、弟が死んでも悲しくなかった自分の瞳が「欲のない」と表現されたことに戸惑った。

そんなこと、と言いかけた秀男を遮るように、親柱から背中を離した華代は学童帽をひと撫でした。

「そろそろ行かなけりゃ。じゃあね」

その裾捌《すそさば》きと足袋の白さがあまりに鮮やかで、曲がり角の向こうに消えるまで、華代の後ろ姿を目で追った。華代が去った橋のたもとを、老婆がリヤカーを引きながら通り過ぎてゆく。秀男の背丈ほどもありそうな犬が一緒にリヤカーを引いていた。青い空の下で、そこだけ色がなかった。

薄暗い心もちで玄関前までゆくと、中から章子が飛び出してきた。

「ヒデ坊、どこに寄り道してたの」

章子は学校と家を何度も往復して秀男を探したという。すべてを言う気にもなれず、黙って下を向いた。章子のことを忘れて、文次のことで頭がいっぱいになり、華代にそれを伝えたくて歩いたのだった。ひとりだけ豆大福を食べたことは、口が裂けても言えない。

秀男は精一杯微笑んで顔を上げた。

「ショコちゃん、心配かけてごめん。今日、アチシにも友だちが出来たの。すごくいい子なの」

「その子と遊んでいたの？」

頷いた。章子は秀男を信じたようだ。

「一緒に遊ぶのはいいんだけど、一度家に帰って鞄を置いてからって、学校でも習ったでしょう？　みんな心配するから、今度からそうしてね」

「わかった」

友だちのいない秀男のために、自分は友人の誘いを断りながら弟と遊んできた章子だ。その口調はどんどん母のマツに似てくる。母の愛情が弟に移っても、秀男がなんとか日々を優しく過ごして来られたのは、この姉がいたからであった。

高校に進学した兄の昭夫は、体の大きさを買われて柔道部へ入った。顧問の教師が自宅までやってきて父を説得したのだ。時次郎は、自分の憧れていた武道の黒帯を持つという男が、どうしても昭夫を全道一、全国一の柔道家にしたいと頭を下げる姿に感激し、すぐさま息子に新しい柔道着を買って与えた。父が喜ぶ道へ進み、父の言うことを素直に聞く兄は、どんどん父に似てくる。章子はいつものように「お兄ちゃん、すごいねえ」と感心するが、秀男にはそうは思えない。頭の隅で、雄々しい兄には見かけほど自分の意思というものがないように思っていた。

その夜秀男は布団の中で、章子に今日の出来事をひとつひとつ話して聞かせた。うとうとしながら、辛抱強く話を聞いていた章子にも、うっすらと秀男の思いが伝わったようだった。

「ヒデ坊、盆踊りの仮装行列、可愛い女の子の恰好して出なよ。そんときなら、誰もなんにも言わないしさ。近所のおかみさんに白粉塗ってもらおう。ドレスとか着物とか、あたしの友だち、大通りのお金持ちが多いからきっと小さくなったのを持ってると思うの」

秀男は布団の中で小躍りしたくなった。堂々と白粉をつけて女の子の服を着て歩いてもいい日があるのだと思っただけで、腹の皮が嬉しさにぷるぷると震える。

「いいなあ、早くお盆が来ないだろか」

「ヒデ坊がお姫様みたいな恰好したら、ほんとうにきれいだろうねえ」

章子の語尾はゆるゆると延びて、すぐに寝息へと変わった。深まる夜の、豆電球もない天井に、秀男は自分が振り袖やドレスを着た姿を映し出す。目を瞑《つむ》っても、楽しい想像は止むことがなかった。


夏祭りの仮装行列で、堂々と振り袖を着て白粉と口紅をつけた秀男は、チャップリンや鞍馬天狗の扮装《ふんそう》をした大人たちのなかでひときわ目立った。お稚児さんが混じっているという声が聞こえてきたときは、鼻の先がつんつんと上を向くのを多少遠慮しなくてはと思うほどだった。

章子は弟の女装を誰よりもおもしろがり、それを見ていた家族たちも、この遊びは章子自身が楽しむために企画したのだと信じて疑わなかった。友人のあいだを奔走して、誰かうちの弟に可愛い衣装を貸してくれないかと声をかけたのが、章子だったのである。

章子の級友が大きな青果店の娘で、そこの母親が秀男をひと目見て笑いだすという屈辱はあったが、その笑いも振り袖を着せたら面白いくらい可愛くなる、という想像の上のことだった。仮装行列では青果店の名前が入った団扇《うちわ》を見せて歩くように、という指示がでた。百人をくだらない行列の最前列に振り袖姿で街を練り歩く秀男にとって、そんなことはお安い御用だった。

わかったわおばさん、アチシしっかりお店の宣伝する——

青果店の女将さんは喜び、背中で舞妓《まいこ》よろしく結んだ帯の間にまで店の団扇を挟み込んだ。どこからか島田のかつらまで用意して、秀男の着付けから化粧まで、いっとき青果店の二階にある応接室は近所のおかみさんたちの笑い声に満ちた。

気温二十度あるかないかの短い夏も終わり、松男の初盆が終わるころには秋風が吹いた。お盆が過ぎれば、夏休みも終わる。

この夏休み、秀男は朝早くから家を出て文次のもとへ通う日々が続いた。霧笛の響く朝霧のなかを、磯のにおいをかきわけて蒲鉾工場へ向かうとき、秀男は文次に会える嬉しさで体が膨れるような気がした。

学校にいるときは、男子便所へ入ろうとする秀男を盾のように何人もの児童が阻むことも多い。別の便所へと走っても、盾が先回りをして立ちふさがるのだ。

そんなときすっと横から現れて秀男の襟首を摑んで盾を割ってゆくことができるのも文次だった。

文次は誰の前でも吼《ほ》えたりしなかった。自分がいつ出ていけばいいのか、全体を見ることのできる場所にいて、本当に秀男が困ったときにやってくる。入学したての頃こそ囃し立てる者もいたが、何を言われても文次は直接相手に拳を振り上げたりはしなかった。下校時に囃し立てられた際、文次が道ばたに落ちている石を両手に持ち、うなり声とともにふたつをぶつけて砕いたことがあった。以来もう誰も、彼に寄りつかなくなった。

必要なことも不要なことも口にしない文次は、教師にも生徒にも、上級生にも人気がなかった。みなどこかこの少年の佇まいを恐れるふしがあり、秀男の強みは文次のそうした気配に心を引きつけられているところにある。

ふたりでいるときは秀男がよく喋った。それで良かった。文次は、自分から話すことは滅多にないけれど、秀男の話を聞くのを嫌がってはいないのだ。お陰で秀男は自分が文次の最高の理解者で居続けることができるのだった。

二学期が始まり、再び学校へ行かねばならぬ日、朝の川面を見つめながら交わした言葉を秀男は忘れない。

「ヒデ、お前は『なりかけ』かもしれんけど、俺は『あいのこ』だ」

「あいのこ、ってなに」

「日本人じゃない血が混じっとるそうだ」

「その血、誰なの」

「俺は親父の顔を知らないから、たぶんそいつだろう。殺しても殺しきれんくそたわけだ」

文次の眉毛のりりしさも、瞳の光り加減も、がっしりとした体つきもみな、その血のなせる業ならば秀男にとってそのくそたわけはありがたい存在だ。いつものように、思ったとおりを口にした。

「いいじゃないの。それできれいに生まれたんなら、アチシはそれでいいと思うわ」

「この顔や体のせいで、どんだけ嫌な思いをしてもか」

「うん、ブンジがきれいなこと知ってるアチシがついてるんだから、いいじゃない」

「お前はなんでもそうやって、ひとを持ち上げては楽しそうにしてるな」

文次はほんのりと赤みのある唇を突き出したまま川面に視線を移した。低く靄《もや》が流れる街を背にして、秀男はいっとき幸せだった。誰にも歓迎されない美しさなどないのだと、文次の存在が教えてくれる。それは、自分にも確かな価値があるという慰めと励ましなのだった。

秀男が二年に上がる頃、母は松男によく似た男の子を産み、その翌年に女の子を産んだ。秀男は自身に注がれる愛情を章子や文次に求め、母が赤ん坊を抱いていても悲しくはなくなった。家計はより苦しくなったが、秀男の甲高い声が響くばかりだった家に赤ん坊の泣き声が交じるようになると、一家はまた日々の忙しなさに紛れ込めるようになった。

秀男が三年生に進級する頃だった。兄の昭夫が受験勉強に専念するという理由で新聞配達を辞めると言いだした。中学を卒業したあと働きに出る者の多いなか、昭夫は朝の新聞配達と市場の荷運びをしながら高校に通った。期待された柔道も管内五位が最高で、顔ぶれを見ればもう続ける甲斐がないことは明らかだ。勉学を志す子に寛容なのは時次郎の方針でもある。どんなに貧乏をしようと、子供らには幼くして亡くした三男のぶんも学ばせたいというのが、両親の願いだった。

「俺も戦争がなければ学者になれた」という父は、部活のことには目を瞑り、進学を希望する長男をよりいっそう可愛がった。母はどの子にも均等に優しかったが、秀男と話すときだけはほんの少し小声になった。

夕飯のあと、昭夫が珍しく秀男に話しかけてきた。

「ヒデ、俺の配達先を引き継いでくれないか」

「新聞の？　あたしがやっていいの？」

家の中ではもう誰も秀男の女言葉に文句を言わなくなっていた。言って直る様子もなかったし、どんなにいじめられても秀男は泣かずに帰宅した。なによりみな、家の中に険悪な空気が流れるのは避けたいのだった。

学校や近所で囃し立てられても自分の流儀を通す秀男にとって、姉の章子は唯一頼れる存在だった。章子が間に立ってとりなしているうちに、家族に妙な連帯感も生まれた。秀男の容姿や仕種《しぐさ》を笑う者がいれば、兄もその者を睨みつけるようになった。家族全員が馬鹿にされているという意識を生んだのも、長女の落ち着きと対処の賜《たまもの》であった。

陰ではあれこれと言われていても、秀男本人が自分の居場所を決めているので、誰もそこから動かしようがない、というのが章子の言い分だ。ここは章子の援護と、何より秀男が持って生まれた粘り腰の勝利である。

昭夫は、長く自分が守ってきた新聞の配達先を他人に譲り渡すのも癪《しゃく》に障るのだと言った。

「俺の弟は、体は小さいがそんな弱点をはね返すだけの根性があると、推薦したんだ」

後任を誰にするか相談された際、販売店の責任者にも了解を取ったと秀男に凄んだ。

「俺は大学に行くために今まで頑張ってきた。ここから先は寝ないで勉強しなきゃいかん。お前も、ひとに頼らなくていいように、今からちゃんと働くんだ」

脅迫めいてはいるものの、秀男は兄の言葉に喜び、半月かけて新聞の扱いや配達先を覚えることになった。

秀男は、弟や妹の世話で明け暮れる毎日に、ひとりになる時間と自由になる金ができることを喜んだ。夏休み以外にも、早朝に家を出る理由が得られるのだ。

蒲鉾屋の工場で、文次も最近は一人前の働きをするようになった。朝の三時から起き出して霧笛の音を聞きながらすり身の機械を動かしている。同じ時刻に自分も、明けてゆく空や風の冷たさや濃い霧を感じられることが嬉しい。

配達を終えて、朝食まで時間があるときは、河口から二番目の橋のたもとまで歩いてみる。街が朝霧と霧笛の音に閉じ込められていても、工場のほうから文次の声が聞こえた日は、それだけで心嬉しく過ごせるのだった。さつま揚げをリヤカーに載せて市場へ運ぶ文次の隣を歩いていると、ときどき埃よけのすだれをめくり、さつま揚げを一枚くれることもある。一枚二枚は、工場主も文次の朝飯として許しているようだ。文次とふたりで食べる揚げたての蒲鉾はいつも、街に漂う霧のにおいがした。

翌年三月、十勝沖地震によって、時次郎が勤める運輸会社の壁に亀裂が入った。近所の大人たちはしばらくのあいだ、崩落した石炭のズリ山や、岸壁のずれ、亀裂の入った場所、河口から蛇のように這い上がってくる津波を見たと話していた。近隣の町村では大きな流氷が街に押し寄せたところもあったという。

机の下で教室が揺れる恐ろしさに包まれながら、秀男が思っていたのは文次のことだった。

自分は体が小さいのですっぽりと机の下におさまることができるが、体格の良い文次には無理ではないか。秀男は机の下から飛び出したくなった。地震が去り、集団下校となっても、秀男はそのときの恐怖をしばらくのあいだ繰り返し撫で続けた。

2

北大入学とともに慌ただしく家を出た昭夫から、元気でいるという葉書が届いたのが五月の終わり。内陸の公園で桜が咲いたという噂が広まった。

新聞配達を終えて、河口に戻ってくる船を横目に見ながら家へ向かっていると、岸壁に船を着けた漁師が声を掛けてきた。

「おい、そこの新聞少年、これ持ってけ」

すとん、と秀男の足下にちいさな包みが放られた。頭に手ぬぐいの鉢巻きをした、浅黒くバタ臭い顔立ちの漁師だった。シャツとズボン、胴っ腹にはカーキ色の腹巻き姿だ。

このあたりでは漁師たちの喧嘩は日常茶飯事だった。みな腹巻きに出刃包丁を挟んでいるのでたちが悪い。彼らが陸《おか》でやることといえば飲むこと打つこと買うこと、最後は喧嘩。港湾の運輸会社で働く父からも、用もなく港をうろつかないようにときつく言われていた。

秀男は若い漁師が放った包みを見下ろす。大小の文字が並んでいるが、英語は読めない。

「なんだよお前、めんこいからチョコレートやろうって言ってんだから、受け取っとけよ。働いたあとは甘いもんが旨いんだからよ」

「チョコレート？」

思わず屈みそうになる。秀男は誘惑に駆られ、じっと掌大の包装を見下ろした。拾いたいが、足下に放られた食べものを手にするのは、道ばたに落ちている金を拾うよりずっと屈辱的だ。男はゆるりと立ち上がり、秀男のそばまで来ると包みを拾い上げた。よく見れば、兄とそう違わぬ年の頃だ。

「ほらよ。投げたりしてすまんかったな」

差し出された包みをおそるおそる手にする。思ったよりもずっと重みがある。

「お前、おなごみたいな顔してっけど、けっこう根性あるな」

秀男は包みを突っ返した。自分で拾う根性がないのなら、もらわぬほうが気高くいられる。

「なんで、受け取らないんだ」

「拾ってもらった他人様《ひとさま》のもんを受け取るのは、自分で拾うよりずっと恰好が悪いからよ」

「なるほど、口も一丁前だ。お前、何年生だ？」

「四年生」

「あと五年もしたら、いいタマになってるだろうな。いったい何になるもんやらなあ。坊主か、もったいねえくらいの顔立ちだなあ」

男は秀男の顔をのぞき込み、しきりに感心している。彫りの深い目があまりにまっすぐこちらを見ていたので、秀男のほうから目を逸らした。男は腹巻きの隙間に手を入れ、先ほどの包みより小ぶりな箱を取り出した。

「そんじゃ、こっち。キャラメルだ。お前、気に入った。今日のところは、持ってけよ頼むから。俺の顔も立てろ」

しぶしぶ受け取った小箱は、見かけより重かった。「十ヶ入り」とある。ふたつを文次に、ふたつを章子に、弟と妹にはひとつずつ。そんなことを考えているうち、残りは四つになった。文次と章子にもうひとつずつ、となると今度は秀男のぶんがふたつしか残らない。ふと弟たちには与えぬ考えも過《よ》ぎる。しかしそうなるとまた自分の分がひとつ多くなってしまうのだった。

「どうした、坊主。今度はなに考え込んでるんだ」

「好きな子と、お姉ちゃんと、自分で分けたら、あたしのぶんがひとつ多くなっちまうのよ」

「好きな子に、ひとつ多くやったらいいじゃないか」

「そういう子じゃないの。ぜんぜん、ずるくないの。いつもあたしを守ってくれる、いい人なの。キャラメルをあげても、きっと最初は嫌な顔をすると思う」

男は「へえ」と言ったあと、ほんの少し間を置いて「こりゃ困ったね」と太いロープに腰を下ろした。

「なんだか、小坊主というより、馴染《なじ》みの女に説教されてるような気分になってきたな」

苦笑いをする男の口元に、浅いくぼみができた。秀男もこの十個をどう分ければいいのか考えると、さびしい気持ちになる。

男の口調が軽やかに変わった。

「そんなら俺にひとつくれよ。そうすりゃ数が合うだろう」

そのとおりだ――秀男はすぐに包みを開いて、キャラメルのひとつを若い漁師に渡した。

「よし、これでお前は誰にも気兼ねがなくなった。みんなで三つずつ分けて円満解決だ」

秀男の頭をぐりぐりと撫でたあと、男は急に真面目な顔つきになった。

「だけどな坊主、相手がひとつ多くもらったことなんか気づかないように渡せるようになりゃ、お前も本物だ」

「嘘をつくの?」

男は「いや違う」と声を低くする。

「自分も食ってるような顔をして、ぜんぶ渡すと、そいつはしばらくお前から離れられない。人間、いっときまではそんなもんだ。ひとつやってもっと欲しがるヤツなら最初《はな》っから、ひとつも食わせる価値がねえ」

秀男は男の言葉の半分も理解できなかったが、黙ってうんうんと頷いた。理解できなくても、忘れないだろう。

「おじさん、ありがとう」

男は「お兄さんって言えよ」と笑いながら、ぽつぽつとひとり言のようにつぶやいた。

「けどな、この先の道で会ったひとにひとつずつあげて、最後のひとつを誰に食わせたいか考えるっていう手もあるんだぞ」

男の言葉はますます難しくなってゆく。

「あたし、最後のひとつは自分で食べちゃうかもしれない」

「おう、そりゃ正解だ。頭の回る小坊主だな。面白いや、また遊びに来いよ」

うん――秀男は箱の中で揺れる九つのキャラメルを、文次と章子にいつ渡そうか考えながら家までの道を急いだ。初めて会った人間が秀男のことを面白がることはよくあるけれど、仕種をからかったり笑ったりしない人間は珍しい。相手が自分を馬鹿にせず対等に話してくれるのが分かった途端、秀男の警戒心も解ける。

家路を急ぎながらキャラメルの箱を確かめる。「最後のひとつ」のひとことが頭の隅にどっしりと居場所を作っていた。

その夜、布団を敷きながら章子にキャラメルを三つ渡した。声を潜めて姉が訊ねてくる。

「ヒデ坊、これどうしたの」

「港で漁師にもらった」

「知らないひとから物をもらったら駄目だって父さんがいつも言ってるでしょ」

「うん、でもいい人だったんだよ」

「いい人かどうか、初めて会ったんじゃ分からないでしょ」

「きっとショコちゃんも気に入るよ」

「なんでそんなこと分かるの」

「いい男だったんだよ。バタ臭い顔の」

裸電球の下でしょぼくれていると、章子は姉の顔になり「ヒデ坊だからねえ」と大人びたひと言で、尖りそうになる気配を折り畳んでみせる。秀男も、自分を理解してくれている姉には、どうにもこうにも頭が上がらない。

「でも、ありがとう、ヒデ坊」

穏やかだが心のつよい姉はまた、秀男の気持ちをしっかりと受け取ることも忘れなかった。章子は、受け取ったあとの説教もしなかった。しなやかな少女に育った姉は、あまのじゃくな秀男にとって、ぷいっと顔を向ける先で常に微笑んでみせる。章子は秀男のいちばんの理解者であり、それゆえ敵わぬ相手でもあった。

翌朝、配達のあと海霧が川縁を舐めてゆくなか、蒲鉾工場の前で文次にキャラメルを渡した。秀男はちいさな嘘をついた。

「これ、章子ちゃんが文次と三つずつ分けなさいってくれたの。どうぞ」

「お前のねえちゃん、優しいな」

口数の少ない文次も、この場にいない章子からのものと言えば素直に受け取り礼を言うのだった。

秀男の脳裏を「自分の分も渡せば良かった」といった思いが過ぎった。

「ショコちゃんは、いつだって優しいの」

姉を褒められると、自分が褒められるよりもずっと嬉しかった。


春特有の磯くさい霧が街の隅々まで行き渡った朝、販売店の女将さんが秀男に声をかけた。

「ヒデ坊、どうだい。配達にはもう慣れたかい。霧の日は湿気った新聞が重たくないかい」

「はい、だいじょうぶです」

「最初はなよなよしてて心配だったけど、さすが昭夫あんちゃんの弟だけあるねえ」

女将さんは割烹着に浮き上がる段腹のひとつひとつをさすりながら秀男に言った。

「配達先からも苦情が来ないし、集金も真面目にするし、助かるよ」

月の終わりに二日か三日かけての集金も任されているのだが、真面目にしない配達員もいるのかと不思議に思い、訊ねてみる。

「そりゃ、まあ。そんなのはすぐに辞めちゃうんだけどさ」

女将さんは言葉を濁し、話題を変えた。

「配達先で、何軒か飛ばして配る家や店があるだろ。そこに営業かけてほしいんだけどもさ」

「営業って、なんですか」

「家のひとがいる時間に行って、そこの奥さんに、うちの新聞を取ってもらえないか頼むの。もし取ってくれるようになったら、ヒデ坊のお給金も増えるってあんばいだ」

秀男が受け持つ区域は、家から神社へ向かう道の中ほどまでだった。そのあいだに、何軒か飛ばして通り過ぎる家がある。そこへ行って頼めばいいのだという。すぐに、もっと先へ行ってもいいのではといった考えも浮かぶ。折り返しの家から、ほんの百メートル足を延ばせば「月亭」だ。たまに華代のところへ遊びに行っても、会えないまま女将に追い払われることが続いていた。うんざり顔の女将に「華代はもううちにはいない」と言われても、納得できない。行き先を教えてくれるよう頼むが、それはできない決まりの一点張りだった。秀男は販売店の女将さんに向けて思い切り笑顔を作った。

「がんばります」

「いい顔だねえ、そのめんこい顔でよろしく頼むよ」

お給金が増えるのも「月亭」へ行く上手い口実を得られたのも嬉しいことだった。

家に戻る朝靄のなかで秀男は、またあの漁師に会えないかと目を凝らしながら港を走った。会えたらちゃんと礼を言い、キャラメルが旨かったことも伝えなければ。

河口が近くなるほど磯のにおいがつよくなる。港に入った船から、次々に漁師が岸壁へと飛ぶ。キャラメルの男がいればすぐわかるはずだった。橋のたもとを曲がり真っ直ぐ走ってゆく。河口には数えるのさえ飽きるくらいの漁船が筏《いかだ》のように並んでいた。

河口付近を名残惜しく眺めていると、一隻の漁船が船着き場のビットに縄を掛けていた。

「あ」思わず声を上げた。

「お兄さん、キャラメルのお兄さん」

浅黒い顔がこちらを向いた。胴巻きには鞘に収めた包丁の柄が見える。船を着けたあと男は、眩しくなるほど人なつこい笑顔になった。

「おう新聞少年、今日も元気か」

「うん、このあいだはありがとう。みんな喜んでた。お兄さんのおかげよ」

「俺は晶ってんだ。お日様三つ積み上げた一文字で、アキラだ」

「あたしはヒデでいいわ」

「おう、おヒデよ、ここからじゃあ見えないだろうが、沖にでかい雲がある。明日はひでえ時《し》化《け》だ。街に遊びに出るんだが、お前も来るか」

「街って、どの街に行くの」

「そりゃお前、酒を飲ませる街に決まってんだろうよ。風呂屋のあとは映画と酒と踊りだ。面白いぞ」

「風呂と映画と酒と踊り？」

「煙草ふかしながら女と踊るんだ。なんだお前、踊れないのか」

秀男の勝ち気に火がついた。

「盆踊りくらい誰より上手く踊れるわ」

晶が後ろにひっくり返りそうに背を反らし、大笑いをする。この手の笑いは、秀男が最も嫌うものだった。

小馬鹿にした笑いを憎らしく思いはしても、なにやら曇天の晴れ間を見るような笑い声に気持ち良くなった。秀男は晶に向かって「わかった」と手を振った。

「学校終わったら、また来いよ」

「学校終わったらすぐここに来るんでいいのね」

「ああ、待っててやるよ」

霧笛のなか、秀男は家に向かって駆けだした。頭の中は知らない世界と新聞勧誘のことでいっぱいだ。自分が見たもの、ひとから聞いたことを、文次に話して聞かせるのが秀男の楽しみでもある。秀男がなにをどう面白がっているのかを、文次も同じように楽しんでくれる。

踊りか——

秀男は岸壁の亀裂をひょいと飛び越えた。知らぬ間に、笑い顔になっていた。


気の早いネオンの繁華街を、小走りでついてゆく。秀男は晶が本当に船の前で待っていてくれたことにも、頭の手ぬぐいを外していることにも驚いた。最初に連れて行かれたのは、風呂屋だった。炭鉱からまっすぐやって来たような真っ黒な男もいたし、鏡の前で短髪にぴしりとポマードを塗っている姿も目に入る。秀男が母や章子に連れられてゆく風呂屋とはにおいも気配もまったく違う。なによりも、この日まで秀男は男湯に入ったことがなかった。

晶は番台の女将に秀男の分も払い、脱衣籠の前に立つと涼しい顔でシャツとズボンを脱ぎ始めた。

秀男の前を、裸の男たちが行き交っていた。ぼんやりしていると、晶に「はやく脱げや」と急《せ》かされる。

「脱ぐのはかまわないけど、ここ男湯でしょ」

晶は「うぅん」と難しい顔をしたあと「まあ、今日のところはさっさと入っちまえよ」と言って下穿《したば》きを取った。

全身が筋肉でできた男の体を、初めて見た。シャツとズボンの上からでは分からない、小柄な男の引き締まった胸板は、学校の美術室にある石膏《せっこう》の置物そっくりだ。顔や腕の浅黒さも、伊達ではなかった。全身が白茶けた電灯の下で光りそうなほどだ。胸や腹、腕や太股にきりりとはりつく筋肉の盛り上がりには美しい影ができ、思わずため息を吐いてしまう。

「なんだよ、ひとの体をあんまりじろじろ見るなよ」

「きれいねえ」

「ますます馴染みの女みたいな口をききやがって。おヒデ、お前ほんとうに面白い坊主だな」

晶に「おヒデ」と呼ばれ、秀男は新しい自分に出逢ったような気分になった。新たな名前を与えられたら、新しい自分にならなければいけない。

着ていたものを手早く脱ぎ、ほんの少しのためらいも、脱衣籠の中へと放った。蛇口のお湯を水と上手く合わせて、晶が秀男の体にかける。仕事帰りや仕事前の男たちが放つ苦味の効いたにおいと気配にむせかえりそうだ。

「あたし、男湯に入るの初めてなのよ」

「いままでどこに入ってたんだ」

「女湯」

湯船に沈みながら言うと、晶が愉快そうに笑う。秀男は彼が楽しそうにしているのがなにやら嬉しくて仕方ない。口の中に、文次と舐めたキャラメルの味が蘇る。

晶の手ぬぐいで体を洗われながら、秀男はその手の感触にうっとりと目を閉じる。母でも章子でもない人間に体を洗ってもらった記憶がなかった。番台で買った石けんで、頭から足の裏まで洗ってもらい、秀男は「おヒデ」になった。湯船に戻り、晶の手が秀男の腰を這ったとき、全身がぞくぞくするような心もちへと変わった。

あたし、おヒデなんだ——

おヒデになったからには、晶の喜ぶことをしなければいけない。するりとその手が尻を包み込んだ。秀男は晶の体に身を寄せ、鉄に似た肌に両手を回した。晶の体からふっと力が抜けたのがわかった。湯のなかにいるとどんどん体温が上がってゆく。

「どうした、おヒデ」

「なんか、ぼうっとしちゃって」

「湯あたりかな」

「男湯初めてだから」

「むさくるしいんだろうな」

晶といい文次といい、秀男の気持ちなんぞわからぬのが男というものなのだろう。この男たちと自分が、同じ生きものとはとても思えない。

背中に大きな鯉を背負った男が勢いよく湯を出た。波だった湯の表面、晶とふたりゆらゆらと揺れた。ひょいと脇腹に手がかかり、秀男の体がふわりと持ち上がる。晶の膝の上にのると、自分の居場所があたまひとつぶん高くなった。

母や章子と入る湯船とはまったく違った。そこは同じ風呂屋だというのに、目に飛び込んで来るのは目慣れた曲線ではない。父も兄も、九歳にもなってためらいなく女湯に入る秀男に眉をしかめるのだが、母だけは「しょうがないねぇ」と許してくれる。

――ヒデ、お前はいつまでかあさんと風呂に入るんだい。

マツの横で数を数えながら、秀男の答えはいつも同じだ。

――あたしはずっとかあさんと一緒にお風呂に入るの。

――いつまでも、ってわけにはいかないんだよ。

――じゃあ、風呂屋に来るのをやめる。

――強情だねえ。

マツの横では章子も似たような困り顔でほほ笑むのだった。

男湯が良いわけではなかった。晶と一緒であることが楽しいのだ。

「ここ、いいわね。気に入ったわ」

「そりゃ良かった。湯あたりしないうちに、出るぞ」

もっと湯船のなかで晶と揺れていたいところだったが、さあさあと促され脱衣所へと戻る。

一本の手ぬぐいをふたりで絞りながら体を拭きあった。秀男が背中を拭いてやると、晶は「こういうのもいいな」と、よく通る声で笑った。

風呂屋から出ると、湯上がりの体が冷えぬようにと晶は秀男の肩にぶかぶかのジャンパーを引っかけた。昼時よりも風が強くなっていた。

「ねえ、晶にいさんはどこから来たの」

「俺ぁここよりちょっとばかり暖かいところの生まれだが。それがどうかしたか」

「奥さんとか子供とかは、どうしてるの」

「そんなもん、いねえよ。なんでだ」

「あたしの体、かあさんより上手に洗ってくれたから」

慣れている、という言葉は思いつかなかった。ただ、秀男を可愛がってくれる男の気配に、華代のときに似た別れの予感を感じ取っただけである。

「明日は漁がない。働くだけ働いたら、少しは楽しく遊びたいじゃねえか。お前といると面白いから誘っただけだ。おかしな詮索は自分が面倒なだけだ、やめとけよ。今日のことは今日のこと。明日は明日の風が吹くんだ。忘却とは忘れ去ることなり。忘れ得ずして忘却を誓う心の悲しさよ、って言うじゃねえか」

「なにそれ」

「『君の名は』だ。木曜の夜にやってるラジオドラマだよ」

「あたしも聴きたい」

「ラジオがあれば、誰でも聴けるよ」

「うちのラジオは、駄目よ」

家にあるラジオは時次郎しか触れない。酔えば必ず、終戦の玉音放送の話になり、復興の言葉も黴《かび》が生えそうな今は父の嘆きもどこか芝居がかっていた。父のラジオは、秀男たち子供にとってはただの置物だ。兄が夜遅くまで受験勉強をしていた名残で、ずっと音のない生活をしている。母は弟と妹を泣かせぬよう気を使っているし、父は飽きもせず長男自慢を繰り返している。今日は息を殺しながらの日々に咲いた、不思議な一日だった。

「そんじゃあ、こんど俺がラジオをやるよ。川沿いに電器屋があったな、たしか」

「うん、あそこに行けば歌が流れてるの」

「歌、好きか」

「大好き。踊りも好き」

秀男の坊主頭を撫でて、晶がにやりと笑った。

「じゃあ、踊りに行くぞ」

繁華街は夕暮れのものさびしさをまとい、いっそうきらびやかに変化していた。学校の登下校で見る街角とは違い、通りの両側が化粧をしたようにあでやかだ。ふと、こんなところを父や兄に見られたら、という思いが浮かんだものの、角をひとつ曲がるころには消えていた。

いつもどおりの街が、夜を着るだけで別世界になる。秀男はいつか宝石箱に入れた雪の結晶を思い出した。この時間も、夜が明ければ瞬く間に見えなくなってしまう、暗がりの魔法に思えた。

晶が船室を模したドアを開けた。陽気な音楽が秀男めがけて飛び出してくる。一歩あとずさる秀男の背を、晶が軽く押した。

秀男の家の三倍はありそうなフロアでは、赤いシャツ姿の男と空色のワンピースを着た女が踊っていた。足を前後に動かしながら、両腕と腰でリズムを取っている。

「おヒデ、あれがマンボだ。盆踊りとはちょっと違うだろう」

朝の会話を思い出し、勝ち気は増す一方だ。

「あたし踊れるわ、ばかにしないで」

煙草に煙るカウンターの中から、笑いが漏れてくる。

「晶ちゃん、今日はずいぶん可愛いのを連れてるじゃないの」

「おお、ちょっと見は坊主だが、こいつは立派な港の女だよ」

撫でられた頭から、ふわりと石けんのにおいがする。さっき湯の中で触れていた晶の肌を思い出した。

空色のワンピースのすぐ後ろで、そのステップを真似てみる。何度か足がもつれたものの、秀男はすぐにマンボのステップを覚えた。体を止める場所は常に三か所だ。

「いち、に、さん、そうだそうそう。お前、リズム感いいな」

晶が飲み物のグラスを持って秀男の前で踊り始めた。自分のつま先ばかり見ている秀男と違い、上半身がまったく揺れない。手にしたグラスの飲み物がこぼれることもなかった。秀男の動きが止まる。目の前で、晶がくるりと半回転する。かたちの良い背中を見せたかと思うとすぐにまた半回転だ。

「すごい、晶にいさん、すごい恰好いいわ」

「お世辞も上手くなったな、おヒデ」

「本当よ、ものすごく恰好いい」

晶は横浜と大阪で踊りを覚えたのだと笑った。喋っていても体は音楽に合わせてステップを踏み、半回転、一回転を繰り返す。

「どうだ、盆踊りよりずっと楽しいだろう」

「うん、楽しい。あたしずっとここで踊っていたい」

楽しくなってくると、ちいさな体が二倍三倍にも膨らんでいるような気がする。楽しさが体中の毛穴から飛び出してくる。風呂上がりの体が、再び汗ばんでくる。女がワンピースの裾を大きく広げながら回転する。秀男が真似る。晶が秀男を見て喜ぶ。

別世界だ。

高く上げた男の手の下で、女がくるくると回った。ポーズを決める。見とれている秀男に向かって片目を瞑って見せた。音楽が、スローテンポに変わった。フロアの男女は呼吸も乱さず、微笑みあいながら壁側の席に仲良く座った。

「ああ楽しい。晶にいさんはなんでも知ってるのね」

カウンターの席によじ登り、腰を下ろしたところでそう言うと、秀男の前にグラスがひとつ置かれた。

「ひと汗かいたら、サイダーだ」

「おいしい」

晶のグラスには丸いボトルから泡立つ飲み物が注がれる。楽しいかと訊ねられ、何度も「楽しい」ことを言葉を換えながら伝えた。

「大きなゾウより楽しいわ。うちの近くの川より、海より大きく楽しい」

「海より大きく楽しいか」

晶は愉快そうに笑う。秀男も自分の言葉が彼に通じていることがとても嬉しい。

「明日はやっぱり時化るのかしら」

「おヒデがはしゃいでるからな」

晶がポケットから煙草を取り出し、火を点ける。細く吐かれた彼の煙を、鼻の奥へと誘い込んだ。むせかえりそうだが、父とも近所の親父たちとも違うにおいがした。

「なんだか、いい香りね」

「もう少し経ったらよ、お前も外国煙草の一本も似合うようになるよ。次に会うときは、いったいどんな坊主になってるかねえ」

晶の物言いが、やけにさびしく響いたので、秀男は思ったままを口にした。

「なにそれ、晶にいさんどっか行っちゃうみたい。やだわあたし」

晶は眉間に皺を寄せながら、まんざらでもない表情だ。

「港を出るときは、こうじゃなけりゃな。引き留めるやつが居ないと、出て行きづらいものなんだよなあ」

「釧路を出ていっちゃうの」

「そりゃ、季節もんの漁師だからよ」

「ねえ、どこへ行くの。次はいつ来てくれるの」

「来年かな、それとも再来年かな」

「来月にして」

秀男は、自分が思ったことをぴしりと言い放てば晶が喜ぶことに気づいた。晶が喜べば、自分も嬉しいのだ。

「来月かあ。そりゃいいな」

「ずっとここに居たっていいじゃない」

「ますますいいねえ、おヒデは最高だ」

「本当？　あたし、最高？」

フロアに再びマンボが流れ始めた。秀男は汗をかきながら懸命に練習をして、その日のうちにクイックとターンを覚えた。店に入って来た客が面白がって囃し立てる。世の中にこんな面白い時間があることを知らなかった。額に汗の粒を作りながら踊り、十人の客から拍手と喝采を浴びるころ、晶が言った。

「さて、今日はそろそろお開きだ。家に帰らないと、父ちゃん母ちゃんが心配するぞ」

はっとして時間を訊ねた。そろそろ父が帰宅するころだ。しかしいまこの時間を手放してしまったら、と時を惜しんでしまう心も止められない。父の木刀が飛んでくることと、マンボで喝采を浴びることを天秤にかけ、それでもなかなか自分から「帰る」とは口に出せなかった。

「おヒデ、明日もあるさ。俺は一日船ん中にいるから、いつでも声かけろ」

「本当？　船に行けばいいのね。あたし、行ってもいいのね」

もちろんだ――秀男の頭をくりくりと撫でたあと、晶が言った。

「おヒデ、ひとの前ではあんまりそういう目をしちゃあいけない」

晶は自分の吐いた煙を手で払い、煙たそうな顔で言った。

「そういうときは少し気をもたせながら『行けたら行くわ』と言うんだ。そのほうが、きっとお前が望むような結果になっていく。そうやって俺みたいな風来坊を捨てて、もっといいヤツを見つけるんだよ。そのほうが人生もっともっと楽しくなるからな」

「あたしは晶にいさんを捨てたりしないわ」

「そういう話じゃない。世の中全般の話をしてるんだ」

晶の言葉をすべて理解するのは、マンボを間違わずに踊るより難しそうだ。秀男の気持ちは、明日港へゆくことでいっぱいになる。文次のことが心をかすめるが、なぜかいまは目の前の美しい男に心奪われて身動きが取れないのだった。

「さ、帰るぞ」

素直に店を出る。汗に濡れた背中が、風に冷やされ一気に乾いた。家の見える角まで来たところで、晶に手を振った。小走りで電柱を一本過ぎ、後ろが気になり振り向くと、両手をズボンのポケットに入れた晶がゆっくりとした足取りで、今度は駅側へ向かって歩いてゆくのが見えた。

玄関の少し手前で、帰宅する父と鉢合わせしたときは心臓がぐらぐらと揺れた。殴られるかと身構えながら硬い声で「お帰りなさい」と頭を下げる。

「秀男、外で遊ぶのもいいが、弟と妹の面倒もしっかりみなさい。少しはかあさんに楽をさせなさい」

時次郎との会話は、ほとんどが小言ばかりだった。口応えをしようものなら、平手か木刀が飛んでくる。木刀がないときは、手の届く範囲にあるものがその代わりになる。

時次郎は玄関に秀男を入れたあと、もっと力強く歩けと言った。男はどこから見ても、凛々《りり》しく見えなければいけないという。

「いまも遠目に見て、どこの家の子だろうと思うほどくねくねした歩きかただった。あれはいかん」

「はい、とうさん。以後気をつけます」

可愛く去ってゆく後ろ姿を晶に見てほしかったのだが、まさか父に見られていたとは。ありがたいことに、父の目には角で別れた漁師の姿は入ってなかったようだ。秀男はほっとしながら、台所にいる母と章子の隣へ急いだ。


翌朝は、晶が言ったようにつよい風が吹き、沖の空も街の上空も濃い灰色となった。新聞の配達をしている間も学校に来ても、秀男の体はなにやらふわふわと宙に浮いている。晶と文次のことばかり考えているせいではないかと気付き、湧いてくる恥ずかしさに耐えた。

一時限目の授業中、後ろの席から秀男の後頭部めがけてなにか飛んで来た。一回、二回。目をきつくしてそっと振り向くと、消しゴムのかすを丸め、まさに投げようとする右手が目に入った。静まりかえった教室に黒板を叩くチョークの音が響く。教壇の担任教師は黒板に教科書と同じ文章を書き綴っていた。国語の授業は板書から始まる。黒板の端から端まで止めはね右払い左払いと、カツカツ音を立てながら自慢げに文字を書く担任だった。その間、好きなことをする者も後を絶たない。

今日は消しゴムか。あとで文次に言いつけてやろうと、消しゴムかすを持った同級生を睨みつけた。どんないやがらせでも、文次がいれば――

国語の音読で秀男が指された。負けてなるかといつもより大きな声で教科書を読み上げる。今度は担任には見えないところから、消しゴムかすが飛んでくる。こんなことはもう、慣れっこだった。休み時間に教室を飛び出した秀男は、急いで文次の学級のドアを開けた。窓縁のいちばん後ろの席にいるはずの文次が見当たらない。目を凝らしぐるりと教室を見回すけれど、どこにもいない。

「文次、文次はどこ?」

焦っているあいだに、じりじりと消しゴム坊主たちが背中に迫っているのがわかる。戸口近くの席に座っていた女の子が秀男の焦りをかわすようにのんびりと答えた。

「文次、今日は休みだよ」

「なんで休んでるの?」

「わかんない」

秀男は泣きたい気分で文次の教室から後ずさる。振り向くと、消しゴム坊主の一派が三人、秀男を見てにやにやしていた。最初から、文次が休みだと知っていて仕掛けられたことなのだった。

三人の横を通り抜けようとしたところで、大柄な坊主の足がひょいと秀男の前に出た。進もうとする脛《すね》が待ったをかけられ、体がふわりと宙に浮く。無意識に顔をかばっていた。肘と膝、腰骨が廊下に叩きつけられたが、咄嗟に立ち上がっていた。痛みより、その場から逃げることしか浮かばなかった。文次がいないのでは、到底勝ち目はない。姉のいる上級生の教室へ急ぐか、学校を出るか——

走りながら次の逃げ道を探す。姉の教室より先に玄関へと差しかかった。秀男は上履きのまま学校を飛び出した。背後から、三人から五人、十人以上に膨れあがった声が「なりかけ」「帰れ」「ばけもの」と大合唱している。いつ練習をしていたのかと驚くほど声が揃っていた。

秀男は泣かない。いじめられて泣くくらいならば、すべてやめられるのだ。自分は間違ってなどいない。父に殴られようと兄に疎まれようと、母が悲しもうと、生まれ落ちたこの体と性分をせめて自分だけは好いていたい。

土を叩き、殴るように降る雨のなかを走っていると、自分は決してここに放り出されたのではなく、自ら躍り出たのだと思うことができた。秀男はひとりで走っている。姉の教室で助けを求めるのではなく、外に飛び出すことを選んだのだ。びしょ濡れの体も泥にまみれる足も、そう思えば軽くなった。

秀男を囃す者たちの内側に在る、鬱憤の肥やしにだけはなるまい。走るほど、誓いはつよく体に刻まれてゆく。

雨も風も強かった。まだ昼前だというのに、街は黒い空に蓋をしたような暗さだった。鞄も雨合羽《あまがっぱ》も学校に置いたまま、秀男は走った。地面を叩く雨音にかき消され、もう誰の声も聞こえなくなった。

ようやく川縁へたどり着いた。港が近づいてくる。浩は雨に打たれ、退屈そうに船を並べていた。秀男は晶の船を見つけると、岸壁から数十センチの船へ、勢いよく飛び移った。物音に気づいた晶が、船室のドアを開ける。秀男を見つけるとすぐに船の中へと引き入れた。

「なんだおヒデ、昨日のべっぴんさんが台無しだぞ。学校はどうした」

晶が自分の首に提げていた手ぬぐいで秀男の頭から顔を拭う。べっぴんさんと言われてくすぐられる心と、雨に冷えた体が胸の内側でずれた。

「お前、こんなの着てたら風邪をひいてしまう。早く着替えろ」

体にはりついたシャツを脱ぎ、下穿き一枚になった。寒いのか暑いのかわからない。皮膚と内側の温度もやはりずれていた。

晶が紙袋から新品のメリヤスシャツを取り出して秀男に着せた。肩からずり落ちる襟を首に寄せて、その上から海の匂いが沁みた毛布でくるまれた。

「なんか、温かいもん腹に入れないと。おヒデ、お前震えてるぞ」

震えてなんか――自慢の口がうまく回らず、奥歯がガチガチと鳴っている。体に巻かれた磯くさい毛布を内側からきつく閉じる。頭の奥から体全体へ、氷を滑らせているみたいだ。

「寒いみたい」

それだけ言うのに、途方もない時間がかかった。晶がガスコンロに火を点けた。鍋が温まりだしたあたりで、鼻先に味噌汁の匂いが漂い始めた。秀男は気が遠くなりそうなところを懸命に鼻の奥へ奥へと、味噌汁の匂いをかき集めた。

「待ってろ、すぐうまい魚汁《さかなじる》飲ましてやる。腹に温かいもん入れれば少しはいいだろう」

晶が湯気のたつ汁椀を秀男の口元へと運んだ。唇が火傷《やけど》しそうな熱い魚汁をすする。

「こぼしそうだな」

晶は秀男の後ろへと回り込み、その体を毛布ごと背中から抱いて汁を飲ませてくれた。

「熱い」

「お前が冷えてんだよ」

「美味しい」

「当たり前だ、俺が作ったんだから」

いつものように口がうまく回るようになったころ、やっと体が温まってきた。秀男が本当に寒さを意識できたのは、臓腑《ぞうふ》に体温が戻って来てからだった。魚汁をおかわりして、ひどい震えが去ったあとも晶は秀男を腕の中に入れていた。港で揺れる船の中に、こんなにも心安らぐ場所があるとは思わなかった。ひとの体温をこれほど間近に感じたことも、波に持ち上げられる船底が驚くほど温かな場所だったことも、秀男は今日まで知らなかった。

秀男を包んでいた晶の体がほんの少し背中から離れた。弛《ゆる》んだ腕が船室の棚から紙包みを摑み上げた。どっしりとした重みが太股にかかる。

「お前にやるよ」

「なあに」

右の耳を晶の腕に押しつけ、その顔を見上げた。数ミリ伸びた髭が、目の近くにある。吐息にうっすらと酒が香った。

「ポータブルラジオだ」

皺だらけの紙包みの中から、学校の廊下によく似た色のハンドバッグが出てきた。バッグには丸いダイヤルがついている。父の時次郎が子供たちにも触らせないほど大切にしているラジオとは、まったく違うかたちをしていた。

「これがラジオなの？」

「そうさ、そのうちもっと小さくなる。アメリカ人にとって、日本人の手先の器用さは脅威だからな」

「脅威ってなに？」

「おっかないってことだ」

「アメリカは戦争に勝ったじゃないの」

「どんなに叩きのめされたって、向かって行くにはそれなりの技術と勝算があったんだよ。勝った勝ったと、日本から何を取って行ったところで俺たちの頭と手先だけは残るからな。おヒデもこの時代を生きていくなら、頭を使え。勉強できることと頭がいいことは違うぞ」

「あたし、勉強はできるけど嫌いなの」

晶は秀男の顔をのぞき込むと「なあに、好きなことはすぐに覚えるもんさ」と白く並んだ歯を見せた。

秀男に舶来のポータブルラジオの使い方を教える晶の口調は、教壇に立つ教師に似ていた。電波が弱いのか、声もぶつ切りだ。晶がダイヤルを合わせる指先に神経を集中させていると き、秀男の背中に伝わる体温がほんの少し高くなる。ラジオから、知らない音楽が流れ、知らない人の声がする。ついこの間までは知らない人だった晶と、一緒に風呂に入りマンボを踊り、背中を温めてもらっている。すべてが秀男にとっては不思議な夢の一場面だった。

船室の窓をつよい雨が打っている。船は水に浮かべた木の葉のように上下し、左右に揺れた。

晶は秀男が船酔いしないことをとても喜んだ。

「船酔いしないってのは、神様がくれたいい耳を持ってるってことだ。大事に使えよ」

「酔わないのは、晶にいさんがついていてくれるからよ」

晶はけらけらと快活な笑い声をたてる。

「その調子で、誰でも何でも褒めてやれ。お前の可愛い声で褒められたら、誰でもおヒデになびいてくるよ。褒め言葉なんぞお前の頭ならいくらでも浮かんでくるだろうよ」

一時限目に飛んできた消しゴムのかすや、文次のいない教室のことや、追い詰められて校舎から飛び出したことを思い出した。

「あたしに嫌なことをするやつのことまでは、嘘でも褒められないわ」

晶が「なるほど」と、船室に干した秀男のシャツを見上げた。

「おヒデは、自分が嫌なことをされる理由はわかるか」

「わかんないわ、あんなやつらのことなんか」

知らず顔が下を向く。わかっていたら、逆手に取ってねじ伏せることが出来るのだ。

「頭を使えと言ったろう。お前に嫌なことをするのはどこのどいつなんだ」

「後ろの席の子が消しゴムかすをぶつけるの。今日は助けてくれる子がいなくて、いつもならさっさと黙らせることができる相手から、逃げてきたのよ」

「逃げるのだって、勇気が要るさ。ひとりで逃げるなんてのは、本当につらいし恥ずかしいもんなんだ。お前は今日、それをやった。これで、ひとつ選択肢が増えたってことだろう」

選択肢とはなにかと問うと、間髪容れず「逃げること」と返ってきた。

「怖いし、悔しかっただろう?」

「うん、とても嫌だった」

「相手はそれが楽しい。理由はわかるか」

「わかんない」

「少しは考えてから、わかんないと言いなさいよ」

晶はそう前置きをしたあと、言葉を溜めて優しく言った。

「おヒデに嫌なことをする坊主たちは、お前が気になって仕方ないのさ。人間、自分と違えば怖い。相手が持っている武器がわからんから、怖いのも当たり前だ。お前は坊主たちにあって自分にないものを、わかりやすく褒めてやれ」

この、分かりやすいというのがミソなんだ、と晶が笑う。秀男は分かったような分からぬような、しかし確実に相手をへこませる方法があることには気がついた。

「男らしくてすてき、とか?」

「そうそう。どこの女もそれでたいがいの危険は切り抜けられる。俺みたいな単細胞は簡単に騙せるだろうよ。いいか、嘘はためらいなく吐かなけりゃいけないぞ」

「嘘でいいの?」

「嘘だからいいんだ。本音なんぞ、くその役にも立たない。そんなもんは、嘘を吐く頭のないやつの安っぽいいいわけだ」

そう思っていれば間違いはないのだとつぶやくとき、晶は少し悲しげな声になった。

「晶にいさんも、嘘を吐く?」

「ときどき」

「どんな嘘を吐くの？」

「言うことも言わないことも、俺は全身嘘だらけだよ」

言葉が途切れがちになり、港も船も風と雨に包まれるころ、秀男は眠りに落ちた。晶の腕の中でみた夢は、晶の腕の中で眠る秀男の姿だった。どうやら自分は、目の前にあるポータブルラジオになってしまったらしいと気づいたとき、夢から覚めた。

下校時刻を過ぎ、晶に傘を借りて家に戻った。章子が既に帰宅していた。

「ヒデ坊、鞄と靴はわたしが持ってきた。先生にいろいろ聞かれたけど、秀男は朝から具合が悪かったからって、わたしが先生に報告をし忘れたことにしておいたから」

章子は、弟を守るために嘘を吐くのだった。秀男は姉の心遣いと安堵と晶恋しさで泣きそうになる。慌てて、胸に抱いた紙包みからポータブルラジオを出して見せた。

「ヒデ坊、どうしたのこれ」

「漁師さんからもらったの。船のお仕事を手伝ったのよ。あたしでも役に立ったって、大喜びしてた」

しばらくふたりだけの秘密にしておいてくれと頼むと、章子はためらいのある瞳で頷いた。家では秀男が授業を終えて帰宅したことになっていた。ラジオは誰もいないときにふたりで聴こうと約束し、古いノートの入った紙袋に入れて押し入れの下に隠した。

翌日、朝刊配達を終えての帰宅途中、まだ少し風の残る港に船が戻り始めていた。秀男は家に戻るぎりぎりまで船を待ったが、晶は戻らなかった。授業を終えて港へ走ってみたものの、晶の船はどこにもいない。翌日も、そのまた翌日も、港の端から端まで探したが、見つけることが出来なかった。

晶の船があった場所に別の船が着いた数日後、ようやく胸にあきらめが漂ってきた。背中に残る温もりが、彼がどこか別の港へと旅だってしまったことを教える。ふっとため息が漏れた。さびしいというのとも違う、男が黙って秀男の前から姿を消したことへの怒りはなかった。

「ああそうか」とひととき楽しかった時間を思い起こす。宝石箱へと収めるしかない輝きを放っていた。いまの自分の心もちでできるぎりぎりまで、秀男は晶から得た時間を柔らかく丸いものへと変化させる。

この思いを誰にどう伝えようとも思わない。いつものように文次に話すこともないだろう。自慢も虚勢もない、不思議な感覚だった。

五年生に進級すると、新聞配達先も増えた。販売店の女将さんの勧めで営業をかけてみれば、秀男の熱心さと可愛さ、加えて小柄な体で配達をする健気な姿への応援も加わり、瞬く間に十五件増となった。

しかしそのうちの五件を秀男は販売店に報告しなかった。集金も任されているので、毎月五件分だけ別の財布に入れる。十件増しでも女将さんは大喜びで秀男を可愛がる。秀男のほうも、女将さんが喜んでくれているのでそう大きな罪悪感も持たずに済んでいる。

ときどき他の配達員から底意地の悪い言葉を投げかけられたりもするが、秀男にしてみれば慣れたことだ。嫌な思いはなんということはない、金と一緒に財布に入れればよいのだ。毎日五部をごまかし入れる作業のほうに意識は傾き、集中するゆえいっそう真面目に見える新聞配達業務である。

秀男にとってこれは、じつに実入りのいい小遣い稼ぎとなった。金を貯める目的が、いつしか「自分の城」を手に入れることへと繋がっている。それは兄の進学で秀男に屋根裏部屋が与えられたことで、よりいっそう現実味を帯びた。

春からの湿気った日差しを柔らかに変えた理由のひとつが、自分の部屋を持てたことだった。秀男は兄が使っていた四畳半ほどの屋根裏部屋を与えられ、隅から隅まで掃いて拭いた。兄のにおいやかび臭さを取り去るため、香りの良い高級石けんを買った。文机《ふづくえ》と布団がひと組あるきりだが、部屋の片隅に石けんを置くと、うっすらと花の匂いが漂ってくる。

押し入れの天井からしか出入り出来ない屋根裏部屋に、弟や妹たちは上がって来られない。ときどき遊びに来るのは中学に上がった姉の章子だけで、ここは瞬く間に秀男の隠れ家になった。

秀男が思い描く目下の夢は、屋根裏部屋にいつか文次を招くことだった。文次のためにお茶を淹れ、品のいい菓子なども用意したい。その前に、ふたりで一緒に映画を観に行こう。思いは日ごとに膨れてゆき、文次に会えない時間をよい気持ちで満たしてくれた。

文次がときどき学校を休む理由もわかった。工場の頼みだった職人のひとりが、戦争で痛めた膝のせいで仕事を続けるのが難しくなったのだった。すり身を作る作業が滞ってはみな食うに困る。結局体が大きく従順な文次が魚を捌く作業を引き継ぐことになったのだ。

文次は学校へ行っているとき以外のほとんどを仕事に費し、早朝から工場と市場の往復を繰り返す。市場の荷運びであてにされることも増えて、学校へ向かう足が遅れ、遅刻することも多くなった。

ひと冬終える頃、文次は蒲鉾工場の職人となっており、秀男とふたりで川面を眺めながらのんびりと話せる時間も少なくなっていた。

秀男は学校で、文次のいない時間をどうやり過ごすか懸命に考えた。消しゴムが飛んできたときの対処として、まず晶に言われたとおり、彼らの「痛いところ」を突いてみることにした。背中を外れて机まで飛んできた消しゴムのかすを丁寧に丸めて返し、後ろを向いたことを担任に注意されたときにはしれっとした顔で「○○君に教科書のどの部分まで進んでいるか教えてあげたんです」と答えた。

案の定いじめに熱中する坊主たちは教科書などそっちのけで、ノートは開いているだけの怠け者だった。本当のことなど、言ったところで自分が痛い思いをし問題が大きくなるだけだ。秀男の嘘は、自身に向かってくるものを避けると同時にものごとの矛先をほんの少し変える。嘘を吐く前と後では確実に何かが変化しているのだが、表面には現れない。力で敵わなければ、しなやかにすり抜けてゆくしか術はない。言葉ではなく身のこなしでかわしてゆく。

ラジオで覚えた美空ひばりの「お祭りマンボ」を歌いながらステップを踏めば、踏み出す足も軽やかになる。自分の部屋を持てたことと収入を得ている事実が秀男をつよくする。五十円貯まれば百円、百円貯まれば五百円を目標にした。石けんを買って失った分は、また働いて貯める。兄が進学で家を出て行ってからは、自分も理由さえあればいつかこの家を出ることが出来るのだ、と本気で思うようになった。

仕送りなど見込めないことは、いまの暮らしぶりからも想像がつく。事務職の父は日々ぱりっとした背広姿で会社へ出かけて行くが、母の割烹着は継《つ》ぎ接《は》ぎだらけだし、腰巻きも当て布ばかりのメリンスだ。札幌にいる兄も、衣食住にかかるものはすべて働きながら賄っているという。弟と妹は手が掛かる。秀男が兄の昭夫以上に期待されている気はしない。時期を問わず自分がこの家から笑顔で送り出してはもらえない現実を、誰より秀男自身がよく理解していた。

兄は大学まで行かせてもらうからには、両親になにか恩を返さねばと真顔で口にしていた。口にしたからには本当に出来るだけのものを備えて、堂々と帰ってくるのではないか。そんな兄に倣わねばいけないとすれば、自分はこの家にいつか背を向けることになる。

幼いながらも、自分が異質であるという自覚はあった。優しい母も、庇《かば》ってくれる姉もいるが、一家の実権を握っているのは父の時次郎だ。父の意に添うように生きるのは、晶に出会って気づいた己の皮膚感覚を口で説明するのと同じくらい難しいことだった。

この家を出る。

いつになるのかは分からないが、出てゆくときのひりつく寒さや母と姉への思いは容易に想像できた。秀男が秀男でいる限り、誰も知らない場所へ行って一から出直す必要がある。そのためにも――なりふりかまわず金を貯める必要があった。

秀男は自分に与えられた屋根裏部屋をくるりと視界に入れた。天井が低いので兄は腰を屈めて使っていたが、自分はまだしゃんと立っていられる。あと十センチは余裕があった。この余裕がなくなり、腰を屈めねばならなくなったら――そのときは、天井の高いところへ行こう。

いつとは分からぬその日を思い描き、秀男の心持ちが軽くなった。港をいくつも訪ね歩けば、いつか晶に会えるような気がしてくる。

晶にいさん。

そっとつぶやけば、夕暮れの店で踊った曲が耳の奥に湧いてきて、知らぬうちにつま先がステップを踏み始めた。


海のにおいもいっそうつよくなってきた七月半ば、学校帰りにひとり繁華街の抜け道を家に向かっていると、狭い小路の先に人が並んでいるのが見えた。この先に何があったか思い浮かべた。劇場がふたつと洋食屋が一軒、あとは夜の店がひしめく街角だった。秀男はかび臭い壁に沿っておそるおそる大人たちが並ぶ通りへと出た。劇場から蛇のようにうねりながら行列が出来ている。いったいなにがあるのかと、人の好さそうな中年男に訊ねた。

「おう、映画の宣伝に美空ひばりが来るんだってよ。生で『リンゴ追分《おいわけ》』が聴けるとなりゃ、みんな朝から並ぶわなあ」

「本物なの？　本物の美空ひばりが来てるの？」

「そりゃ本物だろうよ。じゃなけりゃこんなに人が並ぶかよ」

「あたしも並んでいい？」

男は「おう、ここに入んな」と言って秀男を自分の前に並ばせた。小さな子供をひとり列に入れたところで、誰も文句を言わなかった。がやがやと重なりながら聞こえてくる噂話や景気のあれこれの合間に、映画の話も挟まっている。秀男は大人が発する単語に反応してはそちらへと耳を澄ます。誰かが「生きる」は良かったと言えば、いや「第三の男」を観たのかと返す。

映画談義でつばを飛ばし合いながらも、なにやら楽しそうにしている姿を見ると、聞こえてきた題名の映画をすべて観てみたくなった。

誰かが「お祭りマンボ」も歌うだろうか、とつぶやいた。どこからか「そりゃ歌うだろうよ」と声があがり、話題が伝播《でんぱ》してゆくさまが見える。再び話題が秀男の周囲に戻ってくる際には「お祭りマンボ」を聴きに来た人間が多いということになっている。

男女問わず大人たちの噂話には突き抜けた明るさがあった。見上げればいくつもの顎や髪、帽子の隙間に色のない空が見えた。霧が去れば、すべてを忘れたように青くなる空だった。

列に入れてくれた男が気を利かせて、もぎりの前を通る秀男の背中を押した。早く中へ入れという合図らしい。秀男は男の連れのような顔をして堂々と急いだ。

その日秀男は、生まれて初めて本物のスターを見た。汗や石炭や魚のにおいが立ちこめるなか、大人たちの腰をかき分けて少しでも前へと身をくねらせながら進む。ぽっかりと天の恵みのように空いた隙間に、映画と看板でしか見たことのない美空ひばりがいた。

弦を操るような声を響かせ歌う少女の、どこから出ているのか疑うほどの声量と、こちらが目を逸らすことを許さないスターの迫力に、しばし拍手を忘れた。予定の曲を五曲、アンコールで笠置シヅ子の「東京ブギウギ」と新曲を歌い終え舞台袖に消える。スターが去ってからも会場は妙な熱気に包まれていた。

「実演はいいなあ」

「本物は違うねえ」

大人たちが押し合いながら劇場を後にする。外に出れば、どこから湧いて出たのだろうと思うほど、再び入れ替えを待つ人々の行列が出来ていた。

秀男は生まれて初めて本物のスターを見て、心が体を離れ宙に浮いた。ずっと目が合っていた気もするし、一度も合わなかった気もする。あの場にいた誰もがそうだったのではないか。自分も含めて、舞台をありがたく眩しく見ていた者全員がひどく滑稽に思えてくる。

空は相変わらず厚い霧に覆われていた。川沿いの道をゆく秀男には、はるか上空にある太陽を探す術《すべ》はない。劇場の舞台に、触れることさえ叶わぬ太陽があった。それでも、と心は沸き立つのだ。

――背丈は、そんなに違わなかったはず。

確かめるように、真っ黒な川面に向かってつぶやいた。

――器量も、そこそこ負けてないと思うの。

妙な熱に浮かされ、舞台上のスターに自分を重ねることを繰り返す。並べてみればみるほど、自分がそれほど劣っていない気がしてくる。あれこれ思い浮かべているうち、雲間の光が見えてきた。あんなに輝けるのなら舞台で太陽になってみるのもいいわ。

陽光のない七月の昼間には、影もできない。影のない街が、自分が輝くしか辺りを照らす方法がないことを教えてくれた。

秀男は劇場の帰り道、久寿里《くすり》橋のたもとにある蒲鉾工場に立ち寄った。十勝沖地震災害復旧工事で、仮橋の欄干が工場のすぐ側に迫っている。二代目のお披露目が近くなり、それまで響いていた重機の音もここしばらくでずいぶん減った。

工場は静かだった。文次の話によれば、親方は二階の茶の間で寝転がり、女将さんは亡くした子供のためにお経を唱えているという。ずらりと揃った年子の子等《こら》は、文次を使用人だと思っている。文次は文句を言わず働く。秀男は文次のことを思うと、新聞配達で得る給金がすべて自分の懐に入ることが少し恥ずかしくなる。それでも、なにかかなしいことがある日はたまらなく彼の顔を見たくなった。

静まりかえった暗い工場の入口へそろそろと入ってゆく。工場の端にある物置部屋の戸を指先でこつこつと突いてみる。中に文次がいればすぐに出てくるはずだが、今日はなかなか戸が開かなかった。

「文次、あたしだけど、文次」

戸に口を近づけ、声を低くして呼びかけてみる。返事はなかった。肩を落としかけたところで、工場の奥から湿った足音が聞こえてきた。勝手に建物に入ったところを見つかったら、あとで文次が親方に叱られる。身を固くして音のしたほうに目を凝らした。

「どうした、秀男か」

らくだのシャツと腹巻き姿の文次が、両手に濡れたシャツを持って現れた。メリヤスシャツが、文次の怪力で絞られてぼろぼろだ。自分のものは自分で洗い、食べ物も自分で調達し、市場で頼まれものを運んだ先でもらう駄賃で暮らす文次だった。いつまで経ってもちいさく頼りない秀男とは違い、文次の体は月をまたぐたびにがっしりとしてゆく。大鍋に残った湯を桶に移して体を洗い、体が温かいうちに眠るのだと言っていた。

つい先ほどの華やかな舞台の話をしようと思ってやって来た秀男の、高ぶる気持ちは文次の姿を見て切ないものへと変わった。今まで多少でも気持ちを分け合っていたはずの文次が、体ひとつぶん離れてしまったような心細さだ。

「シャツ、しわしわだよ、文次」

文次は、叩いて干すから、と無表情で頷いた。

「あたしが、きれいに干してあげる」

「こんなのすぐ終わる」

文次が明日着るものに触れたいのだ、とは言えない。この重苦しい気持ちを、心の底に落とし込むのは難しかった。

「いいから。干したら、ちょっと川っぺりで話そうよ」

「わかった」

工場の隅に渡してある、雑巾用の針金に文次のシャツを干した。秀男が背伸びをしてシャツを叩くのを、上から文次が引っ張って手伝う。ふたりでいれば、ちいさな幸福感はそこかしこに落ちていた。拾い上げるたびに秀男は嬉しい。文次が笑えば、なお嬉しかった。

文次とふたり、工場の裏口から川縁に出る。岸壁を舐めるように川が逆流していた。河口の水は見るたび動きが変わり、水面は巨大な蛇か泥の色を写し取った鯉の鱗みたいだ。ところどころ欠けたコンクリートに腰を下ろすと、川面がいっそう近くなった。

「文次、あたしさっきすごいもの見ちゃった」

「なんだ」

「美空ひばり。本物の歌手。お祭りマンボもリンゴ追分も歌ってた」

「市場のラジオで聴いたことがあるな」

秀男は嬉しくなって、黒い川面に向かってリンゴ追分を歌った。うろ覚えの歌詞も、本物を見たあとではすっきりと耳の奥から喉を通って出てくる。思ったよりずっと上手く歌えた。文次の顔を見る。太い眉と大きな瞳が、まっすぐこちらを見ていた。

「秀男って歌が上手いんだな」

「ほんとう？　あたし上手く歌えてる？」

「うん、なんかもっと聴きたくなる」

屋根裏でラジオに耳をくっつけるようにして覚えた流行歌も、ときどき踏むステップも、文次の「もっと聴きたくなる」のひとことに溶けてゆく。

「嬉しい。あたし、文次の好きな歌、いっぱい覚える」

秀男は、力仕事ですっかり逞《たくま》しくなった文次の腕に触れてみた。

「どうした」

「文次はどんどん体が大きくなるんだね」

「秀男は自分の背丈が嫌なのか」

「ううん、そうじゃない。あたしは自分のこと大好き、たぶん。けど、こんな体だと喧嘩も勝てないし、いつも文次に助けてもらってばかり。正直、文次が学校を休んだときは自分も休んじゃおうかなって思うの」

文次はすっかり太くなった首を前に折り、岸壁から垂らした両脚をぶらぶらと振った。秀男は、文次をこんな静かな子供にしてしまった大人たちがいることを知っている。工場と市場で働く文次が、仕事のために学校を休むことに、担任教師も口を出さない。文次がいなければ工場の職人を増やさねばならないからだ。親代わりの叔父夫婦が詰め寄れば、教師も強くは出られない。

ぶらつかせていた脚を止めて、文次が言った。

「俺、あんまり休まないようにするから。秀男も安心して学校行け」

秀男は泣きたくなる気持ちをこらえた。文次の言う安心など、家にも学校にも新聞の配達先にもありはしない。

「あたしね、文次のことが大好きなの。知ってた？」

文次は「嫌いよりはいい」と少し面倒そうな顔をする。わかってもらえていないような気がして、秀男は間を置いてもう一度「好きなのよ」と言った。「とても、好きなの」祈るような気持ちで、念を押す。文次は答えず、油と木ぎれが浮いた川面を見ていた。「好き」を口にするたびに、秀男の心もちはさびしいほうへさびしいほうへと流れていった。それでも、伝えた喜びに胸にぽっと灯が点る。

「いつも庇ってくれたり守ってくれたりするから好きってわけじゃないの。たとえばあたしが文次よりおおきな体を持ってたり、もっとずっと大人でも、きっと好きだと思うの。それって、文次があたしを好きじゃなくても、変わらないの。もしも嫌われていたらかなしいけど、きっとかなしいだけだと思うの」

言ってしまうと、胸のつかえが落ちていった。学校で、家で、毎日なにかしらの嘘を吐いては石を蹴り上げ走っているけれど、文次に抱く気持ちは本当だった。

頭上から漁師たちの声が降ってくる。漁を終えて、今日の酒を飲みにやって来た男たちが橋を渡っている。繁華街の風呂屋で触れた晶の肌を思い出した。うつむけばさびしくなるばかりなので、無理やり顔を上に向ける。

「あのね文次、あたしマンボも上手くなったのよ」

秀男はできるだけ高い声で、今さっき聴いたばかりの「お祭りマンボ」を歌いながら、くるりくるりとターンをきかせて踊って見せた。

「秀男、川に落ちるぞ」

「いいの、そしたら文次が助けてよ」

文次の白い歯が見えると、嬉しさも増して心が晴れ上がる。文次が喜べば、それだけで嬉しいのだ。しなをつくり、背中を反らしてバネをきかせてステップを踏む。指を鳴らしてリズムを取った。

不意に、頭上から複数の口笛が聞こえてきた。橋の上で漁師たちが立ち止まり、秀男を囃している。秀男も肩のあたりで手を振り返した。漁師たちは更に口笛を響かせた。

「おもしろい坊主がいるぜ、来いよ」

橋の上の観客がひとりふたりと増えていった。

「おう坊主『東京ブギウギ』やってくれよ」

「はぁい、まかせて」

秀男が歌いながら踊りだすと、煙草をくわえた漁師たちが欄干に体をもたせかけ、手拍子をおくって寄こす。

魚箱《トロばこ》が積み上げられたところに、木製の棒浮きを見つけ、素早くそれを拾い上げる。浮きはすぐにマイクに変わった。

「いいぞ、坊主」

「坊主じゃないわ、おヒデって呼んで」

「おヒデ、もっと歌え」

「はあい」

見上げながら歌っていると、漁師たちがひとりずつ紙袋に何かを入れ始めた。秀男の声もどんどん伸びてゆく。

「東京ブギウギ、ヘイ」

欄干から放られた紙袋が、肩先に積まれた魚箱に入った。秀男はすぐにそれを手に取った。

「取っとけ、駄賃だ」

「おじさん、ありがとう」

「こういうときはお兄さんって言うんだよ」

笑い声を響かせる漁師たちが去ったあと、再び岸壁に座る。口をねじってある紙袋を膝の上で開けた。中から、チョコレートやカステラ、甘納豆、キャラメルが次々と出てくる。秀男は自分が食べたいものから先に文次へと差し出した。

「お前が食えよ」

「いいの、文次が好きなものから食べて」

ふたりでいると、黒い川面も魚くさい岸壁も、ラジオドラマの一場面にいるような気になるから不思議だ。

菓子の下から、大人の人差し指ほどの箱が出てきた。なにか書いてあるが、すべて外国語で読めない。そろそろと開けてみた。出てきたのは口紅だった。振り袖を着せてもらったときに八百屋の女将さんが塗ってくれた口紅の、渋い桃色ではなかった。思いもよらぬところで手に入った口紅は、今まで見たどんな鮮やかな色もかすむほどの美しい赤だった。

秀男は口紅を握りしめ、自分でも驚くほどつよく文次に言った。

「あたしいつか、この街を出ると思うの」

「ここを出て、どこへ行くんだ」

「わかんない。わかんないけど、きっといつか出ていくと思うの。この口紅、あたしがもらっていい？」

「そればっかしは、俺が持っててもどうにもならん」

「それもそうね」

河口側の空が緋色に染まり始めた。静かな時間が終わろうとしている。じきに繁華街の明かりが灯り、文次は明日の準備をし眠らねばならない。秀男が起きるよりずっと早くから働く文次は、誰より早く眠くなる。

普段は白黒の街も、夕暮れだけは美しい緋色に染まった。河口も、対岸の建物も、なにもかもが赤くなる。秀男は手にした口紅をズボンのポケットに入れた。

「文次と一緒に、出て行けたらいいのに」

秀男のつぶやきが聞こえたか聞こえなかったか――文次はなにも言わなかった。

文次の隣に座り川面が赤く染まると、昨日今日に遭った嫌な言葉も面倒な心もちも、教室での嫌がらせも、戻らない鉛筆も、泥の入っていた上履きも、なにもかもがどうでも良くなってきた。

秀男は、緋色の川面がさっきまで黒かったことを思い出す。一日の終わりには、嫌なことと等分の良いことがあるよう生きればいいのだと思った。


翌年春、姉の章子が中学二年、秀男は小学六年になった。弟の富男《とみお》と妹の福子《ふくこ》も、年の近いのが幸いして、章子と秀男のようにいつもふたりで遊んでいる。秀男が章子のほうへ寄って華やかな女の子のものを愛でるのに対して、下のふたりは富男が軸になってどろんこ遊びをするのが好きらしい。

秀男は最終学年になって、やっと文次と同じ学級になった。

学校から戻ると、春先の泥水が流れる家の前で、富男と福子がふたり仲良く川や湖を作って遊んでいた。ふたりの様子を見ながら、章子が台所で洗濯物を絞っている。母のマツは八百屋へ行っているという。

ここ一、二年のうちに章子は秀男より身長が伸びた。手足が長く、体つきもひときわ女らしく変化している。章子が動くと甘くいいにおいがして、秀男はこの優しい姉にときどきやきもちを焼いた。

「ヒデ坊、ちょっと」

絞り終えた洗濯物をかごに入れて、章子が秀男を呼び寄せる。通学鞄をストーブの側に下ろし、竈の前に立った。

「おかえり。橋のたもとのあたり、埃っぽくて砂が飛んでたでしょう。風、強くなってきたもんね」

「そうだね、水たまりもだいぶ少なくなってきたよ」

「ヒデ坊、新しい学級はどうなの」

「なんにも変わんない」

「嫌なこと、されてない？」

「ぜんぜん。でも、女の子たちが強くなってきてる。男子と喧嘩するの。口じゃあ女の子の勝ちね。あたしはそれをおもしろく眺めてる。喧嘩が終わると、的がこっちにすり替わるから、ずっといがみ合っててほしいわ」

章子は秀男の話を淡い花弁に似た笑顔で聞いている。

「そう、良かった。文次君とも同じ教室になったって聞いて、安心してたけど」

「うん」

文次は三日に一度は遅刻をする。昼近くまで教室にやって来ない日もあった。いつ足をひっかけられるか、掃除当番や黒板消しの際にバケツの水を掛けられるか、文次を待つあいだの秀男は呼吸さえ苦しかったのだけれど、それを告げたところでどうにもならない。教室の片隅で文次を待っているあいだ、秀男の心は落ち着かなかったし、それは文次がやって来ても別の焦りへ変わるだけなのだった。

「あのね、わたしヒデ坊にちょっと聞いてもらいたいことがあるんだ」

「へえ、ショコちゃんがあたしに？」

珍しいこともあるものだと思い、身を乗り出した。章子は自ら言いだしておきながらせっせと洗濯ものを伸ばし、ゆったりとした仕種で茶の間を横断する紐にそれらを干し始めた。

「ショコちゃん、聞いてもらいたいことってなぁに?」

「うん、ちょっと待ってね」

「なによ、言いだしておきながら。あたし二階に行っちゃうよ」

「ちょっと待って、これを干したらすぐ」

いつもとは少し違う姉の様子に、秀男は焦《じ》れた。屋根裏に鞄を置き、誰もいないうちにラジオを聴きたい。半分腰があがりかけたところで、ようやく章子が自分の机へと秀男を招いた。

「ちょっと、見てほしいものがあるんだ」

「なぁに?」

章子が机の上にあった鞄を開けた。あちこち傷だらけの学生鞄は、兄が高校卒業まで使ったお下がりだ。いずれは自分が使うことになる鞄の傷を見ると、知らず心が沈んでしまう。鞄の中から、一通の白封筒が出てきた。章子はそれを両手で挟んで、祈るような手つきで秀男に差し出した。右肩上がりの真面目な文字で、章子様とある。

「ショコちゃん宛の手紙じゃないの」

「うん、恋文だった」

秀男は生まれて初めて、姉の口から恋文という言葉を聞いた。封筒の宛名と章子の顔を交互に見た。姉の顔がみるみる赤くなる。驚きと、いつもとは違うやきもちと、かなしみともさびしさとも言いきれない感情が、秀男の腹と胸を行ったり来たりする。

「いいわね、誰からなの」

「三年の先輩、前期生徒会長。今までそんな風に思ったことなかったから、ちょっと驚いてるの。でも、恋文なんかもらったらちょっと今までどおり生徒会室で話もできなくなっちゃって。正直、困ってんのよ」

言葉とは裏腹に、章子は少しも困った風ではない。恋文という初めての体験を誰かに告げたくて仕方なさそうだ。告げたあとは、おかしく光る瞳を染みだらけの壁やふすまに向けてゆらゆらさ迷わせ始めた。

秀男は胸に吹いた冷たい風の意味が解りかけて、しらけた顔をしないよう努めた。読むかと訊ねられ「いらないわ」と答えた。

「でも、ヒデ坊に秘密つくるの嫌だから、読んでよ」

「ショコちゃんたら、読ませたいなら最初からそう言ってよ」

少しばかり意地の悪い言葉を吐きながら、姉がもらった人生最初の恋文を広げた。便箋一枚と半分。短いけれど、その文面のどこにも「好き」や「恋《こ》うる」の文字はなく、ただ堅苦しい出だしと文末のあいだに、そこだけ妙に輝く言葉が挟み込まれているのだった。

「ショコちゃんと会えるのが毎日の楽しみで、そのお陰で勉強も生徒会もがんばれるって。笑顔をありがとう、って。いいじゃない、なんかすごく——」

うらやましい、という言葉をぐっと喉の奥に押し込めた。文次が自分に対してそんな切実な思いを抱いてくれているかどうか、秀男には爪の先ほどの自信もないことがわかっただけで、便箋を畳む指先が冷えてゆく。

「良かった、ヒデ坊に打ち明けてほっとした。明日からまた、普通に会えると思う」

普通に会えない状況でもないだろうと思うのだが、冷静になれないほど心が乱れているというのなら、章子もおそらく生徒会長のことが好きなのだろう。

「あたしこそ、良かった。ショコちゃんが楽になるなら、なんでも相談して。聞くくらいしかできないけど。あたしもそういうことがあったら、真っ先にショコちゃんに相談するわ」

昼からまたほろりと嘘がこぼれ落ちてゆく。この嘘が姉をひどく喜ばせているらしいことに七割がた傷つきながら、残りの三割で秀男は安堵する。自分を含め、誰しもひとの心の裡に大きな興味などないのかもしれない。視界が狭まれば狭まるほど幸せになれるとしたら、姉はいま自分のことしか考えられず、それゆえとても幸福なのだ。

「ヒデ坊、ありがとう」

自信のある笑顔で頷いた。自分の言葉のいったい何が姉の瞳を潤ませているのか知りたい。しかし、知ってしまうとこの笑顔にも理由と名前が必要になる。秀男は自分にこうしたさびしい思いを教えたのはいったい誰だったろうかと考える。

華代は今ごろどこでなにをしているだろう。徹男は、晶は――

男であれ女であれ、秀男にとって好いたひとがいるということは、とても心さびしいことだった。

八月、道内巡幸中の天皇皇后両陛下が阿寒《あかん》と釧路を訪れた。街に向けられた笑みは、国をあげて戦った過去をより遠いものにし、港街の盆を大いに盛り上げた。

　秀男は「これが最後」と青果店の女将さんに念を押されながら、仮装盆踊りの準備をした。この日のために無精のふりをして耳の下まで髪を伸ばしたのだ。何本ものヘアピンを使って前髪を上げて留め、すき毛を盛りつけて花かんざしを挿した。髪らしく見せるために、鈴のついた鹿の子《かのこ》のリボンで地毛との境を隠す。

「いいわ、過去最高の出来だわ」と女将さんは喜び、しかし「ヒデ坊も来年からは中学生なのだし」ということで、一方的に最後を告げるのだった。章子の話によれば、母のマツが「いい加減なところで」と申し出たのだという。

　実際、子供や近所のおかみさんたちのお遊びにしておくには、女装する際の秀男は良くも悪くも評判になり始めていた。マツは自分の息子が陰で「ばけもの」と呼ばれることに心を痛めており、夫の時次郎がその言葉をつかって我が子を叱ることも母親として辛いと、心頼みの章子に打ち明けているらしい。

　それでも秀男自身、自分の着物姿はそんじょそこらの女では敵わぬだろうという自信があった。化粧をして紅を塗れば、ちいさな体もちいさな顔も、ぱっと花が咲き艶《あで》やかに変わる。踊りに袖を振り、いつか漁師に駄賃でもらった紅を塗り、唇を半開きにすれば、周囲で踊る輩や沿道の観客たちから拍手喝采が沸く。同じように女の恰好で踊る参加者は、秀男の引き立て役が嫌なのか決して近くにはやって来ない。この着物と化粧と高く盛り上げた髪があれば――秀男には怖いものがなかった。

　朝方の小雨が嘘のように、昼過ぎの街は晴れ上がった。仮装盆踊り行列の前方へと押し出され、本当にこれが最後かしらと思いながら秀男は踊った。

駅前の商店街を練り終えて、やけに青が濃い空を見上げた。最後には、最後の実感がないものだということを、胸の奥で感じ取った。

街の経済を牽引する炭鉱の坑内ガス爆発事故が起こったのは、天皇皇后両陛下の訪問と盆の気配が静まりを見せた八月の終わりだった。

炭鉱事故から一週間ほど経った日、学校から戻った章子が、制服姿のまま秀男のいる屋根裏にやってきた。

「ヒデ坊、いい？」

「いま降りようと思ってたの。なにかあった？」

姉の瞼が流れきらない涙を含んで赤く腫れていた。秀男はただならぬ様子に声を潜めた。

「ショコちゃん、どうしたの」

章子の目からほろほろと涙がこぼれ落ちる。このままでは夕食時にまた時次郎が説教を始めてしまう。父の説教のほとんどは次男の秀男の振るまいについてであり、自慢のおおかたは兄昭夫の成績や評判だった。母や姉、まだ手のかかる弟妹たちへ、父の興味は示されない。しっかり者の長女は母を支えるちいさな母であり、長男が大学で学んでいるあいだは姉弟の要でもあった。その章子が晩飯時に父から注意を受けるようなことがあれば、秀男も心穏やかではいられない。涙の理由はなんだろう。

「ショコちゃん、泣いてないでわけを言って。そんな目でいたら、母さんが心配する。あたしも心細いわ」

「ごめん、ヒデ坊。ごめん」

シャボンの香りを含ませたハンカチを、そっと姉の膝に置いた。秀男の心配が伝わったのか、章子がハンカチで目を押さえる。姉の取り乱した姿など、見たことがなかった。三男の松男が死んだときでさえ、姉は気丈に母を支えていたのだ。

ひとつ大きく息を吐いて、章子がぽつりと「炭鉱の爆発で」とつぶやいた。

ぽつぽつと語られる姉の言葉を、秀男は頭で順番を整えながら聞いた。八月末の炭鉱事故。恋文をくれた先輩の父親。遺体確認。

「転校することになったって」

「来年の春、卒業じゃないの」

「お母さんの実家がある帯広に引っ越すって。弟と妹が下に五人もいるし。補償はあるけど、お父さんの親類ばかりの土地だと、かえってお母さんが大変なんだって」

ひとまず帯広に引っ越して中学と高校を卒業してから、章子に会いに来るという。秀男は姉が持つ純真さに傷ついた。いつか街を出ようとする自分と、いま街を出なくてはいけない男と、目の前を通り抜けていった懐かしい面影が、秀男の裡で一瞬交わった。背筋が伸びる。

高校の三年間を離れて過ごしているあいだの先輩にどんなことが起こるかまで、章子は思い描くことができない。そのくらい好きならば――いまついてゆけばいいのに。

秀男は胸に溜まる言葉を声にすることもできず、かといって黙っていることはもっと罪深い気がして、章子の顔をのぞき込む。

「ショコちゃん、がんばって。先輩のほうがずっとつらいと思うわ」

章子の瞳が再び涙で膨らんだ。しらじらしくつまらない励ましだったが、余裕を失った今の姉にはつまらない言葉しか満足に届かないのだ。

「そうだねヒデ坊、そうだよね」

「だいじょうぶよ、きっと」

体の内側に、細かな嘘が降り積もってゆく。いったい何のための、誰のための嘘だろう。このままでは頭からつま先まで、自分はいつか嘘の詰まった袋になってしまう。

目の前で泣いている姉を気遣うふりをしながら、相変わらず自分のことばかりに思いが走った。傷が新しい傷を生んで、どんどんその数を増やしてゆくさまが見えるようだった。

一か月ほど沈み込んでいた章子だったが、秀男が知る限り引っ越しを告げられた日以降泣き顔は見せない。ときおりふっと姉の笑顔が消えるのだが、秀男の胸を過ぎるのは、言葉にもならず行動にも出せぬ心もように対するうらやましさだった。

同じ家に暮らしながら、秀男が家族を実感できるのは母と章子のふたり。父にも弟妹たちにも、気遣いと煩わしさ以外の気持ちを抱くことはなかった。幼さのなか気づいたのは、母と姉以外に心の弱い部分を見た人間がいないということだった。

師走半ば、港街に雪が降る前のこと。下校の際に好んで通っていた繁華街の小路で、秀男は再び小石の間に光るものを見つけた。屈んで手に取ると、五円玉だった。

屈んだまま周囲を見回すと、苔だらけの壁の下には十円玉が落ちている。秀男は拾い上げて泥を落とし、嬉しさのあまりちいさな叫び声を上げた。ほかにもまだ落ちているかもしれぬと思うと、心臓のあたりが大きく膨らんだり縮んだりを繰り返し、息苦しくなってくる。

秀男は小路の隅から隅まで、しゃがんだままじりじりと移動しながら硬貨がないかどうか探し続けた。小一時間のあいだに、十円玉と五円玉、合わせて五十五円の額になった。一か月、新聞配達をして得る給金の十分の一が道ばたで手に入ったのだった。

爪の先に詰まった泥を落とす。硬貨の泥はすぐ落ちるものとそうでないものがあった。別の時間、別の人間が落としたものかもしれないと思うと、小路で出会う銭の可能性に頰が持ち上がる。子供料金ならば、これだけあれば映画が観られるし、銭湯にだって三回は行ける。可愛い色の手ぬぐいと真っ白い石けんを買うこともできる。

秀男は、めぼしい小路にあたりをつけて、すぐさま川縁の蒲鉾工場へと走った。師走の街には冷たく乾いた風が吹き、秀男の頰もかさついている。章子が余り毛糸で編んでくれたマフラーを、首にぐるぐると巻いて走る。

師走の蒲鉾工場は午後になっても機械に熱が残っていた。正月用の練り物の準備があると文次が言っていたのを思い出す。学校を休まないという約束は、十日に一度守られなかった。授業中に眠っていることも多い文次だったが、担任教師も彼のことだけは大目にみている。

工場の隅で竹籠を洗っている文次を見つけた。たわしを籠の目に合わせて走らせている。秀男に気づいても、その手を休ませることはない。秀男は、文次が朝から晩まで働いても、与えられるのは衣類のお下がりと工場の残飯だということを知っている。

「文次、その仕事いつ終わるの」

「もう少しだ。今日は学校に行けなくてすまん」

「その仕事終わったら、ちょっと一緒に行きたいところがあるんだけどいいかな」

「うん、俺も秀男に話があった」

文次が自ら秀男に話があると聞いて、実際は跳び上がりたいほど嬉しいのだが、そんな素振りは見せずに「ちょうど良かった」などと言ってやり過ごす。

毛布を縫い合わせたようなズボンと、すりきれたセーターと、大人用の大きな長靴も最近は体に合ってきたようだ。文次の背丈と体の厚みが増すなか、秀男だけは依然としてちいさいままだった。

春には中学校の制服を着ることになるのだが、兄のお下がりは無理だろうと母も困り顔だ。近所にお下がりをもらえそうな体格の子も見当たらない。今回は秀男用の学生服を新調してくれるよう、父に相談することになっていた。同じ新調するのならセーラー服がいいと口を滑らせた際、母は優しく秀男の耳を引っ張った。人前では言わぬように、との合図だった。

「終わった。秀男、どこに行くんだ?」

「いいところ」

かび臭い外套を羽織った文次を、既に夕闇が迫る繁華街へと誘った。文次が、ひび割れた両手をポケットに入れてついてくる。こんなときいつも、文次は秀男にしつこくものを訊ねたりはしない。いやだとも言わなかった。

繁華街のビルとビルのあいだに、プロパンガスや一升瓶の箱が積まれた小路がある。大人がひとり通り抜けるのが精一杯の道だが、ビルの看板や頭上にある電灯のお陰で、思いのほか足下が明るい。

「ここ、さっきお金を拾ったの。もしかしたら、もっとあるかもしれないと思って。きっと酔っ払いが胴巻きやポケットから落としたのよ」

秀男がしゃがみ込むと、さっそく五円玉が見つかった。ビルの窓は少なく、冬場なので閉まっている。工場で声を潜めながら話すより、ずっと開放感があった。

「文次も一緒に拾おうよ」

「わかった」

しゃがみこんだ小路で、文次とふたりで金を拾う。それだけのことがとても嬉しく幸福なことに思えた。かじかみそうな指先も、気にならない。すぐそばに文次がいて、秀男の言葉を素直に聞いてくれる。ふたりでいれば、決してお互いが傷つくようなことは言わないで済んだ。

「秀男、十円玉ふたつも見つけたぞ」

「神社の境内より、人がいなくていいかも」

嬉しさのあまり、口が滑った。しゃがんだままの文次がこちらを見ていた。秀男も小石を除ける手を止めて、文次を見た。

「だいぶ前の初詣で、賽銭箱に届かなかったお賽銭を拾ってたら、同じことをしてた子に会ったことがあるの」

あれはおそらく文次だった。秀男と出会う前の、荒んだ気配もゴムの短靴も思い出せる。文次は「へぇ」とつぶやき、すぐにまた硬貨を探し始めた。ひとつふたつと、足が痺れるまでしゃがみ続けると、文次の手には七十円、秀男の手には八十円が握られていた。文次が十円多かったことが、秀男を余計に喜ばせる。

「お風呂、何回行けるかな」

言いながら、三日も根を詰めて小路に通えば文次に暖かいセーターの一枚も買えるだろうかと思っていた。立ち上がった文次が、黙って掌にのせた硬貨を見ている。道東の空はもう夜の色だった。ふと、文次が言った「話がある」を思い出した。

「文次、さっき言ってた話って、なに」

「うん」と頷いて、また黙ってしまう。秀男がしつこく訊ねてやっと、文次の口が開いた。

「俺、春から東京に行くことになった」

「東京って、なに。それ、どこの東京？　どういうことなの？」

文次の言葉は頭にも胸にも上手く落ちてはこなかった。問い詰めたいのを堪えて、じっと次のひとことを待つ。途方もなく長いあいだ、気づくと秀男は息を止めていた。

「夏に、天皇陛下が来たときに相撲部屋の親方も案内役として来てたんだと。みんな大騒ぎしとったけど、俺は川っぺりでいつもどおり魚箱洗ってた。橋の視察でたまたま通りがかった相撲部屋の親方が、俺を見つけたらしい」

「相撲部屋って、どういうこと」

秀男の声が高くなった。嫌な予感に、声が震えている。

「東京行って、毎日相撲の稽古して、中学にも通わせてくれるそうだ」

「相撲取りになるって言うの？」

「うん、相撲のことなんか、なんも知らんけどな」

相撲部屋の親方が文次を見つけた夏から、工場経営をする叔父夫婦はけっこうな額の支度金を受け取っていたのだという。

「今日、初めて聞いた。いくら貰ってたか知らないけど、行かないわけにもいかんようだ」

秀男は怒りで体中の血が頭に上ってきた。

「あんたに暖かい服のひとつも買わないで、いったい何の支度金なのよ」

「工場が立ち退きくらってるんだ。立ち退き料だけじゃ、新しい工場を建てられないんだと。俺、あの家に厄介になってから、初めて『文次君』って呼ばれた」

文次はそこだけ乾いた声で笑い「相撲部屋に入れば飯を腹いっぱい食えるそうだ」と続けた。

あたしは、あたしはどうなるの――秀男は体中から飛び出しそうになるひとことを必死で飲み込む。文次がしたいと言った話は、三か月後に迫った「別れの話」だった。

文次が、自分の拾った硬貨を秀男の手に握らせた。冷たい手だ。

「なんで、東京なの」

「部屋は東京にあるから」

秀男は文机の裏側に隠した箱に貯めてある金は、いくらくらいになったろうかと思い巡らせる。

これから春まで必死で働いて、あたしが文次を――

買い戻すと言いかけたところで、文次が大きな背中を向けた。

「秀男よりちょっとばかり早く街を出るだけだ」

工場に向かって歩きだした文次の後ろをついて行く。河口から吹き上がってくる風は冷たく、繁華街へ出てきた人の足を早めていた。秀男は、遊びに出てきた大人たちとは逆方向に歩きながら、春からは章子ばかりではなく自分もひとりになってしまうのだと思った。

どんなに人がいても文次のいないところでの自分は「ひとり」だった。ふたりでいてさえ、こんなにさびしい。秀男は、春からの生活を少しも想像できなかった。

翌年三月半ば、彼岸荒れの猛吹雪のなか、北海道釧路出身・鈴木文次は北乃関《きたのぜき》親方の待つ「北海部屋」へと旅立った。釧路駅で、兄弟子であろう大きな男に連れられてホームに立つ文次を見送ったのは、文次を売った叔父夫婦と卒業時の担任教師、秀男の面々だ。

大人たちに囲まれ、それぞれがたったひとりの友だちと括《くく》られた文次と秀男は、自分たちがどれだけ誰を睨みつけようと、なんの力もないことを知る。

大人たちに背を押され、別れを演じる自分たちの非力を恨みながら、秀男は言った。

「日本一の横綱に――なってね」

年を越える前から決めていたひとことだった。弱々しく響かぬよう気をつけたつもりだが、ほんの少し声が震えた。さびしさもかなしみも、文次の体より大きめに作られた学生服の黒さに吸い込まれた。

文次はひとつ大きく頷いただけで、迎えの兄弟子の横をすり抜け、さっさと列車に乗ってしまった。

「それでは、お預かりします」

力士のかすれ声がいつまでも耳に残った。

秀男、十二歳の春――

3

生まれて初めて仕立ててもらった服は黒い詰め襟だった。

秀男は胸元の金ボタンを光らせながら、北中学校の玄関で砂埃《すなぼこり》を払う。

春の風は道ばたから海縁《うみべり》から、細かな砂を運んできた。通学の三十分で学生服の皺にはうっすらと灰色の模様が入った。砂は縫い目にも容赦なく入り込み、叩いたくらいでは容易に落ちそうもない。

「やだもう。ブラシが必要だわ、これじゃあ」

「ほんとだ。一学期が終わるころには色が変わってそう」

秀男のぼやきに、隣に立った同級生の女子が相づちを打つ。ひとり言に同調されると思ってもいなかったので、驚いて声の主を見上げた。

入学式から三日目、今のところ秀男に声を掛けてくる同級生は男女含めて彼女が初めてだった。下駄箱に入った運動靴のかかとを見ると「吾妻」とある。同じ一組でいちばん長身の女子だ。秀男より頭ひとつぶん背が高い。

彼女は学年全体でも目立つくらいの背丈があるのに、もったいないほどの猫背だった。猫背に加えて表情も暗い。秀男とは別の意味で集団に溶け込めてはいないようだ。

「あなた、吾妻《あづま》さんっていうの？　洋服ブラシ、保健室に行けばあるかしらね。うちのは駄目ね、とうさんが触らせてくれないのよ」

「平川《ひらかわ》君のおとうさん、背広を着る仕事なんだ」

「吾妻さんのところは、着ないの？」

彼女の視線がズックの肩掛け鞄に移る。両手で鞄の砂を払った。砂埃のせいで新調した学生服が汚れるのも嫌だが、何よりの不満はせっかく黒と金色の服だというのに詰め襟というデザインだ。通学路で黒い集団がぞろぞろと同じ方向へ向かって歩くのを見ると、胸が悪くなる。

秀男は、これが黒のワンピースに金色のボタンというのなら毎日がどれだけ楽しくなるか、と想像しながら通学路を歩く。ワンピースを膝丈にしたりくるぶし丈にしたり、袖を膨らませてみたり。ときには袖を折り返してみてもいい。腰から下はタックをたっぷり取って、裾をふんわりと華やかにする。くるりとひとまわりしただけで、風が起こるような贅沢なワンピースが着てみたい。

この三日間、秀男の想像は最も楽しいところで終了となった。夢から覚めた下駄箱の前で自分が着ているのは、黒い詰め襟の学生服だ。吾妻の、針金を曲げたような猫背がさっさと教室へ向かって歩き始める。秀男はわずかでも話し相手がいた今日を、朝のうちに良い日と決めた。

秀男の席はいちばん後ろの真ん中だ。今のところ真新しい制服の背中しか目に入らないが、ストーブに近いのはありがたかった。名簿順に割り振られた席は、このあと班作りをする際に大きく変わるという。

七三に分けた髪をべったりとなでつけた担任教師が出欠を取る。吾妻の下の名前がノブヨと知った。自己紹介を無難にくぐり抜けることばかり考えていた秀男の記憶には、同級生の名前が残っていなかった。

入学式から三日間は、中学生としての心構えや教科の説明、校舎の使い方から掃除の仕方、石炭ストーブの当番や学級委員の選出などに使われた。唯一、国語の教師がガリ版刷りの「小学校で習ってきた漢字書き取り」の問題用紙を配ったくらいで、授業らしい授業はまだない。

同じ小学校から上がってきた者たちがいつの間にか輪になり、それとなく級友を観察し始めていた。秀男にも、そろそろだなという予感がある。

そろそろ、緊張の解けた者から秀男にちょっかいを出してくる頃だ。集団の結束を深めるために、ときどきそんなことをして自分たちの居場所を確かめ合う者たちがいる。これまで何度もそんな場面を見てきた。信頼関係を結ぶために標的を必要とする友情が、そう長続きしないことも知っている。

ここには文次もいなかった。いじめられて章子の教室へ駆け込めば姉の進学に影響があるかもしれない。教師に睨まれたら高校への進学もままならないという話も聞いた。中学ではなにが起こっても、なにをされても、ひとりで乗り切らねばならない。秀男の緊張は、新しい校舎や新しい教室、同級生とは別のところにある。

無駄に目立ってはいけないと思いながら、無理に父や兄に似せて振る舞うこともできなかった。秀男の、できるだけ静かにしておこうという思いは逆に、周囲から自身をぽっかりと浮かばせている。

入学式に担任から仮学級長を申し渡された男子生徒は、駅の北側にある小学校からやってきた坊主頭だ。背丈こそ吾妻ノブヨと変わらないが、しっかりと胸を張り声も悪くない。既に野球部から誘いがあるという彼は、一時間目の学活で仮学級長の「仮」の字が外れた。

学級長は、眉は濃いけれど目元がいまひとつ色気に欠ける。顔もエラの主張が激しくいかつい。

力道山にはちょっと遠いわね――好みからふたつみっつ外れたと思ったところで、興味を失った。

名前を覚える前に「学級長」の肩書きがついちゃったわと嘆きながら、教壇で学活の司会をしている男子生徒を眺めた。

風紀委員、図書委員、体育委員まで決まった。どれにも興味を持てないし、なにより今は目立つことも避けねばならない。生まれつき自意識がつよいという自覚はある。それだけに、目立たないよう努力すること自体が苦痛なのだった。

「それでは次に、放送委員の選出に入ります。誰か、立候補するひとはいませんか」

放送委員ね――秀男の脳裏に、一台のスタンドマイクが浮かんだ。目を閉じる。スポットライトが落ちるマイクの前に、いつか見た美空ひばりが入ってくる。実演では聴くことのできなかった「ひばりのマドロスさん」も、秀男の想像の中にいる彼女が情感いっぱいで歌ってくれる。

「いいわねえ――」

つぶやきが声に出てしまった。はっとして現実に戻った秀男を、いがぐり頭やおかっぱ顔が見ていた。

「立候補は手を挙げてください」

「いや、あたしは別に」

そこで教室内がいきなりざわつきはじめた。「あたし」のひとことが秀男の机から波立ち、教室の隅々まで伝わってゆく。

「静かに、みなさん静かに」学級長はそう言うと「平川秀男君の立候補ということでよろしいですか」と決を採ることでその場を鎮めてしまった。

「異議なし」

不思議議な合唱のあと、意地の悪い視線がふたつ四つ六つとこちらに残ったが、黒板に書かれた「放送委員」の下に自分の名前が書き込まれる不思議さのほうが勝った。

「では、女子の放送委員の立候補はいませんか」

廊下側のいちばん前の席から、すっと右手が挙がった。吾妻ノブヨだ。

「異議なし」

誰かが、「なりかけと大女だ」とつぶやいた。秀男は声のするほうを見た。いくつかの背中が笑いに上下していた。

学級長以下、決定した委員たちには放課後に集まる場所が知らされた。担任から渡された紙を学級長が読み上げ、各委員がそれぞれ生徒手帳に時間と場所を書き込む。

「放送委員、音楽室集合、活動場所は放送室」

吾妻ノブヨと、ほぼ同時に生徒手帳を閉じた。秀男は横に立つノブヨを見上げる。彼女も秀男を見下ろしている。

海霧の立ちこめた街は日中でも蛍光灯が必要なほど暗い。ノブヨの口元も、滅多に上がることがなさそうな暗さをたたえていた。

放課後、教室の掃除当番を終えたノブヨに声をかける。

「吾妻さん、そろそろ委員会の時間だけど、一緒に行く？」

当番の面々がみな秀男を見た。いい気分ではないが、視線が集まってくることは決して嫌いではない。学活のあたりから、このままびくびくしてたって始まらないじゃないかという気分にもなっていた。

吾妻ノブヨがおかっぱ頭の毛先を揺らして頷いた。音楽室へ行くまでの廊下に水飲み場があった。彼女が雑巾くさいからと手を洗う。背丈もあるが手足も長い女だった。手のひらが秀男の顔を覆うほど大きいことに気づき、うらやましくなる。

「いいわね、手足が長くて指もきれい」

「きれい？」

「うん、すらっとしていい感じだと思うわ。モデルみたいよ」

章子が近所のおかみさんからもらってくる婦人雑誌のグラビアに、ノブヨみたいに手足の長い女が写っている。肩を出したドレスを着て、斜め上を向いた顔や首筋が美しい。何度も見とれた細い腰や長い指が頭に浮かぶ。ノブヨの瞳が海霧に濡れた外気より薄暗くなった。

「平川君も、わたしのこと馬鹿にしてるの」

「馬鹿になんかしてない。どうしたの、急に」

「背が高いの、すごく嫌だから。いい思いしたこと一度もないから」

「それだけ高かったら、遠くまで見えるじゃないの。あたしみたいに見上げてばっかりより、見下ろすほうがずっと気持ちのいいもんだと思ってたけど、あんたはそうじゃないの？」

ノブヨが黙り込んだまま廊下を歩き始める。秀男は彼女が喜びそうな言葉を頭の隅々から拾い上げて放った。

「その身長があったら、どんなロングドレスでも着こなせるわ。黒いドレスなんか、最高よ。手足が長ければ踊ったときに見栄えがいいし、スカートの裾もきれいに広がる。赤いドレスでゆったり歩けば女王様みたいに見えると思うの。人間、下から睨まれるより上から睨まれたほうが怖いもんよ。もっと自信持ちなさいよ」

「平川君から、そんな風に言われるとは思わなかったな」

「あたしだったら、なんて言うと思ったの」

「もっと、理解してくれるんじゃないかって」

音楽室に向かう廊下には放課後の解放感が漂い、部活動に向かう生徒が行き交っていた。運動着に着替えた生徒たちは、湿度が高く気温の上がらない四月に、もう汗くささをまとっている。秀男は自分の、小回りはきくけれどおおよそ運動部とは縁のないちいさな体が、ドレスや踊りや赤い紅を欲していることに気づいている。ノブヨは自分が何を欲しているのかまだわかっていないだけなのだと思った。

「あたしはね、友だちが出来るかもしれないって朝から喜んでたのよ本当は。でも、こんな卑屈な女だとは思わなかった。あんたが背が高いことでいい思いを出来ないなら、あたしもちいさいことでいい思いが出来ないじゃない。そんなの嫌よ。理解なんていうつまんない言葉でひとくくりにしないで」

「平川君――」

「友だちになれるならヒデでいい。そうじゃないのなら名前でなんか呼ばないで。とにかく、あたしの横を歩くのならもっと自分に自信を持ってちょうだい。その猫背もどうにかして」

慰めと励ましが通用しない女には、居丈高に振る舞うのがいいのだろう。自己評価の低い女は、そうされたいものという気がする。背丈を気にして身を縮めているノブヨに、もめ事が起きぬようおしゃべりも封印して嫌いな学生服を着て白黒の景色のなかを登下校する自分を重ねた。いま口から出てくるのは立派な負け惜しみだ。自分の卑屈さがノブヨを呼び寄せたと思っただけで悲しく、不愉快になる。秀男は内側へめくれてゆく心根を逆手に取ろうと、冷たく言い放つ。

「堂々としていないひとと一緒に活動するなんて、まっぴら」

ノブヨが息を大きく吸い込んだ。音楽室が見えてきた。大小の吹奏楽器を持った生徒が、音楽準備室から出てくる。委員会のあいだは体育館へ集合、という指示が聞こえた。

「どうすればあなたみたいに堂々と出来るのか、教えてよ」

ノブヨが声を震わせながら言った。どうすればって――彼女の問いに即答するのは難しい。知らず、眉が寄ってくる。早く答えなければ、ノブヨの真剣な瞳がこぼれ落ちて来そうだ。

背丈ばかりか、目も大きい女だった。秀男にないものを持っているというだけで苛立ってくる。鼻筋は少し短めだけれど、それがいい具合に彼女を庶民的な顔立ちに留めている。なにもかも大ぶりな彼女は、その鼻によってぎりぎりのところで「可愛い」のだった。

秀男は、うまく言えないけど、と前置きをして自分に言い聞かせるようにゆっくり続けた。

「あたしは自信なんて小指の先ほどもないつもりだけれど、この世に自分はひとりしかいないってどこかで信じてる」

「どういう意味、それ」

「あたしはあたしってこと。こうやって生まれついたんだもの、あたしくらいあたしを認めてあげたっていいじゃない」

言葉にすれば、章子の優しさがきりきりと胸に沁みてくる。

ヒデ坊にはヒデ坊にしか出来ないことがある――

章子の言葉には慰めではなく実《じつ》があったと証明するのは、誰でもない秀男自身なのだった。

「あたしは、あたしのことが好き。自分が嫌いだったら、とっくに死んでると思うわ」

死んでいる場合ではないのだ。生きてこの街を出なくてはいけない。そして、必ず文次に再会する。萎えそうになる気持ちは、いつだって章子と文次が支えてくれる。

秀男の横を、トランペットやトロンボーンを持った生徒が通り過ぎる。真鍮《しんちゅう》が放つ金色の光に一瞬目を奪われながら、自分に言い聞かせた。

「なよなよしてて女のなりかけなんて呼ばれてるけど、言ってる奴らも本当はあたしのことがうらやましいの。本音のところは、あたしと仲良くしたいって思ってんのよ」

「さっきの、自信がないっての、嘘じゃないの」

「いいの、自信より自覚が大事なの」

脳裏に、ラジオを一台残して港から去っていった晶の姿が蘇る。いまここに晶が居たらなんと言うだろう。

いい啖呵《たんか》きるじゃねえか、おヒデ――

秀男は屋根裏部屋で毎日鏡を見ながら練習した、極上の笑みをノブヨに向けた。

「あたし、もっともっと綺麗になって、会いに行かなきゃならないひとがいるの。だから本当は、こんな恰好してあんたの卑屈さに付き合ってる暇なんかないのよ」

秀男の会いたいひとは文次や晶でおさまりきらず、銀幕のスターだったり歌手だったり、毎日の空想を糧に際限なく広がってゆく。

ノブヨがひとつ大きく頷いた。

「ありがとう」

音楽室の戸を開ける際、ノブヨの背筋が伸びた。

秀男の視界に真っ先に入ってきたのはピアノと楽譜の台、高さが教壇の三倍はありそうな小ステージだった。後ろや両端の席から埋まり始めている教室内は、放課後の雑巾くささが充満している。ちいさなステージは、まるで自分を待っていてくれたかのようだ。

嬉しさに包まれた秀男の胸から、先ほどノブヨに張った虚勢のみじめさがいっぺんに吹き飛んだ。

川縁の岸壁で、文次のために歌って踊った「お祭りマンボ」。橋の上から放られた紙袋の中の真っ赤な口紅。この教室で立ち見客が出るくらいの歌と踊りを披露できたら、さぞ気持ちがいいだろう。秀男は自分の空想が空想で終わることなど考えもしない。いつか実現できることだと信じて疑わない。

「いいわね、音楽室って。ちょっと雑巾くさいけど、やっぱり放送委員になってよかったわ」

秀男はノブヨが後方の席へ行こうとするのを引きとめ、そこだけぽっかりと空いた最前列の真ん中に並んで座った。最初は嫌がっていたノブヨだが、立候補したときの度胸はどこへ行ったと秀男に叱咤された途端、背筋に加えて腰まで伸びたようだった。

全学年の委員が揃い、前年度に既に確定していたらしい委員長がステージの上に立った。放送委員会の顧問は音楽の教師だった。グランドピアノ用の椅子に腰掛けて腕と脚を組んでいる。担任教師の指導のもとで行動していた小学生のころとは、何もかもが違う。

委員長が、委員会活動の説明をする。緊急時の放送、体育祭、文化祭といった行事の際の放送全般。今日のうちにおおまかな割り振りを終えて、週明けから昼の放送に向けて活動を開始するということだった。

秀男の心が「昼の放送」にぐらりと傾いた。

「ということで、これから係の割り振りをします。係とは別に、アナウンサーを選出しますが、これは前年度の経験者に加えて一、二年生からも希望者を募ります。お昼の校内放送および緊急時の対応について、練習などもあります。委員会とはいえ、アナウンサーは放課後の時間を必要としますので、希望者は部活動との両立可能なひとに限ります」

周囲に軽い落胆の気配が漂うなか、秀男はノブヨの腕を肘でつついた。頭の中には既に自分がマイクの前に立っている場面がくっきりと浮かんでいる。そこには教室で息を潜めている自分ではない、堂々と言葉を発し笑顔で人前に立つ秀男がいる。

アナウンサー希望者は、このあとピアノの前に集まってください――

秀男はノブヨを誘った。

「あんたもつきあいなさいよ」

「無理だよ。いきなり人前で話すなんて無理」

「いきなりやらないと、迷ってるだけで卒業しちゃうでしょう」

さあ行くよとその大きな体を引っ張りながら、秀男はピアノの前に進み出た。前年度から引き継ぎの上級生は三年生がひとり、二年生がふたり。欠員は五人だった。一、二年生の希望者十名の中から選出するという。男子生徒は、秀男ひとりだった。

放送委員長は、顎のあたりでまっすぐに髪を切りそろえた三年生の青井みどり。秀男とさほど体格は違わないので、全校でもちいさいほうだろう。しかし、声はその場の誰よりも澄んでおり、よく通る。

ノブヨはやはりどこにいても大きかった。学年と組、名前をノートに書き込んだあと、ひとりひとりに校内アナウンス用の原稿が渡された。

「まず、発声とマイクテストをします。一分間の練習時間のあと、名前を呼ばれたひとから順番に、挨拶原稿のほか、指定されたところを音読してください。指定箇所は順番が来てからお伝えします」

秀男は大きく頷いた。ノブヨはあれほど嫌がっていたというのに、手元に原稿が来た途端、ぶつぶつと声に出して読み始めた。見れば他の生徒も原稿に集中している。ピアノ前の椅子には、変わらず音楽教師が座っていた。おかっぱ頭の委員長が、壇上にマイクスタンドを立てた。秀男の空想がマイク一本で遠くへと飛んでゆく。

定員五名のところに十名集まったという危機感はなかった。こうしたときの常で、秀男は自分がテストに落ちるという場面を想像しないし出来ない。心に保険を掛けるということがないので、落ち込む前に自尊心が先に育ってゆく。だから、意に添わない結果のときは悔しさが全身に充満する。悔しさを悔しいまま引きずらないことで前進するのだ。

いま秀男の前には、自分がマイクの前で一か所も間違わずに周囲を圧倒する場面しか思い浮かばない。ひとたびマイクの前に立てば、ラジオドラマのヒロインになれそうな気がしている。隣ではノブヨが真剣な表情で原稿を読んでいた。

テストを待つ希望者に向かって「はい」と委員長が声を上げた。

「では、一年生から始めます。焦らず、ゆっくり読んでください」

ひとり目は壇上でくるりと振り向いたところで、それまでの笑顔がはりついた。音楽室の視線がすべて彼女の緊張に吸い寄せられる。マイクの前に立つ脚が震え始めた。何が恐ろしいのか、原稿を持つ手も震えている。彼女が指定されたのは、全校朝礼の招集放送用原稿だ。声も気の毒なほど震えていた。

「おつかれさまです。次のひと」

交代を指示する声は平たい。気の毒な表情も見せないし、ねぎらいの言葉も形式的だ。秀男ははたと気づいた。ピアノの前に座って目を閉じている音楽教師も、放送委員長も、壇上を見ていない。声だけを聞き取ろうとしているのか、耳以外には情報を入れていなかった。

ノブヨが小声で「緊張する」とつぶやいた。

「だいじょうぶよ、見てごらん」

秀男が鼻先を向けたほうへ、ノブヨの視線が泳いだ。

「テストするほうは、あたしたちなんか見てない。ひとり目もふたり目も、たいしたことないでしょ。はっきりゆっくり、聞き取れるように読めば受かるわ」

「はっきりゆっくり、か」

「そう、はっきりゆっくり、丁寧に」

入学式から、目立たぬよう気をつけていたふたりに、誰より目立たねばならぬ場面がやってきたのだった。胸を裂かれて抑えていたものが飛び出し、辺りに散ってゆきそうだ。いきなり壇上でマイクの前に立つと思っていなかった志願者のなか、秀男だけが待ってましたと心躍らせている。

「次のひと」

一年生はあとふたりというところで、秀男の番が来た。ノブヨに向かって「だいじょうぶ」と言い続けたせいなのか、気持ちも上向きだ。

「平川さんには、この箇所を読んでもらいます。お昼の校内放送の定型部分です」

昼の校内放送と聞いて、ますますやる気が湧いてきた。毎日、隠れながら聴いていたラジオのあれやこれや、ついでのように晶の面影まで蘇ってくる。壇上で、くるりと振り向いた。委員のひとりがマイクの高さを合わせる。みな、この瞬間で緊張を高めてしまったのだとわかった。ひとつ声を出したら、すべての視線がこちらに向けられる気がするのだ。

なにも、歌って踊れと言われているわけじゃなし——決められた原稿を読み上げればいいのだ。息を大きく吸って、吐いて、また吸った。

「全校生徒のみなさん、〇月〇日、お昼の校内放送の時間です。昼休みのひととき、どうぞゆっくりとお楽しみください」

声も変わらず吹き出物も出ない秀男は、つるりとした顔立ちと同じくらいなめらかに、短い原稿を読み上げた。

音楽教師が顔を上げたのがわかった。ピアノのあたりの気配が変化する。秀男は視界の隅から注がれる視線に気づきもしないふうを装い、壁に並ぶ作曲家の肖像画を眺めた。余裕があるように装うのも、この場においては大切なのだ。委員長の声が響く。

「もう一度、今度はマイクから離れてやってみてください」

一歩後ろへ下がり、ここでいいかと目で問うた。委員長は首を横に振り、手でもう一歩左にずれるように指示する。言われたとおり、居場所を移した。これでは自分の声は拾われないのではと、首を傾げた。続けて「避難指示」の箇所も読み上げるようにという指示が出る。

「全校生徒のみなさん、各教室責任者の指示に従い、速やかに校庭へ移動してください。靴は持たず、靴は上履きのまま、非常口から校庭へ出てください。繰り返します――」

お昼の放送のときより、高くなりがちな声を抑え、ゆっくりと発音する。係ごとに散った委員たちが、もうマイクのテストには大きく反応しなくなっているのが悔しい。

既にテストを終えた者たちの軽く嫉妬を含んだ視線も、こんなときは気持ちのいいものだった。目立つ場所を間違っちゃいけない。秀男は深呼吸をして、反応を待った。委員長は音楽教師になにか耳打ちをしたあと、透き通る声で「おつかれさまでした。次のひと」と言った。

一年生の最後はノブヨだった。マイクの高さを調節する係が、体を屈めたまま彼女の顔を見上げる。ノブヨはちらと舞台の下に立つ秀男を見た。頰のあたりに残っていた不安がさっと消えたのがわかった。秀男は「だいじょうぶよ」と声に出さず唇を動かす。ノブヨには『風と共に去りぬ』の一節を朗読するよう指示が出た。

ノブヨは頷き、抜粋された箇所を読み上げる。ノブヨの声は、思っていたよりずっと軽やかで、驚くほどよく伸びた。秀男は自分が励ましていたはずの彼女が思いのほか堂々としていることに戸惑った。しかし舞台を降りたノブヨは、再び身を縮めて秀男の横へと戻って来た。

「なによあんた。自信のないふりして、けっこうやるじゃないの」

「好きな本だったし、いつも読んでたから。ここがあたるといいなと思ってた」

「『風と共に去りぬ』って、そんなに面白い本なの」

「面白いよ。本はどれも面白いと思うよ」

「へえ、あんた読書家だったんだ」

「本を読んでるあいだは、下を向いててもいいからさ。周りも気にならないし、いいことばかりだよ」

ノブヨは少し照れた表情になった。

昼休み、あるいは団体行動の際に集団を離れるには、理由がなくてはいけない。自分もノブヨも、アナウンサーになれば少しは学校生活が楽しくなるだろう。思わぬところで放送委員ということになってしまったものの、秀男にとっては偶然が咲かせた楽しい時間となった。

音楽教師が委員長と頭を寄せ合い、ノートになにか書き込んでいる。どうやら合否の決定権はこのふたりにあるらしい。三分ほど席で待っているあいだ、秀男は自分が緊張感を楽しんでいることに気づく。ノブヨは堂々と『風と共に去りぬ』を朗読していたことなど忘れたように、背中を丸めている。

「もうちょっと背筋を伸ばしなさいよ。さっきの度胸はどこ行っちゃったのよ」

「だって、わたしだけ落ちたら恰好悪いじゃない」

「あら、あたしは逆のことを考えてたわ。自分だけ受かっちゃったらどうしようって。結果は同じなのに、おかしいわね」

ノブヨはどっちも受かっていたら奇跡だ、とつぶやく。秀男はどちらも落ちるほうがずっとおかしなことだと思う。

悲観的なわりに目の前のことに懸命になるノブヨは、今まで秀男が出会ったことのない人間だ。気づいたことは、入学三日目にできた友人も自分も、自ら進んで教室からはみ出しているということだった。

結果が発表された。ふたりとも合格だ。

大きな目が顔からこぼれそうになっているノブヨの横で、秀男は当然だという顔をしてみせる。席を立ってゆく者のひとりが「同じ学級からふたりともアナウンサーなんて、ずるい」と吐き捨てる。

「秀男君、なんかわたしたち嫉まれてるみたいだ」

「言いたいやつには言わしておくの。嫉みなんて、こっちが持たなきゃただの追い風よ」

ノブヨが妙に納得した表情で、ひとつ大きく頷いた。

その夜、寝る支度を整えたところで章子に一日の出来事を報告すると、姉の表情が久しぶりに明るくなった。

「放送委員長って、青井みどりさんでしょう。わたしと同じ学級の子。国語の教科書の朗読がとても上手なの」

「アオイミドリって、変な名前」

「でも、一度で覚えられるからって、本人は気に入っているみたい」

「ショコちゃんと仲良しなの？」

「生徒会と合同でやる行事も多いから、話すほうだと思うけど」

章子は、校内放送でヒデ坊の声が聴けるといって喜んでいる。秀男も、姉の喜ぶ様子に暗い影が見えないことを喜んだ。帯広に引っ越した男の話は、しばらくしていない。章子が言いださない限りは秀男から訊ねることもしなかった。

「ヒデ坊に友だちが出来てよかった。安心した」

「あたし、やっぱりまだショコちゃんに心配かけてるんだよね」

「きっといつまで経っても心配なんだ。けど、ヒデ坊のことがうらやましいのも本当だよ」

「うらやましい？　あたしのことが？」

「ヒデ坊は、好きと嫌いがはっきりしているから、ほとんどのことを胸の中で振り分けられるじゃない」

「ショコちゃんは、振り分けられないの？」

章子の笑顔が翳《かげ》った。寝る前のひととき、姉の胸を過ぎるのがなんであるかを秀男は知っている。こっそり文次や晶のことを思うとき自分もこんな顔をしているかもしれない。過ぎた日の大切な時間だけれど、その時間が日常の隙間に滑り込んできたときの胸苦しさは、章子も同じなのだ。

「ショコちゃん、眠い。寝坊したら配達遅れちゃう。あたし寝るね」

梯子《はしご》をのぼり、屋根裏に敷いた布団にもぐりこんだ。そば殻枕に耳をあてると、波の音がする。一日の終わり、秀男は波音に包まれながら、文次は今ごろどうしているだろうかと思い目を閉じる。晶は今もどこかの港で魚汁を作っているだろうか。ふたりのことを考えると、置いてけぼりをくって朝霧のなか新聞を配達している自分もいつか、晴れた空に飛び出して行けるような気がしてくる。離れていることが身に沁みるぶん記憶に残る笑顔も鮮やかになった。


道ばたの苔から、地中の球根が針に似た芽を持ち上げた。

街路樹の脇を歩きながら登下校時のきらびやかな夢想にふけっている秀男は、幸福だった。五月の晴れ間は風の恩恵だ。強い風が吹くと、海霧も居場所を失う。晴れれば太陽が出る。霧に漂う毎日も、一度太陽を拝んだ途端にするりと記憶からかき消えた。秀男は街に色を与えてくれる霧の晴れ間が好きだった。

ノブヨも自分も、委員会活動として許された昼休みの放送室見学を毎日楽しみにしている。教室にいたところで、仲良し集団にも入っていない。気づけばふたりとも、学級より先に放送室に馴染んでいた。

放送室の札が掛かった引き戸を開けると、四畳半ほどの機械室がある。機械室とアナウンス室は、ガラスの窓と厚い扉で仕切られていた。機械室で昼の放送を見学するのだが、機械係のきびきびとした指示や、オープンデッキのテープを操る姿、レコードをかける際の緊張感に触れていると、その野暮ったい印象もどこかへ吹き飛び恰好良く思えてくる。

週明けの校内放送は、各委員会の活動報告や行事、部活の勧誘や試合の結果報告となっていた。音楽ひとつかけるでもなく報告ばかりでつまらないのだが、見学する委員が少ないので秀男とノブヨにとっては好都合だった。

毎日暇を見つけては放送室に入り浸っているふたりは、いつの間にか「熱心な新入生」と呼ばれていた。普段は直接話しかけることもはばかられる委員長の青井みどりも、ふたりを見ると気軽に声を掛けてくれる。

青井みどりは新一年生五人を相手に、放課後一時間の発声練習と放送に向けての指導をする。ときどき放送室に現れる音楽教師は、誰よりみどりを信頼しているようだ。

アエイウエオアオ、カケキクケコカコ、お腹から声を出してもっとゆっくり歯切れ良く――壁にふかふかとした布団を貼りつけたみたいなアナウンス室にいると、秀男の想像も最高潮だ。二畳間の小部屋が、自分の砦《とりで》のように思えてくる。五人が背丈の順に並ぶと左端は秀男で右端がノブヨになった。小一時間、発声と朗読の練習をしたあと「ありがとうございました」の挨拶で一日を締める。青井みどりが満足そうに頬を持ち上げた。

「今年の一年生はとても熱心で、わたしもやり甲斐があります。先輩に教えてもらったことぜんぶ引き継ぐから、よろしくね」

さらりとこんな台詞を言えてしまうみどりの、所作の端々に背伸びが見えた。章子はみどりのことを「大人っぽいひと」と言うが、そうでもないような気がしてくる。彼女の仕種は、秀男から見るとどことなく窮屈なのだ。ノブヨが背丈を気にして猫背になるのに似て、彼女は大人っぽく見せることに心を砕いている。

校門を出るころ、街はうっすらと赤みを帯びた雲に覆われていた。海側に沈む夕日が、一日を燃やし始めている。この時間になると、重たい鞄のことも忘れて踊りたくなる。辺りに誰もいないことを確認し忘れて踊りだしてしまい、笑い声が聞こえてくることもある。

周囲に構ってなどいられない。無事に日が暮れると夜の街が動きだすのだ。秀男は華やかな衣装を身につけて街をゆく女たちや、酒が入って陽気になる男たちを見るのが好きだった。自分が音楽にあわせてマンボを踊れば、みんなが振り向く――そんな場面を想像しては体から笑いが零れ落ちてゆくのだった。

「あたし、夕暮れって大好き。一日はこれからっていう気がしてくるのよね」

「そうかなあ、わたしはあんまり好きじゃないけど」

ノブヨの父は駅裏で飲み屋をひらいているという。秀男が住む幣舞橋界隈とはまた少し気配の違う夜の街である。線路の北と南では、客層も働く女たちもみな違うと聞いたことがあった。秀男は大人たちの、ほんの少し見下したような話しぶりを思い出した。

「駅裏の酒場って、どんな感じなの」

「どんな感じって聞かれても。生まれたときから同じところに住んでるし」

「南大通りとか末広とはちょっと違うって聞いたことがある」

ノブヨは「ああ」とひとつ頷いた。

「空襲のあとに建ったバラックとかも残ってるし、空き家だったところにいつの間にか人が住み着いてたりもするからね」

「それって、物騒ってこと？」

「ひとの入れ替わりも、ずっと変わらない景色だから、わたしにとっては特別不思議でもないんだけどね。半日道ばたで寝っ転がってた酔っ払いが、蹴飛ばしてみたら実は死んでたなんてのもよくあることでさ」

「ノブヨんち、行ってみたいわ」

「うちに来たいなんて言った子、はじめてだ。たいがい、親に『つきあうな』とか『遊ぶな』って言われて、ケンカしたわけでもないのに離れて行っちゃう子ばかりだったから」

「そういう子もいた、ってだけのことよ。あたしは自分の行くところを誰にも禁止されたくない。目隠しもされたくないし、口もふさがれたくない」

ノブヨはひとしきり秀男のこの発言を繰り返し、駅前と駅裏へ分かれゆく場所までやってきたところで「ちょっと、寄ってく？」と訊ねた。

「行ってもいいの」

「うん、そろそろお父ちゃんも店の仕込みに出て行ってるころだから」

父親が寝ているか女を連れ込んでいるかという昼間の家に、娘の居場所はないのだった。毎日、学校から帰り自分の飯を作り、食べ、眠って起きて学校へゆく。

「学校が休みのときはお父ちゃんが店に行くまで図書館で本を読んでいるから、あまり会わないんだ」

「まるでひとり暮らしみたいね。うらやましい」

秀男にしてみれば、弟と妹が走り回ったり父親が怒鳴ったりしている家より、ずっと居心地がいいように思えた。

ノブヨの横で見る夕暮れの駅裏は、秀男にとって見知らぬ街だった。線路を隔てた場所にあるすすけた風景は、街が経てきた時間をごった煮にしたような色だ。この距離ならば二十分も歩けば家に着けそうだった。アナウンスの練習が長引いたと言えば済むだろう。

早々と暖簾を出している飲み屋や飯屋、質屋や楽器屋、洋品店も薬屋も青果店も、駅前の趣とは違った貌《かお》で並んでいた。気の早い酔っ払いがひとりふらふらと道を歩いている。ああ、と秀男は思い当たった。ここは父と同じような背広姿が少ないのだった。店先にも、気取った気配がない。同じ繁華街でもずいぶん違うものだと思いながら辺りを見回し歩く。

ノブヨは慣れた足取りで小路へと折れた。色とりどりの看板に、女の名前が浮かび上がる。明美、しず、みよ子、八重。小路に折れた瞬間、ノブヨがいっそう大きくなったように見えた。帰る場所へ、堂々と帰るために背筋を伸ばす友を見て、秀男も胸を張る。暖簾の下で盛り塩をしていた割烹着姿の女が顔を上げた。

「おかえり、ノブちゃん。そっちは友だちかい」

「うん、同じ委員会で同級生」

「可愛い坊やだこと。ノブちゃん、いい好みしてるじゃないか」

「女将さんほどじゃないけどね」

ノブヨの態度が言葉のわりにあまりにも素っ気ないので、秀男は愛想笑いのひとつもできない。足を止めずに小路の奥へ進むノブヨを追った。暖簾のあいだから、また二階の窓から、

「ノブちゃんおかえり」の声がする。若い女の声、低い声——声のするほうを見上げると、頭に派手なスカーフを巻いた女がこちらを見下ろしている。箸ほどに狭く細い空、路地裏のにおいは秀男の知らないものに満ちている。

「ノブヨ、初めて来たけど、駅のこっち側もけっこういいところね。あんたこの辺の有名人なんだ」

有名人、とノブヨの語尾が上がった。

「女たらしの有名人は、うちの父親。ママさんたちはみんなうちに出入りしてる姉妹みたいなもん。毎日軒先で誰が誰の男取っただの泥棒猫だのって怒鳴り合ってるくせに、何日か経つとまた仲良くしてる。みんな、あんな男のどこがいいんだか」

「ノブヨのお父さん、もてるんだ」

「汚い酒場のうす汚い中年男なのにさ」

「酒場が汚いのも、中年男も、もてない理由にはならないと思うけど」

小路の端までゆくと黒地の鉄板に白いペンキで「きりん」と描かれた看板があった。ノブヨは店の前で一度立ち止まり「ここ」と短く言って通り過ぎる。建物の横に狭い鉄の階段が延びていた。ノブヨが棒きれに似た脚で一段飛ばしに上ってゆく。秀男はそれが地上へ出る深海の階段のように思えた。

踊り場のすぐ鼻先にある駅舎と夕暮れ時の線路は、日常を隔てるものさびしい境界線だった。ここに生まれてここに暮らす友の、膜のかかった孤独が浮かんだ。

「『きりん』は、うちの父ちゃんのあだ名なんだ。背が高くて首が長いから」

「ノブヨはお父さん似なんだね」

「比べようにも、お母ちゃんを知らないから」

幼いノブヨを育て、世話をしてきたのは小路に暮らす女たちだったという。帰宅途中の彼女を迎えたいくつもの声は、たすきを渡し合ったそのときどきの母親たちのものだった。

秀男は弟の松男が死んだときを思い出した。弟が死んだというのにわずかも悲しくなかった自分は、悲しみが充満した母の懐へうまく戻れなかった。それはいっときでもひとの死を喜んだ者に対する罰なのだろう。

弟の死から漠然と胸に在った空洞は、ここしばらくでずいぶんと埋まった。自分には、往く道はあっても戻る道がないのだ。いわく言いがたい思いを胸の内側で言葉にする方法も覚えた。中学に入り、たったひとりだがこうして友もできた。秀男の日々は春から足し算が続いている。

玄関の引き戸を開くと、唐突に茶の間が現れた。新聞紙を広げた靴脱ぎ場で運動靴を脱ぐ。そっと端の記事の上に靴を揃えた。うっすらと台所のにおいがする。昆布や魚、味噌や鉄さびが入り混じった生活のにおいだ。

飲み屋街の外れ、二階の居室にいきなり現れた生活空間だった。茶の間の奥に流し台があるものの、蛍光灯がなければなにも見えない。極端に窓の少ない家だ。

仏壇も神棚もない部屋に朱塗りのちいさなちゃぶ台がひとつ。明かりの下にある漆塗りには、布巾が走らせたくもりの筋があった。促され、ちゃぶ台の前に座った。ノブヨが台所のヤカンを持ち上げ「麦茶しかないけど」と注ぎ入れた。茶の間の左右にふすまがある。自分の城が押し入れから伸びる梯子の上にあることを思うと、ここを開けたらなにがあるのかを想像するのは楽しかった。

秀男はヤカンの金属くささが残るぬるい麦茶を飲んだ。この家には父親とすれ違いながら暮らすノブヨの生活がある。孤独はどんな場所に生まれついてもあるのだろう。この家は卵膜に守られている。ノブヨは生まれ持った体形にやっかみを反射して、周囲の期待どおり卑屈になっているだけに見える。本当は、本人が思うほどさびしくもない状況ではないか。

「どっちがノブヨの部屋なの？」

「こっち」と指さしたふすまに、雀が三羽描かれていた。

「ここでご飯食べて、ここで勉強してる。ふすまの向こうには布団と本棚しかない」

「そういえばノブヨ、本が好きだったよね」

教室で過ごす休み時間に、本を広げているノブヨの姿が思い浮かんだ。秀男はどんな本が好きかと改めて問われると答えに詰まった。

「古代エジプトのピラミッドとかツタンカーメンの墓とかが載った図鑑、あとはギリシャ神話とか」

勉強している姿を見せるために本を開いていた兄への反発もあって、秀男は人前で本を読むということがなかった。いつかノブヨが言った「本を読んでいるあいだは下を向いていてもいい」という言葉が通り過ぎた。自分は下を向いたら最後、心に潜む卑屈さに負けてしまうのだと思っていた。見ないようにしてきた薄暗い部分に光があたると、途端にすべての魔法が解けてしまうのだ。現実世界で秀男が演じているのは、姉に守られ続けるシンデレラであったり、竜宮城の玉手箱を前にして煙を待つ少女だったりする。

この世には予定と違う結末を持った人間がいる——漠然とではあるが、教室を飛び出し、居場所ができて改めてそんなことに気づいた。

「あたしは小説より自分のほうが面白いような気がしてるの」

秀男の言葉に、ノブヨは今日いちばんの笑みを浮かべた。ひとしきり喜んだあと、彼女の口から秀男の予測を外れた言葉が漏れた。

「お祭りで振り袖着て踊ってたのは秀男君だったんだって、いまやっと確信もてた」

ノブヨは去年の盆踊りの行列のなかに、ちいさな振り袖姿を見つけたときの話をする。友だちがひとり、自分から去った日だったという。

「一緒に観に行く約束をしてた子、前の日に都合が悪くなったからって家まで言いに来たの。玄関先まで親に付き添われてさ」

幼いころから何度か繰り返されてきた唐突な絶交が、親の職業と住む場所が知れた途端であったことに、遅まきながらノブヨも気づいた。酒場に住んでいることや母親がいないことが、せっかくできた友だちを遠ざけると知ってますます彼女の首は前に折れ、猫背になった。

「周りを見なくなれば嫌なものも視界に入ってこないって気づいて、楽にはなったけどさ」

仕方なく当時父親が付き合っていた女と観に行った盆踊りの先頭に、ちいさな女の子が自信満々の笑顔で踊る姿を見つけ目を奪われた。

常に同級生より頭ひとつ背の高いことが嫌だった。忌々しいこの背丈がなければ自分もあんな風に自信たっぷりで人前に出られるのに、とつぶやくノブヨに、付き添いの女がくわえ煙草で言ったのだった。

——ありゃ坊主だよ、ノブヨちゃん。

——坊主って?

——振り袖着てるけど、男の子。上玉だ。本当の美人ってのは、男顔なんだ。

そう言う彼女は鼻も低く唇も厚ぼったい女だったが、歴代の「母代わり」のなかではずいぶんと長く続いたひとだったという。どうして男の子があんなにきれいなのかとノブヨは彼女に訊ねた。自信たっぷりのしなをつくり笑顔で踊る振り袖姿が遠くなってから、やっと答えを聞いた。

——人間、化粧で隠したところにいちばん大きなシミが隠れてるもんさ。あの子はあの子で化粧と振り袖がなければ上手いこと自分とつき合えないんだろう。子供のくせにおかしなしなを覚えて、人が驚いて見てくれるところでしか安心できない貌をしてたろう?

「それでもわたし、もう一度その子に会ってみたかったんだ。入学式で秀男君を見たとき、もしかしたらって思った」

ノブヨの願いは、中学に入ってやっと叶ったのだった。秀男はずっと会いたかったという「女の子」が自分だったことに満足し、同時にもうあの至福が訪れないことを改めて悲しんだ。

「楽しかったわ。去年が最後だったの、振り袖。盆踊りなのに、気分は舞踏会。きれい可愛いって褒められて、絶対に脱ぎたくないって思ってた」

だから——珍しく自分の口から弱気が漏れた。

「こんな制服を着るの、本当は嫌なのよ」

二杯目の麦茶は、一杯目よりヤカンのにおいがきつかった。いつか会ってみたかった、と言われて悪い気はしない。けれど、振り袖を着ていた秀男のほうがずっと本当の自分に近いということを、どう伝えていいのかわからない。

「制服は脱げるけど、身長は縮められないんだよね」

自分の悩みで手一杯の人間に、こちらの思いはうまく伝わらない。ひとより小さいことでいいことも悪いこともあるのだと、どう言えば伝わるだろう。秀男は湯飲み茶碗の底から視線を上げ、まっすぐ彼女の瞳を見た。

「ノブヨ、あんたがいつも身長を比べてるのって、同じくらいの年の子ばっかりよ。あたしは違う。ちゃんと化粧してドレスを着れば、女優にだって負けたりしない。他人より多くをもらった体なら、それをどうして武器にしないの。あたしはいつかまた振り袖を着て踊る日のために、今日の嫌なことなんか寝て忘れる。あんたみたく卑屈になったりしない。この体だって、好きじゃあなくても大事にする。身長がどうだってあたしは誰よりきれいだもの。いまもてはやされてるスターだっていつかばばあになる。そのときはあたしが笑いながら前に出るのよ」

そうだ——己の放った言葉に救われてゆく。秀男はそこまで言うと、ほっと息を吐いた。実のところ秀男自身が卑屈な思いにとらわれていないかというと決してそうではないのだが、自分の声で聞く決意表明は爽快だった。

「なんか、すっきりした。振り袖を褒めてくれてありがとう」

ノブヨがすこし照れた顔で立ち上がった。見上げながら秀男は「あんた、やっぱりでかいわね」と感心する。ノブヨの唇の両端が持ち上がった。

彼女が開けたふすまの向こうも、茶の間と同じく暗かった。ノブヨがびっしりと本が詰まった棚から一冊抜き取り、茶の間に戻った。

「これ、無期限で貸し出するから、良かったら読んでみて」

『風と共に去りぬ』だった。

「なんとなく、秀男君にも読んでほしくなった。いつかお話のなかの誰が好きか話したいって思ってる」

見上げたノブヨの顔は、電灯の陰になりよく表情が読み取れなかった。

「わかった。読んでみる」


教室にいるときは、できるだけ男子生徒の挑発にのらぬよう気をつけた。今日も制服の肩をフケだらけにした生徒が、秀男の容姿や仕種について大声で語っている。よくもこれだけ卑しい言葉を思いつくものだと感心するほどだった。

挑発にのったら、そこで終《しま》いだ。同じ土俵に上がった時点で秀男の自尊心が負けを認めてしまう。ときどきノブヨが秀男の机の傍らにやってきて、挑発している生徒を睨んだりもするのだが目立った効き目はない。

気にも留めぬふりをしながら、秀男の頭の中はめまぐるしく動いている。

ここでひとり、文次くらい腕のたつ男が現れないか――

中学校生活の三年を無事に過ごすためにも、早く。秀男が自分の身を守るためにできることは、盾になっても傷のつかない屈強な男子生徒を側に置くことだった。

何人か目を付けた男はいる。野球部、柔道部、あるいはどこにも属さずに硬派を気取って制服のボタンをふたつ三つ外しているやさぐれ。文次のような男がいればありがたいが、果たして向こうが秀男を気に入るかどうかが問題だ。

どんなことをしてでも、その子の気になる存在にならなくちゃ——

朝も夜もこっそり章子のぬか袋を使って顔を洗っているので、秀男は頬もおでこもつるりとしている。浅黒い顔だったりにきびだらけの女生徒より、自分のほうがよっぽど美しい自信もある。

美しくなければ、いつ殴られるかいつ心折れるかという恐怖とどう向き合っていけばいいのかがわからないのだ。

根っこがわかれば断ちようもある恐怖が、毎日次から次へと手を変え品を変え、いったいどこから湧いてくるのか当の秀男にもつかめない。それは、中学に入ってからいっそう強く胸に迫っていた。

なにかきっかけを作らなくちゃ。

庇護者を得るために、放送室はよい場所だった。部活動報告の日はかっこうの「出会いの場」だ。これを活かさない手はない。

今日の校内放送時間は、ノブヨと連れだっての「放送委員活動」だ。委員会顧問の長谷川が、今期は秀男とノブヨの熱心さがこころづよいと褒めたことで、余計に教室を抜け出しやすくなった。秀男は鞄の中から新聞紙の包みを出し、総菜屋の店先と同じにおいが充満する教室を出た。

章子が持たせてくれる弁当は芋やリンゴが場所を取り、とりあえず腹はふくれるものの人前で開けるのは気が引ける。自身が指をさされて悪口を言われてもつんと澄ましていられるようになったが、弁当についてからかわれるのは家族全員が馬鹿にされているようで我慢ならない。放送室に逃げ込めるようになっただけでずいぶんと気が楽だが、もうひとつ足りないのは、単なる味方ではなく文次のようにまるごと秀男を守ってくれる存在だった。

教室の外に出ている者はおらず、廊下を歩いていると妙な優越感がある。広い廊下が、自分のために用意されているような心もちになるのだ。

ここはあたしの舞台なんだ。目の前の景色よりも秀男の想像が勝る瞬間、ぴしりと胸を張り優雅に歩く。見れば隣のノブヨも腰を起こして胸を張っていた。

狭い放送室には、運動部の主将や副主将がひしめいていた。普段は床板にしみ込んだワックスや熱を持った機械が放つ金属のにおいに満ちた放送室に、今日は男の汗くささが混じり込んでいる。制服の近くに寄れば、見上げるような巨体が放つ体温が感じられる。

どれにしようか。汚いのは嫌だ。フケも鼻から飛び出した鼻毛も気持ち悪い。秀男はひたすら主将たちを物色する。ひときわ大きいのは柔道部だが、顔がいかつくて秀男の好みではない。この際贅沢は言っていられないのだが、譲れないところは譲らないでいきたい。

なかなか文次のような男はいないものだと、残念がったり鼻を高くしたり、秀男の心も忙しい。訥々《とつとつ》と野球部の部活報告を終えた主将が、鼻の頭に脂汗を浮かべながら放送室を出て行った。

その日の放課後、委員長の青井みどりが放送室にやって来なかった。今日は練習がないと言いだしたアナウンス担当から順に、ひとりふたりと放送室を出て行く。秀男はノブヨに野球部の練習を物陰から見てみようと提案した。野球にはまったく興味ないんだけど、としぶるノブヨをしつこく誘う。

帰り支度をしていると、放送室の引き戸が勢いよく開いた。国語教師が仁王立ちで怒鳴る。

「誰か、長谷川先生を見なかったか」

長谷川は委員会顧問だが滅多に放送室にはやってこない。もっぱら委員長の青井みどりが伝達役で、それゆえ委員には自主性を重んじた活動という自負がある。

「先生はここにはあまり来ませんけど」

ノブヨがガリ版刷りの練習台本を鞄に入れ、答えた。

「今日は見なかったか」

「お昼の校内放送も、ほとんど生徒だけでやってます」

少なくとも、週一回の会議と音楽の授業以外で長谷川を見たことはなかった。教師は黒縁眼鏡の向こうに怒りを含んだ目を見せて低く唸った。ただならぬ気配に、秀男も無言ではいられない。

「どうしたんですか、長谷川先生になにかあったんですか」

唸り声がより低くなり、表情はいっそう暗く翳る。楽しい話ではなさそうだとノブヨも気づいたらしく、ちらと秀男の顔を見る。

「わかった。お前たちはもう帰れ。放送室を遊び場にするのは今後控えるように」

国語教師はなんの説明もしないまま、眉間に深い皺を刻んで出て行った。取り残された秀男とノブヨは顔を見合わせ、同じ角度に首を傾げた。

「ノブヨ、あの先生なにをあんなに怖い顔をしてたんだろう。遊び場は失礼な言いかたよね。あんた、どう思う」

「長谷川先生を探してたよね」

「てことは、職員室にはいないってことだよね」

ノブヨは「うん」と興味なさそうな顔で放送室を見回した。野球部の練習を覗きに行こうという、先ほどまでの意気込みが薄れた。どちらからともなく「帰ろうか」ということになった。

生徒玄関から出ると、校長の背広が校門から早足で出て行くのが見えた。すぐ後ろを保健室の先生が小走りで追いかけてゆく。職員玄関から更にもうひとり、先ほど放送室に駆け込んできた国語教師が追った。

「普段走らないひとたちが走ってる」

秀男のつぶやきが終わるか終わらぬかというところで、ノブヨが声を低くして言った。

「なんかあったんだよ、きっと。誰も生徒玄関のほうを見なかった。こっちを気にしている余裕ないんだよ」

秀男は鞄を脇に抱えこみ、彼らが向かった方向へと足を速めた。大股でノブヨもついてくる。秀男が小走りになっても、ノブヨはまだ早歩きなのが気に入らない。大人たちが振り向かぬのを幸いに、電柱一本ぶんの距離を保ち続けた。ただならぬ気配が一軒の病院の前で止まる。秀男とノブヨも立ち止まり、床屋の軒先のサインポールに隠れた。

背後にいたふたりにひとことふたこと何か指示を出して、まず校長が中へと入って行った。保健室の先生と国語教師が頭を突き合わせて話し込んでいる。声を聞き取ろうにも距離があってまったく聞こえない。

「長谷川先生に、なにかあったのかな」

「ありそうだよね」

ノブヨが「どうする?」と訊ねてくる。行ってみようよ、と答える。じき、病院前のふたりも中へと入って行った。じりりと秀男の足が前に出る。校長が慌てて学校から走ってゆくほどのできごとがあると考えたらもう、好奇心の向く方向へ走りだしたくてしょうがない。ノブヨも病院に誰がいるのか気になるらしい。

「ノブヨ、あんた引っ込み思案だなんて大嘘つきよね」

「うん、いま自分でも嘘だろうって思った」

「正直でいいわ。さ、行くわよ」

そんなときも、秀男の頭の中には「見つかったときのいいわけ」がころころとビー玉のように転がった。こんな性分であるとわかったら誰もが自分に愛想を尽かすのではないかと、誰にも言ったことはない。

「秀男、見つからないように気をつけて」

「あんたこそ、でかい図体いつでも隠せるようにしときなさいよ」

いつのまにか呼び捨てにされていることに気づいて、なにやら嬉しい。大人たちの目をかいくぐり、なにが起こったのかを探りにゆくと思うだけで今日が楽しいことで塗り替えられる。

消毒薬のにおいに鼻をひりひりさせながら、秀男は病院の建物に入った。ひょいと友人の見舞いに寄った風を装い、スリッパに履き替えてすたすたと廊下を歩く。正直どちらの方向に校長が向かったものかわからない。振り向くとノブヨが背中を丸めて眉間に皺を寄せている。秀男が小声で叱った。

「ちょっと、少しは堂々と歩きなさいよ。駄目じゃない、そんなびくびくしてたらすぐに追ん出されてしまう」

ノブヨはいくぶん背筋を伸ばし、大きな目に怯えを含んだまま頷いた。診療時間はとうに過ぎており、外来待合室には誰もいない。受付の窓口には内側から白いカーテンがかけられていた。

秀男のほうはというと、不安にぶ厚い好奇心の衣が掛かっている。何があっても前に進まねばいけないような心持ちだ。外来ではないとすれば、入院部屋か手術室か。あたりをつけて歩く。そろりと廊下の角を曲がる。二階へ続く階段が現れた。上がってみようか様子をみようかと迷い立ち止まったところへ、白衣の裾を揺らしながら看護婦がひとり下りてきた。

ぽっかりと浮いた白い看護帽が目を引く。こんな制服ならいいのに、と探検気分が脇道に逸れた。

秀男とノブヨを見て、看護婦は「あら」と首を傾げた。動揺を悟られまいと、礼をする。一拍遅れてノブヨも頭を下げた。顔を上げ、深刻そうな表情を作る。

北中の――で念のために言葉を切った。看護帽が角度を変え、ちらりと階上を見上げる。大人たちは二階にいるようだ。なにか言いよどむ気配がある。

「すみません、報せを聞いて飛んで来たんですけど」

そう言ったのはノブヨだった。秀男は思わず見上げそうになるのをこらえ、首を上下に振った。このひとことが効いたらしく、白衣の彼女は表情に柔らかな気配を滲ませた。

「二階だけど、会えるかどうかはわからない。いまご両親もお見えになって、立て込んでるようだから」

心配はお察しするけれど、という言葉に秀男は再び頭を下げた。深刻な顔を作り込み、イチかバチか訊ねてみる。

「母はもう、来ているんですね」

看護婦の表情が、今度ははっきりと変化した。秀男は二階で誰がどんな状況なのか分からないまま「身内」のふりをする。

「あら、そうだったの」

拍子抜けするほどあっさりと、階段を譲られた。そろそろと上ってゆく。手すりに浮いた木目のざらつきを撫でながら、校長たちと鉢合わせした際のいいわけを考えていた。あと三段で終わりというところで振り向いた。数段遅れのノブヨが秀男を見上げている。口に人差し指を立て、喋るなという合図を送った。

階段を上がりきったところに便所の表示が、その隣にはガラスに仕切られた部屋があった。看護帽が右に左に忙しく立ち働いているのが見える。病室は階段から延びた廊下に左右対称に並んでいる。明かり取りのある廊下の突き当たりに、人がうろうろしていた。秀男は手招きをして、便所の表示を指さした。ノブヨが大きな目を更に大きく開いて頷いた。

ふたりで便所の個室に入り、内側から真鍮の鍵を引っかける。廊下をゆく足音や、痰がからんだ咳も聞こえる。探偵のまねごとはノブヨの気持ちも高揚させているらしい。制服のポケットに、短くなった鉛筆と折り畳んだわら半紙があるのを確認して「よし」などと言っている。足下の便器にぽっかりと空いた穴が仕置き部屋の入口に思えてきた。便所の穴がこれほど怖いと思ったのは初めてだった。

息を潜めて廊下の物音に耳を澄ました。低い大人の声が近づいてくるのがわかる。ノブヨとふたり、息を詰める。声の主たちが入って来た。陶器にあたる水音が止んで、ほとんど同時にふたつの深いため息が聞こえた。ひそひそと交わされる言葉が、タイルの壁に跳ね返る。

——音楽の授業については、しばらく他の先生に頼むとして。

——問題は青井のほうですね。

——通報が長谷川先生本人からとは思わず、学校中を探してしまいましたよ。

——なんだってまた、生徒と付き合ったりするかね。

数秒の沈黙のあと校長が「ああきみのところの奥さんも元生徒だった」と、謝るふうでも嘆くふうでもない口調で言った。

——親が騒いだら問題が大きくなる。長谷川先生に事情をしっかり聞いて、今夜のうちに片付けないと。

——あのやけど痕が残りませんかね。うちにも女の子がひとり居ますんで気になりますね。

——いまはそこを憂う場面ではありませんよ、先生。

ふたりが出て行ったあと、秀男はゆっくりと全身の力を抜いた。見上げれば、ノブヨもこちらを見ている。

「問題は青井って、言ったわね」

「青井委員長と長谷川先生が、おつきあい」

「やけどしてるって」

ふたりの気配が階下に向かっている。そのあとに大またの足音、小走りに似た音が続いた。こちらは無言だった。

「四人、帰ったみたいね」

「病室に、青井先輩だけってことか」

「馬鹿ねノブヨ、親がいるわ」

個室の鍵を外し、秀男は廊下に出た。手前の病室から看護婦が出てきてすれ違う。自信ありげに歩けば、誰も自分たちのことを不審がりはしないようだ。先ほど人が溜まっていた病室の前に立つ。やけど、のひとことが気になって仕方ない。

戸口にそっと肩と耳を寄せた。中から女の嗄れた嗚咽が聞こえてくる。いまここで戸を開けることなど無理だ。秀男の頭上に、ノブヨの腕が伸びる。遠慮がちな表情だが、ノックの三回はしっかりと響いた。

戸の向こうにあった嗚咽がぴたりと止んだ。ノブヨを責めたり咎めたりすることは出来なかった。一瞬あとには、秀男も同じことをしていたかもしれないのだ。戸口に誰かが近づいてくる。慌てて体をまっすぐにした。

現れたのは背広姿の男だった。秀男の父、時次郎よりも若い。なでつけた頭髪も品が良く、目元が青井みどりによく似ている。ひと目で父親なのだとわかる男は、娘によく似た目元に青黒い疲れを滲ませていた。制服姿の秀男とノブヨを交互に見て、視線がだんだん戸惑いに揺れ始める。

「なにか、ございましたか」

個室だった。ベッドの向こうに、表情が見えないほどうなだれているのは母親か。秀男は覚悟を決めて頭を下げた。

「みどり先輩のことが気になって、ご迷惑も考えず来てしまいました。連絡が入ったとき、自分たちも近くにいたんです」

背広の向こう側で、母親の顔が持ち上がった。壁も布団もベッドもハンカチも、何もかもが白い。母親が立ち上がり、戸口に向かってやってくる。父親が振り向き、彼女を制した。聞かず、彼女はよろけながら秀男とノブヨの前に立った。白目が絵本のウサギそっくりに赤く、額や頬は青かった。ハンカチに吸い込ませた涙を絞り出すような声だ。

「学校のみなさん、このことご存じなんですか」

容易に頷くことができなかった。入院しているのが青井みどりだということを知ったのもついさっきだ。秀男とノブヨが何を知っていて何を知らないのか、ここで上手く説明することはできない。秀男はそこだけ本当のことを言った。

「なにがあったのか分からないまま駆けつけてしまいました。ごめんなさい」

母親の頬がきゅっと硬く持ち上がる。眼差しがきつくなった。

「ご心配ありがとうございます。でもどうか、今日のところはお引き取りください。本人も混乱しておりますし、わたくしたちもひどく動揺しておりますので」

「明日また来ます」

「明日は別の病院に移します。お気遣いありがとう」

これ以上なにか訊ねることはあきらめたほうが良さそうだ。本人が混乱しているということは、意識があるということだった。校長たちが学校から走り出したところからなにも知らずに追ってきたのだから、考えてみれば短時間でたいそうな情報を得た。丁寧な拒絶の前で、秀男とノブヨは頭を下げる。ちらと見たベッドの足下はぴくりとも動かなかった。

病院を出ると、ノブヨが大きく深呼吸をした。秀男も真似て息を吸い、吐いた。緊張感が一気にゆるんだ。暮れ始めた空も、厚い雲を穏やかな桃色に染める。

「ねえ秀男、長谷川先生と委員長がおつきあいってどういうこと？」

「おつきあい、ってことでしょう。長谷川先生だって男の人だもの」

「あんたなんでそんなに悟りきったこと言うわけ」

秀男にはノブヨがなぜ不機嫌なのかわからない。青井の両親が示した拒絶はまっとうだったように思えた。

「先生と生徒、おつきあい、やけど。今日わかったことを並べれば、あたしたちのしなきゃならないこともはっきりするでしょう」

ノブヨが頷かざるを得ない言葉を吐いて、秀男はすたすたともと来た道を戻ってゆく。道の向こうに下校の生徒が数人いるが、誰もこの先の病院に青井みどりが入院していることを知らない。

「ねえノブヨ、このこと誰にも言っちゃあいけないわ」

「言われなくたって、わかってる」

「作文に書いても駄目よ」

ノブヨは「日記くらい」と言いかけたものの、一拍置いて「わかった」と言い直した。

翌日も翌々日も、長谷川と青井みどりは学校を休んだ。生徒の口に脚色と臆測混じりの噂が流れ始めたのは、秀男とノブヨが病院に忍び込んでから三日後のことだった。

あちこちで語られる教師と生徒の「おつきあい」は、語るほうも声が低めで、卑しげな語尾がつきまとう。秀男もノブヨも、表だってふたりを庇ったりはしなかった。無責任に噂話として楽しめない自分たちは、ひたすら口を閉じているしかないのだった。


その日秀男は新聞配達の集金を終えて家に戻る途中、橋の中ほどまでやってきたところで章子を見つけた。姉は、通りから家のほうに曲がるところだった。五十メートルほどを全速力で走り、章子を呼び止めた。秀男に気づいた章子が立ち止まり手を振る。

訊ねれば、同級生たちととりまとめた青井みどりへの見舞いを届けた帰りだという。

「同じ学級だもんね。青井先輩、どんな様子だった？」

「会えなかったよ、やっぱり」

退院して自宅療養しているというみどりは、自分の部屋から出てこようとせず、終始母親が学校の様子や勉強の進み具合を訊ねたりしていたという。

「けど、いちばん訊きたいのは学校でどんな噂が立ってるかってことだったみたい」

「噂って、渦中のひとには決してそのままのかたちで耳に入らないものね」

章子は、弟の大人びた口調に半分あきれ顔をする。秀男も少し恰好つけすぎたかと照れた。

「ショコちゃん、ちょっとソーダ水でも飲んでから帰らない？」

ためらう姉に「新聞配達の給料があるから」と偽った。正確には、毎月五部ずつごまかしている購読料がポケットに入っているのだった。

「たまにはあたしに奢らせて。家に帰ってもショコちゃんは母さんの手伝いでゆっくり話せないじゃない」

章子は弟の気持ちを汲むことができる。それは彼女が生まれ持って大切に磨き続けている心の水晶玉なのだ。磨き続けられる根気と粘り強さは、父にも兄にもない女特有の、母のつよさに似ていた。そしてそれは誰に対しても常に公平であった。

本来、制服姿のまま入店できるのはのれんのかかる食堂くらいなのだが、秀男は気になっていた喫茶店「スタア」に姉を誘った。立派な校則違反だ。生徒会役員の章子が入っていいわけもない。けれど、秀男は「スタア」に入ってみたい。ためらいの言葉を二度つぶやいたあと、章子はひとつ頷いてついてきた。

ぶ厚い洋風のドアを開けると中は薄暗く、ランプの明かりがぽつぽつと浮かんでいる。個室のようなボックス席のところどころに、斜めに崩した女の脚や、空気の模様に変化する煙草の煙が見えた。

「思ったより洒落たところね」

慣れを装って章子の袖を引っ張り、素早く近くの席に腰を下ろした。壁といいテーブルといい、すべてが暗い木目だ。秀男は青井みどりが入院していた病院を思い浮かべた。退院して自宅療養しているということは、思ったよりも大きな火傷ではなかったのかもしれない。

注文を取りに来たウエイトレスが、ふたりを見下ろし何か言いたげに唇を尖らせる。秀男が瞳だけ彼女に向けて「ソーダ水ふたつ」と言うと、黙って戻って行った。

「ショコちゃんが行っても会えなかったんだね」

「わたしはただの同級生だから。特別に親しかったわけでもないし、噂ではなんとなく聞いたことはあっても、まさか本当におつきあいしているとは思ってなかったし」

「委員会は副委員長が代理でちゃんと動いてんのよ。変わったのは彼女がやってたアナウンスの練習がなくなったことくらい」

数人は二、三日のあいだ自主的に集まったりもしていたが、秀男とノブヨしかやって来ない日を境に自然となくなった。真面目な活動も、積極的な後輩指導も、青井みどりが顧問の長谷川を好いていることの延長だったと思えば頷けた。

「長谷川先生も、学校を休んでるもんね」

「三年生の音楽の授業は、ずっとレコード鑑賞になっちゃった。一年はどうなの」

「こっちも似たようなもんよ」

ソーダ水が運ばれてきた。章子がやっと笑った。子供のころは丸かった頬も、すっきりと直線に近くなっている。色も白くなり、姉はますますきれいになった。秀男は姉の恋が終わったことに気づいているが、特別そのことについて話したことはない。続いていても終わっていても、秀男には関係のないできごとだ。

ところでさ、と水を向ける。長谷川と青井みどりのことは、表だって語られないぶん、みな自分の興味があるところで話を膨らませるのでたちが悪かった。秀男やノブヨは話に加わるふりをしながら話題の芯だけをつまんでいるのだが、当事者の近くから漏れ出てきた話はほとんどなさそうだった。

「ショコちゃんの近くでは、どんな噂が出回ってるの？」

「同じ学級ということもあるんだろうけれど、教室ではあまりその話題に触れないような感じかな。生徒会の人間の前では、みんなあまり下世話な話はしないみたい」

「ショコちゃんは、あたしと違って品のいいひとだと思われてんのよきっと」

「ヒデ坊、品がいいも悪いもわたしたち同じ親から生まれたんじゃないの」

つと章子の声が遠くなり「スタア」の店内に流れるバロック音楽が大きくなった。弦の音はひとの声に似ている。ピアノは床で跳ねるつま先みたいだ。席で交わされる会話を紛れ込ませるにはちょうどいい。

「品って、親がどうのっていう問題じゃないと思うの。スカーレットやメラニーみたいなもんよ。生まれ育ちとは別のものよ、きっと」

章子は「いきなり『風と共に去りぬ』なのね」とあきれ顔だ。聞けば姉が知っていることも、噂の域を出ていないようだった。

付き合っているのが奥さんに知れて大騒ぎになり、みどりが入水自殺を図ったところを長谷川が救った――

ふたりで出奔したものの、親に連れ戻される際にみどりが舌を噛んだ――

すでにふたりはこの世にいないという噂もある。いずれも、刃傷沙汰がからんで映画みたいな話ばかりだ。章子のため息が弦の音に重なった。

「ヒデ坊がなにを知ってるかはわからないけど、わたしはあまり知る必要もないような気がするの。青井さんも長谷川先生も、静かに教室に帰ってきてほしい」

「ショコちゃんはきっとそうやって優しくしてあげられると思うけど。みんなショコちゃんみたいなひとばかりじゃないからさ」

秀男の脳裏に、どこまでも優しく慈悲深かった『風と共に去りぬ』のメラニーが浮かんだ。章子がつい先ほど見た青井家の応接間の話を始めた。玄関脇に洋風の出窓がついた、高台のお金持ちの家だったという。忍び込んだ病院で見た、仕立てのいい背広を着ていた父親を思い出した。秀男は姉に、病院で見たことを言わなかった。

「青井さんのお母さんって、どんな人だった？」

章子がソーダ水を飲む。ストローをつまんだ唇は、口紅も塗っていないのにつややかだ。

「普通の、うちの母さんとそう違わない感じのひとだったよ。わたしやヒデ坊になにかあっても、母さんきっとものすごく心配すると思った。母さんに心配かけちゃ、いけないよね」

自分たちの母とは天と地ほども違う印象ではなかったか。思わず訊ねてしまいそうになる心もちをぐっと抑える。うん、と頷いてしまうと会話が続かなくなった。甘いソーダ水がほんの少し苦く感じられ、秀男は急にさびしい気持ちになる。章子の優しさが疎ましくなった。姉の裡にある穏やかさはそのまま、彼女自身を守る盾ではないかと疑ってしまう。秀男は自分の薄暗い心根を試されているのだった。

「帰ろうか」

章子が鞄を開けて財布を取り出そうとする。「弟におごられるのは恥ずかしい」と言う章子を制して、秀男はポケットから百円札を二枚出す。

「あたしはショコちゃんと違ってアルバイトしてるからね。ソーダ水くらいおごってあげられるのよ」

章子が「でも」と居心地の悪そうな顔をするが構わない。たまに姉にこんな顔をさせるのもいいだろう。

慣れた素振りで会計を済ませ、外に出た。暗がりに馴染んだ瞳に、いきなり夕日が差し込んでくる。思わず閉じた瞼の裏が、しばらくのあいだ緋色に染まった。


一学期の最終日、ノブヨが海縁の風より涼しげに言った。

「しばらく学校来なくていいと思ったら嬉しくてさ。毎年夏休みになると、朝早く目が覚めちゃうんだよね」

体育と音楽以外の成績はすべて良かったという。秀男のほうはといえば、数学が最高評価に届かなかった。数字を見ていると頭の芯が痛くなる。それにアルファベットが付いているのだからもういけない。

「ノブヨ、あんたよく数学なんて出来るわねえ。あたしは駄目よ、具合悪くなっちゃう。歌ならすぐに覚えられるのにさ」

「数式なんて、絵だと思えばいいんだよ。わたし夏休みの宿題は初日から三日間で仕上げるんだけど、秀男はどうするの」

「勉強は好きじゃない。成績悪いと父さんに怒られるからやってるだけよ。あたしもさっさと終わらせたい」

「じゃあ図書館で一緒にやろうよ。わたしは数学と読書感想文ふたりぶんやる」

「ノブヨ、あんたやっぱり面白い子ねえ」

秀男はその話に乗ることにした。

翌日、図書館近くの高台で落ち合ったときはもう、夏休みというだけで解放的な気分になり、会うなりキャラメルを口に放り込んだ。お互いシャツとズボンという私服で会うことが妙で、可笑《おか》しくもないはずなのに笑ってばかりいる。

うっすらと晴れた河口と橋を見下ろしながら、ノブヨがぽつりと言った。

「長谷川先生、もう釧路にいないみたいだ」

「どういうこと。なんであんたそんなこと知ってんの」

「小路の客のなかには学校の先生もいるんだ。山のほうのちいさな学校に転勤になったんだって。わたしの周り、そういうこと教えてくれるねえさんたちいっぱいいるからさ」

修了式では教師の転勤の話などいっさいなかった。生徒も既に噂話に飽きてきた様子だ。青井みどりの不在もあたりまえになっている。章子からもほとんど情報が得られない日々が続いていた。

秀男は川が蕩々《とうとう》と海へ流れ込む様子を眺めながら、文次のことを考えた。釧路駅のホームで文次を見送ったときの、怒りと悔しさが混じった冷たい風を思い出す。いつか文次を買い戻してやると誓ったはいいが、金庫代わりの菓子箱を開けてみても、とてもそんな金が貯まった様子はない。

「青井さんは、そのこと知ってるのかな」

「前はこっそり連絡取り合ってたんだろうけど。今はどうだろうねぇ」

ノブヨは幼いころから男と女のいざこざを見て育っているという。そのせいかどうか、男女の話になると妙に突き放した物言いになった。ぽつぽつと、長谷川の消息を教えてくれたねえさんの言葉をなぞってみせる。教師と女生徒の、誰にも歓迎されない恋の事情だ。

学校や家庭に隠れて密会を重ねていたふたりのうち、先に沸点を超えてしまったのは青井みどりのほうだった。

「あの日青井さんを病院に運んだのは、長谷川先生だったみたい。付き合ってるうちに彼女の熱が予想を超えて、先生ちょっと逃げ腰になっちゃってたらしいんだ」

学校から西寄りにある港近くの浜辺へと男を呼び出す理由はいったい何だったのか。

彼女は、別れるくらいならここで死ぬと言った――

「制服に油をかけて、火を点けたんだって」

秀男はそこまで聞いて怒鳴りたくなった。昼に向けて晴れてゆきそうな空も忌々しい。男の気持ちを確かめるために、なぜ自分に火を点ける必要があるのか。面倒見のいい放送委員長の裏側に、なぜそんな尖った刃先を隠さねばならなかったのか。

好きなものを取り上げられそうになって強情を張っている、幼いころの弟や妹の姿が浮かんだ。秀男は、あぁと腑に落ちた。まったくの見当違いだったけれど、自分も弟の松男が死んだとき、これで母の愛情が再び自分に注がれると安堵したのだ。

「腹の立つ話ね」

「秀男は何にそんなに怒ってるの」

「長谷川にも、青井さんにも、自分にもよ」

ノブヨは自分の名前が入ってなかったことで安心したと笑う。秀男はこの、不安定ながらどこか達観したところのある友人がとても好きだ。

秀男とノブヨは牛乳とコッペパン片手の休憩を挟み、太陽が朱くなるまで図書館の机で粘った。驚いたのはノブヨが辞書を引く速さだった。国語の課題となっている熟語百題意味調べも、そろそろ終わりが見えてきた頃、隣を見ると彼女はもう別の教科の問題集を開いていた。秀男は改めてため息をついた。

「あんたにはそんな特技もあったんだ。驚いちゃうわね」

何かと訊ねるので「辞書引き」と答える。ノブヨは笑いながら愛用の辞書を手に取った。よく触るところには黒く手垢がついている。

「父ちゃんのお下がり。あの人、見かけによらずインテリだったんだ。まあそれで、近所のおねえさんが次々寄ってくるんだろうけどさ。女の人って、どうしてああいう見かけ倒しに弱いのかね」

「男もおんなじよ。じゃないと好いた惚れたって問題も起こらない。まるきり手筋が同じだと前に進まないのよきっと」

言ってから自分でもなるほどと思っている。文次と秀男の心の景色は同じと言えるだろうか。ふと湧いた疑問が首の後ろを通り過ぎる。

どうなんだろう――

できればずっと確かめずにいたいと思う気持ちの傍らに、なにもかもを見たい欲求も渦を巻いている。分からないのは人の心ではなく己の裡だ。

翌朝秀男は高台に吹き上がってくる海風を受けながら、待ち合わせ場所へやってきたノブヨに言った。

「長谷川先生に会いに行こう」

最初は渋い顔を見せていたノブヨも、秀男の動かぬ表情を見て観念したらしい。いつ行くつもりだと訊ねられ「今日これから」と答えた。

口をぽっかり開けたまましばらく秀男の顔を見ていたノブヨが、海風がひとつ吹いたあと目をぱちぱちさせた。

「本気で言ってるんだ」

「もちろん本気」

「理由を聞かせてよ。なんでわざわざ長谷川先生に会いに行かなきゃならないのか」

「ケリつけないと。あたし、なんだかイライラすんのよ」

「それって、秀男の問題じゃない。勝手にイライラされるほうはたまったもんじゃ――」

秀男が坂を駅方面へと下り始めたのを見て、ノブヨが言葉を切った。ひとりでも行く、という意志は伝わったようだ。夏休みの課題一式と重たい辞書の入った紙袋を手に提げ、右手が痺れかけたところで、駅前のバス停に着いた。長谷川が転勤したのは、問われたら説明に困ってしまいそうにちいさな村の小中学校だった。

「ねえノブヨ、長谷川先生は本当にその村にいるのね」

「お客さんが言ってたっていうのを又聞きしただけだから、はっきりとは言い切れないよ」

「まあいいわ。行けばわかる」

通りかかったバスの車掌に訊ねると、午前と午後に一往復ずつバスが走っているという。

「あと十分ほどで駅前から出発するよ。バスはあれだ」

礼を言って、示された肌色のバスに向かって走り出した。往復のバス代の心配をするノブヨに向かって、秀男は「あたしが出すわよ」といくぶん凄んで見せる。内心では、また文次を買い戻す金が減ってしまうことにため息をついていた。

駅前からバスに揺られ、街を出るあたりから谷地が広がり始めた。乗客は自分たちを含めて十人ほどだ。大きな風呂敷包みを傍らに置いていびきをかいている男らや、絣のもんぺ姿の老婆。乗客のなかでとりわけ秀男が目を奪われたのは、赤ん坊を抱いた若い母親の姿だった。どうしても、幼くして死んだ松男のことを思い出す。母の愛情は、弟が死んだからといってそっくりそのまま自分に戻ってくるわけではなかった。待つばかりの心はかなしい。追いかけ通しの愛情もあると気づけたのは、六年間ずっとそばに文次がいてくれたからだった。こんなこと弟や妹が生まれたときは考えもしなかったのに、と秀男自身が驚いている。驚きながら改めて、文次はここからとても遠いところにいるのだと思った。近いのに会えないというわけではない。遠くて会えないことが心の慰めだった。

谷地が終わると峠が現れ、峠をひとつ越えれば沼があり、ぽつぽつとした集落が見える。明るい飲み屋も食堂も喫茶店もなさそうな場所にも人がいて、暮らしがあった。

なにが楽しくてこんな田舎に、と思う傍らで、いつか舞台で歌っていた美空ひばりも、秀男の街に降り立ったときそう思ったやもしれぬということに気づく。スターのいる街がどれだけ大きいか知らないが、相撲取りになるために買われて行った文次は、育った土地との違いをいま頃どう思っているだろうか。不思議なことに、文次のことを考えるたび秀男の心は少しずつつよくなる。

一時間ほど山間の道を進んだところで、車掌が次の停留所の名を告げる。ノブヨが言っていた村の名前だ。お降りの方――秀男は授業中でも見せないような姿勢で片手をぴしりと上げた。

バスを降りたのは、秀男とノブヨのふたりだけだった。額ににじんだ汗をポケットのハンカチで拭う。バスが去ったあとの道に、土埃が舞った。ノブヨは重たい鞄を提げ、長袖シャツの袖口で顔の汗を拭った。

「あんた、ハンカチくらい持って歩きなさいよ」

「ちり紙は持ってんだけどさ」

「まったく、だらしないったらないわね」

海の街からバスで一時間内陸に入っただけで、経験したことのない暑さだ。長谷川がいるという村には風が吹いていなかった。

辺りを見回せば、夏草のなかに牛が一頭おり、その向こうに茶色い小屋が見える。目を凝らすと、草の間に人影が動いている。

帰りのバスが来るのは午後四時だった。それを逃せば明日の朝までここに居なくてはいけない。秀男の背中に汗が流れ出す。見える場所にいる生きものは柵の中の牛と、ちいさな人影だけだった。

「ノブヨ、本当に長谷川先生ここにいるんだよね」

「あのときは、話半分に聞いてたし」

途端に語尾が重たくなる。ノブヨが鞄を足下に置いた。ずっと耳に響き続けるのは、ラジオの雑音ではなく蟬の鳴き声だった。

「行こう、ノブヨ。まずあの家のひとに訊こう」

秀男は夏草のあいだに続く小道を、小屋に向かった。ノブヨは鞄の重たさに加えて暑さに参ったのか息が荒い。秀男も、話せばそこから体力がこぼれてしまいそうで黙った。歩き始めて五分のあいだひとことも口を開かずにいると、だんだんこの暑さに耐える意味がよく分からなくなってくる。二十歩進んで一息つくたび、長谷川に会いに来たことを思い出すといった具合だ。

「ノブヨ、あたしこんなに遠くまで散歩に出たことないの。自力で谷地を越えた場所に来るなんて生まれて初めてよ。あんたはどうなの」

「自力はわたしも初めて。何回か、帯広とか実家に帰るっていうおねえさんに連れられて別の街に行ったことはあるけど。同じ場所に二度行ったことはなかった。みんなわたしのことを親に紹介するとき少しずつ嘘言うんだよ。たいがいは勤め先の親方の娘ってことになった。うちの父ちゃんと付き合ってるって言ってたひとはひとりもいなかったな」

「へえ、そんなもんかね」

「夜中に、親に問い詰められて泣いてたひとはいたけどもさ。帰る実家のあるおねえさんはみんな、ちょっと気弱な感じの人ばかりだったな」

女たちのこともノブヨのことも、ひと言で気の毒というのはためらわれた。当のノブヨがそんな経験をどうとも思っていないようなのが、秀男にとっては救いだった。

牛の近くに来ると、足運びが少々早くなった。体の大きさも黒目の大きさも、尖った角も怖い。さっさと通り過ぎ、追ってこないとわかってからひとつ大きく息を吐いた。吸い込む空気も吐く息も、今日はなにやらすべてが熱かった。

小屋のそばまで来たところで、道路から見えた人影を探す。小屋の壁際にできたちいさな日陰で、犬がのっそりと起き上がる。鎖に繋がれてはいないようだった。犬がひとつ大きく吠えた。こちらに向かって走ってくる様子はない。秀男は、ここはいったいどこだろうと不安になった。ちらちらと動いていた白いものが、本当に人だったのかどうか疑い始めたところで、小屋の中から声がした。

「なんだタロウ、なんかいたか」

白いランニングシャツと作業ズボン、首に手ぬぐいをぶら下げた浅黒い男だ。男は秀男とノブヨを交互に見たあと「お前ら、誰だ」と首を傾げた。

「この村にある中学校に用があって来たんです。でもどこにあるのかわからなくて。教えていただけますか」

発声練習が思わぬところで役に立った。秀男の声は蟬の大合唱の中でもよく通った。ノブヨは変わらず横でだらだらと汗を流している。

「中学校も小学校も同じとこさあるけども、ここからちょっとばかり歩くぞ」

どのくらいか訊ねると、五キロ前後だろうと返ってきた。ノブヨが盛大なため息をついた。

親はどこだと訊かれたので二人だけだと答える。

「釧路からバスで来たんです。お世話になった先生がこちらに転勤したと聞いたので、会いにきました」

日焼けした顔が感心した様子で上下する。

「これまたいい生徒を持ったもんだな。バス停からここまで来るのにそんなへたってるんだら、とても歩いては行かれないべ。街の子はこれだもんなあ」

男はちょっと待ってろと言ったあと、小屋の裏側から三輪トラックに乗って現れた。むしろを敷いた荷台に乗り込むと、威勢のいいかけ声とともに出発する。凹凸の激しい林道を、エンジン音が切ってゆく。

もう、蟬の声も人の声も聞こえない。木々の間を抜けて、どんどん進んでゆく。海とはまったく違う、ここには緑の色にもにおいがあった。

「おう、ここだべ。先生たちはみんな学校の隣に住んでるはずだ」

男はヤスと名乗り、小一時間用足しをしたあとまた拾ってくれるという。思わぬ親切に礼を言うと「なんもなんも」と返ってくる。

「したら、またあとでな」

ヤスはエンジン音を響かせて、学校脇から去って行った。山林にぽっかりと空いた穴を想像させる校庭と、ちいさな木造校舎だった。人影はまったくない。夏休みにここにやってくるような生徒はいないのだ。校庭を突っ切って校舎の前に立つと、「小中学校」の銘板が目に入る。

ノブヨが日陰に入って秀男を手招きする。

「職員室なら、誰かいるんじゃないかな。行ってみようか」

「ここまで来て、いなかったら腹が立つわね」

「秀男、いきなり勝手に来ておいてそれはないよ」

「わかってるわよ、そんなこと」

軽口も職員玄関に入るまでのことだった。窓の側でのやりとりが思いのほか騒々しかったらしく、教員がひとり「誰だ」の怒鳴り声とともに現れた。黙り込んだふたりの前に、声の主が仁王立ちしている。秀男は怯《ひる》んで見えぬようつんと顎を上げた。

「釧路から来ました。長谷川先生はこちらにおいででしょうか」

長谷川、と語尾を跳ね上げた彼もここの教員らしい。すぐに「ああ」と片頰を歪めた。

「色男先生は、用があるとかで家に戻っとる。待ってるのが面倒なら直接行ったらいい」

「ご自宅はどこですか」

校舎のすぐ裏手だという。ノブヨとふたり、さっと頭を下げて職員玄関から出た。感じ悪いわね、という秀男の言葉をノブヨが慌てて制した。

「聞こえるよ、駄目だよ」

秀男はノブヨの慌てぶりが可笑しくて更に大きな声を出す。

「ああ、感じ悪いったらないわねぇ。色男先生って、いったい何よ。あんなのやっかみよ、やっかみ」

職員室の窓からの視線はさっさとかわし、校舎の裏側へと歩きだした。置いてきた景色の中で誰が何を言おうと構ったことではない。長谷川の前任地から訪ねてきた生意気な生徒でけっこう。秀男は暑さにも慣れてきて、腹が減っている以外は心もちも悪くなかった。新聞配達で培ってきた辛抱強さが、こんなところに利いているのだった。

校舎の裏手には、ちいさな畑を抱えた教員用の住宅が四棟並んでいる。校舎と同じ頃に建てられたものなのか、壁のくすみ具合も同じだ。秀男とノブヨは手前の家から一軒ずつ表札を確認し始める。

「あった秀男、ここだ」

手招きされたのはいちばん奥の家だった。戸口には「長谷川」と書かれた厚紙が画鋲で留められている。表札ひとつにも、住人の居心地悪さが表れているのではないかとつまらない想像を働かせてしまう。好奇心に幼い怒りをまぶしてやって来たはいいが、秀男は自分たちのしていることの意味がよくわからなくなってきた。

くるりと振り向き、ノブヨに訊ねた。

「いたわね、本当に」

「家ん中だろか」

秀男は止むことのない蟬の声の隙間に、ひとの気配を探した。ドアの向こうに、長谷川がいるはずだ。よし、とひとつ頷き、控えめにドアを三回叩いた。背後でノブヨが後ずさったのがわかる。ここまで来て、会わずに帰れるか。もう一度叩いた。

出てきたのは赤ん坊を抱いた女だった。ひっつめた髪の結び目を水玉のハンカチで包んでいる。化粧っ気のない顔に疲れを漂わせていた。

「どちらさま――」

名乗る前に、奥から長谷川が顔を出した。秀男とノブヨを見た目の縁と頬に、緊張が走る。長谷川は秀男よりも先に口を開いた。

「ここの中学の生徒さんだ。やあ君たち、どうしたのかな」

作り込んだ笑顔は夏祭りのお面みたいだ。自分たちは、前任地からやって来た生徒であってはいけないらしい。秀男とノブヨが否定しないことに安堵している様子だが、彼の妻にはそれが伝わらないようだ。

「そうなんですか、さあ上がってくださいな。まだ引っ越したばかりで荷物も解いてないんですけれど、よろしかったらどうぞ」

人の好さそうな妻の笑顔を家の中へと追いやり、長谷川が玄関から出てきた。校舎のほうを指さし「向こうへ」と合図する。秀男もノブヨも彼に従った。

校庭を囲むクルミの木陰まで歩いてからようやく、長谷川が口を開いた。

「いったい何の嫌がらせなんだ」

「嫌がらせって、どういう意味ですか」

「こんなところまで追って来て、お前たちも俺の家庭を壊そうとするのか。俺がいったいなにをやったって言うんだ」

憤りを隠さない音楽教師の目を、まっすぐに見た。もう自分たちはこの人の生徒ではないのだと思う一方で「嫌がらせ」のひとことに引っかかっている。ここまでやって来たことの意味が、うっすらと見えて来た。

「嫌がらせのつもりなんて、まったくないです。ただ、なんの説明もなく先生が学校を去ってしまったので、腑に落ちないだけ。残った人たちはそれぞれ好き勝手なことを言ってるけど、あたしたちは真相を知りたいと思っただけです」

真相、と長谷川が声楽でならした甲高い声で言った。

「いったい何の真相だ」

「青井みどりさんとのことです」

長谷川にはもう、放送室で見た柔和な表情も大人の余裕も残っていなかった。

「あのな、勘違いしないでくれないか」

長谷川は女子生徒に追いかけ回された挙げ句、狂言自殺に巻き込まれて自宅謹慎のあと転勤という憂き目に遭ったと嘆く。

秀男の引っかかりがしっかりした輪郭を持った。

「青井さんが、海縁まで行って自分に火を点けたっていうことですか」

感情などどこにもなかった。秀男の内側からの疑問があるだけだ。なぜこの男は青井みどりを悪者にしたがるのか。

「あの日は――もうふたりきりでは会わないと告げるつもりだったんだ」

見たこともないふてぶてしい表情と声だ。

事実よりも噂のほうが何倍も無遠慮だと、秀男もうすうす気づいている。

青井みどりがやけどを負った日、長谷川はいつもふたりで会っていた場所に「今日だけは必ず来て」と呼び出されたという。

「アナウンサーになりたい、音大へ行きたい、声楽とピアノを勉強したい。親はどれも反対している。かなしいって言うから、相談にのったり愚痴を聞いたりしていたんだ。ただの親切だろう。いつ俺が彼女と男女のつき合いになった？　教えてくれよ。誰がいつ、女房と別れる話をしたのか。子供が生まれたらなんで俺が裏切ったことになるのか。俺に家庭を守る権利はないのか」

そこまでまくし立てると、ふつりと言葉が途切れた。蟬の声が三人に降りそそいでくる。黙っていたら蟬ごと降ってきそうだ。秀男は木の梢を見上げた。繁った葉の間に、切り刻まれた夏の空があった。

「先生、場合によってはあたしたち、青井さんとのことを応援したいっていう心もちでやってきたんです」

「けっこうだ、帰ってくれ」

言い捨てたあと、長谷川が校舎のほうへ向かって歩きだした。秀男もノブヨもその背中にかける言葉を持っていない。声に出さず「家庭」とつぶやいてみる。先ほど見たひっつめ髪の女房と赤ん坊の姿が蘇る。ここでの青井みどりは、幸福な家庭を壊しにやってくる魔物になっている。

ノブヨが足下に転がっている蟬の抜け殻を手に取った。鞄を置いて、きょろきょろと辺りを見回してはしゃがみこむ。秀男がぼんやりと見ているあいだに、ノブヨの手のひらにこんもりと抜け殻の山ができた。

「あんたそれ、どうするつもりなの。抜け殻ばっかりよ。どうせ集めるなら、蟬のほうにしなさいよ」

「抜け殻のほうがきれいじゃない。これって、もともとは隅々まで命が行き届いてたんだよ。内側の命だけ、ここから這い出てくるなんて神秘的だよ」

みな体ひとつで生まれてくるのに、どうしてその体を捨てて新しいものに変わらねばならないのだろう。秀男は静寂とはほど遠い夏景色に、答えを得る。

――それは、命がひとつしかないからだ。

汗と木々の湿気で重たかった心が、すっと乾いて軽くなる。蟬の抜け殻がからからに乾いている理由も、そんなところなのだろう。長谷川も青井みどりも、湿ったまま脱ごうとするからいけなかった。あとくされ、という言葉が浮かぶ。

そういえば母がよく、湿ったままの服には黴が生えると言っていた。なんでも、体から離したときは、よく乾かさないといけないのだ。ひとつ、ものごとのことわりを得たような気分になる。

「秀男、なにひとりでヘラヘラ笑ってんの」

「あたし、笑ってる?」

「へらへらにやにや、なんだか気持ち悪いよ」

「気持ち悪いって言われるの慣れたよ、もう」

得たものは、からりと乾いた己の心だった。もっともっと乾かして、からからに乾いたところで脱げばいいのだ。そうすれば、ノブヨの手のひらにある抜け殻のように、いつか誰かに美しいと言われるときがくる。

蟬の合唱に遠くから近づいてくるエンジン音が混じった。ヤスの車がふたりの前で止まった。

「よう、先生には会えたか」

「会えた、元気そうで良かった」

ヤスは荷台に乗り込んだふたりに、ひとつずつトマトを手渡した。木陰の道の両側に、今日自分たちから剝がれ落ちた何かが落ちている。夢中でトマトを食べるノブヨが可笑しかった。

小屋に着き、さて降りようと荷台の紙袋を引き寄せた。

縄が——いや違う。

ゆっくりと持ち上がる縄の端に、光り輝く緑色の瞳がある。青とも黒とも、灰色ともつかぬ不思議な色をした縄の正体は蛇だった。ノブヨが、山一帯に響き渡るくらいの高らかな悲鳴をあげた。ノブヨの発声練習はこんなところで成果をあげる。ヤスが慌てて運転席から降りてきた。

「なした、なんかあったか」

ノブヨがその場に跳ねながら「ヘビ、ヘビ」と荷台を指さした。蛇は三人の視線に動じるふうもなく、ちいさな瞳で明日を見ている。おう、と久しぶりの友人にでも会ったような気安さでヤスが白い歯を見せた。

「こんなところさ来てたのか、うちのお嬢さんは」

「お嬢さん?」

「そうだ、ときどき家の中で休んでるお嬢さんだ。日中、こんなところにいるのは珍しいな」

「性別がわかるの?」

ヤスは自信たっぷりに「いいや」と笑う。

「最初に会ったとき、ああこれは雌だと思ったから、お嬢さん」

「本当は雄かもしれないじゃない」

食い下がる秀男に向かって、ヤスは軽々と答えを広げた。

「俺が雌だと思ったから雌でいいんだよ。どっちにしても、誰に迷惑かけるわけでもないべ。たまに家に遊びに来るおなごがいるっていうだけで俺としては楽しいんだ」

ヤスの右手がお嬢さんに伸びる。指先で彼女の瞳のすぐ後ろ、首のあたりをひょいとつまんだ。彼女はひょろ長い体をゆるりとヤスの腕に巻きつけた。

ノブヨはまだかたかたと震えている。秀男はヤスの腕に巻き付いている彼女に触れてみたくてたまらない。

「触ってもいいかしら」

「おう、こいつはマムシと違って噛まないから安心しろ」

秀男はヤスの教えどおり、彼女のうなじのあたりを指でつまんだ。しっとりと冷たく、縄のような体の表面はびっしりとダイヤ柄のうろこが光っている。彼女はヤスの腕から体をはずし、秀男の機嫌を伺いにやってきた。少しも怖くはない。恐怖よりもはるかに、近しくなれた気分が勝っていた。

「いい女ね」

「ああ、そうだべ。俺の家族は犬のタロウと牛の岩松とお嬢さん蛇のクネ子だ。これだけいたら、喰わすのも大変だ」

帰りのバスが来るまでのあいだ、秀男とノブヨはヤスのちいさな小屋でその日産まれた卵をかけ、腹いっぱい飯を食った。

夕日の街に向かうバスの座席で、秀男はぼんやりと今日のことを振り返る。言葉の通じない動物たちが家族だという男も、臭いものに蓋をしても守りたい家庭のある男もいた。どちらも孤独だし、どちらの生き方も真似したくない。

「ノブヨ、あたしは長谷川みたいな男にもなりたくないし、あんな男に守られる家庭にも属したくないわ。かといって、誰にも羨ましがられない暮らしもいや」

はやく、誰が来ても恥ずかしくない自分だけのお城がほしいわ――

横を見ると、ノブヨが口の端からよだれをこぼしながら船を漕いでいる。ハンカチを出して口元をそっと拭う。山の端からのぞく西日がときどき友の頬を明るく照らした。蛇に触れられるようになった一日を愛しく思い出しながら、秀男も目を瞑った。

4

翌年、兄の昭夫は札幌に市職員の職を得た。兄が家族に宛てた手紙には、仕送りはしっかりとするので心配無用、加えて故郷へ戻っての就職とならなかったことに対する父への詫びが長々と綴られていた。長男を心頼みにしていた時次郎の言葉少ない春も過ぎた。

章子は昭夫と同じ高校へと進んだ。帰宅後は母を手伝い縫い物の内職などをしている。秀男は新聞配達のほか、販売所のおかみさんに請われて勧誘も続けていた。販売が振るわない地域も、秀男が一軒一軒訪ねてゆけばするりと契約になった。

ヒデ坊はどうやって部数を稼ぐのかと問われても「褒めて褒めて褒めちぎる」とは答えにくい。ひとは気持ちのいいことが好きなのだから、気持ちのいいところを気持ちよく撫でてあげればもっと気持ちがよくなるのだ。

玄関先に投げ出された靴に穴が空いていれば、こんな辛抱強いひとが新聞読んだら学士様になれるに違いないと驚き、始末の良いおかみさんには、新聞は読んでよし野菜を包んでよし布団に挟んで眠れば温かいと話す。家に合わせ人に合わせ、秀男の口はよく働いた。嘘を言っているという気はしなかった。自分にとってあたりまえのことを、楽しそうに口にするだけだ。

その日秀男は夕暮れの川岸で、買ったばかりの本を撫でた。駅前の本屋に注文していた『禁《きん》色《じき》』と『狂った果実』だ。やっと注文した分が入荷したのだった。

一緒に裕次郎の映画を観たのは、一学年上の野球部の外野手だった。いちいち卑屈な気配を漂わせるのは鬱陶《うっとう》しいのだが、その日映画館の看板の前でぼんやり佇んでいた秀男に声を掛けてきたのが彼だったのだ。帰り道に「なぜ三年になっても外野の端にいるのか」と訊ねた際、彼は額に皺を寄せて「そこが好きだから」と言った。

学校にいるときは声を掛けてくる男などいないが、ひとりきりでいると違う。秀男にとっての男子生徒は、集団意識に支配された気の毒な自我のかたまりだった。

映画を奢ってくれるのは嬉しかったが、切符売り場で秀男だけ子供料金を支払われたのは気に入らない。もぎりのじいさんに子供用の半券を渡されたときのしらけた気持ちは、奢ってくれた男子生徒には一生伝わらない。

映画代をごまかすというケチな行動の中心にあるのは、いまの秀男の価値だった。自分の値打ちは半値しかないということなのだ。

野球部の外野手とは結局、映画を観てから三日ほど廊下で会話をするだけの間柄で終わった。映画の感想は女優の話ばかりで、そこもまた秀男のへそを曲げさせることとなった。ほかの女に興味のある男など、どうでもいい。ふたりで映画に行ったのなら、映画を観ている秀男の横顔を褒めればいい。

今度から、映画はひとりで観るわ——

港のビットに腰掛けると、頭上を何羽ものカモメが交差しては飛んでゆく。青くも白くもなれない空が、カモメの白を浮き上がらせている。

七月の風はしっとりと湿って冷たかった。学生服は、入学してから一年以上経ってもまだぶかぶかのままだ。母がよく「ちょうど良くなる頃には卒業だね」とため息交じりに笑う。秀男は母以外の人間が自分の背丈についてあれこれと言うことを許さない。親切にしてくれている近所のおかみさんにも、背丈をからかわれたときは食ってかかる。腕っぷしはからきしだが、口ならば今のところ誰にも負ける気がしなかった。

膝の上にのせた二冊の本は、ひとに借りるのではいけなかった。スクリーンで観た世界がみっちりと詰まった一冊と、ノブヨがしきりに勧めていた一冊だ。

秀男がページをめくると、河口の風も動きを止める。カモメすらその場に浮いた一枚の絵に変わってしまう。時間の止まった港で秀男の内側へと溜まってゆく物語は、秀男の皮膚をひりつかせ内臓を痺れさせた。

ノブヨの言うとおりだった。小説は、秀男の五感に内側から沁みてくる。外から入れているはずの「未知」が内側の欲求を刺激して、いつの間にか骨と肉を支えようとさえするのだ。

屋根裏の部屋に戻り、新聞の販売所へ向かう前に『禁色』を読み終えた。男が男を好きなことがあたりまえの世界が広がっていた。この世にはそんな人間ばかりの場所がある。居場所があれば生きることはとても楽だろう。世の中の都合は都合として、もともと在った感情を封じ込めるのは難しいことなのだ。

――いいのよ別に、あたしがどんなに文次を好きでも。男に色目を使われるのが気持ち良くても。あたしはあたしを曲げなくたって――いいのよ、本当は。

秀男の内側で、この世にひとつの物語は秀男自身となった。

この世にないものになり――華代のひとことが、喉の奥で花開く。甘い香りが鼻の周りに広がって、たちまち呼吸が楽になる。

朝靄に霧笛が響く街を、秀男は走った。足下の猫を避けながら新聞を配り、一歩進むごと「あたしはあたし」と呪文のように唱え続ける。そろそろ親指が飛び出しそうな運動靴も、蹴り上げるつま先も、霞みながら流れてゆく朝の景色もなにもかも、愛しいものへと変わってゆく。

教室へ到着してすぐに、ノブヨの側へと駆け寄った。

「ノブヨ、『禁色』良かったわ。あたしはあたしが楽になった。あんたのお陰よ。ありがとう」

ノブヨが鼻の脇に大きな吹き出物のある顔で、満面の笑みを浮かべた。本をすすめてくれたお礼として、そのおできを消してあげたい。気持ちは礼を言いたくて仕方ないのに、出てくる言葉はいつものままだった。

「あんた、ちゃんと顔を洗わないと駄目よ。朝も夜も、顔の汚れをしっかり落とさなくちゃ」

「わたしは秀男みたいに朝から晩まできれいかどうかを気にしながらは暮らせないの。本、気に入って良かったよ」

今日もちり紙かハンカチのどちらかを忘れているのだろう。つき合いも二年目に入り、最近は一緒にいてもいなくても楽な相手となった。ノブヨの調子が悪いときは放っておくこともできる。それはお互いさまで、なにか相談事ができたときは真っ先に駆け寄る友だった。

一年前の夏休み、共に持つこととなった心の荷物はまだしっかりと荷ほどきできていない。学校も教室も、長谷川と青井みどりのことを忘れて卒業生を出し、新しい生徒を迎えた。みどりは別の学区へと転校したらしいが、どこの高校へ進学したのか誰も知らない。ふたりの噂もいつの間にか途絶えた。「街なかで長谷川とみどりを見た」という生徒も減ったし、ノブヨも秀男もそんなものは作り話か見間違いだと知っている。現実にはつくづく夢がないと気づいてから、一年が経った。

夏休みが明けた。朝夕はもう、寒いくらいの風が吹いている。秀男もノブヨも、去年と同じく手分けして仕上げた宿題の束を鞄に詰めて登校した。

学活の終わりごろ教室へ入ってきた担任が、教壇でひとりの転校生を紹介した。

「鶴木《つるき》健介《けんすけ》君だ。東京からお父さんの仕事の都合で北海道に来た。みんな仲良くするように」

担任は、黒板に大きく名前を書きながら「東京」という言葉を何度も口にする。

「東京とは、使っている教科書も気候も違うから、鶴木君が早くここの生活に慣れるように、みんな助けてあげるように」

「東京にいたときの成績は優秀。おまえたちも鶴木君に倣ってしっかり勉強するように」

「ように」ばかりでうんざりしていたところへ、鶴木健介がすっと教壇の中央に立った。自己紹介にしては多少もったいぶった口調で、名前を告げる。

「東京とひとくちに言っても、僕のいたところは都市部ではなく外れの農村地帯です。こちらには昨日着きました。北海道はずいぶんと広いところだと思いました。この土地の良さを発見しながら、楽しくやっていこうと思っています。みなさん、よろしく」

すらすらと口から出てくる自己紹介に、担任教師も呆気《あっけ》にとられている。

鶴木健介には映画で観た裕次郎のすがすがしさと、都会のにおいがぷんぷんと漂っていた。

なにより歯切れの良い言葉に秀男の背筋が伸びる。東京という地名で思い出すのは文次のことばかりだが、教室中の視線を集めても動じない転校生の堂々とした学生服姿もまた、秀男をわくわくさせた。

　いちばん後ろの席に座ることになった彼は、昼休みに机を挟むように現れた秀男とノブヨを見上げて、ほんの少し目元から余裕を消した。身構えている気配に、秀男が切り込む。先制攻撃だ。

「こんにちは、あたしは平川秀男、こっちは吾妻ノブヨ。部活は自分部、よろしくね」

「ジブンブ？」と健介のかたち良く太い眉が上がる。

「そう、自分部。春まで放送委員だったんだけど、四月からは放課後も朝練も、自分の興味の赴くまま好きに過ごす『自分部』を立ち上げたの。いまのところ部員は部長と副部長のふたりだけど、良かったら入らない？」

「実際、どんな活動をしてるのかな」

　興味があるのなら御の字だ。健介の制服にはフケも落ちていない。弁当箱もへこみのないアルミ製だ。

　きっといい暮らしをしている坊ちゃんなんだわ、と秀男の観察と勘も広がり冴える。荒れた気配のないたたずまいを好ましく思いながら、遠慮なく彼を眺め回した。机の上の弁当箱を大判のハンカチに包み込む健介の手には、運動部の生徒に見られるタコや傷はなかった。

　相手がこちらの口調に嫌な顔をしないことで、秀男はひとつ自信を得た。活動内容なんぞ実のところひとつもありはしないし、自分部などという集まりも今しがた思いついたでまかせだ。

「あんたが入ってくれたら、おおっぴらに活動するつもりなのよ」

にやりと笑うと、健介の口元に白い歯がこぼれて見えた。いい男じゃないの、という裡なる声が聞こえたのかどうか、ノブヨがひとことぽろりと漏らす。

「秀男の好みかも」

うるさいわねと肘をつつき、そのぼやきを黙らせる。趣味は何かと問うと、迷いのない目で「柔道を少しやる」と答えた。兄の昭夫のことを思い出した。

「柔道か、いいわね。柔道着が似合いそう」

思ってもいない言葉が口からこぼれてくる。言ってから「思っている」ことに出来る口の器用さは、何度母に叱られても直るどころかますます絶好調だ。剣道の竹刀も、柔道ができる体も、ボールを放る肩も持たない秀男にとってはこの口が何よりの頼みなのだった。

似合うかどうかはわからないけど、という前置きで健介が言う。

「柔道部に入ろうと思ってたけど、自分部のほうが面白そうだな」

「間違いなく、面白いと思うわ。保証する」

横でノブヨがぼそりと「わたしは秀男のほうがずっと面白いな」と付け加えた。いちいちうるさい女だ。けれど、秀男ひとりでは面白いことにもできないのが「自分部」だった。

「じゃあ、今日の放課後から活動開始」

思わぬところで楽しくなってきた。学校は嫌な日のほうが多いけれど、悪いことばかりじゃないと思えてくる。目先に面白そうなことがあればとりあえず歩みを止めずにいられるのが、秀男の持って生まれた性分で、得なところだった。

放課後、部活動の生徒で賑わう場所を避けているうちに、三人は職員室の目と鼻の先にある「教科準備室」にたどり着いた。部屋はひどく薄暗い。一間窓の三分の二が本棚で隠れていた。部屋を埋める書棚には、黒い手製の表紙をつけた資料が並んでいる。資料と資料の隙間は、紙テープの輪や空き缶に紙を巻いて作ったペン立てが置かれていた。床は掃除の割り当てがあるようでワックスが利いているが、棚のほうは埃をかぶっている。あまり使われていない部屋ということがわかり、気分も持ち上がった。

「いいわね、ここを部室にしましょうよ」と秀男が言うと、「灯台もと暗しって言うし、いいかも」とノブヨが応える。健介は窓から校庭を見下ろしながら「大丈夫かなあ」と心配げな表情をする。

「生徒が来たら、資料探しを頼まれてるって言うのよ。先生が来たら、部屋を間違えたってことにする」

「平川君は、頭の回転が早いね」

「あら、ありがとう。頭だけじゃなく、口もよく回るのよ」

ノブヨが「この口が曲者《くせもの》なんだよ」と割って入る。

本を読んだり感想を言い合ったり、画鋲攻撃や上履き隠しといった嫌がらせをどうやってかわすか相談をしたり、宿題を写し合ったり、ノブヨとふたりの放課後もここしばらくは同じことの繰り返しになっている。健介が入れば、少し違った話も出てくるに違いない。退屈のたまり場に風が吹き、きっといいことがある。秀男の思考は常に良い方へ良い方へと流れてゆく。

それで——と健介が真顔になった。

「平川君は、どうしてそういう話し方をしているのかな」

「そういう、って？」

「女性みたいな話し方。不思議なんで訊いてみるけど、嫌なら答えなくていいよ」

秀男は健介の言う「女性みたいな」という言葉が気に入った。そして嫌なら答えなくてもいいという大人びたものの訊ねかたに、更に気持ち良くなった。

ノブヨが部屋の隅にあるリンゴ箱に腰を下ろした。埃だらけの場所にハンカチも敷かずに座る友の無神経さに、うんざりしながらも後ではらってやろうと思ってしまう。庇護と理解のあいだで揺れながら、それぞれにお互いの居場所を持っている。それが友だと言われたらそうなのだろう。ノブヨはいつか離れてゆくときも、こちらに温かな記憶を残してくれる気がする。秀男にとって生きる時間をしのぐ大切な、やはり彼女は友なのだ。

果たして、とこちらに注がれた健介の眉間のあたりを見る。この男は、友になり得るだろうか。うっすらとした勘ぐりのなか、秀男を通り過ぎた思いは「まぁどっちでもいいわ」だった。健介のお陰で、当面通学が楽しくなることは確かなのだ。楽しい時間が今日を明日へと連れて行ってくれる。

「あたしは普通に話しているつもり。今まで、馬鹿にする人間はいても面と向かって訊いてきた人はいなかったわ。ずっとこうなんで、陰口も慣れっこだけど。どうしてなのか話し合うのも、きっと自分部の活動内容に入るわね」

健介が満足そうな笑みを浮かべ「なるほど」と頷いた。

「気づいたら、こんな話し方だったの。姉とばかり遊んでいたせいだってお母さんは言ってる。

うちは父が勤め人だし母もここの生まれじゃないから、浜の荒い言葉は使わない。あたしはこれが楽なの。それだけ」

「お姉さんとはいくつ違うの？」

「二歳。今年の春から高校に行ったわ。あとは札幌に就職した兄がひとりと、弟と妹がひとりずつ。ついでに言うと、ノブヨは一人っ子よ」

健介の質問は真っ直ぐで答えやすい。具体的なことしか訊ねないせいだと気づき、ひとり納得する。今日知り合ったばかりの転校生は、興味のアンテナをひとつひとつ撫でてゆく。曖昧なことを訊ねられても答えに困るし、質問者の底が知れてノブヨが退屈がる。

ひとりで読書に没頭しているように見えるノブヨだが、耳はこちらの会話をしっかり挟み込み、また頭の中であれこれと秀男の行動に難癖をつけているのだろう。決して頭を上げないのがその証拠だった。

「あたしのことばかり訊くのね。自分部なんだからあんたも自己紹介くらいしなさいよ」

健介が「ごめん」と顎を引っ込める。相手がちょっと弱気な部分を見せた途端、秀男も自分の居場所をほんの少し高くする。

鶴木健介は、秀男のことを訊ねていたときより声を落とした。

「父親は技術指導者で、母親は声楽家。小学校に上がる前から引っ越しばっかりしてた。兄も姉も独立して東京に残った。今回は僕だけついてきたってわけ」

短くて半年、長くて一年という引っ越しの多さは、秀男の想像を超えている。ぽつぽつとした健介の自分語りに、いつの間にかノブヨの顔も持ち上がった。

「秀男もわたしも引っ越ししてしたことないんだけど、どんな気分?」

健介は首を軽く傾げてううん、と唸った。

「どんな気分って訊かれても。明日から違う街に行くって言われて、黙ってついて行くことの繰り返しだから」

「せっかく出来た友だちと、すぐ離れればなれじゃないの」

「そういうのは、もう慣れたかな」

秀男は思わず口を挟んだ。

「それって、慣れるものなの?」

「慣れるよ」と健介が言う。

文次と別れた釧路駅のホームが蘇る。春の風が本で読むほど穏やかではないことも、ひとの心がそれほど柔軟ではないことも、あの日を思えば納得だ。文次がいない場所で、秀男はいつも文次の代わりを探さねばならず、いっとき見つけたとしても、やはりそれは代わりでしかなかった。

「お別れに慣れちゃうなんて、うらやましいわ」

「そうかな」

そこだけ軽い口調の健介は、どこか「狂った果実」で裕次郎が演じた青年を思わせた。学生服の袖口で鼻水を拭っているような同級生たちとは明らかに違う気配だ。ノブヨの瞳がこちらに向いている。秀男に「気をつけて」とも「大丈夫?」とも区別のつかない光を送っていた。

その日はノブヨが付け足しのような自己紹介をして「自分部」の活動を終えた。

半月も過ぎるころ、健介はすっかり学級に馴染んでいた。清潔感と都会の空気を漂わせた少年には「つるけん」というあだ名まで付けられた。本人は毎度笑顔で、教室の中を自由に動き回っている。笑いの中心にいたり話題の投げ手となったり、男子にも女子にも人気があった。短い休み時間は静かにつるけんの取り合いめいた雰囲気にもなってきた。

それでも、放課後の彼は必ず自分部の活動に参加する。自然と、今まで教室であぶれていた秀男とノブヨも健介を挟んで学級活動に参加するようになってきた。秀男にとっては、ノブヨがあれほど興味なさそうにしていた髪留めやハンカチ刺繍など、女子の話題に嫌な顔もせず参加していることも不思議な光景だ。多少のさびしさはあるが、黙って眺めている。

刺繍ならば章子のほうが上手いし、髪留めも、自分に長い髪があったなら真っ先に使いたいものがある。リボン生地だけの髪飾りより、金糸の縁取りがあるほうがずっと華やかで美しい。強いて心もちを言うならば、友が難なく話題の内側にいることよりも、自分がその中心になり得ないことが悔しいのだった。

その点、健介は気が利いている。男子生徒の輪の中にいるときは、それとなく秀男も誘い、無理なくひとつにしてしまう。運動から宿題のことまで話題は豊富、頼れる級友でありまとめ役になっている。健介がやってくるまでその役を担っていた学級長の顔がつぶれぬよう気を配るとき、教室ではいっそう彼の存在が輝いた。

十月の文化祭に向けて、二年生に与えられた課題は「演劇」だった。台本から舞台道具、ライトから演出まで、すべて手作りという決まりだ。

「当日までは、台本準備から始めて一か月半ほどしかありません。すべて手作りとなると、一日も揉めている時間はないと考えてください」

学級会での学級長の発言は、教室全体の頷きで一瞬前に揺れたかと思うほどだった。やるからには優勝をめざして、と学級長の鼻息は荒い。そこで、と教壇の机から半分身を乗り出した。

「学級三役である程度のたたき台を作ってあります。これを元にして、前向きに検討しつつみなさんの意見を取り入れながらかたちにしていきたいと思います」

そこまで言うと、学級長はあらかたの仕事が終わったような穏やかな顔になった。教室は彼の気迫に圧されて静まりかえっている。書記が黒板に大きく「学級演劇」と書いた。

学級演劇
「白雪姫」
台本　吾妻ノブヨ
配役　白雪姫
　王子様
　七人のこびと
　継母

演者は十人、裏方も大道具小道具合わせて十人。裏方は上演当日の不測の事態に備えてそれぞれの役の補欠とする、などの提案があった。台本の下に記された名前を見て、秀男は後ろの席を振り返った。こちらを見ているノブヨと目が合う。「ほんき?」と目で問うた。「まあね」

余裕の視線が返ってくる。ひとつため息を漏らしながら、黒板を見た。

「反対意見があるときは、挙手願います」

ノブヨとそりの合わないなりに近寄らずにいた女子が手を挙げる。

「どうして台本だけが吾妻さんと決まっているんですか」

「国語の荒川先生からの推薦で、適任と判断したからです。登場人物の人数も、このくらいが良いのではないかと考えています。ほかの学級と内容が被らないよう、先生が配慮してくださっていることも付け加えます」

学級長のひとことで、教室内の背筋がまたしゃんと伸びた。国語の先生の推薦というのが効いたのか、反対の気配も鎮まった。物語の内容は知っての通りなので、あとは台本が仕上がり次第、台詞覚えに入ってもらうという。数秒の間を置いて、学級長がいくぶん声を張り上げる。

「誰か、立候補する人はいませんか」

誰も手を挙げなかった。白雪姫を誰がやるかで、その後の学級運営も変わってくる。学級長も、そこは慎重になる。じりじりと音がしそうな時間が過ぎてゆく。秀男の席から三つ前の腕がすっと挙がった。

「継母をやってみたいです」

嗄れ声が特徴の、ノブヨの次に背の高い女子生徒だった。継母が決まると、次の挙手に続いた。

「俺、こびとをやる」

ざわめきが笑いへと変わった。こびと役に立候補したのは、学級のなかでもとりわけ背の高い男子生徒だった。笑いはさざ波になり、やがて教室全体が心地良く揺れ始めた。次々にこびと役が決まってゆく。七人のうち、四人が大柄だった。そうなるともう、舞台に出てきただけで笑いが起きるだろうと誰かが言った。

「いっそ、『爆笑白雪姫』にしたほうがいいんじゃないですか」

学級長も笑いをこらえている。

「吾妻さん、どうですか。こういう配役で、台本は難しくないですか」

いきなり話題を振られたノブヨが、ゆるゆると立ち上がった。

「顔ぶれが分かれば、台詞も書きやすい気がします。白雪姫や王子が、こびとの大きさに驚く場面があればいいわけで。そこでこびとが、人材不足で背が揃わなかったんだと言えばいいんです」

入学した頃の不安げなノブヨはどこかへ行き、いまはしっかりと自分の座布団を見つけてどっしりとそこに座っている。秀男も、裡に眠る卑屈さや表に出している勝ち気さを平らにならす日が来たのだ。学級長がノブヨに問うた。

「では、そこは台本でどうにでもなるということですね」

「どうにかする、ということです。さっきの『爆笑白雪姫』の発言で思いましたが、配役次第で、真面目にやればやるほど面白くなるんじゃないかと思いました」

もうノブヨはなにがしかの自信を得て、必要以上に背中を丸めて歩かなくても良くなったのだ。一抹のさびしさがいっとき秀男を包み込み、そして去った。

——ああ、あたしもちょうちん袖のついたドレスが着たいわ。

さびしさの去ったところにちいさな明かりが灯る。頭の中に、白雪姫のドレスを着て舞台の真ん中に躍り出てゆく姿が鮮やかに広がる。くるりと回転して見せれば、遅れてついてくるドレスの裾が軽やかな風を起こす。

うっとりとした心もちが膨れあがり体から飛び出しそうになったところで、右腕が教室の天井に向かって伸びた。

「白雪姫に、立候補します」

学級長は無言となり、教室がざわめき始めた。そのあとは失笑と毎度馴染みの囃し立てだ。周りが騒げば騒ぐほど秀男の気持ちはしんと凪いで、動きを止めた川面のようになった。どんな空想も、口に出してしまったからには現実にしなくてはいけない。自分が言ったのだから、自分が責任を取る。これが自分部の到達点。

学級長の頬がきゅっと引き締まった。ほかに立候補は、と教室に問う。誰も手を挙げずひそひそ話も途切れた状態が数秒続いたあと、白雪姫は秀男に決まった。

周りの戸惑いをよそに、秀男の心は晴れ晴れとしている。これで誰がどう文句をつけようと、堂々とドレスが着られて口紅が塗れるのだった。こうなったら画鋲攻撃も便所での待ち伏せも、知ったことじゃない。自分は、やっかみの中に身を置きながら美しく咲けばいいのだ。葉っぱなんぞに花の気持ちが分かるもんかと胸を張る。秀男の裡でまたも根拠のない自信が湧いてはじけ、はじけては湧いてくる。

「はい」

そのとき後ろですっきりとした声があがった。ほとんどの顔が教室の後ろへと向く。秀男も声のしたほうを見た。健介が満面の笑みで右手を挙げていた。学級長が指名する。

「『爆笑白雪姫』の、僕は王子をやりたいです」

いくつかやきもち混じりの視線が秀男に注がれ、しかしおおかたの眼差しは鶴木健介の晴れ晴れとした笑顔に圧倒されていた。役名を王子様と言わず、王子のみにしたことに彼のしたたかさが垣間見えても、表だって指摘する者はいなかった。

秀男の頭の中は空想に満ち始める。ドレスと化粧とつるけんの王子様だけで、しばらくは一日一食でも我慢ができそうだ。白雪姫と、林檎の毒をくちづけで吸い取ってしまう王子様の熱い気持ちを思うと、体中の毛穴が二倍に開き、嬉しさがこぼれてしまう。

主役が秀男と健介に決まったことで、ノブヨは毎日上機嫌だった。自分で書いた台本を読み返しては笑っている。図書館の片隅で、自分部の部室——教科準備室で、ときどき秀男と健介に意見を求めながらしかし聞き入れることをせず、実に楽しそうだ。

「白雪姫だって自己紹介してるのに、王子が『おやゆび姫』って名前を間違うんだよ。二度間違ったところで、それまでおとなしかった白雪姫が『お前たいがいにせえや』って啖呵きるの。ひっひっひ」

「ノブヨ、あんたの笑いかた相変わらず品がないわ。けど、面白そうね」

「いきなりドレスの裾まくって、王子に凄んでる白雪姫だよ。こんなの、秀男じゃないと出来ないよ」

「そうかな」

「そうだよ。男子生徒がお姫様役をやってることはみんな分かってるわけだからさ。それまで役作りで上品に話してたところに、いきなり怒って地金を出して見せるんだ。ここは完璧に、笑わせるところだからしっかりやってね」

ノブヨの言う地金のほうが秀男にとっては演技なのだが、見ている者がそれを面白いと思うのなら、やってやろうという気になってくる。なにより彼女が楽しそうにしていることが、秀男自身も楽しいのだ。

台本が出来上がるまでの十日ほど、秀男の靴箱に「ばか」「でしゃばり」「おとこおんな」といった紙が投げ込まれたりもしたが、面と向かって文句を言う者はいなかった。匿名のやつらに何を言われたってへっちゃらだ、とノブヨが喜んでいる。

「秀男、これは追い風だ。みんなあんたに注目してる。本当は気になって仕方ないってことを、認めざるを得ないときが来たんだよ」

「いいのあたしは、化粧をしてドレスが着られれば」

模擬店の準備に積極的に参加することで、健介の人気はますます上がっていた。学級長が信頼する相談者として、彼もしっかりと自分の居場所を得ているようだ。

仕上がった台本を読んで、どの生徒も最低三回は笑い転げた。継母は白雪姫に渡す毒入り林檎を間違えて、二度もこびとの小屋を訪ねる羽目になる。七人のこびとは酒乱と博打打ちと女好きでみな等しくひねくれた者ばかり。王子はこびとたちの策略にまんまとはまって、わがままな白雪姫を押しつけられるお人好しという設定だ。サイコロ博打で勝った姫が、こびとたちに小屋の掃除をさせながら煙草をふかす一幕、秀男はこの台詞が最も好きだった。

——ああ、博打をやっても酒を飲んでも心が晴れないわ。お城でやってみたかったことはぜんぶやったけど、毎日じゃちっとも面白くない。ここらで予定どおり、いい男がやって来ないかしら。台本にはそろそろ来るって書いてあるんだけど。

放課後の台詞合わせや劇の練習のあいだ、針仕事の得意な女子生徒が衣装を縫う。巻き尺で秀男の寸法を測りにきた生徒が「見かけ以上に細い」と驚いているのには満足だ。ちいさな体を、やっと生かせるときがきたのだ。秀男の台詞にも力が入る。

化粧の方法は、ノブヨの世話を焼いてくれている小路のママさんに習った。昔旅役者だったというママさんは、秀男に舞台化粧を教えながら「こんなに白粉が似合う坊主ってのもなんだか不憫だねえ」とつぶやいた。白粉の似合う男とはいい思いをしたことがないのだと笑うママさんの口元には、ほとんど歯がなかった。

朝と放課後の練習を重ねて迎えた本番当日、秀男はひとつひとつ買いそろえた自前の化粧道具で顔を作り始める。口紅はいつか橋の上から放られた紙袋に入っていたものだ。この日のために、顔の二倍はありそうな手鏡も用意した。

白雪姫の登場で客席がどよめく。「なにあれ」「なりかけが狂った」「でもきれい」。体育館を埋め尽くす生徒の誰もが、秀男を見ているのだった。気持ち良くてよろけそうになる体をくるりと回し、白雪姫の第一声。

「あたしは白雪姫、本名は二年一組平川秀男。秀れた男と書いて、秀男と読みます」

体育館が、爆笑に揺れた。変声期を迎えないままの声は、透き通ったボーイソプラノだ。会場の笑いが収まるまで次の台詞が言えないという難点はあったが、学級演劇は大成功。しかし優勝はできなかった。

「不謹慎って、なんだろう。あんなにうけてたのに」

がっかりするノブヨと秀男を慰めたのは、秀男の好演で影が薄くなっていた健介だ。

「真面目という怪物に取り憑かれて、身動きできなくなってるのさ。不自由なことだよ」

「あら、あたしだって大真面目に白雪姫をやってたつもりだけど」

「面白すぎたんだよ」

「過ぎたるは猶及ばざるがごとし、か」

その場を締めたのは、落ち込んでいるようで案外しぶとく己を信じているらしいノブヨのひとことだった。

担任教師が脚本に理解を示したことが、職員のあいだで問題になったと聞き、生徒の数名が抗議文を提出すると意気込んでいる。

ノブヨはそれだけでも充分面白いことだったと笑う。つき合いで笑っているうち、何となく秀男にもこれはこれで良かったのではないかと思えてきた。

「そうね、またやっかみで靴を隠されたりしたらたまんないし。毎日気をつけてるけど、うっかりして画鋲がお尻に刺さると、本当に痛いのよ」

後夜祭は日が暮れた校庭で行われた。大道具焼却を兼ねた、たき火を囲んでのフォークダンスだ。秀男は舞台化粧を落としたあと、白粉を薄く塗り直した。切れ長の目尻に少しだけアイラインを残す。校庭で炎に照らされる顔が、いつか見た遊女のように妖艶であるよう祈った。

縫製係の女子が嬉しそうに秀男のもとにやってきて、舞台衣装は出来が良かったので学校で保管することになった、と告げた。

「あら、よかったじゃない」

今まであまり話すこともなかった彼女が、秀男につられて笑顔を見せる。フォークダンスが始まるというアナウンスが入った。去年は実行委員側でマイクの前にいたことを思い出し、鼻の奥に冷たい風が吹く。章子が卒業し、自分もいまはあの場所にいない。

白雪姫の効果かどうか、秀男は女子の輪の中に引き込まれた。夢にまで見た光景のなかにいるというのに、どういうわけか、打ち寄せる波に似たさびしさがある。秋風のなか火の粉が夜空を目指し高く舞い上がり、見えなくなった。


その年の終わり、秀男は初めて家族と離れて初詣へ行くことになった。最初は納得のゆかぬ顔つきだった章子も、ノブヨと健介と三人で行くと告げると誘いを諦めた。醤油で煮染めたような前掛けの紐を結びながら、大晦日《おおみそか》の食卓準備に取りかかろうという時刻、子供部屋の窓辺で章子が言った。

「ヒデ坊と離れての初詣なんて初めてだねえ」

「ショコちゃんも、友だちと行けばいいのよ」

「富男と福子の世話もあるから。それは無理よ」

章子は正月も帰省できないという昭夫に代わって、弟と妹の面倒をみるつもりでいる。秀男の胸に、言葉にならない虚しさが湧いてくる。この人はこのままずっと、そんな言葉で自分を丸め込むつもりなのかと怒りに似た気持ちに変わる。

大晦日になると決まって思い出すのは、橋のたもとで別れたきりの華代だった。もうこの街にはいないのかもしれず、行方を探したところでなにひとつ前へ進むものなどない。それでもまだ、初めて秀男の内側を認めてくれた人という光は失われていない。年をまたぐたびにこんな得体の知れない心もちになると想像するだけで、凍った地面にめり込んで行きそうになる。内職やきょうだいの世話で過ぎてゆく章子の毎日に、華代が持っていた儚《はかな》げな気配が重なるとどうにもやりきれない。

「無理だと思うと何でも無理になっちゃうじゃないの。ショコちゃんはいつもそう。いい娘、いい姉って言われてるうちに、ショコちゃん自身がどっかに行っちゃってるんじゃないかと思うのね」

兄の昭夫が体よくこの家族から逃れているいま、秀男には気楽だが章子の負担は大きい。家族に期待する父の言葉は年々薄くなってゆき、最近は兄の自慢話もとんとしなくなった。

しかしながら、姉を前に本で読みかじったような言葉を並べるのも無責任なことだった。姉の辛抱強さはときおり内側から秀男を責める。ヒデ坊、と章子の言葉が途切れた。これ以上話していると、更に章子を傷つけてしまいそうだ。ストーブのそばで遊んでいるはずの弟と妹を呼ぶ。章子は台所へ向かった。

「富男、福子、いいもの見せてあげる」

やって来たのは福子ひとりだ。おかっぱ頭にちいさな顔は姉によく似ているのだが、鼻だけは父譲りであぐらをかいている。

「富男はどうしたの」

「お父さんと、しめ縄買いに行った」

「お前は行かなかったのかい」

「男の仕事だって」

目に見えて背丈の伸びている妹の、唇が不満そうに尖った。父は、秀男には声を掛けずに出かけたのだった。もう少し卑屈に考えたほうがいいかしらと自問しながら、しかし喉の奥に引っかかった何かが一気に腹に滑り落ちるような気楽さも感じている。

年末の神棚の掃除が男の仕事というのは、この時期の父の口癖だった。昭夫がいれば彼が同じことを言うのだろう。父、兄、と続いてゆく男の役目は、秀男を飛び越えて弟へと引き継がれる。一抹のさびしさは、気楽の代償なのだと思うことにした。押しつけられたところで、自分は慣習に背を向けるのだ。

「そうかい。それにしても福子はずいぶん背が伸びたねえ」

「うん、みんなに褒められる。すぐに秀男にいちゃんを追い抜くよ」

秀男はふん、と鼻を鳴らし「その日を楽しみにしてるわね」とつぶやいた。

「にいちゃん、いいものってなに？」

かさついた頬が目いっぱい持ち上がる。秀男は文化祭の舞台に立っている白雪姫姿の写真を取り出し、福子に見せた。

「このお姫様、可愛いでしょう」

目を丸くして写真を手に取ろうとする妹の手をはねのける。

「触っちゃだめよ、一枚しかないんだから」

首を引っ込めながら、福子はなおも写真をのぞき込む。白雪姫が兄だとは気づかない様子なのが面白くて、自慢心に秀男の鼻が高くなる。

「いいな、福子もお姫様になりたい」

「でしょう。女の子に生まれたら、みんながお姫様になれるの。お姫様たちは、しのぎを削って一番を目指すのよ」

「お姫様の、一番？」

「そうよ。美しさと身のこなしで、女の子はひとをうっとりさせるような存在にならなきゃいけないの」

写真を仕舞い、秀男の講釈にも熱がこもる。お姫様の条件を並べ上げたところで、福子が澄んだ瞳で問うた。

「じゃあ秀男にいちゃんはお姫様になれない」

それまでくるくるとよく回っていた秀男の舌が止まった。妹に言われた言葉の、なにがそんなに苛立つのかわからない。悪気のなさそうなのが余計に腹が立つ。頭のなかが熱したストーブに水をかけたようになる。秀男は妹にゆっくりと優しく訊ねた。

「福子、いまなんて言ったの。もう一度言ってごらん」

「にいちゃんはお姫様になれない」

右手が妹の頬を打った。福子の体が畳の上に転がった。数秒の間を置いて、甲高い声で福子が泣き始めた。

台所から章子が飛んでくる。畳で丸まって泣いている妹を抱き起こし、秀男を見上げた。

「ヒデ坊、どうしたの」

「福子がひどいことを言ったの。叩いたりして悪かったわ」

父に殴られてあれほど嫌な思いをしたというのに、自分も同じことをしてしまった。章子が福子の頭を撫でながら、いったいどんなことを言ったのかと問うた。妹は泣くばかりだ。

「ショコちゃん、この子は言わないわ。あたしも言いたくない。けど、あたしがものすごく嫌な思いをしたのは事実よ。今度言ったら、また叩いてしまうかもしれない。悪かったと思っているくせに、きっとその次も叩いてしまう。あたしは、負けないためには勝たなきゃいけないんだって、いまやっとわかった」

章子の瞳がかなしげに曇った。姉にはわかっているのだ。秀男の傷も、その頑なさを根底から覆す言葉の種類も。

「ヒデ坊、負けないためには、闘わないっていう選択もあるじゃないの」

「あたしは、闘わないと負けてしまうのよ。それじゃあ駄目って言うのなら、駄目がはっきりわかるまで闘う。途方もない時間がかかるわ。ショコちゃんが闘いもせず負けもしないでいられるのは、生まれたときからショコちゃんだからよ」

女だから、という言葉を使えば秀男自身が傷つく。己の流儀が、真っ正面から切りつけてくる。いまの秀男は、自分が男でも女でもない特権を持っていると信じることでしか真っ直ぐ歩けない。なまじ見かけと内側の差を口に出せば、その言葉に苦しまねばならないのだ。

いつか誰にも文句を言わせない日が来る。たとえ誰であっても、秀男がお姫様になれないなどと口にすることのない日だ。ただ、いまの秀男にはそれがなにを意味するのかが摑めていない。頭の中も胸奥も、行き先はすべて霧に包まれ、霧笛がぼうぼうと響くだけだった。

ありがたいことに福子の頬の赤みはすぐに去り、秀男は年越しの膳でいつもよりずっとおとなしく過ごした。静かな夜、家族よりもひとあし早く外出の準備を始めた。

秀男の外套は兄のお下がりだが、章子が夏から暇を見つけては仕立て直しをしていたという。濃い灰色で、丈が膝下まである。裾は腰のあたりからふんわりと広がっており、ボタンをかけると中にドレスを着ているような華やかさだ。もともとが紳士物なので、肩幅から身幅襟元のデザインも変えて、秀男のなで肩に合わせ綿を詰めてあった。

「ショコちゃん、とっても素敵。あたしはてっきりショコちゃんが自分のものを縫っているんだとばかり思ってた」

「これは、ヒデ坊のだよ。本当は赤いコートのほうが良かったんだろうけど、それだと普段着ることが出来ないからね」

「ありがとう、毎日着る。春になっても着る。夏になっても着るわ」

章子は弟の感激ぶりに気をよくしたのか「ヒデ坊ったら」と笑った。そして、参拝では体が冷えるからと、首にえんじ色のマフラーを巻いてくれた。三日ほど前に編み始めたのは気づいていたのだが、これもまた秀男のものだった。

「富男と福子のぶんも編んである。あの子たちには水色とピンク。毛糸は内職をくれるおばさんが安く分けてくれたの」

こっそり編み進めるのが楽しいのだという。秀男の心には章子の気持ちのような柔らかさがない。心を込めて毛糸の目を拾うとき、その優しさが本当に届くかどうかについて毛筋ほども疑わない章子の心根がうらやましかった。

「ショコちゃんは、優しいわ」

「ヒデ坊だって、誰より優しいじゃないの」

秀男は首を横に振った。

「あたしが優しそうにしてるときは、気分のいいとき。それって、ショコちゃんとはまったく違うの」

悔しさとも諦めともつかない心もちに蓋をして、秀男も微笑みを返した。

「じゃあ、行くね。待たせたら風邪をひかせてしまう」

弟と妹に、ちり紙に包んだお年玉を渡した。

長く兄の昭夫が妹や弟にお年玉を渡すのは父の機嫌を取りたいからだと思っていた。振り返ってもその考えが間違いとは思わないのだが、合っているとも言いがたかった。

福子は夕時に秀男に叩かれたことなど忘れたように喜んでいる。忘れっぽいのかお年玉に気を取られているのか、その心の在処はわからない。父に叩かれた記憶ひとつで保身の枝葉を伸ばし続ける秀男には、妹のあっけらかんとした喜びようが却って薄気味悪く感じられた。

世の中には、忘れられる人間とそうではない人間がいるのだ。自分が後者であると思うとき、秀男の裡には厚い雲がかかる。お陰でどの角度からも目立った光が差さず、無駄に責められることもない。

——年をまたぐ前に気づいて良かったわ。

家族に頭を下げ、行って参りますと挨拶をする。父だけが秀男のほうを見なかった。

「ヒデ、足下に気をつけて。風邪ひかんようにしときなさいね」

「うん、わかった。お参りが済んだらすぐ戻るから」

母親を安心させるための言葉ならこんなに容易《たやす》く見つけられるのに——秀男の思いは新しい年を迎える間際もやはり、後ろめたさと開き直りに支えられていた。

外に出ると、頬を擦り切ってゆく風が吹いていた。今夜はひときわ冷え込んでいる。マフラーを目の近くまで引き上げた。凍《しば》れる海風が吹く橋の上を、秀男は待ち合わせ場所の出世坂まで急いだ。既に酒の入った気の早い参拝客が、数人よろけながら橋を渡っている。振り向くと夜の街がふんわりと朱いネオンの帽子をかぶっていた。

出世坂の下までゆくと、防寒具にぐるぐる巻きになったノブヨと健介が足踏みをしながら秀男の到着を待っていた。この寒さのなか、少し待たせてしまったらしい。

秀男は軽く語尾を伸ばし「お待たせ」と声を掛ける。ノブヨが放つ「遅い」のひとことが笑いに変わり、三人並んで神社に向かった。秀男はいくぶん早歩きだがふたりはゆったりと似たような歩幅だ。秀男を真ん中にして、左にノブヨ、右に健介がいる。いつものことだが、今日はなぜかとても尊いことのように思えてくる。

新しい年を迎える高揚感か、年の瀬を家族と離れて過ごすことの罪悪感か。軽い足取りをやっと寸法がちょうど良くなった防寒靴のせいにした。

お茶屋の「月亭」の軒先を通る際、秀男はそこでだけ記憶の谷に落ち、立ち止まった。二、三歩進んで、ほぼ同時にノブヨと健介が振り向いた。

「どうしたの、秀男。寒くて固まったかい」

「いや、だいじょうぶ」

「歩かないと凍えちゃうよ」

再びふたりに挟まれて歩きだすと、幼い日に秀男の頭上で交わされていた男と女の甘い空気を思い出す。この世にないものにおなり、と言った華代の言葉が秀男を霧の中へと呼び込んでいる。

神社の敷地に入り、除夜の鐘を近くに聞いた。振り向くと、坂の下に次々と参拝客が増えてゆく。街灯の下に、大小の影がちらつき近づいてくる。

「健介のところは、家族でお参りしないの？」

仕立ての良い防寒服のポケットに両手を入れたまま、健介がほんの少し首を傾げる。言いたくないなら、と言いかけた秀男を彼が遮る。

「うちは、盆と正月のない家だからね」

「初詣には出ないの？」

「ふたりとも、信心深くはないなあ。実は初詣って初めてなんだよ」

その口ぶりがあまりにさびしげに響いたので、秀男はそれ以上訊ねるのをやめた。年の終わりと始まりに、かなしい話はしたくない。

家ではそろそろ両親と章子、弟妹たちが家を出るころだろうか。帰り道にすれ違ってはばつが悪い。健介が灯明の近くで腕時計を見た。

「ふたりとも、新しい年になるよ」

除夜の鐘がひときわ大きく鳴り響き、どこからともなく「あけましておめでとうございます」の声が聞こえ始めた。

「おめでとう、新年よ——あけましておめでとう」

また始まっちゃったな、とノブヨがつぶやいた。乾いた笑いで健介が応える。ふたりがちっとも嬉しそうではないのが気にかかる。秀男はおみくじを引こうと提案した。

「新年の運を占いましょうよ」

ノブヨは手袋の手を揉みながら「よし」と背筋を伸ばす。見上げてみればふたりは、同じくらいの背丈だった。ノブヨはまた少し背が伸びたようだ。髪をしっかりなでつけて華やかな服を着れば美しい娘に見えるのに。秀男に注意されながら、しかしノブヨの無精は猫背ほどには直らない。いっぽう健介はといえば、身なりはしっかりしており、優等生の殻の中で己を語らない。

このふたりを足して二で割ったらちょうどいいのに、と思うものの、それでは秀男にとってまったく面白くない。

「いい按配《あんばい》って、ないわね」

秀男のつぶやきが聞こえているのかいないのか、ふたりが大またでおみくじの列に向かう。秀男は小走りでその背を追った。

「中吉、願望叶う。夢大きいほどよし」

ノブヨはそこだけ「当たる」とつよく頷いている。健介は末吉だった。

「立つ鳥跡を濁さずだって」と言ったあと、その口から「やっぱり」というつぶやきがこぼれ落ちる。

「なによ、やっぱりって」

訊ねると、健介は苦笑いしながら秀男のおみくじは何だったのか訊ねた。

「大吉。あたしが引いたんだから、あたりまえよ。願い事叶う、だって」

本心でもそうでなくても、秀男にはそのときに言わねばならない言葉がある。自分に与えられた役割を純粋に煮詰めてゆくと、どうしても強気で前に出て行くしかない気がする。いつしかそれが習い性となっている。

「願い事っていったっていっぱいあって、考えているだけでお腹いっぱいになりそうよ。叶うっていうなら、どれがいつ叶うのかまで書いておいてくれなくちゃ」

「そんなうさんくさいおみくじ、誰が信じるかい。で、秀男は神様になにをお願いしたの」

「ノブヨはなんだったの？　あたしはいつもどおり、大きなお城のきれいなお花になれますようにってことよ。どんな花なのかは自分でもわかんない」

ノブヨはからからと乾いた声で笑った。

「わたしの書いたお話が本になるところまでお願いした。口に出したからには、叶えるよ」

「あらノブヨ、あんたそんなこと考えてたの」

ノブヨは白雪姫の台本を書いている頃にはもう決めていたのだと言った。

「もう何度も読んだんだ『挽歌《ばんか》』。映画も観た。同じ街に暮らしているひとが、この街を舞台にして小説書いて、それが映画になってみんなが観てる。わたしもいつか本を出すんだ」

ノブヨは熱く語ったあと急に照れ始め、秀男と健介も気恥ずかしくなってきた。「いい年になるよ」と健介が言い、秀男は「応援するわ」と続けた。友の過剰な励ましに耐えられなくなったふうのノブヨが、健介はなにをお願いしたのかしつこく訊ねた。

「この土地に長く暮らせますように、って。初めての初詣にも来られた、いい街だから」

遠い夢ではなく、果てない望みとも思わなかった。健介のささやかな願いが、自力で叶わないからこその神頼みと気付かなかった。

三人で立ち話をしていると、お互いの白い息で顔が見えなくなった。お参りでそれぞれが願ったことは、切なる祈りであったぶんどこかさびしくもある。冷気に一瞬かたちを持ちあっという間に消え去る息が、実現までの長い距離を教えた。


寒さがいっそう街に沁みこんだ一月の下旬、健介の願いは叶わないものになった。三学期の始業式を迎えた朝の学活で、学級担任がなにかのついでのように健介の転校を口にした。

「ご両親の仕事の都合で、今度は九州へ行くことになったそうだ。急なことで挨拶をする時間がなく、みんなに申しわけないと言っていた。去年の文化祭は一生の思い出にするそうだ」

教室全体がざわざわと波立ち始める。振り向くとノブヨと目が合った。無表情で秀男の視線に応えている。ここしばらくで多少身なりに気をつけるようになったノブヨの、眉の上で切りそろえた前髪が揺れた。首を左右に振った彼女の、唇の端がほんの少し持ち上がる。かなしげな目元には、健介がなにも言わずに転校したことへの恨みも怒りも含まれていないように見えた。

その日の休み時間は健介の噂話で埋まった。誰がどこから仕入れてきたものか、彼は旅役者の息子だった、あるいはキャバレーの歌手とマネージャーの息子だったという情報まである。

本人が言わぬことは特別訊ねないのがいいのだろうと何となく思ってはいたが、去ってみれば彼の居た場所にはなんの現実も残っていなかった。鶴木健介の存在が本当だったのかどうか、このまま幻になってしまいそうだ。

放課後、秀男とノブヨは職員室へ行き、健介が転校することになった真の事情を訊ねた。

「もうずいぶんと前から分かっていたことだったらしいぞ。お前たち、仲が良かったのに聞いていなかったのか」

「ひとことも聞いてません」

「言いづらかったのかもしれないな。とにかく、今回の学級は今までいちばん楽しかったと、そう伝えてほしいと言っていた」

「もう街にいないんですか」

「ああ、昨日のうちに船に乗らなければならないとかで。なんだか来るときも去るときも慌ただしかったな」

「健介のご両親って、なにをしてる人だったんですか」

ノブヨの質問に、担任は眼鏡がずれるほどのけぞって驚いている。

「なんだ、あいつのこと本当になにも知らないのか」

「父親が技術指導者で、母親が声楽家としか聞いてないんですけど」

担任は大人がときおり見せる狡猾な目つきをしたあと、「まあ言い方を選べばそうだわな」と苦笑いをする。しつこく訊ねてやっと、キャバレーまわりのピアノ弾きと歌手の夫婦だったことを漏らした。

「全国を回っているそうだ。転校の手続きから挨拶まで、鶴木がひとりで来た。俺はとうとうご両親には一度も会わなかった。またすぐに転校するし、面倒はかけないから親を訪ねるのは遠慮してくれって。そんなことを言う生徒には初めて会ったな」

下校時間、凍った道を滑らぬよう気をつけて歩いていると、吐いた息で顔が凍りそうになる。唇が尖ったまま凍りついていては不恰好だ。懸命に顔の筋肉を動かし、凍るのを防ぐ。斜め上を見ればノブヨも同じく両手で頬を包んでいる。

「ねぇノブヨ、面倒はかけないから親に会うのは遠慮してくれって、どういう気持ちで言ったんだろう」

わたしには分かるよ——頭上から諦めたようなつぶやきが降ってくる。秀男は、分かるような分かりたくはないような、拗ねた気分になる。

「秀男は自分のことが大好きでしょう?」

「もちろんよ。誰に嫌われても、あたしはあたしが大好き。隅から隅まで大好きよ」

「そういう人にはどんなに頑張っても健介の気持ちは分からないんだよ。分かってもらえないから、健介は秀男が大好きだったんだ」

大好きだったと言われて悪い気はしない。けれどその健介はもうこの街にはいない。みんな、どうして自分の前から姿を消したり遠くへ行ったりするんだろう。吸い込んだ息のせいで肺が凍りそうになる。

「ノブヨだけよ、ずっとそばに居てくれるのは。あたしが好きな人は、いつも気づいたらどこかへ行ってしまってる」

華代、徹男、晶、文次——

ノブヨが辺りが真っ白になるほど大きなため息を吐いた。

「そういう秀男も、口癖みたいにいつかこの街を出て行くんだって言ってるじゃない。毎度毎度それを聞いてるわたしの気持ちは、考えてないわけだ。まあ、いいけどね」

言葉ほどいいとは思っていない口ぶりに、今度は秀男の胸がちりちりと痛む。

「言われてみれば本当に出て行っちゃうひとは、ひとことも出て行くとは言わなかったわね」

どちらも勝手だわ、という言葉を飲み込んだ。なにを拗ねているのか訊ねることを迷っているうちに、いつも別れる交差点がやって来た。このまま家に向かうのもなにやらすっきりしなかった。健介の欠けた自分部は、ノブヨが新しい目標を見つけたところでこのまま自然消滅となるのか。

「また明日」と言う前に笑い話のひとつも、と考えた。

「ねぇノブヨ、ちょっと訊いてもいいかしら」

「どうしたの、急に」

「健介ってさ、ノブヨとあたしと、どっちのほうが好きだったと思う？」

冗談で返してくれることを期待していたのが馬鹿馬鹿しくなるほどの間を置いて、ノブヨが立ち止まる。その大きな目に涙が盛り上がった。彼女のちいさな恋は今日終わったのだ。

やりきれなさで仰いだ空にはもう星が瞬いていた。秀男はこっちが泣きたい気分だわ、とそこだけ声を大きくして告げる。

「ぜったいに、あたしだと思うの」

ノブヨの涙は、乾燥した空気のせいで凍る前に蒸発してしまったらしい。泣き笑いの顔だけが冬景色に残った。ほっとして手を振る。交差点に背を向けて川のほうへ歩きだすと、今日の出来事にほどよく風が吹き、街に取り残されたさびしさも紛れていった。

中学三年になった秀男の周りでは、数人の男子生徒がいつも小競り合いをしながら側にいたりいなかったりを繰り返した。最近は物陰に呼び出しては体に触れてくる生徒もいる。秀男は家を出てから道ばたで軽く白粉をたたいて登校するようになった。映画館の芸能ニュースで、シスターボーイという言葉を知ってからは心も楽になった。

ボーイだけれどシスターでもあるのだから、好きなほうを選べるのだ。しかしここには秀男が自由に踊ったり声高らかに歌える舞台がなかった。

広い舞台を求めて、いつか東京へ出て行くのだ。

そのためならば、多少のことは我慢ができた。汗まみれで女っ気のない男子生徒たちに陰で「玩具」と呼ばれていることも、人気《ひとけ》のない用具室で、校舎の裏手で、図体ばかり大きな男子生徒が最初はこわごわ、二度目からは自分のもののような顔で秀男の体に触れてくることも、すべてはシスターの役目であると秀男は考える。

何より、東京へ行けば文次に会える――

触られることは、気持ち良くも悪くもなかった。毎日安心して登校出来るのも、彼らの愚痴を聞いてやり体を触らせているお陰だと思えば、そこに自分の感情を挟むのは面倒だ。嫌な人間ならば誘いに乗ったりはしない。むさ苦しい男ばかりではあったけれど、みなどこかでなにかを怖がっており、本人も気づけない気の弱さを抱えているように見えた。それまでは威圧的だったのが、秀男の背中や胸に触れた途端に優しげに変化するのも面白かった。

――お前、なんだかくねくねしてて柔らかいよな。

――だからかしらね、あんたのごつい体にちょっと憧れてんのよ。

――女みたいだ。お前自分のこと、女だと勘違いしてんだろ。

――そんなこと言うあんたが勘違いしてんのよ、きっと。あたしはあたし。

短い夏は、秀男やその周りを汗のにおいで包み込む。学校帰り、秀男が誰と一緒に校舎を後にするかが陰で話題にもなった。

ノブヨは相変わらず図書室に入り浸り、隣の席にはたびたび秀男がいる。本を読みながら、今日一緒に帰る相手が呼びに来るのを待つ。

暮れてゆく太陽が真横から、図書室に赤い光を投げてくる。校庭では野球部のかけ声が響いていた。湿度ばかりが高い季節、めくる本のページもくるりと丸まってしまう。ノートに細かな文字を書き綴っていたノブヨが顔を上げた。大きな目は、最近かけ始めた眼鏡のせいで余計に大きくなった。

「いやだノブヨ、あんた目つき悪くなったわねえ。眉間に皺なんか寄せちゃってさ」

「よかったよ、顔つきって言われたら傷つくところだ」

「顔つきも変よ」

「顔が変なのよりはいいや」

ノブヨは最近、気むずかしそうな顔を見せながら以前にも増してひねくれたことを言うようになった。いつか自分も本を出すのだと意気込む姿は、ひたむきで真面目さが過ぎて滑稽だ。

「あんたのひねくれ具合、『禁色』に出てくる物書きよりひどいわ。ひねくれすぎるとねじ曲がって切れちゃうわよ」

「禁色か」とつぶやき、ずり下がった眼鏡をあげた。ノブヨは一語ずつ切りながら続けた。

「物語の最後はいつだって悲劇だからね。そこにあるかなきかの明かりを点ける。『挽歌』だってそうだった。秀男の物語には、たぶん秀男しかいないんだ。でもわたしはそれでいいと思ってる。人工的などんな明かりより、人間のほうが光ってるはずなんだ」

「なによ、いきなりすごい講釈垂れないでよ」

「いま、そんな話を書いてたところだったんだ」

へぇ、と彼女の手元をのぞき込んだ。ノブヨが慌てた様子でノートを閉じる。

「とにかく、秀男は秀男の思うとおりにやりなよ。わたしは自由なあんたを眺めているのが楽しいんだ」

窓の外、太陽はもう建物の向こうへと沈んでしまった。あとは数秒ごとに暗くなってゆくばかりだ。図書室の明かりが灯る。白茶けた蛍光灯の下で見るノブヨの顔は、ノートの表紙のように艶がない。

「ノブヨ、あたしのことでなにか気になることでもあるの？　あんたに心配かけるようなことはなにもしていないつもりだけど。言いたいことはちゃんと言いなさいよ。あんたに嫌がられるようなことはしないから」

ノブヨは首を横に振る。眼鏡のつるが弛んでいるのか、ずるずると下がってくる。

図書室の戸が慌ただしく開いた。野球部の副主将が真っ黒い顔を出す。秀男を見つけて、怒ったような声を出した。

「帰るぞ。玄関にいろよ」

戸が閉まると、廊下に大きな足音が響いた。秀男はひとつ伸びをする。同時にノブヨがため息を吐く。

「秀男、今月はあいつなんだ」

「うん、単細胞で知ってる言葉も少なくて、毒にも薬にもならない、いいやつ」

「そういうの、いいやつって言わないと思うよ」

「いいのよ、なにかあったらとりあえずあたしを守ってくれるもの。そうじゃなけりゃ、誰があんな頭の悪いの相手にするもんか」

ノブヨが久しぶりに声をたてて笑った。しばらくこの笑い声を聞いていなかったことを思い出し、秀男も嬉しくなる。

「はやく行ったほうがいいよ。待たせると面倒くさそうな男じゃない。わたしも帰る」

生徒玄関についてノブヨを見送ったあと、ほどなく体ばかりごつい野球部副主将がやってきた。数人の部員に冷やかされながら秀男を顎で引っかけるように外へと誘う。映画ででも覚えたのか、ちょっとしたマドロス気取りだ。秀男はそんな彼のそばにわざとらしく駆け寄り「待ってたのよ」と甘えた声を出す。

「さあ行くぞ」

ほかの部員に聞こえるようにそう言うと、さっさと歩き始める。薄暗い道を野良犬が一匹横切って行った。秀男は「きゃっ」と大げさに飛び上がって見せた。男の手が秀男をぐいと引き寄せる。

口の達者な女たちの前では欲のひとかけらも見せず、野球に打ち込むふりをする。部活動では爽やかさを演じ、教師はもちろん親にだって本当のところは見せない。不思議な貌を彼らは持っていた。秀男はくねくねと添いながら、彼らの話を熱心に聞き、ときどき生意気な口を挟み、愚痴には同調し弱音を叱咤する。

――お前だけだな、こうやって俺についてきてくれるのは。

――そうかしら、本当はみんなこうしてあんたと一緒にいたいと思ってるんじゃない？

肩を抱かれ腰に手を回されしながらこもった声で笑う。暗い夜道を遠回りしながら下校するひとときが、秀男の腕の見せどころだった。

――じゃあ、約束どおり土曜日はうちに来いよ。

――わかった。あんたの家ならうちの親も安心すると思うわ。

さんざん持ち上げて、褒め倒したところで「いつも守ってくれて、ありがとう」とつぶやく。それが秀男が決めた中学卒業までの毎日だった。秀男に声をかける男たちのあいだにはどうやら、内緒の約束事があるらしい。陰でなにを言われていようが、そんなことは構わなかった。己の頭では理解できないものが怖いゆえの肝試しでも、男たちの共有するねじ切れた自尊心でもなんでもいい。秀男は自分というかたちを保つために時間を切り売りしてその身を守る。誰にでも武器はあるはずだと信じている。このちいさな自分にだって。

――だって、あたしは自分部の部長だもの。一大事はいつだってあたしのこと。誰がなんと言ったって、とうさんかあさんだって、学校でのあたしを守ってはくれないもの。

男と別れたあとはハンカチで額から頬を拭く。顔の白粉をしっかり落としてからでなくては、母がまたかなしい顔をする。父はともかく、母や章子がかなしむのは避けたい。それが己の意思を多少曲げることだったとしても、秀男の最後の拠りどころはあのふたりしかいない。

白粉のついたハンカチを、寝る前に必ず洗う。母はそんな秀男を始末のいい子だと信じてくれている。姉だけは隠し持った化粧道具の存在を知っているが、とりたてて責めることはしない。秀男の毎日は恥ずかしくも思わないことを隠すことでしか、真っ直ぐには進まなかった。

秀男を「玩具」と名付けたのは誰だろうか。うまいこと言うじゃないの、とうそぶきながら鏡を見る。誰にも真似の出来ないことをしている自負はある。けれど、もしも――文次がここにいたら、秀男のいまを許すだろうかとも思う。それよりも、秀男を玩具にしている男たちを――許せるだろうか。

――いいわ別に、許してくれなくたって。いくら触られたところで減るもんじゃなし。文次はいまここにはいないんだから。

守ってほしいときにいない――それじゃあ死んでるのと少しも変わらない。秀男は自分で作った心の砦に両手両脚の指を引っかけ、懸命にしがみつく。そしてつぶやく。

いつか出て行ってやる。

秀男の決意はつよくしなり、夜に沈む街の景色もいっそう明るくなった。

帰宅すると、父が戻っていた。いつもより早い。章子が母と台所に立ち、弟妹たちは子供部屋にいるようだ。母たちのおかえりなさいを聞く前に、父が声を荒らげた。

「なんだお前、こんな時間までどこをほっつき歩いてる。少しはかあさんの手伝いでもしたらどうなんだ」

　まったくどいつもこいつも、という苦々しい言葉の理由は父の手元にある便箋だった。また兄の昭夫から手紙が届き、父は本人に向かって腹を立てることが出来ずに家に居残った家族に当たり散らしているのだ。

「すみません、とうさん」

「お前がそんなことだと、弟や妹に示しがつかないだろう。いつまで経ってもなよなよと腐った魚みたいな歩きかたをして。ひとに笑われるような人間にだけはなるな」

　活きが良くても腐っていても、もともと魚には脚などない。生き死にを賭けて脚を選んだ人魚姫の姿を思い浮かべる。ふと、父の言う笑われる人間がどんなものか知りたくなった。

「とうさんは、誰にも笑われていないんですか」

　自分でもおかしな質問だと思ったが、言い直す前に父が立ち上がった。靴下から、床の湿気が上がってくる。殴られる、と思った瞬間、章子が秀男の隣に立った。

「とうさん、ごめんなさい。わたしが言って聞かせますから。そろそろご飯です。お酒の用意もできました」

　細い肩口を秀男の前に出して、章子が父をなだめていた。数秒黙ったのち、父は大きな音をたてて座り込んだ。食卓に用意された酒を勢いよく喉に流し込むと、ここぞとばかり湯飲み茶碗が割れるような音をたてて置いた。

　秀男に早く着替えてくるよう促す章子は、ほとんど母のような顔で目を伏せていた。

　その日の食卓では、酔った父が兄の手紙を家族に読み聞かせた。盆と正月、帰省の分の金を貯めたのでそれを送るという。上司の酒にも付き合わず、遊びもせずに金を貯めて家族に送っていることが綿々と綴られた手紙だった。秀男はうんざりしながら、酸っぱくなった漬け物を口に運ぶ。きんぴらごぼうの甘さが嬉しくて何度も皿に盛っていると、章子が自分の分をそっと秀男の皿に移した。

「いいかお前たち、にいちゃんはこんなふうに頑張って働いて仕送りをしてくれているんだ。いいにいちゃんだ。食べ物も着る物も、ありがたいと思いながら暮らすんだぞ」

秀男にはわかる。昭夫は札幌の暮らしが肌に合っていて、どんな理由を探したところでもう故郷になど戻りたくはないのだ。父の苛立ちも、そこにある。手紙には匂いのいい言葉が並べられており、家族を心配する様子も綴られているけれど、文字にならないところで兄はもう父の思い通りでいるのが嫌なのだろう。

汁椀を空けて、秀男ははたと手を止めた。父にはできるだけ強気な人間でいてもらわねばこっちが困る。父と兄の蜜月は、長く続いてもらわねば秀男の自由が細ってしまう。父の言葉が途切れたところで、章子が「ありがたいことです」と言った。

「とうさん、札幌のにいさんには感謝しています。けど、わたしたちはとうさんに、もっと感謝しています」

章子は、高校を卒業したら自分も働くから、と続けた。女は大学まで行かなくていいと言い放つ父は「うん」と頷く。章子は学年で一、二という成績だ。それだけの学力があれば兄と同じ大学への進学も容易だと知っているくせに、父は決して進学しろとは言わないのだった。

寝る前、秀男は姉を屋根裏に呼んだ。梯子の上がり口に腰をかけ、章子はやっぱり微笑んでいる。このまま父のことも兄のことも、裡に飲み込むつもりなのか優雅な笑みだ。

「ショコちゃん、いつまでとうさんの言いなりになるつもりなの」

いくぶんふて腐れた訊き方になる。章子は表情を崩さず「富男と福子が大きくなるまで」と、なおも優等生で在り続ける。

「あたしは無理よ。体よく家を出たにいさんをごらんよ。金だけ送って、自由を手に入れてるのよ。自由って、お金で買えたのね」

「ヒデ坊、そんなふうに言うもんじゃないよ」

「にいさんは、自分が戻らなくてもショコちゃんがいるから当面大丈夫だと思ってんのよ。あのひとの責任感なんて、所詮そんなもんだったのよ」

章子は春より少し頬が削げているようだ。どんどん美しくなる姉は、秀男の自慢でありやっかみの先でもある。黙っていても「美しい娘」と思われるのなら、そんないいことはない。羨む相手が姉であるとき、秀男の気持ちはささくれだった。

「ヒデ坊、わたしは自分の意思で働くの。しっかり勤めて、いい嫁ぎ先をお世話してもらって、誰にも面倒かけずに嫁に行く。そして、少しでもとうさんかあさんの自慢の娘でいるの。とうさんはにいさんが戻って来ないことに気づいてる。けど、にいさんが優秀なのは間違いないし、自慢心は変わらないの。だからこそ苛々してしまうのよたぶん」

「だからって、八つ当たりされるほうはたまらないわね。ショコちゃんの忍耐力にはいつもながら頭が下がるわ」

でも尊敬は出来ない、という言葉を飲み込んだ。

土曜日の夕食を終えて、秀男は野球部副主将、岩尾《いわお》の家を訪ねた。玄関だけで秀男の家の茶の間まで入りそうなほどに大きい。港にほど近い、船主の家だった。岩尾は進学した長男の代わりに中学卒業後はすぐ船に乗るという。野球漬けの毎日は楽しいと言いながら、勉強嫌いが災いして主将になれなかったと信じている。

秀男を泊まりがけで自宅に呼んだ理由は試験対策だった。長男からずらりと五人の息子がいる家は、ふすまで仕切った部屋ふたつが子供たちに与えられている。次男から四男までが同じ部屋で、隣は長男と末っ子が使っているという。今夜はそのひと部屋を岩尾と秀男が使うことになっていた。ほかの四人は今夜だけ次男坊に部屋を譲っている。父親は夜の街へ出ているといい、母親は秀男を快く迎え入れ、お茶菓子にと小豆あんの入ったまんじゅうまで出してくれた。

戸をすべて閉めて、ふたりきりの勉強会が始まる。急ごしらえの勉強机は、林檎箱ふたつに大きな板を渡したものだった。

くるりと見渡せば、壁には野球のユニフォームや学生服が掛けられ、時間割が貼ってある。しかし、その壁のいたるところに拳大の穴が空いていた。

「ねえ、なんで壁にいくつも穴があるの」

「喧嘩するたびに増える。バット振り回すから、俺が空けた穴がいちばん多いな」

「乱暴な兄弟ねえ」

秀男が眉をひそめると、岩尾が面目なげな表情でうつむいた。

「まあでも、強い子がたくさんいるのはいいことよ」

「そうか。そうだよな。強くないと誰かれなくぺこぺこしなけりゃいけないしな。俺にはそういうの、向いてないからよ」

「そうよ、男は喧嘩に強くて優しいのがいちばん。岩尾君は男らしい男の見本みたいね」

肩をすくめてそう言うと、岩尾が照れて「やめろよ」とつぶやいた。

さてどの教科からやろうかと、秀男が鞄を開けて問うた。岩尾は仕方ない、という風情で「数学」と答えた。

「あら、それはあたしも苦手なのよ。ぎりぎりで追いついてる程度。数学を習いたいのなら、ノブヨを連れてくれば良かったわね」

秀男の軽い意地悪に、岩尾は首をぶんぶんと横に振った。

「女なんか部屋に入れたら、大変なことになる」

張り紙だらけのふすまを顎で示し「あいつらがうるさい」といっそう声を潜めた。秀男としても、ノブヨがいたのでは少々やりづらい。週末に勉強の遅れを取り戻して試験の結果を一点でも上げたいというのは、誰も疑うことのない上手い理由だった。岩尾の声が急にしんみりしたものに変わる。

「友だち呼んで勉強教えてもらうって言ったら、親父は鼻で笑ってたけどかあちゃんが喜んでな。実際は、進学してほしいような感じなんだ。行けるもんなら高校へ行って、漁師になるのはその後でも構わないって言い始めた」

「行きたいのなら行けばいいのよ。野球やっている岩尾君はとても素敵よ」

「そう言われると迷いたくもなるんだけど。やっぱり多少勉強できないと。通う前に受からないと話にならんべ」

「受かればいいのよ」

「そんな簡単に言うなよ」

「野球と同じくらい頑張れば、今からでもどこかに滑り込めるはずよ」

岩尾はぶ厚い唇を突きだしたあと、力を込めてへの字に曲げた。

「まぁ、行きたいところに行けばいいのよ。高校に行けば野球を続けられるし、漁師になれば腹巻きにお札挟んで夜の街でばんばん遊べるし。どっちもいいことだらけよ。選べる立場だなんて、さすが岩尾くんだと思うわ」

思ってもいない言葉をさらりと吐ける。自信をぐらつかせている男の隣は、ノブヨによれば秀男の独壇場だという。

いっぺんに機嫌を回復させた岩尾が試験範囲の一ページ目を開き、笑いながら「なんにもわかんねえ」と頭を掻いた。

岩尾に関数を説明するのに二時間かかった。ふすまの向こうでは、夕飯の量や春先の喧嘩の種を蒸し返しての諍いが始まっている。寝る前の約束みたいなもんなんだ、と岩尾はまったく気にする様子がない。次第に熱を帯びるやりとりは取っ組み合いに変わり、いつふすまを蹴破ってくるかと秀男も気が気ではなくなってきた。

「ねえちょっと隣の部屋、だいじょうぶなの」

「いつものことだから、気にすんな。今日はこっちには入れないことになってる。もし邪魔したら母ちゃんが黙ってないから」

畳を踏み抜いてしまいそうな物音に、誰も関心がないようだ。秀男は物音を気にしながらも、岩尾用にと試験勉強ノートを書き写す。

「とにかく、このノートを嫌っていうほど読むのよ。書いてることを頭に叩き込んで。そうすればいつもの倍以上の点数が取れるはずだから」

「ノートさえ覚えればいいんだな」

「そうよ、終わったら全部忘れていいわ」

「忘れていいなら覚えられそうだ」

「そうそう、その調子」

数学以外は、教科書の丸暗記しか方法がない。球とバットしか詰まっていない岩尾の頭にいくらかでも試験に出てくる単語を入れなくてはならない。

もしもこんなことで成果が上がるのなら、今後が過ごしやすくなる。これが秀男の、無駄にならない今日を過ごすことであり、身を守る方法でもあった。

隣の部屋ではまだドタンバタンという音が続いている。岩尾がぼそりと言った。

「お前よ、俺と柔道部のあいつ、どっちがいい？」

「どっちがいいって、ふたりとも違う顔してるし、別人だから比べられないしわかんないわ。岩尾君は岩尾君じゃない」

「そんなこと言ったって、お前はあいつとも仲いいじゃねぇか。そのうちあっちの家にも泊まりに行くんだろ」

「岩尾君と野球部員が仲良くやっているのと同じだと思うけど」

軽く受け流し、ノートから顔を上げずに答える。岩尾は少しずつ溜まってゆく試験用のノートを手に取りながら、秀男の言葉に納得するでもなく鼻の奥を鳴らし笑った。

「なあ、俺とあいつが勝負したらどっちが勝つかな」

「やめなさいよ、なんの勝負よ。周りが迷惑するだけなんだから、おかしなこと言わないで」

岩尾は「それでもよ」と湿った声を潜ませる。

「俺がいちばん強いことがわかったら、お前がいちばん好きなのも俺ってことだよな」

岩尾はそういうふうにしか秀男を理解出来ず、秀男もまた単純な言葉を連ねながら彼らを操っている。改めて訊ねられても、どっちが好きとか誰がいいとか、実のところまったく興味はないのだ。こんな話が振られるたびに、秀男はうんざりしながら微笑みを作り話を合わせる。

中途半端な力しか持たずに意地悪を仕掛けてくる連中から身を守るためには、腕力に自信のある男子生徒が必要だった。必要だから下校を共にし、こうして週末はあれこれと理由をつけて男たちの家に泊まる。

体に触れられるのは、よほど嫌いな男でない限りはなんとも思わない。それで秀男が自分を守りきれるのならば、彼らには好きなだけ褒美として触らせればいい。秀男には秀男の闘いかたがある。

ふすまの向こうが静かになった。乱暴に布団を敷く音のあと、今度はいびきが幾重にもなって響いてくる。声を落とし、岩尾に問うた。

「寝ても起きててもうるさい人たちなのね」

岩尾が「デリカシーがないからな」と秀男の真似をして吐き捨てる。ふふ、と笑うと岩尾の手が膝に触れた。ずいぶんと遠慮がなくなっている。

ノート作りがもう少し残っていた。秀男は膝をさする手には構わず鉛筆を走らせ続ける。秀男の倍もありそうな頭がひとつぶんこちらに近づく。

「お前、字が上手いんだな」

「そうかしら、ありがとう」

「そういえばよ、なんでいつもそんなしゃべり方をするんだ？」

秀男はもう何度も受けた質問に、短く答える。

「こういう話し方のほうが無理がないからよ」

わかったようなそうではないような、岩尾は曖昧な表情で頷き、手の位置を変えた。急ごしらえの勉強机、その上では教科書やノートが開かれており、下では太股をなで回す手がある。

「やだ、くすぐったいわ」

「声だすなよ」

潜めた声のほうがずっと不審がられそうだ。隣の部屋のいびきは、重奏になったり独奏になったりを繰り返し、やがてふすまを震わせるほどの大音量となった。

秀男は日付が変わるころになって、やっとノートを仕上げた。このくらいで後ろ盾がひとり増えるのならお安いご用だ。ひと組きりの布団を敷いた岩尾は、眠い眠いと言うわりに目元や頰に力が入っている。彼が横になったところで、秀男もランニングと下穿き姿になり布団にもぐりこんだ。

「細っこいのに、なんかぷよぷよしてるよな」

「やだ、やめて」

「動くなよ」

耳元に息がかかり、くすぐったい。身をよじり背を向ければなお、両手が肌を追ってくる。下穿きと肌の境目でいっとき動きが止まる。不意にふすまが開いた。

何が起こったのか飲み込めず、目だけ最大に開いた。蛍光灯が灯り、上掛けの布団が勢いよくめくられた。

「お前ら、さっきからなにやってんだ」

訊ねるでも叱責するでもない、語尾ばかり黄色くはね上げ、まるで夜の街のちんぴらだ。秀男はくるりと体を丸めて布団の外へと転がり出る。さっとシャツを羽織った。ズボンを腹に抱えたところで、布団のほうを見た。

岩尾の兄弟たちがぐるりと彼を取り囲んでいる。「いちゃいちゃしやがって」という言葉のあと、とりわけ太い足が岩尾の尻を蹴った。彼らは眠っていると見せかけて、実はずっと聞き耳を立てていたのだった。

「勉強やるから一日部屋を貸せだと。いったいなんの勉強なんだこの野郎」

次の一撃が肩先へと入る。岩尾は芋虫そっくりに体を丸め、兄弟の仕打ちに耐えている。

「言ってみろ、この変態野郎」

弟に膝の後ろを蹴り上げられている岩尾は、両手で頭を抱え、腹を守るのに精一杯で秀男を庇う余裕などどこにもなさそうだ。

岩尾が殴られ蹴られている部屋で、秀男は急いでズボンを穿いた。こんなに大騒ぎをしているというのに、あのにこやかな母親は姿を見せない。ここだけが世界から抜け落ちた空間のような気がしてくる。秀男は鞄を手に取った。

秀男が中腰で部屋から出ようとしたとき、いちばん大柄な男が岩尾の頭を踏みつけた。

「ほらよ、お前のかわいこちゃんが逃げてくぞ。学校帰りにいちゃついてるのを俺らが知らないと思ったら大間違いだ。こんな馬鹿野郎のせいで俺たちまで変態扱いされちゃあかなわない。お前に、俺たちの恥ずかしさがわかるか」

いったい誰に言っているのか。秀男は岩尾を見ないよう廊下に続く戸に手をかけた。情けなく転がる彼の姿を見ないことで、今までの礼としたい。学校でも登下校でも、もう彼に頼ることはない。残念さが胸や背中を包むものの、わずかな気の毒さが泡になってはじけるだけで、岩尾を助けたいとまでは思えない。布団に横たわっているのは、秀男を守り損ねた男の残骸だった。

玄関を出る際も、母親の姿はどこにも見えなかった。この家から両親の姿がそっくり消えて、男兄弟五人がお互いの弱みを摑んでは攻撃し合っている場面を想像する。

外に出る。夜明けにはまだ少しあった。鞄から時計を取り出し、腕に着ける。午前三時——質流れで見つけた女物だ。ひと目で赤いベルトに惚れたのだが、父の前では身に着けられず、鞄に入れて歩いてはネジを巻いて過ごしていた。不意に、街角で聴いた「メケ・メケ」の歌詞が蘇る。

——メケ・メケ、つれない男もいたもの。

港湾のあたりから金属音が聞こえてくる。夜も昼もなく働く港に、霧笛の音が響いていた。目を瞑り霧笛を聞くと、そのまま見知らぬどこかへ連れ去られてしまいそうな気がしてくる。霧笛は霧に震えながらぼうぼうとヒデ坊の「坊」を伸ばしていた。

やめてよもう、坊じゃないわ——

メケ・メケを歌いながら、くるりとターンをする。目いっぱい頭と心を使ってこの身を守っているのではなかったか。己に問うてみるものの、答えは遠い沖に在る。

——メケ・メケ、お前も達者で暮らしな。

こんなことくらいでいちいち傷ついてはいられないのだと言い聞かせる。月のない夜更け、霧笛はなおも続き、秀男の気持ちを沖に誘った。

5

中学三年の秋、秀男が高校には進学しないと言い出したことで一家は混乱した。喫茶店「スタア」で見つけた雑誌に、東京へ行けば「ゲイバー」という店があると書かれていた。そこにはきらびやかに化粧をして着飾った男たちが働いているという。知ったからには行かねばならぬ。行かねば花は咲かぬという考えから、秀男は一歩も動けなくなった。

そのまま口に出したのでは到底許してもらえるはずもない。

——ねえショコちゃん、あたし高校には行かないで東京で働きたいのよ。

——東京でいったい何をして働くつもりなの。

——あたしは踊りが好きで、いつか踊りで身を立てたいと思っているの。東京へ行って師匠を探してはやく一人前になりたいのよ。

繰り返されるそんなやりとりに章子も困り顔だ。秀男のその希望はやがて両親の耳へと入った。

ダンサーになりたいと言い出した息子に、母親のマツは口を大きくあけ、父親の時次郎は近所に響き渡るほどの大声で何度も「馬鹿者」と叫んだ。

「馬鹿者」が「大馬鹿者」に変わった年明け、兄の昭夫が戻って来ての説得となった。久しぶりに見る昭夫は髪をなでつけ背広を着て、すっかり勤め人が板についている。しかし長男が帰省したことで、彼を待ちわびていた父はひとまわり縮んだように見えた。

兄の説得の中心は常に「かあさん」だった。

「お前はそれでいいかもしれん。けど、かあさんはどうする。ちいさいころからずっと心配をかけ通しだったお前が、この先も更に心配をかけたら、いいかげん倒れてしまうだろう。踊りたいなんてことを言ってるらしいが、高校へ行きながら基礎を学ぶくらいはしておかないと、いきなり東京へ行ったからといって出来るものでもないだろう」

時次郎が出番を失うほど、いちいちもっともな話が右から左へと流れてゆく。

説教を終えて酒を酌み交わす父と兄の姿は、よりいっそう秀男の失望を膨らませた。兄は自身の問題から離れたところで道を説き、泥を被りそうなときは一人前のふりをする。長男の言動になにひとつ文句を言わない父も、情けない限りだった。

ひとこと「兄さんはいつこっちに帰ってくるつもりなの」と訊ねれば小言も止むのだろうが、秀男の仏頂面を見た章子がそっと背中をさすり、それを止めた。

実家に戻る気のない兄と、あくまでも家から嫁に出ることを自分に課した姉と、何が何でも己の生きる場所へと飛び出したい次男。母が章子を心頼みにするのはあたりまえで、それゆえ章子の道は秀男とは違う茨に囲まれている。一日もはやく家を出たい秀男は姉に、それでいいのかと問えなかった。問えば自分の首を絞めるのだ。

兄は実家にひと晩泊まったきりで、翌日の汽車で十一時間余りかけて札幌へと戻った。送りに出た母は一日じゅう微笑むばかりで言葉が少なかった。秀男は高校へ進むことを決め、ひとまずこの母を安心させることにした。

秀男は担任教師と話し合ったのち、北優高校を志望校と決めた。

「お前は恵まれてる。進学したくてもできないのが大勢いるんだ。床屋の丁稚に入ったり工場や家の跡継ぎ、卒業後は家族でたったひとりの稼ぎ頭になるやつもいる。お前のところは兄さん姉さんの出来が良かったからご両親も勉学に理解があるんだろう」

「うちの父親は勉強している子供ってのが好きなんです。それだけなんだと思います」

「その勉強を、しなくていいっていう親もいるわけでな。もっと言うと、勉強させてやりたくてもできない親がいるんだよ。俺はいろんな生徒を見てきたけれども、今は本当にいい時代だと思う。行ける環境にあるのなら、学校には通っておいたほうがいい」

秀男の素行について、気づいてはいてもあれこれと小言を言わない担任だった。「お前はいいなあ」という言葉に、わずかな諦めが漂う男性教諭だ。いかつい顔立ちは秀男の好みではなかったが、しみじみ「いい親だ」と言われて悪い気はしない。

「ところで、姉さんは元気なのか」

「おかげさまで、多少きれいになったと思います」

「お前がそんなに自由でいられるのも、あの姉さんのお陰なんだろうなあ」

不意にこぼれ落ちてきた言葉の刃先に、つい黙り込んだ。担任の瞳が遠いものを探し揺れた。

「お前の姉さんは賢いひとだよ。弟が誰より自由な人間だってことを知っているんだろう。その自由さを俺はけっこう尊いと思ってるんだ。本音を言わせてもらうと、お前が過ごした中学校三年間は戦後民主主義の輪郭だと思ってる。自分のかたちは自分で決めるという主体性の切っ先に、お前がいるんじゃないかと思う」

平川秀男の心の自由さを彼は心の裡で喝采していたのだと笑った。

「先生、なんで急にそんなこと」

彼は唇を歪めてほんの少し卑屈な表情をした。

「なんでかな。戦争で嫌なものをいっぱい見たせいかもしれないな。お前を見ていると、もうしばらくこの国で戦争は起きないような気がしてくるんだ。この先に生まれてくる個人の闘いは、国の戦いを遠ざけるような気がしてくるんだよ」

秀男の「釧路脱出計画」が延びたことを誰よりも喜んだのはノブヨだった。すこしだけふっくらとした頬で「残念だったねえ」と愉快そうに笑う。

「残念そうには聞こえないわ」

「心から残念に思ってるよ、それは本当。でもあと三年同じところに通えるなら、そっちもけっこう楽しいんじゃないかなって」

卒業にあたって湿っぽい話にならずに済んだのは良かったものの、秀男の関心は遠く東京に引っ張られている。頭の中では常に「メケ・メケ」が流れているのだった。

四月――秀男とノブヨは北優高校へと進んだ。

校則の厳しさにうんざりして秀男がため息を吐きそうになるときも、ノブヨはなぜか機嫌が良かった。聞けばたったふたりの「自分部」を飛び出して部活動を始めるという。秀男と同じ高校へ進めることを喜んでいたはずのノブヨが、入学した途端なんの相談もなく文芸部入部を決めたことであてが外れた。

秀男の言葉遣いや仕種について最初は不思議そうにしていた級友だったが、幼稚な意地悪や悪戯を仕掛けてくる者はいなかった。肩に力を入れての進学だったが、これもまた具合良くあてがはずれたのだった。

ノブヨとは学級が離れたことに加え、彼女が入学後すぐに文芸部に入ってしまったため話す機会は減った。秀男は二日経ち三日経つうちに手持ち無沙汰となった。

その日の放課後、新しいアルバイトを探すことに決めて教室を出た秀男の目に、ひとりの男子生徒が飛び込んできた。下校を急ぐ背中が並ぶ廊下で、こちらに向かって歩いてくる。学生服を脇に抱え、下校する生徒を見ているような見ていないような切れ長の目に、おかしな色香が漂っていた。男なのだが何かが違う。色白で唇だけが火を灯したように赤かった。

おや、と思い足を止めた。相手も秀男に気づいたようだ。しかし彼が足を止めることはなかった。すれ違う際、鼻先に懐かしい香りが漂ってきた。いつか「月亭」で嗅いだ、お香に似ている。

振り向くと、男子生徒は廊下の角を曲がりかけていた。下校の波に逆らい、彼が曲がった角まで急いで戻る。ゆるりゆるりと進んでゆく優雅な後ろ姿を追った。廊下に差し込む西日が、ワイシャツの背中を切り取っている。頼りない日差しが秀男を手招きしていた。

ワイシャツの生徒は突き当たりの教室へ入っていった。視聴覚室だ。

近づくと、閉まった戸の向こうにざわめきがある。

——おはようございます。

もう下校時間だというのに、朝の挨拶がいくつも聞こえてくる。いったいどういうわけだろう。秀男は戸の前で首を傾げた。戸口にそっと耳を近づけてみた。

――各自、発声練習と柔軟は終わった？

――じゃあ、新一年生歓迎会、寸劇の台本を渡します。

台本、という言葉に胸が膨らんだ。演劇部なのか？　戸から一歩離れて呼吸を整える。戸の向こうに先ほどの男子生徒がいると思うと、すっと背筋が伸びる。けれど、中へと入る勇気はまだない。

呼吸を忘れていたことに気づいて大きく息を吸う。胸にちいさな痛みが走った。気づけば新しいアルバイトのことなどすっかり頭から消え失せ、視聴覚室に入るきっかけを探している。ノブヨの脚本で演じた白雪姫への拍手と喝采が、薄れかけたつるけんの横顔が、次々と浮かんでは通り過ぎた。

もしも演劇部なら――

やってみたいわ。

なんの期待もしていなかった高校生活に春の風が吹いた。秀男は伸び縮みを繰り返す心をいっぱいに膨らませた。入ってからのあれこれを考える前にいま入りたいかどうかを優先させるのは、姉の章子がため息をつくほどうらやましがる秀男の特質だ。

なにもせずに背を向ければ、後悔しか生まない気がした。期待したほどじゃなかったらやめればいい。えい、と拳骨《げんこつ》で戸を叩いた。

一度目は響かぬようだった。もう一度叩く。今度は中から声が近づいてきて、戸が開いた。

さっきの色白の男子生徒が秀男のすぐ目の前に立っていた。さほど大きいと思っていなかったが、間近にあると頭ひとつぶん向こうのほうが高かった。

黙って見上げている秀男に、すっきりとした鼻筋と唇が迫ってくる。視線が学生服の襟元に落ち、戻った。

「なにか用ですか」

「すみません、ここではなんの活動をしているんでしょうか」

「演劇部の練習です。ここと体育館の舞台が活動場所です」

頭や顔めがけて血液が上ってくるのがわかる。演劇部、と念を押していた。

やっぱり――

「そうです、演劇部」

赤い唇が持ち上がる。白ワイシャツがふわりとひるがえった。またあの、香の匂いがすると思った矢先、秀男は腕を摑まれ教室の中へと引っ張り込まれていた。

「新入部員、到着。新一年生第一号がやってきました」

壁側に寄せた椅子に腰を下ろしていた生徒も、教室中央に立っていた数名も、みなが秀男に視線を向けた。ざっと数えて十名いる。

怯むな、と言い聞かせ胸を張る。ざわついた室内に高い声が響いた。

「新入部員、自己紹介を」

逃げも隠れもしなくていい場所にやって来た。そんなことは久しぶりだ。大きく息を吸い、めいっぱい声を張り上げる。

「一年五組、平川秀男。特技は踊り、目標は美しくなることです」

失笑とざわめきと笑顔、おおむね好意的な眼差しと拍手に迎えられた。秀男の横で代表らしき白ワイシャツの生徒が「きみ、いいね」とつぶやいたあと、名乗った。

「部長の柏木源《かしわぎげん》です。ミナモトと書いてゲン。本名です」

にっこりと微笑むと、目が三日月に似て撓《しな》り、頬の白さと唇がいっそう引き立った。

その日のうちに、秀男は新入生歓迎会の寸劇でまさに「新入生」の役を与えられた。配役も脚本も部長の柏木が手がけており、それは前年度から変わらないとのことだった。

渡されたガリ版刷りのざら紙には、短いト書きと台詞が書かれてある。題名は「演劇部入部・彼と彼女の場合」とあった。演劇部に入ることに決めた生徒の事例を、短い劇にまとめたものが三編ある。自分の居場所を求めていたり、内側に葛藤を抱えていたり、スターを目指していたり、それぞれが演劇部に入って自己を拓いてゆく、という設定だった。

「台詞はほとんどないし、いまきみが廊下で考えていたようなことをそのまま舞台で表現してくれればいいから」

柏木に「だいじょうぶだ」と言われると本当にだいじょうぶのような気になってくる。じっくりと台本を読んでから返事ができるような場面ではなさそうだ。

加えてこの場において物怖じせずにいる秀男を、部員の誰もがうらやまし気に見ている。

「わかりました、がんばります」

ただでさえ高い声をより高くして答えた。ここでは「目立つ」ことも大切な条件らしかった。

そんな経験は生まれて初めてだ。

やっかみを、負け惜しみではなく本当のやっかみとして受け取っていいのだ。

秀男はこの春の小遣い稼ぎも去年と同じく港での魚拾いになりそうだと思いながら、心が浮き立ってくるのを止められなかった。

この日の収穫は演劇部入部と、舞台に立つときは化粧をするという情報だった。

「目や口を大きく見せないと、後ろの席の生徒に表情が届かないでしょう」

秀男のなにが気に入ったのか、部長の柏木は親切に部の活動を説明する。新入生歓迎会の次は文化祭での公演、大きな演《だ》し物として来年には全道大会の出場をかけた舞台が待っているという。

「僕の野望としては、その大会にオリジナルの台本で出るってことかな」

「部長は、台本も書いて舞台にも出るんですか」

「そうだよ。部員が全力で走りきることのできる台本と舞台さ。いま山場を書いてるところ」

悪戯っぽく笑えば、唇から白い歯がこぼれて見える。柏木の、過剰で堂々とした表情がまぶしい。誰に頼るわけでもなくいつもこんなふうに笑っていられたらどんなに幸せだろう。

そんなことを思っていた際、もやの塊が鼻先を通り過ぎた。特別不幸だとも思っていなかった今までが、妙に湿って薄暗くなってゆく。

「どんなお話なんですか」

柏木は首をぐるりと回して「それは内緒だよ」と真顔になった。

発声練習で、腹から声を出すのは苦にならない。また白雪姫のような舞台に立てたなら、誰より上手く演じることができる。

我ながら呆れるほどの自信が内側から圧してくる。ときどき破裂する自意識も、新しいことを始めるときは何よりの武器になった。

その日文芸部の活動を終えたノブヨを待って、ふたりで坂の下に向かって歩きだした。信号待ちで、暮れた街の灯りが途切れる場所を見た。目の高さにある谷地との境目は、街がまるで海の上にあるような錯覚を与えた。

「秀男が演劇部にねぇ」

「なによその、ねぇ、って」

「いや、そうなればいいなって思ってたから正直喜んでるんだ。あんたはきっとそういうのが好きだろうって。緊張ってのがないでしょう。緊張してても楽しさが先に立ってるし」

「そうね、正直なこと言うと、あれこれ言われたくないと思っているわりに、全員がこっちを向いてないと腹が立つわね」

ノブヨは「そこなんだよ」と念を押す。

「自分の書いたものを心から面白いと思えたのも秀男の台詞回しのお陰だったんだ。あれからずっと、秀男はきっとそういう方向に行くんだろうし好きなんじゃないかと思ってた」

ゲイバーに勤めるという目標はまだ捨てていない。本来の自分へと向かうのか演技を加えてゆかねばならぬのか、見極めもできていない。すべてが乳白色の霧に隠れている。

「舞台に立つときは、化粧をするんだって。本を買って舞台化粧の研究しなくちゃ」

「やっぱり高校に来て、良かったじゃない」

またこうしてノブヨとふたりで下校できるなら、進学も悪くなかった。街の灯りを映して流れる水面を見ながら川を渡り、秀男は左へと道を曲がる。ノブヨの帰路は中学のころも今も真っ直ぐだった。秀男の道だけが先に曲がり角を迎えることに不思議な思いを抱きながら、川縁を河口に向かって歩き始めた。

新年度ひとり目の入部希望者として、先輩ばかりの演劇部のなか、多少やっかみの目を向けられながらも可愛がられた。こんなことは今までなかった。突然訪れた居心地の良い毎日は、多少の薄気味悪さを伴いながらも快適だ。部長の柏木源は「新一年生は大切に育てよう」と謳い、秀男に対しては厳しく指導しつつ部員のおおかたを占める二年生への気遣いも忘れない。顧問はときどき部室にやってくるものの、台本も指導も引き受ける柏木に比べると影が薄い。柏木が率いる演劇部は彼の王国だった。

歓迎会の際に既に入部している新入生がいることで、文化系のなかでも演劇部は注目を浴びることになった。早速舞台に立っている一年生が思いのほか小粒の男子生徒で、加えて三人の新入部員を秀男ひとりが演じ分けるという試みは、柏木の案だ。

最初は二年生にも割り振っていた役を、柏木が「平川君がぜんぶやっちゃえばいい。きみ、できるよね」のひとことで変更してしまった。役を降ろされた上級生の嫌がらせは、数日のあいだ話しかけても耳が遠いふりをされるだけで済んだ。その程度で済むなら、役をもらったほうが何倍もいい。

戸惑いよりも、誰かに認められている感覚が心地よい。緊張もしているけれど楽しい。なぜなのかと疑問に思って口に出した。柏木は間髪容れずに言った。

「それはさ、観客と舞台上の自分は決定的に違うと思っているからだよ。同じ空気を吸って同じ空間にいるけれど、その居場所はまったく違う。不思議なことに、それが厭味になるやつとそうじゃないやつがいる。価値とか優越とか、そういうんじゃなくてさ」

なんて言ったらいいのかな――端正な顔立ちで視線だけ遠くに飛ばす彼はとても美しく芝居がかっていた。柏木は舞台の下にいても、ずっと彼を演じているような浮遊感に包まれている。

「ああ分かった。平川君は、自分が思っている以上に敵がいないんだ」

「敵、ですか」

「そう、敵。闘う相手が目の前にいないって、幸福なことだと思わないかい」

あまり褒められている気もせず、少しむっとした顔になった。意識せず反抗めいた口調になる。言ってしまってから初めてそうだったのかと思う迂闊さだ。

「あたしはいつも周りの目と闘っているつもりです」

「理想が高いっていう意味なんだけど、伝わらなかったらごめん。周りの目って聞いてなるほどと思ったよ。別の言い方をすれば、きみは見える範囲にいる人間を相手にしていないんだよ」

言ってから更に小馬鹿にしたように笑い、秀男を煙に巻く。

インテリの使う言葉は真っ直ぐに秀男の裡へと伝わり来なかった。ただ、柏木源が書いている舞台の台本が秀男のお陰でうねり始めたと言われると「そうですか」と不機嫌に応えながらも鼻が上を向く。

言われてみれば確かに、秀男は闘ってきたというより、いろいろなものをすり抜けてやって来た。どうすれば殴られたり足を引っかけられたりせずに済むか、どこにいれば楽しいか、なにをすれば身を守れるか――柏木は、それらに心を砕いてきた秀男の日々を、闘っていたとは言わないのだった。柏木との会話が彼の笑い声で終わったせいで「見える範囲の人間を相手にしていない」という言葉が未消化のままいつまでも耳に残った。

入部一か月を過ぎるころにはいがぐりだった髪の毛も少し伸び、柔らかな髪がふっくらし始めた。顔を洗い、水で寝癖を整えてきりりと微笑めば、一日の支度は完了だ。

学年が上になれば多少はゆるみそうにも見える校則だが、男子生徒の頭髪は坊主頭が原則だ。丸刈りが嫌で仕方ない秀男は、頭髪検査のたびに伸びた髪のいいわけを考える。

――すみません、散髪屋さんがお休みだったんです。

――頭痛がひどくて頭を触れないんです。

――散髪代を落としてしまって。

どれもこれもその場しのぎでしかないのだが、不思議とそうした言葉は毎度するすると口から滑り出てくる。秀男のいいわけを聞いた生活指導の教員もなにやら苦酸っぱい顔をしては「はやく刈ってこい」と言う。ほかの坊主頭からの反発が表だってないことで、頭髪検査のあとの秀男は涼しい顔をしている。

ああ、面倒くさい――

頭髪検査は進学した秀男の、珍しくも屈託のあるひとときとなった。

それでもたまには良いことが起こる。秀男のほかに新一年生がふたり入部した。このふたりは背格好もよく似ており、名前も昭子《あきこ》と和子《かずこ》だったので「昭和コンビ」とひとくくりになっている。ふたりが入部しても、柏木の興味はもっぱら秀男に向けられたままだった。昭和コンビが部長に憧れの眼差しを向けていることは、部員も面白がり温かな気配で包み込んでいる。

どちらの新入りの入部も、自分が入ってきたときの衝撃に届いてはいないらしいことが、秀男の鼻をより高くした。

ただ鬱陶しいのは、このふたりがときおり見せる勝ち気だった。柏木に憧れて入部したくせに、関係のない秀男を取り合うのだ。今日も柔軟体操のあいだじゅうさや当てのようなやりとりを聞かされ、うんざりした気分で部活動を終えた。

玄関を出ると、自転車を漕ぎ出す柏木が見えた。秀男に気づき、方向を変える。

「あと小一時間は明るいね。せっかくだから寄り道して行こうか」

徒歩通学だと告げると、柏木が悪戯っぽい表情で自転車置き場を指し示す。

「去年の先輩が置いて行ったのがある。それに乗りなよ。鍵はあるから」

販売店から新聞の集金や勧誘の際に使うようにと自転車を借りることが多くなっていた。そのうち中古でも買おうと思っていたところへの誘いだった。ところどころ錆びているものの、しっかりしている。

「あたし、自転車乗るのあんまり上手くないんです。転んで傷をつけたらごめんなさい」

「いいよ、取りに来る予定もないし、転んで怪我さえしなければ」

サドルとハンドルをハンカチで拭くと、すぐそばで柏木が笑いを堪えている。柏木の鞄は荷台にくくりつけてあった。秀男も真似て鞄を固定する。

玄関から女子生徒が何人か出てきた。自転車置き場のふたりに気づいたようだ。柏木が勢いよく校門に向かって飛び出して行った。秀男も急いで後を追う。「おつかれさまでした」の声がいくつも飛び交い、ワイシャツの背で応えた。

西日が街を真横から照らしていた。柏木は、太陽とは逆の方向へと向かって走り出す。柏木のハンドルさばきは巧みで、でこぼこ道の穴を器用に避けてゆく。秀男はうっかりはまって車輪が跳ねないように気をつけるので精一杯だ。

東へ東へ――住宅や空き地を抜けて、道はどんどん狭くなっていった。いったいどこまでゆくのか不安になりかけたころ、ひかえめなブレーキの音が響いた。

柏木が自転車から降りた。秀男もスタンドを足で引き出し自転車を立てかける。

たどり着いたのは、車は入って来られない草地だった。膝丈ほどの草が生い茂った細道の行き止まりは崖だ。がたつく道を転ばぬよう走ることで精一杯だった秀男の視界に、夕日に照らされた街が広がる。川を隔てた東側に、赤く染まる平地がある。柏木が歩みを止めた。

そろそろと横に並んでみると、彼の視線は太陽を避けていた。顎から頬へ、ワイシャツの肩先も赤く染まっている。

「夕日がきれいなときに、ときどき来るんだ。夕日のないときもたまに来る。あそこ、見えるかい？」

彼の指さす方向には、谷地が広がっていた。緑に夕日が重なって、いっそう黒く見える。谷地は静かで生きものの気配すら感じ取れないが、そのくせ街並みとはまったく違った「生きる気配」を隠している。

そう間を置かず、宵闇が街を包んでゆくのだろう。日没後には黒々とした闇に包まれる谷地を眺めていると、なぜなのか今までにあったさまざまなかなしい出来事が秀男の体を巡っていった。

文次はどうしているだろう。母はまだ死んだ松男を忘れられないのだろうか。章子はあのまま立派な長女を続けるつもりだろうか。父は家に戻らぬ長男を、いつまで待つつもりだろう。そしてその悲観は、最後に必ず己が生まれついた意味を撫でて終わる。ひたひたと感傷に浸っていた秀男を、柏木が裂いて行く。

「ここに来ると僕、つまんない偽善に踊らされているのが馬鹿馬鹿しくなるんだ。静けさを装っている谷地にはさ、足を踏み外したらそのまますっぽりと地中に呑み込まれる穴があるそうだよ。ちいさいころ、大人たちが言ってるのを聞いた」

「あんな平らなところに、穴があるんですか」

「平らに見えるから穴があるんだよ。穴は穴に見えたら負けじゃないか。草地に見えて、実は水にぷかぷか浮いている浮島なんだよここは」

「柏木先輩は、なぜそんなことを知ってるんですか」

「生まれたときから、この谷地そっくりなところで暮らしているからね」

彼が生まれ育ったのは、秀男が憧れてやまない置屋であった。ぽつぽつと、しかしあたりまえのように語られる置屋の息子の十数年は、女と女の抱える揉め事にまみれてはいても、秀男にしてみればなにひとつ不自由のない暮らしだった。

「先輩がうらやましいです。ちいさいころからずっと、女郎になりたいと思っていたんです、あたし」

「ごぼうか大根みたいだった女の子がさ、色白で華奢《きゃしゃ》できれいになったなぁと思ったら体を壊してたなんていう世界だよ。親や僕は、そういう子たちの命を食べてのうのうと暮らしてきたんだ。売防法なんて、あってないようなもんだよ。男がいる限り、あの世界はなくならないね」

　橋のたもとで別れた華代の姿が思い出された。あの、諦めを含んだ美しい目がなにを見ていたのか、幼い自分には訊ねる術もなかった。

「平川君は、死人《しにん》みたいな暮らしって想像できる？」

「できません」

　即答していた。そんな暮らしをいくら続けたところで、秀男の行きたい場所には行けない。

　柏木はふふっと笑って続ける。

「なんとなくぼんやりしていれば、いつか死ねるんだなって思える毎日のことなんだけどね」

「先輩は死にたいんですか」

「積極的には思わなくなった。道連れだったはずのひとがいなくなったから」

　彼は秀男の乗ってきた自転車を顎で示し、去年の秋までその自転車を使っていた持ち主が卒業を待たずに姿を消したことを告げた。

「演劇部のひとつ先輩。毎日彼と、どっちが先に死ぬだろうなんてことばかり話してた。話しているうちに気が紛れて、ふたりでいると本当に死んでるみたいな気分になれたんだ」

　ふたりでいればこその「死んでるみたいな気分」だったと気づいたのが、自転車の持ち主が目の前から消えてしまってからだという。

「あまり悲しくなかった。悲しくないことでかえって、現実なんだと思ったけどね」

おそるおそる死んだのかと問うてみる。柏木の頰が横に振れた。

「学校を休みがちになって、三日も顔を見ない日が続いて、思い切って家を訪ねてみた。そしたら、出かけたきり戻ってないって。学校にも、いつの間にか退学届けが出されてた。卒業が目の前だったっていうのにさ。あんなに一緒にいたのに、僕にはなんの相談も報告もないまま旅に出るなんて、ひどいよね」

柏木はほんの少し、そのひとの親の悪口を言った。端正な横顔に似合わぬ口ぶりで「親子なんてのは他人の始まり」と言われると、彼の捻れた心が透けてほっとする。

「どこに行ったか、わからないんですか」

「わかれば追いかけてるよ」

夕日が加速しながら海へと向かっていた。一緒にいても心の上下がない。柏木にどんな感情も求めずにいられる理由がわかった。すっと胸のつかえが落ちてゆく。柏木源は、秀男と同じ色をした別の人間だった。彼とはどんなに心が重なっても、別の色を生まないのだ。

「先輩、あたしも好きになるのは男の人なんです」

柏木はちらと秀男を見たが、表情は変えなかった。

「別に、いいと思うんだよね。顔かたちと同じくらい、心のかたちだって違うんだから」

心のかたち、か——べた凪《なぎ》の海か荒涼とした砂漠を思わせる湿原が緋に染まってゆく。秀男は柏木に訊ねてみた。

「どうして、何も言わずに姿を消したんでしょうね」

「僕のことが負担になったのかもしれない。面倒になっちゃったのかも」

思い切って「お互いに好きだったんですよね」と深追いする。嬉々とした気配が糸を張り、秀男はその質問を悔いた。柏木がそんな話をしたいがために、相手として選ばれただけなのだと、気付いてしまった。

「嫌いではなかったろうけどさ」

消えそうな声で、彼が続けた。

「ちょっと、求めるかたちが違った。触れたときに、あんなに戸惑われるとは思わなかった」

胸の裡で『禁色』とつぶやきながら、同時になぁんだ、という思いも湧いてきた。どこにでも転がってる自分を見たような安堵とつまらなさ、その両方をつっかい棒にしている弱腰に気づいてしまうと、途端に夕日の色が褪《あ》せた。柏木は、先輩が自分との問題だけで姿を消したと信じているのだ。

ああ、このままだと延々と気分が下がってしまう——秀男はこの重たい空気をどうにかして体から振り払いたくなった。

崖下からひとつ、夏が近いとは思えないくらい冷たい風が吹いた。夕暮れにはよくあることだが、今日の風はひときわ涼しい。

会話の結び目が見えぬほどの軽やかさで柏木が言った。

「今年の台本は、そういう話を書いたんだ。お互いに、かたちの違う者同士がどうやったらそれぞれの角を折り曲げながらうまく付き合って行けるか、っていう話だよ」

心のかたちが違っても見かけは同じであることが、大きな題材だという。秀男は、この世はもしかしたらありふれた話の寄せ集めではないかと思った。

「鏡のなかの自分に恋をしてしまう女の子の役を、平川君にやってほしいと思ってるんだ。どう思う?」

「あたし、女の子の役をやっていいんですか」

「だって、自分が美しいことに疑いを持たない女の役は、本物の女の子がやるとかえって嘘っぽいじゃないか」

柏木の視線が湿地から崖まで戻って、足下の草を蹴る。これ以上日が沈んだら、草地を戻るのにも難儀しそうだ。自転車まで戻った。柏木の思いに応えられなかったという男の話が、秀男の胸底を波立たせる。もしかしたら、の思いが止まらない。いつか文次に再会できたとして、十二の年から今まで崩れそうなほどに積み上げてしまった思いにどうやって耐えようか。文次はもう、秀男のことなど忘れているのではないか。

「あたしたぶん、ものすごく嘘が得意です」

言葉にしながら納得してゆくこともあるのだ。嘘は秀男にとっての真実だった。

柏木が本音を語らないのも、章子にとっての真実がただのひとつも彼女の口から語られないのも、ふたりが自分の嘘を自覚していないせいだ。心だの気持ちだの、あやふやなものにかたちを与えるために言葉はある。誰が良いわけでも悪いわけでもない。

秀男にとっては人も言葉も、等しく血を吐くものだった。吐いた言葉が嘘でも本当でも、欲した誰かに届けばそれでよかった。

「先輩、この自転車ときどき使わせてもらっていいですか」

赤く染まりながら、柏木が頷いた。

頭髪検査をのらりくらりとかわしながらの一学期が終わった。生徒指導の教師はいつも眼鏡の奥で疑うが、構ってなどいられない。期末試験は中の下、さすがに中学のときのようにあっさりと成績を上げることはできなかった。

部活が休みとなった終業式、久しぶりにノブヨと肩を並べながら歩いた。成績は似たり寄ったりだが、以前のように一緒に宿題をしようという話にはならなかった。ふたりでいる時間も減って、ほどよくそれぞれの楽しみや日々の苦みに慣れ始めている。

夏休みはなにをして稼ぐのか、とノブヨが訊ねて来た。秀男は少し考えたあと、気になる張り紙の話をする。

「一日で新聞配達一か月ぶんくらい稼げるところを見つけた。そこ行ってみるつもり」

「なんの仕事なの、それ」

「キャバレーの洗い場だって。たぶんフロアのほうが向いてると思うんだけどね」

ノブヨは大きな目玉を頬にめり込みそうに下に向け「それは駄目でしょ」と返してくる。

「店と客にはうまいことといっても、親にばれるとちょっと面倒なことになるんだよ。近所でそんな話が出たばっかりだ。秀男のところのお父さん、厳しいっていつも言ってるでしょう」

「ばれやしないわ、うちの父親はあたしのことなんて何の興味もないもの。ゲイバーで働く前の修業も兼ねてさ」

「本人に興味なくても、親には世間体ってのがあるみたいだよ。みんながみんな、雑な生き方しているうちの父ちゃんみたいな人間じゃないからさ」

つい最近、近所の店で働いていた女の子の親がやってきて、小路一帯が大騒ぎになったのだという。

「住み込みだったから、ときどきその子を見かけたりもしたんだけど。まさかわたしらと同じ年だとは思わなかった」

ママさんのお下がりのワンピースを着て、豊かな髪の毛をアップにして小路を闊歩する女が自分たちと同じ十五歳だったという話に興味が湧いた。

秀男が続きをねだると、ノブヨは下り坂の手前にある公園に入りブランコに腰掛けた。秀男も隣に腰を下ろした。海風が坂を上ってきて、着ているものも髪も、すべてを湿らせてゆく。

「周りには流れ流れてあのあたりにたどり着いたように見えたわけ。けっこう客あしらいも上手かったらしくてさ。面倒みてたママさんはどうか知らないけど、あとから聞けば近所の誰もあの子が十五だなんて思ってなかった」

客のひとりが厚い化粧を見破って知人に耳打ちして、ほどなく親まで伝わった。

「うちの父ちゃんが、黙って娘だけ連れて帰りゃいいもんをってぼやいてたよ。いきなり営業中の店に怒鳴り込んできたみたい。なんだか騒がしいなと思って外に出てみたら、女の子の髪を摑んで店から引きずり出してきたところだった」

店から出てきた男は持っていた裁ちばさみを使い、娘の髪を千切るようにして切り捨てた。そのあいだ、娘は泣き声ひとつ上げずにされるままだったという。

「泣きそうに見えたのは親のほうでさ。娘は切られた髪の毛を集めて捨てたあと、野次馬に頭を下げてた。ありゃ一回や二回のことじゃあないねってみんな言ってた」

「人前で娘の髪を切る方がずっと世間体悪いじゃないの」

「わたしが聞いた怒鳴り声は、親に恥かかせやがって、だったよ」

「ひどい話ね」

秀男が同じことをしたら、時次郎も怒り狂うに違いない。けれど、と秀男はブランコを揺らしながら灰色一色の空を見た。

「格好の悪い親だわ。うちの父親は人前でそんな醜い姿をさらしたりはしないと思う。たとえあたしを家でどんなに殴ったとしてもね」

おそらくはそれが時次郎や昭夫を包む鎧《よろい》なのだ。鎧なしで戦えるほど、男は強くない。鎧を着る屈強な体を持って生まれたがゆえに、着なくてはならない鎧に踊らされることもあるのだろう。

「みんな遠巻きに眺めることしかできなかったな。てっぺんがひよこみたいになっちゃった頭を下げてる姿が忘れられない。ひどい親もいたもんだよ」

「その子、親のところに戻ったのかしら」

「同じ街にいる限り、どこに行ったって連れ戻されるね。娘が家を出て夜の街で働く理由なんてひとつも思い浮かばないし考えてもみない親だよ」

「どこか遠いところに行けばいいのに」

——もしかしたら親に見つけられる範囲にしか居られないのかもしれない。

秀男は頭に「檻」の文字が浮かんで背筋が寒くなった。

「とにかく、新聞配達だけじゃあ貯まる金も貯まらない。部活は午前中だから、午後と夜は稼がなくちゃ」

ここはノブヨの反対を押し切ろうと決めたものの、その夜に張り紙のあった「キャバレー・マスカレード」を訪ねると、秀男はあっさり不採用となった。

「裏方は力仕事もあるんだ。お前さんみたいなちいさいのじゃ、無理だね」

「それじゃあ、フロアで仕事させてください」

「フロアはきれいどころの仕事だろう。高校生の坊主が働くところじゃない」

化粧をしてドレスを着れば、という秀男の言葉を最後まで聞かず、採用係は店の外へと秀男を追い出した。

きらびやかな電飾の下を川縁に向かって歩いていると、耳奥で「高校生の坊主」が何度も響いて泣きたくなる。眠る時間以外は家にいたくない。このまま帰るのも嫌だが、映画だ飲み物だと遊んで、財布が軽くなるのも嫌だ。東京のゲイバーへ行くにも資金が要る。いま、のんきに夜の街で遊んでいる余裕などないのだ。

それに——文次を取り戻さなくちゃならないもの。

文次のことを思うと、小学校を卒業した日まで心が戻ってゆく。夜の街に吹く海風が、嫌でも一緒に過ごした時間を思い出させる。一緒に小銭を拾った日に告げられた別れを、再会へ繋げられないことが情けなくもどかしい。

この街にゲイバーがあればと思うものの、それではノブヨが見た修羅場が秀男のものとなるだけだった。高校を卒業して大手を振って街を出て行くしかないのかもしれない。卒業までにはまだ二年半以上ある。あまりに遠くて先が見えない。

視線を上げると、川が街の光を跳ね返していた。動きを止めた川面は、文次と見た景色となにひとつ変わっていない。凪いだ水面は街に取り残された秀男の姿を見るようで、ふつふつとした焦りも湧いてくる。

通りのはずれで立ち止まる。東京も文次も遠いことが思い知らされ一歩も動けなくなった。歩かなくちゃ、と思うそばから風に置いてきぼりを食う。心細さを振り払おうと、頭を振った。少しだけ伸びた髪が、さわさわと耳に触れた。

夜の街に向かう男たちが、ふたり三人と秀男の横を通り過ぎる。稼ぎ口をひとつ断られただけで、なにもかも拒絶されたような情けなさだ。

背を丸め、あるいはふんぞり返りながら、漁師も勤め人も街へ遊びに行く。遊ぶ男たちをうらやましいとは思わなかった。自分はそこで働きたいのだ。

履きくたびれた靴の先を見るのが嫌で、無理やり頭を持ち上げる。

持ち上げた視線の先に、また宵の街に吸い込まれてくる男が見える。長身の男が秀男を避けることもせず近づいてきた。全身から煙草のにおいを漂わせている。

「坊主、邪魔だから道の真ん中でボケッとするんじゃねえよ」

「あたしを坊主って呼ばないで」

すれ違いざま、口を返した。男が立ち止まった。靴の下で砂がじりりと音を立てた。

「おう、もう一回言ってみろ」

ゆったりとした語気で昼間の勤め人ではないことを悟った。しまった――逃げ道を人通りのある方へと定め振り向いた。殴られそうになったらすばしっこさを武器に、男の脇をすりぬけて夜の人混みへと飛び込むのだ。軸足に力を入れて、いつでも走りだせるよう身構える。男の顔は明かりの陰になってよく見えない。

「坊主じゃないから坊主じゃないって言ってんだよ」

「お前が坊主じゃねぇなら、姥《うば》捨て山からうちのばばあが走って帰ってくるぜ」

「坊主坊主って、うるさいわね。違うったら違う。あたしはゲイボーイなんだ」

洒落のきいた例えに実は笑いだしたいくらいなのだが、今さら後にも退けない。男の出方を待ちつつ逃げる準備だけは忘れない。

男が胸ポケットから煙草を取り出し、映画で観たような仕種でマッチを擦った。煙草を挟んだ指の美しさに見とれ「坊主」を連発された不愉快さが萎《しぼ》む。男は電飾を曇らせるほどの濃い煙をひとつ吐いた。

「そりゃ悪かった。謝るから、これで勘弁してくれ」

男が煙草の包みを上下に振ると、するりと一本持ち上がった。首を横に振りそうになり、慌てて肩をすくめる。男がくわえ煙草のまま面倒くさそうに「謝ってんじゃねえかよ」と甘い声色で近づいてくる。

「本当にただの坊主じゃないっていうなら、この場は一本吸って馬鹿な奴なんぞさっさと許しなさいよ」

おそるおそる指先で煙草をつまんだ。男の顔がマッチの火に浮かび上がる。つるりとした顔をしていた。秀男の警戒心はまだ解けない。火に顔を近づけた瞬間、その拳が顔に入ってはたまらなかった。

「なに警戒してんだよ。なにもしやしねぇよ」

マッチを放り踏みつぶした。足下で砂の音がする。男が秀男の手にマッチ箱を握らせた。おそるおそる唇に挟んだ煙草に火を点けた。見よう見まねで吸い込んだ煙が体から押し戻されむせる。

男が背をまるめ秀男の顔をのぞき込んだ。その手に背中をさすられているとなにか懐かしい記憶が蘇ってくる。ずいぶんと前に、こんな気持ちになったことがあったのを思い出した。

「なるほどよく見りゃ、たしかにただの坊主じゃあないな」

煙に負けまいとひとつふたつ咳を我慢する。ポマードと煙草にまじった海のにおいを嗅いで、目の奥に涙が溜まった。

「なんだよ、煙草が初めてならそう言えよ」

背中をさすっていた掌に軽く力が込められた。男の体がビルとビルの隙間へと秀男を誘った。湿ったモルタルの壁に背をあずけると、煙草のにおいがいっそう近づいてきた。風も時間も止まり、いまがいつなのかここがどこなのか考えるのが面倒になってくる。

壁と男に挟まれたまま唇と心を塞がれた。ほんの少し男の呼吸が乱れる。秀男の皮膚に蛇が絡まる感触が走り、それらがすべて解けぬ縄になる。

血がうまく運ばなくなった。息苦しい。

思考もうまく回らないくせに、耳たぶを揺らす吐息を数えていた。

ビルの隙間から出たところで、男は千円札を一枚秀男に握らせた。自尊心で全身が破裂しそうになりながら、精いっぱい笑顔を作る。

足下に理由もなくキャラメルを放られたときとは明らかに違う。この金にはひとときの男に時間を預けた報酬が含まれているのだった。

「ありがとう、もらっておく」

瞬きひとつぶんの間を置いて、片頬を上げた男が感心したような口ぶりで言った。

「お前――本物だったのか」

名残惜しそうな気配を欠片《かけら》も残さないのが癪にさわる。男は背中を向けて手を振り、街灯の下を繁華街の中心に向かって歩きだした。

秀男の手の中に千円札が一枚残った。からだは夜気に冷え始めていた。

新聞配達の給料一か月ぶんだった。嘘もごまかしもない金を握っている手に力を込めた。夢ではなさそうだ。

千円札の感触を確かめているあいだに、男の姿は見えなくなった。

お前――本物だったのか。

男の声が、夜の川に沈んではまた浮かび上がってくる。

そうよ、本物よ――

鼻をつんと上に向け、そっと声に出した。天蓋《てんがい》に似た海霧が、街の色を吸い取っていた。

この夏、秀男はアルバイトと称して夜の街に立った。

目立たぬちいさなビルの角で、川縁の街灯が途切れたあたりで、誰にも声を掛けられぬ日もあったけれど三日に一度はいくばくかの金を得た。

男たちの要求はさまざまで、一緒に散歩をしてくれるだけでいいという者もいれば、宿を用意するからそこへ行こうという者もいる。ひとことも話さず、秀男の体にすがって泣き続ける者もいた。光の届かない物陰で正直になる男たちは、年齢も服装もみなばらばらだった。

秀男の仕種やからだを面白がる男たちはいつしか「客」へと変わり、大切な収入源になった。彼らはもう、守ってもらうための道具ではなかった。

千円札一枚の日、三枚の日——二百円の日もある。秀男が文句を言うことはない。その金額が自分の価値と思うとき、次はもっと引き上げようと自らに言い聞かせる。

財布を出さずに「じゃあ」と手を振る男には「馬鹿野郎」と怒鳴った。驚いたのは、噂を聞いたからとすり寄ってくる男がいたことだった。

アルバイトと言ってあるものの、連夜の外出に母が眉を寄せるようになってきた。そろそろ潮時かと考えていた矢先のことだった。

身なりばかりいいものの、ぶ厚い眼鏡と卑屈な物言いが鼻につく男から「手を繋いで歩いてほしい」と言われ応えた。男が別れ際にそっと耳打ちをする。

「きみのこと、商売敵《がたき》から聞いた。向こうは相当怒っているようだから、気をつけてね」

「商売敵って、なに？」

「街で同じような商売してる子だよ。きみ、きれいだしお話も上手だから噂になってる。向こうはかんかんだよ」

うふふ、とくぐもった笑いが漏れた。

ありがたいやら薄気味悪いやらで返す言葉が思い浮かばず、「へぇ」と首を上下に振った。もう夏休みも終わる。潮時がこの男の姿を借りてやってきたのだ。

「じゃあこれ」

眼鏡の男は時間をかけて財布を取り出し、もったいをつけながら千円札をつまみ出した。

「おつり、ないかな」

「おつり？　景気の悪い話ねえ。そんな人に会ったことないわ」

「すまない、これをまるごと渡すと明日から昼飯が食えないんだ」

あたりまえのような顔をしているのが気に入らない。

「あたしがその千円をもらわないと今日の晩飯も食えないって言ったらどうする？」

「そんな殺生なこと言わず、頼むよ」

「あんた、身なりはいいけどケチくさいのね」

男はしきりに恐縮して見せるものの、釣りをくれと言ってきかない。金にならないと思えば、口のききかたも変わる。商売敵の情報を得たし、と秀男も仕方なく頷いた。今の今まで、自分のしていることを商売と思っていなかったことが可笑しくもあった。

「じゃあいいわ。要らない。その代わり、ちょっと頼まれてよ」

男はずり落ちた眼鏡を持ち上げて、その頼みは何だと訊ねてくる。

「その商売敵に、あたしはもう邪魔はしないって伝えてちょうだい。今日で仕舞いにしようと思ってたのよ」

伝わらなくても構わない。手を繋ぎながら歩くだけでいいというお願いには応えた。金にもならぬ男とそれ以上一緒にいる気にもなれず、秀男はさっさと川縁へ向かって歩きだした。

商売敵ね――そんな人間がいるなどと思いもしなかった。会ってみたいものだとうそぶきながら、夜風と一緒に慣れた道をゆく。夜霧もずいぶん薄くなった。もう少しで秋がやってくる。

風も居場所を選んで吹きつける。

夏休みが終わった。ノブヨの髪は無精で、秀男の髪は着々と目標に向かって伸びている。演劇部で文化祭に向けて女役を与えられたことが免罪符となっていた。

「先生、坊主頭では女役は出来ません。せめて文化祭が終わるまで見逃してください」

一年生ながら役を与えられたことで、顧問も大目にみる気になったらしい。秀男は演劇部という理由を得て、毎回の頭髪検査を通過できるようになった。

――大会が終わったらすぐに切るように。

生徒指導の声など右から左へ流れて行った。髪を伸ばす理由など、実のところなんでもよかった。髪の毛が耳を過ぎ、顎まで届き、いつか肩のあたりで揺れる頃、きゅっとねじって美しい髪留めをつける。目標があれば、いくらでも闘える。秀男は頭髪検査の際に忌々しい顔をする教師の前で、精いっぱい真面目な演技をする。

夏のあいだ重たく湿っていた街の空も、二学期になるとからりと晴れた。

毎年のことだけど現金な空ね。深い青がつぶやきに応えた。

八月の終わり、再び頭髪検査の日がやって来た。男子と女子に分かれ、廊下へ出て一列に並ぶ。秀男の髪は五センチ近くも伸びていた。もう少しで耳が隠れると、喜んでいるところだった。

ワイシャツの襟を整えると、生徒指導の教師が秀男の前に立った。顔を上げると、いつもの教師のほかにもうひとり奥目の男が立っている。奥目はじっと秀男を見下ろしながら、隣の教師に説明を求めた。

——なぜこの子だけこんなに?

——はあ、演劇部で女役をやるんだそうです。

——女役に髪の毛が必要なんですか。

ふっと奥目の指先が秀男の頭頂部にのび、髪の毛をつまみ上げた。

「きみ、これはいかんでしょう。部活動を理由に頭髪検査を免れるなんていう話は聞いたこともない。我が校の校則をよく理解して入学したのなら、しっかり守りなさい」

「秋の文化祭の演目に出るんです。部長からも伸ばすようにって言われています」

「その部長も、うちの学校の生徒ではないのかね」

はったりが効かなかった。秀男はいつものように食い下がった。

「文化祭が終わったらちゃんと切りますから」

「切りますからってことは君はただのいいわけをしているんだよ。そこは理解しているんだね」

「ちゃんと切ります」

ひとり目の秀男のところでやたらと時間を食うので、生徒指導の教師が彼に耳打ちをした。

——教頭先生、この子のことはまた後ほど。

見慣れぬのは当然だった。奥目は教頭だったのだ。秀男はこの威圧的でひとを小馬鹿にした男の態度が気に入らない。校長だろうが教頭だろうが、ひと皮むけばみなただの男だ。違うのは毛の量と懐の厚みくらいで——それとて必死で隠そうとするあたり——みな等しく小心で保身が好きだ。

秀男は頭頂部の髪をつまんでいた指先を振り解く際、ぷちぷちと毛が抜ける音を聞いた。そして、廊下の真ん中に一歩踏み出しイチかバチかの勝負に出た。

両手を一度胸に合わせ、ゆっくりと開いて円を描いた。視線をいま作った鏡の中へと送る。柏木の書いた台本どおり、自分の出番を再現する。

「ああやっぱり美しいわ。こんなふうに生まれたことを、お母さまに感謝しなくては。どんなにお礼を言っても足りないくらい。この肌、この頬、この髪。みんなが美しいと言うわ。どれもこれも、ひとが見ていないところ、見えないところさえ、あたしは大好きよ。けれど、残念なことがひとつあるの。お母さま、聞いてくださる？　お願いだからがっかりなどしないでね、いまそれを口にするあたしが最もがっかりしているのだから。ねえお母さま、あなたはこんなに美しい娘を産むことができるのに、なぜそんなに平凡なお顔立ちなのかしら――」

美しさと愚かしさに与えられた溝を深く掘り下げる、大事な見せ場だった。娘は自分の母親も等しく美しくなければ己の美が完結しないと嘆く。嘆きはこの世にあるすべての鏡が割れるときまで続くのだ、と叫ぶ。

娘の嘆きが最高潮に達したところで、舞台袖の近くに座っていた母親が立ち上がり鏡を割る。

舞台暗転――

うっとりとした気分で台詞を放った。閉じた目を少しずつ開いた秀男の、目の前に奥目の教頭がいた。

「それが、きみが校則を曲げてまで髪を伸ばす理由としてのお芝居かね」

ゆっくりと問われ一気に現実が押し寄せた。自分の居場所を見失いそうになる。彼の放ったひとことがわからぬほどの馬鹿であったなら——秀男の勝ち気も折れかけた。いやまて、と必死で踏みとどまる。

「そうです、台詞はもっといっぱいあります。柏木部長のオリジナル台本で、来年は全道大会を目指しています」

生徒指導の教師が「もう止めなさい」という目配せをする。秀男の胸に点いた火は止まらない。全道大会に行くという、自身が口にした言葉に心が躍り始めているのだった。勢いも熱もすべては後付けだったが、今すぐにでも家出をして東京のゲイバーを目指そうという気持ちにも嘘はない。しかしどちらが本当だと問われても、どちらも本当だとしか答えようがないのだ。

「全道大会ね」

意地の悪い響きを残し、教頭の手ががしりと秀男の腕を摑んだ。

「頭髪検査はこのまま続けてください。この子は指導室でゆっくり話を聞きます」

生徒が並ぶ廊下を教頭に半ば引きずられながら進んでゆく。捕まれた腕がときおり捻れて痛い。振りほどこうとすればするほど指が食い込んだ。

生徒指導室に入ると、教師はみな出払っていて誰もいなかった。教頭は面談用の椅子に秀男を座らせると、スチール製の書棚の前で腕を組んだ。

「演劇は、楽しいかね」

「はい、とても楽しいです」

「今年の演《だ》し物がオリジナルだとは知らなかった。それはどんな内容なのかな」

秀男はいつか湿原を見下ろす高台で柏木が言っていたことをそのまま伝えた。

「かたちの違う者同士が、どうやったらそれぞれの角を折り曲げながらうまく付き合っていけるか——そんなお話です」

へぇ、と教頭の目が更に奥へと引っ込んだ。秀男は不安に駆られながら、しかし一刻も早くこの部屋を出たいがために口数を多くする。

「心も体も思うところも行き先もみんな違う人間が、すれ違いながらでもいびつでも社会をひとつ作っていくっていうお話なんです。さっきの、あたしが出る幕というのが母と娘の大切な場面なんです」

教頭が、肩をもたせかけていたスチール棚から離れた。

「あたし、って誰のことだね」

秀男はハッとして「僕、です」と言い直した。奥目の奥の、薄暗い気配に体が硬くなる。放たれた言葉にはいっそう温かみがなかった。

「演劇ってのは何だねえ、そうやって実生活まで蝕んでいくものかね。演劇に限らず、表現活動に現《うつつ》を抜かしている人間たちはいつも、現実と虚構の境目を曖昧にすることで何かを勝ち取っていけると勘違いしているんじゃないのかね。高校演劇のレベルがどうのと言うつもりはないよ。けれどね、僕はそういう人間たちの『表現活動』とか『自由』とかに言い換えられたわがままにもう、うんざりしているんだよ」

そこまでひと息に言うと一拍置いて「たとえ時代がどうあろうとね」と言い足した。教頭はひとつ満足した表情で頷いた。ここで言葉を返していいことなどなさそうだ。秀男は黙って彼の語りを聞くことに決める。秀男がなにも言わないのを視線で確かめ、教頭が続けた。

「演劇をやりたいのならやればいい。運動も同じだ。自由は自由、青春も自由、けっこうなことだよ。けれどね、そういうなかに在っても規則は規則なんだ。そこは分かるね」

しぶしぶ頷く。首がそのまま床にごろりと転がってゆきそうだ。早くここから逃げ出したい。それにはどうするか、考えながら頭をゆっくりと持ち上げた。教頭がスチール棚の下段にある扉を開けて、中から何か取り出すのが見えた。右手に光っているものをよくよく見れば、バリカンだった。

秀男の喉がひゅっと鳴った。まさかという驚きが、教頭が手にした手ぬぐいによって恐怖に変わった。部屋の戸までの距離を測る。逃げるにしても、バリカン片手の教頭を突破しなくてはいけない。いくらすばしこいと言われる自分でも、肩幅ふたつぶんしかない通路を飛び出して戸口までたどり着ける気はしない。

「学費に加えて散髪代となれば、ときどき払えないという親御さんにも出会うんだ。そういう方々のために、学校にはこういうものも常備してある。動けば怪我をするから、じっとしているように」

秀男の首に手ぬぐいが巻かれた。ようやく伸びた前髪をぎゅっと摑み、襟足から刈られてゆく。怒りで熱くなる皮膚に金属が冷たい。少しでも動くと、前髪をつまみ上げた指先に力がこもる。突き飛ばそうものなら、根元から抜けてしまいそうな力だ。

最後に指先に持った前髪を刈り落として、散髪は終了した。

「さあ、教室に帰って授業を受けなさい」

手ぬぐいを解かれ、ゆらゆらと立ち上がった。棚の陰にあった細い姿見に映った自分を見て、秀男は悲鳴を上げそうになった。丸刈りならばまだましだ。段になり、左右も揃わない刈りあげ姿に思わず振り向き、教頭を睨んだ。

「ちょっと、こんな頭で教室に帰れるわけないでしょう。どうしてくれるのよ」

「職人ではないのでね」

暑苦しい目元で涼しげに言われ、秀男も我慢がきかなくなる。

「どうせ刈るならもっと上手く刈りやがれ、この下手くそ」

教頭が気色ばんだ。なにか言おうとするところを、秀男がまくし立てる。映画で覚えた啖呵が口から飛び出せば、次の台詞が追いかけてくる。

校則を曲げてまで伸ばした髪を刈られたのだから、曲がったものを元に戻すときのきしみは覚悟してもらおう。ここは秀男の「闘う場面」である。こんな横暴に負けたら自分は生涯負け続けだ――怒鳴れば怒鳴るほど怒りは加速した。

「黙って聞いていれば好きなこと言いやがって。ふざけるな。校則だかなんだか知らねぇが、こんなもんてめぇに都合のいいただの鬱憤晴らしだろう」

突然繰り出したやさぐれ言葉に、教頭の顎のあたりがわなわなと怯んだ。秀男の脳裏を、ノブヨから聞いた少女が通り過ぎる。半狂乱の親に人前で髪の毛を切られることの屈辱と、諦め。

秀男は頭をぶんぶんと横に振った。刈られた髪が床に落ちる。肩に散った毛を手で払った。怒りは秀男の体を突き破り、この後のことなど考えている余裕もない。

「何があってもてめぇだけは許さないからな、覚えてろ」

そこだけ、自分の声とは思えなかった。口から出たひとことに背を押されるようにして、秀男は生徒指導室を出た。

「待ちなさい、間違っているのはきみの方だろう。言いがかりもいい加減にしなさい。馬鹿者が」

教頭が追いかけてくる気配がして走り出す。また腕を摑まれ好き放題されるのはまっぴらだ。心の中に広がる役どころは、しつこく追ってくる侍を巻こうと必死な町娘か岡っ引きに追いかけられる弁天小僧だ。捕まってなるものか。

愉快へと向かいたがる心とは逆に、目から涙が溢れてくる。走れば涙は頰から耳へとちぎれていった。


その日秀男は、同級生から受ける憐れみと嘲《あざけ》りを含んだ眼差しに耐えられず早退した。手順どおりに早退の手続きを済ませたのも、不格好な虎刈り頭を教師たちに見せたかったからだったが、職員室では秀男が期待したなんの反応も得られなかった。

家に戻る前に立ち寄った床屋で、店主は何も言わずに秀男の髪を切りそろえた。いちばん短い髪に合わせると、まるで小学生のようになった。

涼しくなった頭については家族の誰も、何も言わなかった。夕食後、章子が散歩に出ようと秀男を誘った。暮れて間もない外に出ると、潮風が頰にあたる。

「ショコちゃん、いいの？　縫い物や勉強、いろいろやることあるのに」

「たまにヒデ坊と一緒に散歩したいと思ったの。つき合いなさいよ。いいでしょ」

霧笛が響いていた。川縁は晴れた夜だが、どこかでまだ夏の霧が迷っているのだろう。章子とふたりでゆっくり話すのも久しぶりのことだった。高校に入ってからは、子供のころのように姉に何でも話すということがなくなった。溝というには浅く、距離というほど遠くもないが、姉もまた秀男に対してわずかな遠慮があるようだ。

章子は羽織ったカーディガンの前を重ねて「涼しいね」と言った。

「もう一枚着てくれば良かったのに」

「そういうヒデ坊も、シャツ一枚じゃない」

八月の終わりの木々は、既に葉を落とす準備をしている。

半月ほどだったが、夜の街に立った秀男にはもう怖いものがない。

あの手を使えば、自分はいつでもどこにでも行けるという自信が体の内側に満ち始めていた。罪悪感など欠片も持たなかった。ひとりで生きてゆくためにすることに、なんの罪があるのかと問いたいくらいだ。

繁華街を避けて街灯の下をゆくと、港湾あたりから貨物列車がブレーキの音を響かせた。

あたしはきっとこんな夜に溶けるようにして、家を出て行くんだ。

秀男の頭の中はもう、家出の計画でいっぱいだった。演劇部や柏木への興味も、薄れてゆくばかりか、あの教頭なんぞの前で何を演じたところで少しの喜びもない気がしてくる。失せた興味の始末をどうするか、という問題だけがぷらぷらと揺れていた。柏木はどう思うだろう。

そして章子を悲しませない方法は――

「ヒデ坊、最近あんまり家にいないから、かあさんが心配してる。ふたりで針仕事していても、ずっとヒデ坊の話をしてるよ」

「もう高校生なんだから、なんにも心配することないって」

行李《こうり》の風呂敷包みを背負った行商人とすれ違った。着る物から、遠い街のにおいがする。秀男は、自分のこの体では行李ひとつぶんの荷物は持って出られないな、と思う。せいぜいボストンバッグが限界だろう。

何を考えてるの、と章子が問うた。頭の中を覗かれていたような居心地の悪さで「なんも」と答える。

「ヒデ坊が夢中で考え事しているときは、分かるんだよ。息を止めてるから」

「鼻が詰まってるから、口呼吸してただけよ」

「今日学校で何があったの」

「なんもない」

「あれほど伸びるのを楽しみにしてた髪を切っちゃったから、なにかあったんじゃないかって思ったの。ヒデ坊は普段おしゃべりなくせに、大事なことはあまり口に出さないから」

思いもかけない言葉に、秀男の決意が揺らぐ。こんなことじゃいけないと、無理やり気持ちを奮い立たせる。頭に思い描くのは、美しいゲイボーイが歌って踊る夢の舞台だ。

「ショコちゃん、あたし東京に行きたいのよ」

章子が控えめなため息を吐いた。ふたりのあいだに、風がひとつ滑り込んだ。

「せめて高校を出てからにしなさいね」

姉にはもうわかっているのだと気づき、秀男も黙り込む。なにをどう取り繕ったところで、章子を悲しませることに変わりはない。ただ、母のことを言われるのは胸が痛かった。

「かあさんはいつもヒデ坊のこと心配してる。ちいさいころから不憫《ふびん》な思いをさせたって。面倒をみんなわたしに預けて申し訳なかったって言われたら、慰める言葉もないの」

夜風をたらふく吸い込んで、どこにも寄らずに帰宅する。章子の思いをすべて受け取ったら、飛び出す機会を永遠に失い続けそうだ。姉の愛情も母の心配も、決して分からないわけじゃない。けれど、それらを放り投げても行きたい場所がある。

秀男はその夜、音を立てぬよう屋根裏部屋の掃除をした。

ボストンバッグに、貯めた金と着替えと本と宝石箱、石けんと手ぬぐいを入れ——あれもこれもと欲張れば重たくて持てないことに気づき何度も詰め直した。なにより重いのは、バッグに入れることの叶わない母と姉だった。

仕方ないじゃないの。

置いてゆくものと持ってゆくもの、それらはすべて秀男が選択するしかない。選択したあとは、置いてゆけるものと持ってゆけないものへと変わった。

窓辺に寄って、大切に取っておいた雑誌の切り抜きを広げる。東京にあるというゲイバーの紹介記事だ。夜ごと歌い踊り、そこではなんの遠慮もなく好きなものは好きと言える。映画にも出て、贔屓の客もつき、ちいさなお店からでもスターは生まれる。

あたしもスターになる。

この器量で、坊主頭なんかになってられるか。

ノブヨにだけは告げて行かなくちゃ。つぶやけば、うっすらとガラス窓が曇った。

新聞の販売店には「勉強に専念したいので」と、演劇部部長の柏木には「興味がなくなった」とそれぞれに辞める理由を告げた。家出の予定があるとは言えない。

販売店の女将さんは長年勤めていた秀男が突然配達を辞めると言い出したことに驚き、嘆きに怒りを含めた口調で言った。

「辞めるならもっと早くに言ってくれりゃあ良かったのに。こんな中途半端な時期に、引き継ぎもしないで。ずいぶん可愛がっていたつもりだったのに、最後の最後にがっかりさせるもんじゃあないよ」

引き継ぎをしたら、契約をしていない家への配達がバレてしまうのだった。女将さんの言うことももっともだけれど、問題が表面に出てくるころ自分はここにいない。

「ごめんなさい」

殊勝な顔でしっかりと頭を下げると、女将さんも「仕方ないねえ」という態度に変わった。

坊主頭で退部を告げた際、柏木もまた「仕方ない」という言葉を使って秀男の退部を認めたが、その表情は冷ややかだった。

「興味がなくなった、っていうのは立派な退部理由だよ。僕も、興味のないことはやりたくないし、そこは理解できるんだ」

仕方ないけどさ――その言葉はいまの秀男にぴったりだ。なにもかも、夢のためなら仕方ない。夢には敵わないではないか。夢に勝てる者がいたら、お目にかかりたい。

街を出て行く決意をしたあとは、そんな人間がいるなら目の前にさぁ出てこいという気分が高まるばかりで、一向に鎮まらない。

明日は違う土地にいることを想像するだけで腹の底から力が湧いてくる。母も姉も捨てる覚悟は出来た。大手を振って出て行けないならば、大手を振って帰ってくればいいのだ。どちらもなくたってかまわない。行動を起こさない理由を何年も積もらせてゆくより、明日ゲイボーイとして認められることのほうが何倍も価値がある。

柏木の態度はなにやらメッキの剝げた偶像を見るようで、秀男の心からは少し遠かった。

「僕なりに、平川君にはとても期待してたんだけどな」

柏木の前から姿を消したという一年先輩のことを想像する。柏木の告白によって空いた溝にどんな言葉を詰め込んだところで、心は余計に離れるばかりだったろう。

秀男は彼に問うてみた。

「いなくなった先輩のこと、今でもお好きなんですか」

「好きだよ」

「じゃあどうして、彼がいなくなったあとも先輩は自分の居場所を変えないんですか」

反感というほどではない。しかしそれは抜いても抜ききれない棘のように、湿原を眺めた日から秀男の心に居座ってきた疑問だった。

「文次を買い戻す」という理由で貯めていた金が家出の資金へと変わっていったように、秀男はそのときどきで心の中で自分の居場所を変えてきた。好きな男に去られた柏木は、ほとんど居場所を変えていないように見える。

秀男の問いに、柏木が気色ばんだ。

——だって、だって仕方ないじゃないか。

それ以上の答えは要らなかった。秀男は愚かな質問で得た答えの、あまりの虚しさに奥歯を鳴らす。

柏木はぬくぬくとした環境を捨てきれなかったのだ。変化を怖がって、なにも出来なかった。あるいは、心に沈む鉛と空に浮く雲を天秤にかけた。

どんなに身ぎれいにしていても、表現活動がどうのともっともらしい理由を付けても必ず戻る場所を確保している人間に、この先自分が往く道をあれこれと言われたくはない。こんな虚しいものにいっときでも心奪われそうになったことが悔しい。

「本当に申しわけありませんでした」

帰り支度をしていたところへ、生徒指導の教師がやってきて言った。

「平川、教頭先生が呼んでるからちょっと来なさい」

「もっと短くしろっていうのならお断りです」

「その反抗的な態度は止めて、とにかく校長室に行くんだ」

校長室——どこへ呼ばれたところで決意は変わらない。思ったそばから、まさか家出計画が漏れているのかと心臓の鼓動が早くなる。

おそるおそる校長室へ入ると、校長と教頭が応接用の椅子に座っていた。秀男を連れてきた生徒指導の教師が、遠慮しながら二人の横にパイプ椅子を広げて座った。生徒ひとりを呼びつけて、いったい何ごとかと大人たちの様子を窺った。

促され、向かい側に腰を下ろした。視界いっぱいに大人たちの顔がある。みな、秀男を試すような目をしてこちらを見ている。

教頭がもったいぶった口調で校長に告げた。

「生徒指導の先生たちには、このくらい徹底した態度でのぞんでいただきたい。生徒は我々の指導ひとつで、このようにしっかり更生するのです。先日の検査では正直、なまぬるい印象を受けましたね」

秀男を呼びに来た教師がうつむき加減で口をもごもごさせている。

「とにかく、部活動なんぞを理由に頭髪検査を逃れようなんていう生徒には、つよい態度で校則の意味から説明するように。こんな生徒が蔓延する学校に未来なんぞありません。今後は指導の先生方にも厳しくなってもらわないと。ねえ、校長先生」

今度は校長が渋い顔をしている。教頭は先日のバリカンが生徒指導のよいありかたで、自分の行いは間違っていないと主張したいらしい。

聞いているうちに内臓がずれてゆくような不快感が押し寄せてきた。膝の高さのテーブルに、どっしりとした焼き物の灰皿がある。ここで夏休み中に覚えた煙草を指に挟んで見せたら、彼らの顔はどう変化するだろう。校長室の空気はよどんで、教頭ばかりが得意げだ。

なんということはない。みな、教頭の自慢話に付き合わされているだけなのだった。バリカンをあてられた際の恐ろしさと辱めが蘇る。家出の準備で一度は収まった腹の虫が再び持ち上がった。

ふん、と教頭が鼻を鳴らした。

「校則が徹底していることで我が校を受験させる親もいるという現実を、生徒指導部には今後もしっかり踏まえた上で指導をお願いしたいですな」

生徒指導の教師が「はあ」と難しい顔で頷いた。秀男の苛立ちは止まらない。教頭がしたり顔で「ねえ」と校長に念を押した。渋い表情を崩さず、校長も頷いた。今日明日で街から出て行くつもりの秀男にとっては、茶番にしか見えない。

「もう、いいですか」

ぼそりと訊ねると、奥目の奥の黒目がぎょろりと動いた。立ち上がりかけたところで、向こうも椅子から腰を上げた。

「こうした時は帰っていいというまで立ち上がらないものだ。本当にお前は態度がなっていない。しかしせっかく他の生徒に示しがついたところでもあるから、今日のところは大目にみようじゃないか」

耳の上のあたりで枯れ木の折れる音がした。この夏、どんなに偉そうな顔をしている男も裡では弱く、羽目を外すときがあると学んだばかりではないか。秀男に声を掛けてくる男の身なりと口調はひとかどの職業を窺わせたし、そういう男たちの内側にはどうやらとんでもなく抑えつけたものがあるらしいことにも気づいた。威圧的な男には、そうふるまわなければならない無意識の理由がある。

「大目にみるのはこっちのほう。最初っから用なんかないじゃないの。こんなところに呼びつけて、いったい何をするのかと思えばあんたの猿芝居見せられてさ。ふざけんじゃないよ。用があるなら、先に用件を言えってんだ」

一気にまくし立てると音のない部屋になった。教頭の口がぽかんと開いたままだ。バリカンの前にもこのくらい怒鳴ればよかった。もう遅い。

「お前たちみたいなのが偉そうにしている学校なんかこっちから願い下げだ、馬鹿野郎」

馬鹿野郎を二度言ったところで、たがが外れた。

秀男は応接セットの上に置かれた陶器の灰皿を両手で持ち上げた。目をむく教頭の傍ら、床をめがけて叩きつけた。重たい音をたてて灰皿がふたつに割れる。細かな破片が床に散った。

新聞五部をくすねて販売店を後にするときの俊敏さで、秀男は割れた灰皿の片方を手にした。後ずさりする三人を見ていると、腹の底から笑いがこみ上げてくる。同時に泣きたいような気分にもなるので、余計に可笑しい。

灰皿の半分を、トロフィーやメダルの並んだ棚めがけて投げつけた。思いのほか大きな音をたてて、灰皿は再び割れ散った。金や銀の器が飛んだり跳ねたり美しい。

秀男は戸口へと歩きだした。生徒指導の教師は、あまりのことに足が前へと出ないようだ。背後で教頭が怒鳴っている。怒鳴っているのは彼だけだった。

あの男は、なにもかもがしつこいのよきっと。

騒ぎが大きくなる前に――

秀男は帰宅したあとすぐに屋根裏から旅行鞄を下ろした。さて、これをどうやって家の外へと持ち出そう。茶の間では母が弟妹たちの繕いものをしている。窓の外をオートバイが通り過ぎて行った。秀男は音に紛れて窓を開け、鞄を軒下へと落とした。大切な手鏡が割れないよう祈りながら窓を閉める。

貯めた金は巾着袋に入れて鞄の底だ。文次を買い戻すために貯め込んだ金は七万円。いまは秀男が東京へ向かうための資金となった。秀男はそのうちの二万円をくるくると丸め、輪ゴムで巻いた。この夏に商売人の男に声を掛けられた際に覚えた方法だった。小銭を少しと、拳大に丸めた二万円分の紙幣をポケットに入れる。

いまの秀男にとっていちばん美しいものは金だった。これだけは持ち主に従順で嘘を吐かない。いつか金よりも美しいものに出会うために、この金はある。

だからこそあたしは金の前で嘘を吐く人間には、いっそう優しくしなければいけない――この世にないものになれと言った華代の言葉どおり、足がかりの一歩として街を出る。

玄関に向かう秀男に、マツが声をかけた。

「ヒデ、お腹《なか》は空いてないかい」

「うん、だいじょうぶよ」

「仏壇に、もらい物だけどまんじゅうがひとつあるからそれ食べて行きなさい」

「ひとつしかないなら、かあさんが食べなよ」

マツが顔を上げた。ずいぶんと皺が増えた。鬢《びん》のあたりにも白いものが目立つようになった。この母と章子を置いて出て行くことに、ほんの少し心が痛む。けれどその痛みも長くは続かない。感傷に負ければ長い悔いが待っている。ぎゅっと目を閉じた。

「馬鹿だねぇ、ひとつしかないからお前が食べなさいって言ってるんだよ」

仕方なく茶の間の片隅にある仏壇の前で手を合わせた。観音開きのちいさな仏壇には、弟の位牌《いはい》が置いてある。いままでじっくりとその内側を見たことがなかった。秀男が見向きもしなかった仏壇は、母と章子が代わる代わる磨き、飯と水を供えている。秀男は長く、それをただのまじないだと思ってきた。

小皿にひとつ、まんじゅうがのっていた。秀男は両手を合わせたあとそれをポケットに入れた。ふっと息を吐き出す。

位牌をほんの少し浮かせて、裏側に二万円の束を立てた。

母さんがこれを見つけるとき、あたしが出来るだけ遠くへ行っていますように。

死んだ弟に何かを頼んだのは初めてのことだった。

玄関で靴に足を入れた秀男に、マツがどこへ行くのかと訊ねた。

「学校に忘れ物しちゃった。取りに行ってくる。すぐに戻るから」

「転ぶんじゃないよ」

まるで秀男を引き留めるようにしぶい戸を、がたがたいわせながらずらす。なにかの拍子にぴしりと勢いよく閉まったところで、生まれ育った家を後にした。母と姉を残してゆくという負い目も、海風を吸い込んだあとは消えた。片手に提げたのは旅行鞄ひとつだ。

迷いなく、東京行きの切符を買った。手持ちの金は減る一方だが、そのぶん目指すところに近づいている。

夜行列車に乗車する人でごった返す駅舎は、秀男のいい隠れ場所となった。しばらくは人に紛れていればいい。いつか文次を見送ったホームから、今日は秀男が旅に出る。見送りがいないのが何よりありがたかった。

文次のことを思いながらの列車は、秀男が想像したよりずっと揺れた。教頭や生徒指導の教師が追いかけてくる不安も、駅がひとつ過ぎるごとに遠くなる。生まれ育った場所になんの未練も感じないのは、ノブヨが秀男を許し、送り出してくれたお陰だった。顔しか映らない車窓に、小路の家に立ち寄ったときの記憶を並べてみる。

――今夜八時半の「まりも」に乗るの。落ち着いたらノブヨにだけは手紙出すわ。

――そうか、もうずいぶん前から決めてたもんね。ちょっとさびしいけど、手紙をくれるなら許してあげるよ。

――あんた、ちゃんとハンカチとちり紙は持って歩きなさいよ。顔は毎日しっかり洗ってね。

一センチ伸びた身長を嘆くこともなく、少しばかり自信を得たふうのノブヨが、大きな目をぱちぱちさせながら「うん」と頷いた。それでも、階段を下りかけた秀男の背中に声が降りかかる。

――秀男、どうしても行くんだよね。気が変わったりしないよね。

――こんな坊主頭で男の真似をしていたら、あたしきっと気が狂ってしまう。あたしはあたしになれるところへ行くの。

――わかってる。手紙、ちょうだいね。

大きな目から大粒の涙をこぼすノブヨが、何度もしゃくりあげた。

――ノブヨ、あんたも元気でいるのよ。

ノブヨは「見送りになど行かないから」と言って家の中へと引っ込んだ。

さびしくないわけはないけれど、秀男の内側にはさびしさを覆う衣装がある。いつかこの体にぴたりと合うドレスを着て、真っ赤な口紅を塗る。その「いつか」はもう目の前にある。かなしくもつらくもない。涙は流れなかった。

向かい合わせになった座席の窓側には、黒々とした長い髪を首の横で結んだ女が、その隣には夫らしき中年男がいた。紺色のワンピースも羽織りものも品が良く、目つきも卑しくない。秀男の隣には、整髪料のにおいをぷんぷんさせながら眠る男が座った。酒でもひっかけてから乗ったものか、ずっと眠りっぱなしだ。

ワンピースの女とときどき目が合うものの、それが夜の列車の礼儀なのか、みなおしなべて無口だった。隣の寝息と湿った体温に誘われ、いつの間にか秀男も目を閉じていた。

秀男が目覚めたとき、窓の外はまだ闇の中にあった。向かいの男女が列車を降りる準備をしていた。男が棚から荷物を下ろし、中腰の女がそれを受け取る。スカートの裾が秀男の膝に触れた。彼女が小声で「ごめんね」と微笑みかけてくる。

一瞬どこにいるのか分からず、辺りを見回してやっと汽車に乗っていたのだったと思い出した。もう何日も眠りこけていた気がするほど、頭の芯がずっしりと重い。隣の男が目覚める様子はなかった。

目的地への到着が近いのか、男のほうは少し気むずかしい表情になり、女は急にそわそわとし始めた。今まで無言でいたことが嘘みたいに、女がこちらに話しかけてくる。

「ぼく、ずいぶん気持ちよく寝てたねぇ」

曖昧に頷くと、どこへ行くのかと訊ねてきた。

「東京の親戚のところまで」

言ってから、親戚だけ余計だったと反省する。東京までひとりで行くのかと訊かれ「そうだ」と答えた。

「何しに行くの。ひとりでさびしくないのかい。父さん母さんは？」

「いません。それに、小学生じゃないのでだいじょうぶ」

つと女の目に訝しげなものを見る気配が漂った。ひとこと多く答えてしまうのは、秀男の側に家出という後ろめたさがあるせいなのだが、こんなところでつまらない疑いをかけられてはたまらない。

「ご心配ありがとうございます」

丁寧に頭を下げた。女の表情に少し柔らかさが戻ってきた。女は膝に乗せた荷物の中から、ピーナッツの袋と赤飯のにぎりめしを取り出して秀男に差し出した。

「お腹すいたら食べなさい。道中気をつけてね」

男女が降りていった後、秀男は席を向かい側へと移した。そして女の笑顔の企みに、彼女らが列車を降りた後から気づいた。再び揺れだした車両に、短時間で二度も車掌が往復する。二度とも、秀男の手元にあるピーナッツの袋を確認したのを秀男は見逃さなかった。

体を硬くする秀男に、車掌が声を掛けてきた。

「ちょっと切符を確認させてください。どちらまでのご乗車でしたか」

「東京までですけど」

秀男はポケットから切符を出して見せる。二度確認をしなければならない理由をあれこれと思い浮かべる。ばれたのかもしれない。車掌の膝が眠りこけていた男のそれとぶつかった。男の目がぱちりと勢いよく開いた。

「なんだお前、ひとの膝蹴っ飛ばしたら謝れよ」

「おやすみ中、すみませんでした」

「いったい俺たちになんの用だ」

車掌の目が秀男と男を往復する。

「お連れさまでしたか」

「おう、こいつが何か悪さでもしたか」

組んだ足をぶらつかせながら訊ねる男の口調に、宵の街に漂う風を嗅ぎ取った。

「それは失礼いたしました。気になる通報があったものですから」

「通報？　そりゃ何だ」

「家出かもしれないから気をつけて見ていてくれというお話でした」

「あいにく、家出は俺のほうだ。もう二十年も帰ってねぇ」

車掌が去り、目覚めた乗客も再び眠りに誘い込まれたころ、秀男は男の隣に座り直し、ささやくような声で礼を言った。

「助かりました。ありがとう」

「あれはまだ疑ってるよ。俺とふたりじゃ、どう考えたっておかしな組み合わせだろう。変に気を抜いたら、思わぬところでとっ捕まるぞ。気をつけな」

男はそう言うと、少しばかり酒の残る息を吐いた。まばらな顎鬚を見上げる。

「おじさんも家出したの？」

「なんだ、やっぱり家出か」

しまったと思いながらしぶしぶ頷いた。小刻みに肩を揺らし男が笑った。

「それで、どこへ行こうっていうんだ。まさかあてもなくこれに飛び乗ったんじゃないだろうな。もし俺が人買いだったらどうするつもりだ」

そんなはったりは夏の夜に聞き飽きた。秀男は男の顔を見上げ、自分は東京へ行ってゲイボーイになるのだと告げた。

「へぇ」男は驚きもせず「なるほどねぇ」と続けた。

「東京で、どこか店にあてはあるのかい」

「ないけど、行けばなんとかなると思うわ」

「思うわ、か」

男の口元に馬鹿にした調子が漂ったので、秀男は顔を窓に向けた。山間を走っているらしく、車内の乏しい明かりに包まれた人間しか映っていない。

ふと秀男自身もこの列車と同じく、真っ暗な山道を脇目もふらずに走っているだけなのではないかと思えてくる。いくら目を凝らしたところで、見えるのは自分の顔ばかり——脇腹が冷たくなった。

急いで声に出さず「メケ・メケ」を歌った。東京へ行きさえすれば、秀男の求める世界が待っている。どんなに人がいるところだって、すぐに文次を見つけ出してみせる。東京、東京、と呪文のように唱えていると、いくらか気持ちもおさまってきた。秀男は再び目の前の空いた席に移った。

まばらな鬚が秀男のほうへ近づき、男がぼそりと言った。

「ゲイバーなら、なんも東京まで行かなくたってあるんだぞ」

潜めた声が聞き間違いでないことを祈りながら、男の言葉を確かめる。

「札幌にも、お前さんの探している店はあるんだよ」

「おじさん、それ本当？」

「ああ本当だ。女と見間違えるくらい可愛げのないやつもいれば、多少崩れてるなりの根性よしもいる。そりゃ女も変わらんだろうさ」

「あたし、ちょっと見はわからないくらい可愛げなくなる自信あるわ」

いつもの調子が戻ってくると、男がぷっと噴き出した。

「そりゃ頼もしいな。俺もお前さんが一人前になった店に行ってみたいもんだ」

「そのお店なんて名前？　どこにあるの？」

「札幌のすすきのだ。名前は忘れた。なんだ、本気で行くつもりか」

いつ家出がばれるか知れない列車に乗っているより、いちど札幌で降りたほうがいいと判断した。秀男はこんなときの自分の勘を信じている。おかしな根拠に頼るより、いっそ勘のほうがすっきりするのだ。当たっても外れても、他人のせいにしなくていい。

「あたし、札幌で降りるわ。おにいさん、それまで連れのふりをしていてちょうだい」

男は笑いながら「おう」と返した。

ポケットの中の切符を取り出してみる。東京までのぶんを払ってしまっていた。少しもったいなかったな、とあきらめかけたところへ男が言った。

「俺の切符と交換するか。俺が東京に行けばいいんだろう。差額は払うよ」

差し出されたのは札幌までのものだった。

「おにいさん、すごい風来坊なのね」

苦笑いで「博打はどこでもできるからよ」と返ってきた。

「本当に差額をくれるなら、いいわ。ありがとう」

「今ごろは残暑がきつそうだけどな」

男は尻の形に丸みがついた長財布から千円札を数枚つまみ、くるくると巻いて秀男に握らせる。つるりと湿って、力仕事などしたことのないような手だった。

「俺の前で札を数えるなんていう野暮なことはするなよ」

男はさっと秀男の切符と自分の切符を交換すると、財布を尻のポケットに戻した。

座席の様子を見に来る車掌は、まだこちらを疑っているようだ。今度は男の切符を確認させてくれという。東京行きなのを確かめながら、首を傾げた。疑いが確信に変わる前に列車を降りなければならなかった。

夜が明けてから、車掌の往来が頻繁になってきた。こちらを見張っているのは明らかだ。秀男は背筋に冷たいものを感じながら、この場を上手く逃げ切らねば札幌にたどり着くのも叶わないと腹を決める。修学旅行の生徒に紛れるにしても、車両を動けばかえって目立つ。

午前七時三十分――あと十分もすれば札幌というところまで来たとき、列車が減速した。いつ連れ戻されるかと気が気ではないところへきて、歩くのとそう変わらない速度だ。

「ねえ、急に汽車が遅くなったわ。何かあったのかしら」

隣の男が目をこすりながら「ポイント切り替えだ」と言った。

「安心しろ、ちゃんと札幌に着くから」

「車掌があたしのこと見張ってんのよ」

頭にひとつの考えが浮かんだ。この速度なら、列車からひょいと飛び降りてしまえばいい。秀男は声を落として男に告げた。

「あたし、ここで降りる。札幌でゲイバーを探すわ。いろいろありがとう」

男はにやりと口を歪ませたあと「おう」と短く返し、目を瞑った。

デッキで腰を屈め、辺りに誰もいないときを狙って戸を開いた。朝の風がデッキに滑り込んでくる。故郷とはまったく違う、まだ夏がそこに在るような、ぬるくてやさしい匂いがした。

戸の隙間から荷物を放る。顔を出し、着地点を決めて飛び降りた。

つんのめり軽く転んだものの、その場でじっとしているうちに列車は通り過ぎた。秀男は立ち上がり、線路脇に転がっている旅行鞄を拾う。見上げると道東とは違った平べったい空が広がっていた。秀男の視界をカラスが切ってゆく。

カモメじゃないんだ、と思ってようやく、ひと晩かけて遠い街へやってきたことを実感したのだった。

線路と平行する道へと出て、札幌市内へと向かう。歩きながら、昨夜もらった赤飯にぎりを腹に入れた。家出を疑い秀男のことを通報した女の施しだったが、赤飯に罪はない。

札幌駅までたどり着いたところで、仏壇のまんじゅうを腹に入れた。母の記憶が甘みをつよくする。感傷が通り過ぎると、ひと晩ぶんの疲れが噴き出した。秀男は建物の軒下に腰を下ろして鞄を胸に抱き、目を瞑った。耳に、たくさんの音が重なりながら響いてくる。どこからも海のにおいがしない。

浅い眠りのなか、ここはどこかと問うていた。東京か、札幌か。ああ札幌だったと気づいたところでぱちりと目を覚ました。

ゲイバーを探さなくちゃ。男がくれた切符の差額が思いのほか多かったので、減った腹に食堂の蕎麦を入れ、サイダーで喉を潤した。

右へ行こうにも左へ行こうにも、どちらを向いて歩き出せば良いのかさっぱりわからない。道往く人に繁華街はどこかと尋ね、一丁歩いたところでまた方角を訊くために人を呼びとめた。列車で男に聞いた夜の街は、すすきのという名だった。目抜き通りをすすきのへ向かって歩きながら、秀男は道行くひとに声を掛けた。

「すみません、ゲイバーはどのあたりでしょうか」

「けいば？　ここからだとちょっとあるよ」

「いや、競馬じゃなくゲイバーなんですけど」

「なんだい、そりゃ」

訊ねる人みな「ゲイバー」自体を知らないので、夕暮れになってもなかなかたどり着けない。ひと晩まともに眠っていなかったことと疲れから、大通公園のベンチでへたった。

どこからともなくギターの音が聞こえてくる。ひとつつま弾いては、音を上げたり下げたり。どこだろうと見回してみた。ふたつ向こうのベンチで、短髪の中年女がひとりギターを抱えていた。音が決まったあたりで弾き始めたのは、「マンボ・イタリアーノ」だった。

雪村いづみが歌う日本語の歌詞で、もっとしとやかに花嫁修業をするがいい、という一節がある。ラジオや街角で耳にするたび、章子の顔が過ぎった曲だ。姉はきっとあのまま大人になり、親が喜ぶ結婚をし――嫁いだ男が家の外でやっていることなどひとつも知らないまま子供を産んで――ときどき無意識に不幸そうな顔をするのだろう。

ヘイマンボ、マンボ・イタリアーノ

小声で歌いながらゆるゆるとギター弾きの座るベンチへと近づいた。秀男が立ち止まると、彼女の顔が持ち上がる。

秀男は今日何度となく言った言葉を繰り返した。

「おねえさん、ゲイバーのあるところ知らない？」

「ゲイバーって、『みや美《び》』のことかな？」

「知ってるの？」

「男が女の格好して相手をして踊ったり歌ったりしてくれるところでしょう」

「良かった、本当にあるのね」

知らず、声が弾んだ。脚は棒のようだが気持ちは一気に軽くなる。その店の場所を教えてくれと頼んでみた。

「あんた、家出少年？」

首を勢いつけて横に振ったが、彼女は信じていないようだ。

「まぁ、どっちでもいいか。『みや美』ならこれから行くところにも近いから、連れてってあげる」

ぴょんぴょんと跳ねながら、彼女のあとを付いてゆく。途中どこから来たのかと訊ねられ、うっかり「釧路」と答えてしまったのが悔やまれたものの、女はさして気に留める風もなく秀男を歓楽街へと案内してくれた。

「ここだよ」

ビルの入口に「みや美」の名前があった。女はビルの前でギターを持ち直した。

「まだ開店前だ。そのうち誰か来るはずだから、しっかり売り込みなよ」

「おねえさんは、どこで働いてるの？」

「あたしはこの先にあるバーで歌ってる」

「歌手なの？　おねえさん、本物の歌手？」

女の眉間に戸惑いの皺が寄った。

「本物も偽物もないよ。名乗れば誰だって歌手になる」

女は少し間を空けて「けどあたしは恥ずかしくって名乗れない」とつぶやき、眉間の皺をそのままにして手を振った。しばらくのあいだ耳に、恥ずかしくて名乗れない、のひとことが残っていた。

6

日が落ちて、道行くひとの足取りがほんのすこし軽やかに感じられるころ、「みや美」にやっと人がやってきた。

いかつい肩とつるつるのブラウス、スカートから出た脚はふくらはぎの筋肉がししゃもの腹そっくりに盛り上がり、立派ながに股だ。

ドアの前に座っていた秀男を見下ろし野太い声で彼――彼女が言った。

「ちょっと、塩まかれる前に余所に行きな」

秀男は慌てて立ち上がり、訊ねた。

「お店のママですか」

「違う。ママはまだよ。なにかご用？」

四角い顔とごつい体、服装と言葉遣いと声、すべてがちぐはぐだ。目の前の彼こそ実は彼女だと分かると、嬉しさで両足が宙に浮きそうだ。

「あたしもゲイボーイになりたいんです。お店で働かせてください、お願いします」

とりすがるようにして訴える。ここで叶わねば東京へ行くまでだ――しかし札幌で通用しない夢が東京で叶うとも思えない。一生一度の台詞を何度使おうとも、流れついた場所で認められなければならない。

秀男の懸命さに気圧《けお》された気配で、彼女が太い声を低くして言った。

「おいで」

真っ暗な店内に一斉に明かりが点いた。いきなり視界に入ってきたのは客席とダンスフロアとバーカウンター、そして一段高くなった「舞台」だった。鼻先に香水の凝縮されたにおい、煙草、酒、夜の街に必要なありとあらゆる香りが届き、むせかえる。呆然としている秀男に、彼女はカウンターの前で座るようにと告げた。

「あたしはリリーよ。ここのナンバーワン」

「よろしくお願いします」

頭を下げれば筋肉のついた脚が、起こせばぶ厚い唇が目に入った。

店のドアが開いて、リリーに負けず劣らずごつい体つきの彼女たちが入ってくる。口々に「おはよう」の語尾を伸ばしながらカウンターに近づいてきた。

「誰、この子」

面接希望者、とリリーが答える。ごつい体の隙間から、細身の女が現れた。金色の髪を高く結い上げて、外国の女優のようだ。しかし口を開けばがらがらとした男声だった。

「坊や、いくつ？」

「十五です」

「ここで働きたいなら、十八って言いなさい」

彼女はそう言うとすぐにベルベットのカーテンが掛かった細い入口の向こうへと姿を消した。

じきにバーテンダーもやってきて、出勤してきた色とりどりの彼女たちは口々に「面接がんばってね」と言ってはカーテンの向こうへと消えていった。

秀男は椅子の脚下に鞄を置いて、床に届かぬつま先をぶらぶらさせる。髪をなでつけた黒服バーテンダーが、シャツの襟元に蝶ネクタイを着けた。すらりとした長身で、顔立ちも青白くて細面。カウンターの中で開店準備をする姿は優雅だ。切れ長の目に通った鼻筋、薄い唇。誰より化粧映えしそうな顔立ちなのに、彼は彼のまま仕事をする。

秀男は客が入る前の店内を見渡した。朝に列車から飛び降りたことも、東京の予定が札幌になったことも、昨日の今ごろノブヨと別れてきたことも、なにかひどく遠いことのように思えてくる。いや、本当に遠いのだ。昨日は思いもしなかった場所、知らぬ店、見知らぬ人の中へと飛び込み、ここにいる。昨日と今日を分かつものがいったい何だったかを考えた。

ああそうだ。これはあたしが望んで、あたしが選んだことなんだ――ひとしきり考えたところでぽんと「選択」の二文字が腹の底へと落ちた。

三十分も経ったころ、支度を終えた彼女たちがぞろぞろと店に出てきた。女物の着物や男の着流し、あるいはドレス。髪形はアップやショート、そしてみな濃い化粧だ。

「坊や、どうしたんだい。少しは瞬きしなさいよ。口あけてぽかぁんとしてんじゃない。ここで働きたいんなら、何を見ても驚いちゃ駄目」

秀男は懸命にいまの気持ちを伝えるのだが、どうにもうまく声が音にならぬようだ。リリーが「え？　なんだって？」を繰り返す。

「働きたいです」

「え、なに？」

「あたしやっぱりここで働きたい」

体にはりつくような黒いドレスを着た女が秀男の前に立った。働きたいのなら十八だと言え、と言った女だった。

「念願叶って働けるようになったら、あたしの横にいらっしゃい」

女はマヤと名乗った。ここのナンバーワンだという。ユキ、ミヤコ、みどり――秀男を面白がって声をかける彼女たちは口々に自分が「みや美」のナンバーワンだと名乗った。軽く首を傾げ始めた秀男に、リリーが涼しい顔をしてみせる。

「ここじゃあ全員がナンバーワンなのよ」

客が入ってきても、ママはまだやって来ない。彼女たちの興味は客へと移ってしまい、持ち上げたりつんけんしたりと忙しそうだ。

客席から目立たぬ椅子へと移るようバーテンダーが端の椅子を示した。移りしな、彼に訊ねてみる。

「ママはどんな人なの？」

「ひとりでこの店を開いて、ひとりで生きてる。すすきのの地割れから生まれた本当の一匹狼《おおかみ》だ」

夢にまでみたゲイバーにいる。ママが来れば面接が始まる。秀男は、その時点で今後がはっきりしてしまう現実に気づいた。

「あたし、面接に受かるかしら」

バーテンダーは氷を割りながら「わからない」と答えた。嘘でも励ましてほしいと思いながら、見ず知らずの人間にそんなことを求めるほど怖《お》じ気《け》づいている自分に腹を立てる。

四人編成のバンドが入り、リリーが音合わせ代わりにと場を賑わせながら「港町十三番地」を歌う。手拍子が揃ってくる。しなをつくり両肘を曲げて踊っていても、歌うときはドスの利いた男声だ。リリーが巻き舌になると客は大喜びだ。ここに満ちているのはおかしみよりもうっすらとしたかなしみだった。

秀男はそんな気配の理由が知りたくてフロアの真ん中に目を凝らす。胸元のあいたドレスに金色の髪、耳には大きな模造ダイヤのイヤリングをつけたマヤが、ロングドレスのスリットから脚のすねを露《あら》わにしてグラスを持っている。ライトがマヤの肩口に降り注いでいた。

耳のイヤリングに見覚えがあった。まさか――こんなところにあるわけもない。あれは華代にあげてしまったはず。秀男の腹から胸から、息苦しいほどの記憶が立ち上ってくる。上下の瞼をぐるりと縁取る目化粧と、真っ赤な口紅。マヤが華代であるわけもないのに、似ても似つかぬこの華やかさのなかにありながら、耳の輝きひとつでマヤは秀男の中で華代へと変化した。

ひと晩座りどおしで寝不足の頭に、色とりどりの女と照明がかすみ始める。遠い記憶に落ち込みそうになるところを、耳元の怒鳴り声で引き戻された。

「誰だい、このガキは」

酒くさい息が顔のまわりを一周する。秀男のすぐそばに、開いても閉じても目の大きさが変わらぬほど太い目化粧の女がいた。まばたきのたびに海苔のようなつけまつげから風が起きる。

「みや美」のママだった。

「トメ吉、なんだいこの坊主。誰がこんなのを店に入れていいって言った」

バーテンダーの名前がトメ吉だったことを笑う余裕はない。もう面接が始まっていることへの緊張が秀男の体を硬くする。トメ吉が抑えた声で「面接希望者です」と告げた。

ママは鼻で「フン」と息を鳴らす。

「どうせ家出なんだろ？」

「ここで働かせてください」

「ここはゲイバーだよ。わかってて来てるのかい」

「なんでもします。働かせてください」

大きな右手が秀男の顎を摑んだ。左、右。

「座ったままこのリン子様に挨拶とはナメた奴だ。立ちな」

秀男は椅子から下り、慌てて頭を下げる。視界の端でマヤがこちらを見てニヤリと片頰を上げるのを見た。

「お願いします。『みや美』で働かせてください。あたしゲイボーイになりたいんです」

「うちのことは、誰から聞いたんだい」

本当のことを言えば説明が長くなる。昨夜家出の途中で、東京行きの予定を札幌にしたのだとは口が裂けても言えない。何より、家出とわかれば雇ってはもらえない。

「何でもしますから、お願いします」

椅子にかじりついてでもここで働きたい。マヤの耳に光るイヤリングの輝きを確かめたい一心で秀男は腰を直角に折る。それから腰を戻し、顔と目線を、ひたむきさが伝わる角度へと引っ張り上げた。

すぐそばに、注文を受けるトメ吉と、こちらを窺うリリーがいた。ママがぎろりとリリーを見た。

「お前かい？」

「やぁだママ、募集の張り紙が取られたって騒いでたじゃない。この子よ、きっと」

「あれは新入りを嫌がったお前が、酔っ払ってミヤコの背中に貼りつけたきりどこかへ飛んでったんじゃなかったのかい」

「その張り紙を見たのよきっと。ね、そうでしょう坊や」

リリーの流し目に気圧され、思わず頷いた。

ママは大きなため息を吐き、手の甲でリリーを追い払う真似をする。リリーは口に手をあてて、「ほほほ」と甲高く笑いながらくびれのない腰を振り、ボックス席へと戻って行った。

「おいで」

くわえ煙草のリン子ママが秀男を楽屋へと手招きする。鏡で囲まれた部屋には化粧品や香水のにおいが充満していた。鏡の前に並んだ椅子のひとつを蹴飛ばし、ママがそこに座れという。

「まあ、どこまでもお絵かき可能な恵まれた顔立ちってのはあるもんだけど、お前の顔は塗りがいのある化粧顔だ。せいぜい捨てて来た親に感謝することだ」

鏡に映った秀男の顔が瞬く間に白くなり、その上から人工的な肌の色が重ねられた。

「まったく、憎たらしくなるくらい肌がつるつるじゃないか」

ママの指先には容赦がなく、眉毛をきっちりと上に跳ね上げこめかみへと流した。

「はい、しっかり目玉を下に向けて――はい、上げて。動くと目玉を突くから気をつけな」

目に輪郭ができると、秀男の顔はまるで別人になった。いつか文化祭の劇で施したものとはまったく違う。

「なにびっくりしてるんだい。これがてめぇの顔だって、よく覚えておきな。顔に覚え込ませて、目を瞑っても塗れるようにならなけりゃ、店になんか立てないよ」

不満だった鼻も、瞼と目頭へ入れた影ですっきりと高く見える。ママは満足そうな顔で口紅を選ぶと、筆を使い秀男の唇に赤い色をのせた。頬骨にほんの少し血色の粉を滑らせると出来上がりだった。

「坊主じゃ、あんまりだわねぇ」

そこだけ女言葉でしなを作ったママが、きらびやかな衣装が並ぶドレスハンガーから赤いベレー帽を選ぶと、さっと秀男の頭にのせた。

「これでよし。さぁ、お前にゲイボーイが出来るかどうか、みっちり時間をかけて見てやるよ。行っておいで」

小突かれながらフロアへと出た。

マヤがマイクの前で「枯葉」を歌っていた。ちらと秀男を見てにやりと笑った。

初日から化粧をして店に出た秀男は、大きな体で浴びるように酒を飲む女たちと、人の心の湿り気を束ねながら歌うマヤを見た。

「なんだそのちっこいのは、初顔だな」

常連客のひとりがリン子の横を指さす。一斉に視線が集まってくる。名前はなんというのか、と問われたところにリン子のだみ声が響いた。

「モノになるかどうか、出してみたの。名前はこれから。いったいどこに座るか見ていたら、このあたしの隣ときたもんだ。図々しいったらありゃあしない。たいした度胸だよ」

リン子の隣ではいけなかったのかと辺りを見た。はす向かいの席に着いたマヤが笑いを噛み殺している。静かにマドラーを回していたミヤコが、客の前にグラスを置きながらそっと耳打ちをした。

「お客さんじゃあるまいし、そこじゃあ何をすればいいのかわかんないでしょう」

なるほどこの席ではリン子の指図を受けることができないのだった。

「俺が名前を付けてやるよ。初物は好物だ」

「駄目よ、まだ売り物になんかならないわ」

マヤが言い放つと、リン子が手の甲で口元を隠して笑った。

「こんな豆粒みたいなチビ、おおげさな名前を付けたら負けちまうよ。どうしたもんかね」

一拍の沈黙にマヤが滑り込む。

「マメコでいいんじゃないの」

ボックス席が沸いて、一斉に皆が笑った。

「マメコか、そりゃいい。小粒でつるつる、マメコに決まり。お前は今日からマメコだよ」

秀男の源氏名はマメコに決まった。どうせならもっと可愛い名前がいい。素直に喜ぶ気持ちになれず、無理に笑えば片頬が歪んだ。背後でバンドがスローテンポのバラードからラテンへと曲調を変えた。せっかくここまで来たのに、いきなりマメコか――沈みそうな心もちに陽気な曲が打ち寄せてくる。

無意識に膝でリズムを取っていた秀男のつま先を、リン子が大きな草履で踏んだ。

「豆つぶのくせに、生意気なことするんじゃないよ」

痛みに飛び上がり、思わず背筋を伸ばす。視線の先にマヤがいた。煙草に火を点け、隣の客へと渡している。客の前髪が額に垂れて、ふたりは一幅の絵に見えた。

リン子がフンと鼻を鳴らした。

「マメコ、お前踊れるならちょっとやってみな」

「はい」十五になっても声が変わらない秀男は、まだ澄んだ黄色い声がでる。

バンド前のフロアで、大きな照明の当たる場所に立った。薄暗がりに浮かび上がる、白くて大きな化粧顔がいくつもこちらを見ている。初物好きの客が「いいぞマメコ」と叫んだ。マメコの名前がフロア全体に広がってしまった。もう、マメコにならなくてはいけない。背後でひときわ大きなドラムの音が響いた。はずみで両手を目いっぱい開き万歳をする。ひとつふたつ、リズムを取るとギターが入った。

マンボだ――

握り拳を左右に振りながら、前後にステップを踏んだ。くるりと回転したあとは、フロアを気にする余裕がなくなる。初めて踊った故郷の繁華街、晶の笑顔が蘇る。秀男の鼻の奥に甘酸っぱいみかんの匂いが広がった。

この体が一ミリでも大きく見えるよう、腕を上げ、ステップも出来るだけ大ぶりにした。

バンド演奏しか聞こえない。夢にみた世界にいるとき、体は地面からほんの少し浮くらしい。

客席にいる男たちがみな晶に見えてくる。

あたし、とうとうゲイボーイになれたんだ――

体の隅々から熱いものが螺旋を描いて胸へと集まってくる。首筋からつま先まで熱が満ちて、今まで味わったことのない気持ち良さに包まれた。

一曲踊り終えて、ほとんど呼吸を止めていたことに気づく。吸って吐いて、夢が覚める。

「いいぞマメコ」の声援におじぎをした。両手両脚の指先が痺れていた。

バンドがスローな曲に戻る。振り向くと、ベースのリーダーが「早く席へ戻れ」という合図を寄こした。

ママのリン子の隣には常連の客がいる。マヤの横にほんの少しのスペースがあった。腰を下ろそうとしたところへ、マヤが秀男の腰を打った。

「氷が切れてる。ぼやっとしてるんじゃない。さっさとトメ吉にもらっといで」

氷入れを持って、急いでカウンターへと走った。踊りきってしかも拍手をもらったことで、てっきり褒めてもらえると思っていた。

「トメ吉さん、氷をお願いします」

トメ吉は無言で容器を受け取ると、アイスピックで砕いた氷を入れて返した。

「氷とビールはよく見ておくようにね。あと、灰皿もおしぼりも」

はい、と返事をする。ふとこの男の感想が聞いてみたくなった。

「あたしの踊り、どうでしたか？」

トメ吉は手元に向けていた視線を持ち上げてこちらを真っ直ぐに見た。思ったよりも黒目がちで湿った眼差しだ。

「俺がショーを見てたら、仕事にならないでしょう」

冷めた物言いに二割がっかりして、残りはうっすらとしたときめきへと変わった。トメ吉の、秀男を相手にもしていない気配に気持ちが傾いてゆく。氷の入ったガラス容器をいそいそとボックス席へと運んだ。

「お待たせしました」

「そこに置いといて」

マヤはすらりと伸びた細い脛を誇るように通路へと出していた。秀男がボックスの端の席に着くにしても、その脚を避《よ》けなければならない。脚を組み直すつもりもないらしいマヤは、秀男のほうを見ない。

その場に棒立ちになっている秀男に、ミヤコがおっとりとした口調で「踊れば？」と笑いかける。ミヤコの隣で鼻の下に四角い髭をたくわえた客が「マメコ、踊れ」と囃した。

よし、とフロアに向かって歩きだした秀男の一歩を、マヤの長い脚が邪魔した。一瞬宙に浮いた体を、床ぎりぎりのところで立て直す。何が起こったのか分からず、しゃがんだまま後ろを振り向いた。

黒光りするドレスがそびえ、眉をつり上げたマヤが立っていた。彼女はハイヒールのつま先で秀男の足首を蹴ったあと、優雅な後ろ姿を見せつけるようにしてバンドの前へと歩み出た。スタンドマイクに腕を回し振り向く。演奏が音を下げた。

「みなさんこんばんは、今日はようこそ『みや美』へ。先ほどはうちの新入り、仕込みのお遊戯に拍手をいただき、まことにありがとうございました」

　客席がどっと沸く。秀男は床にしゃがんだまま、ライトの下のマヤを見る。あんなにうけてあんなに気分良く踊ったマンボが、お遊戯と言われたことに衝撃を受けている。マヤがライトの中にいると、誰も秀男のほうを見ない。自分の姿が誰にも見えていないのではと恐くなった。マヤがバンドリーダーに短くなにか告げた。ベースをアコースティックギターに持ち替えて、合図がかかる。

　ワン、ツー。

　ライトが細く、マヤに降り注いだ。ああこの曲知ってるわ――映画館で何度も観たし何度も聴いた。オーバー・ザ・レインボウだ。

　マヤが歌い始めると、客席の誰の首も揺れなかった。リズムを取ることもしない。気怠くかすれているのに、どこまでも伸びてゆきそうな声だ。

　虹の向こうの空高く、夢を叶える場所がある――

　たった数か月しか通わなかった高校で、秀男が唯一覚えた英語の歌詞だった。虹の向こうへ行けば、夢が叶うと信じていたし、いまも信じている。

　マヤの歌う虹の向こうは、ひどく遠い場所に聞こえた。それがなぜなのか分からないまま、秀男は泣いていた。ぽろんぽろんとふたつ涙がこぼれ、止まった。

　泣いてる場合じゃない。

　虹のふもとで泣いていては、せっかく天に向かって伸びる七色がぼやけてしまう。秀男はさっとボックス席を見回し、氷が少なくなっている席の容器を手に取り、トメ吉のもとへと走った。虹の橋を渡るにしてもくぐるにしても、客席あっての虹なのだった。

リン子ママに「まったく末恐ろしいガキだよ」と言わしめて、秀男はマメコとなりゲイバー「みや美」の仕込みっ子となった。

「ねえさんたちの芸を盗んで、ご飯食べて、風呂に入って屋根の下で寝泊まりできる。宿無しには過ぎた場所だ。早く一人前になりな。そうすりゃ大きな顔をして店に出られる」

仕込みっ子のうちは給金が出ないという。金は寮での下働きでもらう駄賃と客からもらうチップだけだった。

黒い学生服を着て高校へ通う毎日より、何十倍も嬉しい。もう、つまらないへまをしてマヤに脚を引っかけられたりはしない。

「みや美」の寮で始まった札幌暮らしは、秀男の生まれ故郷をいっそう遠くした。

みや美の寮は、太い川のすぐそばにあった。繁華街の向こうには山が連なっている。どこからも海のにおいはしなかった。道を染める枯葉が空気を乾かし、空を高くしてゆく。

寮での生活は、足袋の洗濯から共同炊事場でのご飯支度、襦袢の半襟付けと、言いつけられたことだけでいっぱいになった。皆が店に出る準備をしている際は、自分の化粧を後回しにしても先輩の用足しに走る。

夜になれば華やかに着飾るゲイボーイたちも、化粧を落として美顔マッサージを言いつけられる夜中にはうっすらと髭が生えた中年男だった。

「夢があるんだかないんだか。ねぇ、ほほほ」

笑いながら秀男にふくらはぎを揉ませる、プロレスラーのような体格のリリーはいつもくねくねしている。ミヤコは部屋にこもったらほとんど外には出てこなかった。

秀男の教育係を買って出たマヤは、化粧をしてもドレスを着ても、バスローブを着ていても素顔でも、ほとんど変わらなかった。仕事中も生活も同じ体温で、自分にも秀男にも厳しい。

マヤは柔軟体操を日課としており、その前後には座禅をする。食事は一汁一菜、濃い番茶。秀男に命じるのはいつも「体を柔らかくしなさい」だった。体が硬いと声が出ないし頭の回転も悪くなる、という。

指名も入るようになったが、給料はなかった。踊れと言われれば踊る。得意そうにしないこと――これがいちばん難しかった。笑いながら目を伏せろ、唇は半開き、お世辞と小言を同時に言え。夢への到達を予感しながらも、これらをいっぺんにやるのは難しい。

楽屋の鏡前《かがみまえ》でひとり表情作りの練習をしていると、リリーが「マメコ、あんたも立派な化け物よ」と笑いながら通り過ぎてゆく。リリーもずっとそんな言葉に傷ついてきたのだと分かり「ありがとうございます」と返す。こもった笑いを往復させれば、たちまち関係が楽になった。

六畳一間に鏡台と布団、おおよそ男の部屋には似つかわしくないドレスが、何枚も梁に打ちつけた釘に吊されている。ライトの下で光り輝くマヤには似合わない部屋だ。なぜドレス以外のものがこんなに少ないのかと問うと「邪魔だから」と返ってきた。

「マヤねえさんは、どこで外国語の歌を覚えたの？」

「戦地だ」

「戦地って、どこ」

「ここよりずっと南だよ」

二十五歳と言ってはいるが、戦地にいたとなるといくら指を折っても計算が合わなかった。ときどき耳で覚えた歌詞を頼りに「枯葉」を口ずさんでみるが、なかなかマヤのようになめらかには歌えない。音を外すとすぐさま「うるさい」と一喝されるので、鼻歌ひとつにも気をつかう。

化粧の下地づくりや筆づかいの順番、表情の作りかたから手練と手管——マヤの教えはいつどこで秀男にこぼれてくるか分からなかった。訊ねても、ひと言も返ってこないときがある。

一か月ほどのあいだ寝食を共にするうち、マヤの持つ作法のいくつかが秀男に沁みた。自分たちの売りものはプライドの欠片であるとマヤは言う。

「なんで客がゲイバーに来るのか、考えたことがある?」

「マヤねえさん、なぜですか」

「考える前に問い返すんじゃない」

「ごめんなさい」

精一杯考えて、秀男が答える。

「ゲイバーが楽しいから」

「なぜ楽しいかわかる?」

秀男が言葉に詰まったまま半日過ごすと、そっとつぶやいたりもするのでうかうかしてはいられない。

——あたしたちが女じゃないからだよ。

マヤとのやり取りは禅問答に似て、返す言葉がそのまま自分への問いに変わってゆく。考えることを止めると、まるで見通したかのような次の問いが振られた。

不思議なもので、マヤのお下がりのワンピースを着たりスカートを穿いていると、学生服のころよりも動きが荒くなった。いざスカートになると、恥ずかしさが薄れパッと脚を広げたりもする。着たいものを着ていることの安心感が秀男を自由にする。

マヤは店でこそ女のなりをしているが、歌という芸事を身につけているぶん媚がなかった。惚れるのはいつも男だといい、駄目になった恋の笑い話はいつも秀男の胸を締め付けた。

「あたしたちは自分で自分を作らなくちゃいけないんだ。化粧やドレスで見てくれを整えないと楽に生きられない。ここはあたしたちの棲む水なんだろうさ。魚は陸じゃあ暮らせない。世の中そういう風にできてるんだから、仕方ないわな」

「ねえさん、あたしここに来てから、朝から晩までやることいっぱいあるけど、ものすごく楽なの。酸素が濃いみたいに呼吸が楽なの」

「あたしたちには、人の目には決して見えないエラが付いてるからね」

珍しくマヤが笑った日、秀男はぽつりと生まれたときから持ち続けている疑問を漏らした。

「あたし、なんでこんなふうに生まれたんだろう」

その日はとりわけ機嫌が良かったのか、それともマヤ自身が己に言い聞かせたものかは分からない。彼女はゆるりと微笑んだ。

秀男はまた、生涯忘れられない言葉をひとつ手に入れた。

「神様が、仕上げを間違ったとしか言えないねえ。間違いは間違い。そりゃ仕方ないさ。だから、神様を許すのがあたしらの生きる道なんだよ。神様だって間違うんだから、人間に期待しちゃ気の毒だろ」

マヤの言葉の使い分けが恰好いいと思ってからは、ときおり男言葉も挟むようになった。毎日女の恰好をしていると、過剰に女っぽく振る舞わなくても良くなった。

鏡に映る自分に理想とのずれがなくなってゆく喜びは、秀男をどんどん楽にした。それはマヤという手本を得てからの、大きな変化だった。

マヤは自分たちを造った神様の間違いを許すという。恨むとも、信じないとも違う。許すことでささやかながら居場所を得てゆくと思えば、そう大きな試練でもなさそうだ。誰も恨まずに生きるのは難しいが、ここにいる以上、誰かを恨んでいる暇などないとマヤが言う。

店の掃除とトメ吉の手伝いがあるので、秀男は寮を早めに出る。ビールの残りを使って脱色した髪も、いい具合に赤くなってきた。このまま肩まで伸ばせばアップにだってできる。早くフランス映画の女優みたいに頭のてっぺんまで高々と髪を結い上げたい。嬉しいのは秋風に髪がそよぐことで、無駄にかき上げては街路樹を見上げ、夕暮れのすすきのへ向かって歩いた。

マメコになって暮らし始めてから、文次の面影が薄れた。原因はトメ吉だ。自分でもこんな細面の神経質そうな男に惚れるとは思ってもみないことだった。秀男の思いを知ってか知らずか、トメ吉は必要なこと以外ほとんど口をきかなかった。秀男にだけというわけではなく、周囲の誰にでも同じ態度なのでたちが悪い。

ママのリン子が故郷で拾ってきた少年と聞いたが、実は息子ではないかという噂もある。噂を拾ってくるのはたいがいリリーだった。

煙草のにおいがしみ込んだ椅子をいつものように並べながら、カウンターの中にいるトメ吉に話しかける。返事などないものと思っていれば無駄に傷つかない。この空間にふたりきりでいることが大切――秀男が見つけたささやかな楽しみだった。

「トメ吉さん、あたし今日のお昼に豚汁を作ったの。ミヤコさんが元板前さんだったんで、いろんな料理を習ってるところ。肉の入った味噌汁なんて食べたことなかったし、真っ白いつやつやご飯をお腹いっぱい食べたこともなかったの。ここはいいところね」

珍しくトメ吉が酒類の確認をする手を止めた。生まれはどこだと訊ねるので、つい道東の釧路だと口を滑らせた。

「へえ、浜にしちゃあ抑揚のない話し方だな」

ゲイバー「みや美」では、誰も自分の出身地を言わない。どこの生まれかも、どこの育ちかも問わない。まるで昔話をするように「ここはいいところね」と言っては相づちを打つ。流れ着いた場所をいいところにするのが仕事のひとつでもあるようだ。

「トメ吉さんの生まれはどこなの？」

おおきなあくびが返ってきた。そのときばかりは秀男も少々腹をたてた。

「ねぇ、どこなの？　生まれたとこ」

何度か繰り返していると、トメ吉も聞こえぬふりが面倒になったらしい。

「函館だ」

どんなところか訊ねかけたとき扉が開き、リリーをはじめ先輩たちがぞろぞろと店に入ってきた。

「マメコ、煙草買い忘れた。ちょっとおつかい行ってきて」

千円札を一枚受け取り「ホープ」を買いに走る。煙草でも足袋でも、化粧紙ひとつとっても、先輩たちの気に入りの銘柄は日々の観察で覚えるのが鉄則で、確認のために訊ねることはできない。ついでにあたしも、とおつかいが増えたときもそれは同じだった。

角の煙草屋から十箱を抱えて戻り、楽屋に届けた。リリーがぎらぎら光る寸胴ドレスを着て、頭の上から香水の霧を降らせていた。

「お釣りはお駄賃よ」

「ありがとうございます」

閉店間際、客に請われて「枯葉」をアンコールの曲に選んだマヤが、フランス語で歌う。ボックス席はしんと鎮まり、マヤの降らせる枯葉に打たれる。

何度聴いてもマヤの声はかなしかった。どうしてこんなにかなしいのか分からない。

――歌っているあいだマヤねえさんもかなしいことを思い出すの？

マヤの答えは秀男の期待から逸れ、ひどくあっさりとしていた。

――歌うときは無駄な感情を込めたりしない。客が気持ちを乗っけやすい歌は特に。

――あんなにかなしくて豊かな気持ちになるのに。

秀男の言葉にマヤは珍しく笑った。

――それは、お前がかなしくなりたいだけだ。

マヤにうまく言いくるめられているのだろう。一緒に寝起きしていると、彼女の内側には言葉にも音にもかたちにもならぬ、かなしみとしか表現しようのない大きな塊があるような気がした。

寮に戻ると、午前一時を過ぎていた。ミヤコの着物を衣紋掛けに干し、足袋や和装用の下着類を受け取る。これらは水につけ置き、明日の朝から洗濯だ。リリーにはお湯を沸かして熱い手ぬぐいを用意しなくてはいけない。化粧を落としたあとの美顔マッサージは秀男の仕事だ。言いつけをひととおり終えると、部屋でマヤが座禅を組んでいる。へとへとになりながら、しかしどこか心楽しい一日の終わりだった。

リリーにもらった駄賃を財布に入れようと旅行鞄を開けたとき、中身がほんの少し乱れているのに気づいた。着る物や小物類は神経質に折り畳み並べる性分なのだが、いくら急いでいたにせよこれはおかしい――眉が自分でもわかるほど寄ったのは、鞄の底にあるはずの財布がないと気づいたときだった。

――ない、ないない、財布がない。

布団の上で柔軟体操を始めたマヤの脚が、頭上で止まった。つま先を伸ばし、数秒動かない。足下にある鞄を両手で掘り返していると、何を慌てているのかとマヤが問うた。

「ないんです」

「ない話はしないでちょうだい」

「財布がないんです」

「金は入っていたのかい」

「今まで貯めたお金、ぜんぶ」

平坦な口調で訊ねられると、心臓をばくばくさせながらでも言葉は出てくる。

「いったいいくら入ってたんだ」

耳の奥がふさがったようになり、首を左右に振りながら五万円と答えた。盛大なため息が部屋に響いた。

「馬鹿だねえ、お前は」

マヤはそう言うと、鏡台の引き出しをそっくり抜いて裏側をのぞき込んだ。べりりと何か剝がす音がする。茶封筒だった。彼女は封筒の中身を確認すると、額に数本皺を寄せた。

「ここからは千円札一枚だ」

そんな場所からも金が消えているという事実と、秀男のものがそっくりなくなっていることの違いがうまく飲み込めない。

「なんで――」

「なんでだろうねえ」

マヤが目を伏せる。秀男にはさっぱり状況が飲み込めない。虎の子がそっくり消えたことで、頭の働きまで麻痺してしまった。ないという現実だけがぽんと目の前に置かれている。

どんな別れのときでさえ出なかった涙が、頰を滑り落ちた。洟《はな》を一回すすると、文次の顔が浮かんで消えた。欲しくても我慢していた香水の瓶、いつか手に入れると誓った自分のお城、考え得るこの世にある美しいものすべてが、秀男を憐れみながら通り過ぎていった。

「泣くんじゃない。あたしらは泣いた分だけ命がすり減るんだよ。明日の顔が台無しだ」

マヤはそう言うと布団の上に仁王立ちになった。大きな足音をたてて廊下へ出ると、隣の部屋のドアが割れそうなほど叩き始めた。

「おいリリー、出てこい」

部屋の中からは物音ひとつ聞こえてこない。ついさっき美顔マッサージでうとうとしていたはずだった。今日も浴びるように酒を飲んでいた。ちょっとやそっとでは目を覚まさないかもしれない。

リリーが――

怒りと驚きがいっぺんに押し寄せる。いまだに状況を把握できていない心が、マヤがリリーの部屋へ乗り込んだところで焦点が合った。ミヤコが、開けた戸口から顔を半分出してこちらを窺っている。秀男はマヤの後ろをついてゆく。

「リリー、起きな」

部屋の明かりはついたままだ。マヤは岩みたいに盛り上がった掛け布団を足で蹴った。

「この大馬鹿野郎。お前の手癖なんぞ最初《はな》っから知ってたんだよ」

二度布団の塊を蹴ったあと、マヤが力いっぱい掛け布団を剝いだ。両手で頭を覆ったリリーが、透け透けのネグリジェ姿で体を丸めていた。そっと顔を上げてマヤの様子を窺い始める。

「さっさとマメコの財布を出しな。お前が持ってったことは分かってんだ。あたしのところからは毎度千円札一枚ずつだったから黙ってたけど、今回はそうはいかないよ」

大きな体を縮ませながら、リリーがずるずると起き上がる。両脚を横に流せば、一人用の布団もただの長座布団に見える。

「やだもう、ねえさんにばれてたなんて」

右肩を軽く上げて照れた表情を作ってはいるが、中途半端に持ち上げた頰がひくついている。

「お前、ミヤコのところからもくすねてただろう。お前がマメコに気前よく駄賃を渡すときはたいがい人の懐から抜いた金だったろう」

背後でミヤコが「マヤさんあたしはいいから」と言ったものの声がちいさく届かない。

「リリー、あたしらから煙草銭をくすねるくらいは許してやろう。それはミヤコと話して決めたことだ。けど、マメコの財布そっくり持っていくのはどうなんだ」

「どうなんだって言われても」

口の中でもごもごと繰り返すリリーは、明日の昼に髭を剃るまではくねくねとした中年男のままだ。しばらく体を縮めていたリリーだったが、誰も部屋から出て行かないと悟ったのか「だってね」とぽつぽついいわけを始めた。

「マメコはちっちゃくて可愛いじゃないの。仕込みっ子のくせに踊らせてもらえるし、あたしも含めてねえさんたちはみんな優しいし」

それにそれに――リリーの声が一段高くなった。

「マメコったら、トメ吉に手を出そうとしてるのよ。そんなのひどいじゃないの」

「お前、あれほど言ったのに、まだトメ吉の尻を追っかけてるのか」

「だって、仕方ないじゃないのよう」

尖らせた唇がぷるぷると震え始めた。マヤは「お前の涙なんぞ見飽きた」と布団の端を蹴る。

「まさかお前、マメコの金をあいつにつぎ込んだんじゃないだろうね」

リリーの喉がひゅっと鳴った。

「どうなんだリリー」

夜更けのアパートにマヤの怒鳴り声が響く。地鳴りに似ただみ声が壁を震わせた。このときばかりは歌手の声量が仇《あだ》になった。

任侠映画の一場面を見ているようだった。目の前の出来事が現実として受け止めきれない。財布がなくなったこととリリーの姿、彼女が秀男の虎の子をトメ吉に使ったこと——それらすべてを現実として上手く繋げられない。

リリーがもう一度「仕方ないじゃないのよう」と泣きながらその場に突っ伏した。マヤが掛け布団を持ち上げリリーの背中に投げつけた。

「もう、どこにでも好きなところへ行きな。お前の病気にはうんざりだ。そこに金があれば後先考えず盗《と》っちまう。あたしは今まで、気に入った男にあるだけつぎ込んで、終《しま》いにゃ人の金までつぎ込んでとんずらする奴をいっぱい見てきた。みんな病気なんだから仕方ないってわかってる。だから、お前が毎回千円で我慢していたこともちゃんと見ていただろう、リリー。お前があたしの金を根こそぎ持って行くときは、それなりの事情があるときのはずだ。あたしの部屋に寝起きしているマメコの有り金を盗ったってことは、お前はこのマヤから盗ってったってことなんだよ。わかってんのか、リリー」

だみ声に涙が混じった。ミヤコが秀男のシャツを引っ張り廊下へと出る。彼女の小声は、雪の降る前触れみたいにしっとりと静かだった。

「マヤさんはリリーがこの世界に入ったときからずっと面倒みてたの。あたしのところからなくなったお金はたいがいマヤさんが後でそっと渡してくれてた。同じ額だけ抜いて行くから、分かるのよ。あの子、探したところにお金があるのが楽しくて仕方なかったみたい。いいとか悪いとか、考える前に盗っちゃうの。マヤさんが言うとおり、病気なのかもしれない」

「そうだったんですか、ありがとうございます」

見当違いな言葉を吐くと、ミヤコが毛のまばらな眉を眉間に集めて申し訳なさそうな顔をする。

マヤがリリーの部屋から大きな足音をたてて出てきた。こちらには目もくれず自室へ消える。廊下に取り残された秀男とミヤコは、しばらくのあいだふたつの扉を交互に見ていた。

ミヤコの冷たい手が秀男の両肩に置かれた。

「マヤさんがあんなに怒ったところ見たの初めて。財布の中身がどんだけだったかは知らないけれど、わたしもマメコが早く一人前になれるよう手伝うから」

秀男の顔をのぞき込むミヤコの瞳から涙が盛り上がっている。こんな切実な表情を今まで見たことがなかった。

こうやって――女って、こうやって泣くんだ。

ひとつ頷いて、マヤの部屋へと戻った。

豆電球ひとつの部屋で座禅を組んでいるマヤから、押せばそのままころりと転がる地蔵の硬さが伝わってくる。秀男はそっと隣の布団に座った。

マヤが鏡台に手を伸ばし何かを摑み、秀男の膝の上に置いた。紙のようだ。豆電球の明かりの下、そっと手に取り見た。

「かき集めたもんで悪いけど、二万ある。忘れろとは言わないけれども、今日はそのくらいで勘弁してやってちょうだい」

「マヤねえさん、いただけません」

決してマヤが悪いわけではないと、秀男にも分かっている。この金を受け取ってはいけない。喉から手が出るほど欲しくても、受け取れば自分もリリーと同じ場所に足を突っ込むことになる。返そうとする秀男の手をマヤがきつく握った。

「いいかマメコ、これは弁償じゃあないんだ。金を盗られるような間抜けなお前への施しなんだよ。ゲイボーイになりたいって言うのなら、二度とこんなもんは受け取るんじゃない。あたしたちは、歌踊り、ねだりたかり以外では暮らさないんだ。客が金を惜しまず出せるように、毎日財布の紐が緩むような芸を見せ続けなきゃならないんだ。芸がないならその辺に立ってかまでも掘られるがいい。端くれでもゲイボーイを名乗るのなら、明日から誰も真似出来ないくらいの芸を見せな」

はい――

秀男はマヤから受け取った紙幣を三尺に切ったさらしに巻いて、自分の腹にくくりつけた。こうしておけば、誰かを泥棒にしなくて済む。失った金は働いて取り戻すことに決め、ときどき胸まで上がってくる苦しさには奥歯をきつく噛んで耐えた。頭の中や体の隅を、松男の仏壇に置いてきた二万円が過ぎる。考えてみれば、あの金にこそ意味があったのだ。

二日後リリーは寮を出て行った。

秀男がご飯の用意が出来たと呼びに行ったところ、部屋はもぬけの殻となっており、珍しくしっかりと畳まれた布団の上にはマヤへの手紙が残されていた。

『マヤオネエサンゴメンナサイ　リリー』

釘で掘ったような文字だった。マヤはリリーの置き手紙を丸め、迷いのない仕種でゴミ箱へと放った。

リリーの部屋は、秀男が使うことになった。荷物も衣装もない部屋にリンゴ箱をひとつ持ち込んで机にした。

リリーの訃報が届いたのはそれから一週間後、そろそろノブヨに手紙のひとつも書かねばと思ったころだった。珍しく一番に店に入っていたリン子が目化粧を気遣いながらぽつりと言った。

「リリーが青函連絡船から飛び降りたわ。乗船名簿の名前も住所もみんな嘘だったらしいけど、あの馬鹿ったら、うちの店のマッチばかりごっそり鞄に入れてたって」

いったいなんでそんなことに、とつぶやくリン子の涙も、一番客が店を覗きに来るころには微笑みに変わった。

マヤは表情を変えなかったけれど「枯葉」の入りで音を外し、バンドにイントロのやり直しを頼んだ。ミヤコはマヤの動揺を覆うためかいつもより高い声で笑い、酒を注いだ。

トメ吉だけが何ごともなかったようにカウンターの中にいた。ミヤコに言わせれば、無表情が過ぎる男を責めてはいけない。惚れたほうが弱いに決まっているからだという。

大きなリリーがいない「みや美」のフロアは、少し広く見えた。

秀男はその日からノブヨに手紙を書き始めた。札幌に出てきてからのことを、誰よりもノブヨには知っておいてほしい。自分もいつか誰かに惚れて、有り金をつぎ込むほど溺れる馬鹿になる。懐に夢も希望もなくなった日に残るものが何なのか、今はまだ想像できないけれど。

秀男は精一杯きれいな文字を並べ、故郷にいるノブヨに語りかける。

『ノブヨ、元気ですか？　あたしは毎日楽しくやってる。やっぱりここはあたしの天国だった。あんたにひと目見せてあげたい。毎日きれいなドレスを着てお店に出るの。化粧も上手くなったし、スタイルもばっちり。あたしたぶん、女にしか見えないと思う。これでもけっこうもてるんだよ』

音のない寮の一室、夜更けに綴る文字がぼやけた。朝から働きどおしで、酒もたくさん飲んだせいだろう。洟をすする。便箋の文字を目でなぞった。本当のことを書くには、もう少し時間が必要だった。


師走、木々のにおいが変わり、札幌の街が白く染まった。

まかない飯の支度も手際がよくなって、味もミヤコの教えで日に日によくなってゆく。洗濯や水仕事で荒れた手には、化粧落としとマッサージ用のコールドクリームを塗り込んだ。

毎日、下働きのあいだ髪にカーラーをひと巻きして癖を付ける。真っ赤に染めた髪のてっぺんを盛って耳の横を整髪料でなでつければ、フランス映画の女優に一歩近づいた気がする。目化粧の色も口紅を選ぶのもどんどん楽しくなってきた。仕上がりを見たマヤの感想も励みのひとつだ。

「マメコ、今日の目張りはちょっときつくないか。お前のちっちゃい顔が目だらけだよ。目も口も塗り固めると、福笑いになっちまう。目をきれいに見せたいのなら、色を塗るんじゃなく影をつけるんだ。世の中には下品を上品に保つ化粧の仕方ってのがあるんだよ」

「はい、マヤねえさん」

マヤは秀男にひとこと注意をするたびに、衣装や小物のお下がりをくれた。理由は「飽きたから」だけれど、チップ以外の収入がない身にとって、マヤやミヤコがくれるものはひとつひとつがありがたい。着物もひと揃い整い、洋装も一週間は替えがきくようになると、駆け出しのゲイボーイ生活も華やかになった。

もそもそと大粒の雪が降っていた。カーラーを巻いた髪をスカーフで覆って歩く。真っ赤な外套はマヤのお下がりだ。中は黒いロングドレスだが、その下には股引を穿いている。冬の革靴を買う余裕がなく、寸法の合わない除雪用のゴム長靴を履いていると、兄のお下がり尽くしだった幼い頃を思い出した。ひとつひとつ欲しかったものが手に入る喜びは、幼い頃とはまったく違う。

襟元をつまんでいた袖口に、大粒の雪が舞い降りる。美しい六角形の結晶が息で溶けた。溶けてしまうことを知っても、秀男の胸の内側にはまだ宝石箱に入れた雪の結晶が残っている。母が言ったように、美しいものは人に見せてはいけないのだ。見せればすぐにかたちを失う。どんなに着飾っていても、この結晶には敵わないことが秀男の慰めだった。

ならばどうしよう——降っては溶けることを繰り返しながら、それでも降り続ける雪は、この世界で生きていたいと願う秀男の祈りに似ていた。

店に着くと、フロアの点検をするトメ吉が真新しい革靴を光らせていた。この男は涼しい顔で女から物をもらう。そしてさほどの礼も言わぬくせに次から次へと新しい服や靴が転がり込んでくる。女たち、あるいは男たちはトメ吉の心がこちらに向かぬことに陰で苛立ちながらも彼に気に入られようと懸命になる。

楽屋で股引を脱ぎ、長靴をハイヒールに履き替えた。寒さで強《こわ》ばった頬を両手で挟み、持ち上げる。唇に艶を出し、頬に紅をさした。カーラーを外し、逆毛を立てた髪の表面をブラシでなでつけ、むせるほどヘアスプレーをかけた。

「できた」

ひとりきりの楽屋で悦に入れば、自然と唇の端が持ち上がってくる。今日も上出来だ。マヤがアップテンポの曲を歌うときにフロアで踊らせてもらおう。踊ればチップが入る。失った金を取り戻そうと必死になる秀男を、彼女たちが応援する。ミヤコがそれとなく耳に入れておいてくれるお陰で、入れ替わりのある他店からのホステスも東京からやってきたショー専門のゲイボーイも、秀男がチップを稼いでいるときは口出しをしなかった。

お店で出会った「おねえさん」たちは、ときどき秀男に章子の柔らかさを思い出させた。秀男がいなくなったことを姉はどう思っているのか、気にならないと言えば嘘になる。秀男にできることは、章子のささやかな人生計画がうまくゆくよう祈ることだけだった。

ドレスの裾をたくし上げ、足腰の柔らかさを保つために両脚を思い切り開く。前屈、反り腰、上半身をぐるりと回す。肺にいっぱいの息を吸い込み、ゆっくりと吐く。発声練習代わりに「枯葉」を歌う。秀男が耳だけで覚えたシャンソンは、息継ぎが上手くゆかずいつもぎこちない。

——トゥワトゥメメー
——エジュテメー

感情を込めたり音を溜めたりしないのに聴いた者を泣かせるマヤの歌い方にあこがれるものの、いまは発音を追うので精一杯だ。それでも、いつか自分のステージを持ったときは必ずこの曲で客席を泣かせると心に決めている。

「マメコ、なんだいその立派な日本語は」

マヤが楽屋に入ってきたのも知らずに歌っていた。息を吸い込んだまま吐けずにいる秀男を見て、マヤの背後でミヤコが笑う。

煙草をくわえたマヤが股引を絹の靴下に履き替え、フランス製のガーターベルトに挟み込む。今日の衣装はラメのきいたエメラルドグリーンのドレスだった。いつかお下がりでもらえることを願いながら、その姿に見とれた。

鏡前で化粧の仕上げをしながらマヤが言った。

「耳で覚えた音をどんなに口から出したところで、一小節も伝わりはしないんだよ。マメコのお歌は立派な学芸会。どこにも伝わってないんだ」

「どうすれば歌えるようになるんだろう。マヤねえさんはどうやって覚えたんですか」

吐いた煙を横顔でよけて、マヤが「意味を知らなけりゃ」とつぶやいた。フランス語など話せるわけもない。ましてやその意味を理解するなど、方法すら思いつかない。おそるおそる切りだした。

「歌詞の意味、教えてください」

マヤが鏡前に置いたアルミの灰皿に煙草の灰を落とした。すすけた壁に体をもたせかける。片脚で何分でも立っていられるほど鍛え上げた体をほんの少し曲げるだけで、彼女を包む空気が気怠く変化する。ミヤコの部屋に貼ってあるブリジット・バルドーそっくりだ。

「歌詞の意味ねえ」と語尾を伸ばしたあと、マヤはちりちりと灰に変化してゆく煙草の先を見た。

「俺たちの思い出と後悔が枯葉になって落ちてくる。かき集めてみても遠いあの日は戻らない。けれど、俺はお前を忘れない。木々が葉を落としやがてどこかへ運ばれてゆくように、打ち寄せる波も俺たちの足あとを消してゆくが、ふたりで過ごした日々は俺の胸にいまも在る。そこんとこ、お前も忘れてないだろうよ――」

マヤの言葉は枯葉の舞い落ちる速度で伝わりくる。

秀男は今まで見てきたどんな場面も人も記憶も吹き飛んだ目の裏に、文次のふて腐れた顔が浮かぶのを止められない。胸がつまり、うまい言葉も出てこない。黙って彼女の指先に挟まれた煙草を見た。

「あたしの適当な訳だけど、だいたいこんなところ」

マヤは灰皿に煙草の先を押しつけて火を消した。

「この歌を歌うには、お前はちょっと若すぎるかもしれないねえ。いっぺん男と暮らしてみるのもいい経験さ」

マヤの言葉に、ミヤコがふふっと笑った。秀男は目の奥が熱くなり、涙を出さぬよう必死だ。泣けばせっかくの目化粧が一からやり直しになる。

マヤが楽屋から出て行った。ミヤコが着物の襟元を直したあと、口紅をさしながら鏡越しにぽつぽつと話す。

「マヤねえさんには、どうしても忘れられない男がいるの。ねえさんにフランス語を教えたひと。いつか珍しく酔っ払ったときに言ってた。兵隊さんで詩人だったそうよ。マヤねえさん、フランス語が話せるの。みんな寝床で覚えたって言ってたけど」

「マヤねえさん、フランスにいたことがあるの？」

ミヤコが首を横に振る。

「南方で、フランス軍と一緒になったことがあるらしいの。ものすごくいい男だったって」

「マヤねえさん、今でもそのひとが好きなんだろうか」

ミヤコが指先の紅を落とし、首を横に振る。

「ちゃんとお別れをしていないから、好きなのかどうかもわからないんだ。ただ、忘れられないということがつらいこともあるんだよ」

ふふっといつもの笑みをこぼして、ミヤコが「ガキには難しいわな」と結び、マヤの話はおしまいとなった。忘れられないというならば、文次と自分はどうだろう。何につけ思い出すのは秀男を守ろうとしてくれた文次の木訥《ぼくとつ》な横顔だ。いつか丸ごと取り戻そうと思っていたが、その一歩も札幌で足止めを食っている。ここから更に南へと行くためには、まだまだ覚えなければならないことがたくさんある。

「ミヤコねえさん」

楽屋の出口にいたミヤコを呼び止めた。振り向いた首筋に年相応の皺を走らせて、ミヤコが首を傾げる。

「あたしに、寝床のお作法を教えてください」

ぽかんと口を開けて数秒後、ミヤコの赤い唇が自信ありげに持ち上がった。

「あいよ。今日のお仕事を終えたら『ももの花』をひとつ持ってあたしの部屋にいらっしゃいな」

「ハンドクリーム？」

「そう、薬局に売ってるでしょう。これで買っておいで」

ミヤコが帯の間から小銭入れを取り出し、秀男に渡した。

胸の奥に甘く重たい期待を沈ませ、秀男はフロアへと出た。自宅通いのゲイボーイたちがぱらぱらと出勤し始め、トメ吉が遅刻をたしなめている。

ピアノの前に立ち、マヤが譜面台を見ながら鍵盤を圧した。立ち止まり聞き入っているうち、それがピアフの「バラ色の人生」だったことに気づく。

マヤが曲の持つ意味をひとつひとつ食べては乗り越えて歌っているのだと思うと、関節がきしんだ。

フロアが広く感じるのが、ただリリーが抜けたせいばかりでもないことに気づいたのはそのときだ。

望んでもいないかたちで抜け落ちてゆくマヤのあれこれが、そのまま彼女の歌へと昇華して煙草の煙に紛れてゆく。「バラ色の人生」を小声で歌う自称二十五歳のゲイボーイを見つめた。風が止まった場所に、誰の情も欲していない骸《むくろ》がある。

マヤはもう、この世で何度も何度も死んでいるのだった。死んでなお夜の街で歌う。夜ごと自分の死を確かめるような歌が、生きてゆく人間の尖りを丸めてゆく。

店のドアが開いた。リン子かと思い、極上の笑顔を作って振り向いた。黒くて重たそうな外套を着た男がふたり、ぐるりと店内を見回す。客だ。秀男は胸の先を引っ張られるような仕種で駆け寄り覚えたてのウインクをする。

「いらっしゃいませ。マメコですよろしく」

語尾を目いっぱい伸ばせば、たちまちマメコに変身だ。名前と化粧と衣装があれば、夜の街を闊歩できる。店内をさまよっていた男たちの視線が秀男でぴたりと止まった。低くゆっくりとした口調でママはどこかと訊ねた。

「ママのお客さんだったのね。失礼しました」

しなをつくりちらとトメ吉を見る。相変わらず無表情のままカウンターから出てくると、接客とは少し違う丁寧さで頭を下げた。

「じきに参ります。今日はなんのご用件でしょうか」

「ママが来てから話すよ。俺たちには構わずやっててくれないか」

年嵩《としかさ》の、少しいかつい男はそう言うとカウンターの椅子に腰掛けた。酒を頼むわけでもない客にそれ以上まとわりつくわけにもいかない。なによりこのふたりはリン子に用があるらしいのだ。

ごゆっくり――頭を下げて、その場を離れた。トメ吉が珍しくこちらに向かって何か言いかけた。この男の真新しいシャツやぴたりと決めた髪の整髪料まで、リリーがつぎ込んだ金が使われていることを考えると目を逸らしたくなる。その欠片に、秀男が貯め込んだ金が入っているかと思うともうやりきれない。何よりこんな薄情な男にいっときでも心がぐらついた自分が腹立たしい。

マヤがピアノの横から手招きをした。秀男はまた、覚えたてのかわいい小走りで彼女の前に立った。

「今日はなんの用だって言ってた？」

誰が、と訊ねるとマヤの尖った顎がカウンターを指した。

「ママのお客さんみたいだけど、構わずやっててくれって」

マヤの眉間が二本の皺に寄せられ盛り上がる。目化粧がなくても充分彫りの深い目元がほんの少し暗くなる。

「マメコ、お前ちょっとおつかいを頼まれてくれないか」

「はい、なんですか」

「煙草と膏薬《こうやく》と映画雑誌」

マヤから千円札を一枚受け取る。煙草屋と薬局と本屋はそれぞれずいぶんと離れたところにあるので、大急ぎで回っても軽く一時間はかかってしまいそうだ。

膏薬と一緒にミヤコのいうハンドクリームも買おうと楽屋に足を向けたところで、リン子が店に入ってきた。男たちを見て、挨拶より先に文句が飛び出す。

「やだ、ゲンが悪い。やめてくださいよ、開店と同時に現れるのは」

本当に嫌そうにしているところをみると、彼らはリン子の贔屓でもないらしかった。

「マメコ早く」

マヤが「逃げな」と言う前に、カウンターのそばにいた三人の視線がこちらを向いた。

逃げ場も逃げ道もなかった。開店準備の気配が緊張へと変わる。フロアに散らばるゲイボーイたちの目がカウンターと秀男を往復し始めた。

男たちが椅子から立ち上がり、リン子と二言三言やりとりをしたあと、こちらに向かって歩いてくる。彼らの動きはひどくゆっくりと感じられるのに、秀男はその場から一歩も動けなかった。マヤの「逃げな」が虚しく萎んだ。

「平川秀男君だね。ママさんは十八だと言ってるが、捜索願には十六になったばかりとあるよ」

「あたし、そんな人知りません」

警察官の口元が渋く歪んだ。秀男はもう一度、違いますとつよく言った。

「ご両親や兄弟がどれだけ心配しているか分かってるのかい。詳しい話はここを出てからゆっくりとしよう」

荷物はどこかと問われ、なおも「違う」と繰り返す秀男の腕を、マヤが摑んだ。

「マメコ、行きなさい。次は家出じゃなく、正々堂々と戻ってきな。それで差し引きゼロになる。今が終わりじゃあないんだ」

がっくりと肩が落ちた。マヤは「戻ってこい」という。秀男はここに、一人前になろうという気持ちを置いてゆかねばならないのだ。

ミヤコを見た。かなしげで静かな笑顔だった。おつかいがすべて駄目になってしまった。つけまつげが重たくなる。小銭入れを返しかけた秀男に、ミヤコが細い手をちいさく前後に振った。そのまま行けという意味らしい。

寮に戻り荷物を鞄に詰めた。部屋の外には警察官がいる。入りきらない衣装や靴を紙袋に入れた。リリーから引き継いで間もない部屋は、壁の衣装がなくなると途端に薄暗い穴蔵へと変わった。

「平川君、まだかな」

苛ついた口調でドアを開けた警官を睨み、秀男は怒鳴った。

「うるさいわね、そう急かさないでよ。荷物詰めたら出るって言ってるでしょう」

「わかった、いい加減にしてくれよ」

警官がもう一度「平川君」と言ったところで怒りの矛先が定まった。

「何度もその名前で呼ばないで。しつこい男は嫌い。あたしはマメコよ。みや美のマメコだって何回言ったらわかるの」

「その言葉、とりあえずご両親に頭を下げてからもう一度言いなさい」

リン子の頼みで優しくしてやっているのだと言われたら、返す言葉も浮かばない。十八だとばかり思っていた、と驚いてみせるリン子の目配せは、ひとまずここで退いておけという忠告だったのだ。

たったひとつの抵抗として、秀男は化粧を落とさなかった。

案内された警察署の小部屋に入ると、大きな人影が音をたてて立ち上がる。兄の昭夫だった。昭夫の視線が、赤い髪と化粧、上から下まで女物に身を包んだ秀男に向けられた。昭夫は今にも泣きださんばかりに顔を崩した。肩から腕、拳が震えている。泣いているのではなかった。

怒りでどんな顔をすればいいのかも分からないのだ。押し殺した声で昭夫が言った。

「もう少しで、父さんが来る」

顔を殴られでもしたら、しばらく人前にも出られない。再び自分を守る方法を考えなければならない生活に戻るのか。腹のものがすべて逆流しそうだった。このまま便所へ行くふりをして逃げようかと考えるが、追手が更に増えるだけだった。

じきに、昭夫が秀男に殴りかかって来ないのは警察官の前でそんな醜態をさらす自分に耐えられないからだと気づいた。体は大きいが生きるかたちはちいさい男だった。秀男は出来るだけ昭夫を挑発しないよう、無言で離れた椅子に腰掛けた。

気詰まりと開き直りを往復しながら小一時間が過ぎたころ、父が部屋に入ってきた。兄のようにはゆかぬだろうと身構えていた秀男に、父がかけた言葉は短かった。

「帰るぞ」

そのひと言を言うために始発の汽車に乗った父の、記憶にないほど嗄れた声に秀男は観念した。

廊下、表玄関——父は柱や消火器に至るまで頭を下げる。秀男はふたりに挟まれ建物を出た。吹き付ける雪のひとつひとつが痛みを持っているようだ。まばたきをすると、目尻からつけまつげが浮いた。両目のつけまつげを剝がす。

もう崩れても平気と思ったか、それとも雪が溶けているのか、秀男の頬に滴が伝った。雪も溶ければ涙と同じなのだった。秀男だけが自覚なく頬を拭う。

このまま夜行列車で釧路に連れ戻されるのだ。胸元に入り込む雪さえ愛しく思えてくる。鮮やかな感傷に浸っているあいだも、父と兄は秀男を逃がさぬよう見張っていた。

蛍光灯の下で秀男を見る人々の視線に耐えながら、しかし胸を張る。唇の乾きもどうにかしたいが、口紅の入った鞄は父が持っている。どのみち目化粧は崩れてひどいことになっているのだろう。鏡を見たら気を失うのではないか。考えただけで具合が悪くなる。

札幌駅の改札口で、昭夫が幕の内弁当とお茶をふたり分、するめを入れた紙袋を差し出した。受け取る秀男に兄が言う。

「俺の弟が、そんな汚い商売をするようになるとは思わなかった」

先ほどより力の抜けた声だった。殴ることも怒ることもあきらめた昭夫は、ここで父や弟と別れることにほっとしているようだ。もうしばらく会わなくていい、とりあえずいま殴られる心配はないと思うと、秀男もつい口が滑る。

「汚いってどういう意味？」

「汚いものに意味なんぞないだろう。お前は汚い。俺は一生お前を許さない。松男の代わりにお前が死ねば良かったんだ」

「汚くてけっこうよ。お金をもらってする仕事だもの。あたしは兄さんのように親きょうだいを丸め込んだりは出来ない。松男の代わりに生きてて悪かったわね。けど、許すも許さないも、兄さんの了解なんて誰も求めちゃいない。悪いけど、汚いなりに正直よ」

正直、の言葉が昭夫の表情を変えた。秀男は思わぬところで兄の内側でくすぶっている弱みを突いたのだった。

「お前、汚いだけじゃあ気が済まないのか。この化け物が」

「そんな言葉もう慣れっこ。化け物でけっこうよ。あたしには楽に生きられる場所がある。もう兄さんみたいに何かを隠すこともしないし、取り繕う必要もないの」

今回はちょっとしくじっただけだ——父の手前そのひとことだけは思いとどまる。

「その薄汚い目で、俺を見るな」

父がとうにあきらめた言葉を、兄が吐く。秀男は思いきり息を吸いこんだ。

「あたしのことが汚いって分かる兄さんも、似たようなもんなのよ」

みや美での日々が教えてくれたことのひとつだった。

兄の体が改札口の床にずぶずぶとめり込んだかと思うほど縮んだ。故郷に戻らぬことにもっともらしい理由をつけて両親をはぐらかし続けている昭夫と、誰にも理解されぬことを承知で家を出てきた秀男とのあいだに、どんな違いがあるだろう。兄が見て見ぬふりをする傷をいちいち開く弟の行動も思いも、永遠に交わることはなさそうだった。

昭夫、と父が振り向いた。

「お前も、体に気をつけて。せめて正月くらい母さんに顔を見せてやってくれ」

生まれた瞬間から心頼みにされ、父と同じかたちの体と心を持った兄だったが、ふたりは決して「同じひと」にはなり得ない。言葉をなくした兄にも、心を閉じ始めた父にも、秀男は大きな興味を抱けなかった。

父とふたり釧路行きの列車に乗った。故郷へ戻ることを実感出来ないまま、幕の内弁当を食べる。何もかもが納得出来ないし、現実だとも思えない。体ごと浮いているような気さえする。座席に着いた乗客が、用もないのに車両を行ったり来たり。みな秀男を見物に来た。ときどき睨んでみたりもするが、さっぱり効果はない。拳を握りしめる秀男に父がぽつりと「寒くないか」と問うた。父もこの視線に耐えているのだと気づき、その後は寝たふりを決め込むことにした。

不思議と、来た道を戻っているという気はしなかった。ゆっくりと落ちてゆく眠りのなかで、秀男はマヤの「バラ色の人生」を繰り返し聴いた。

7

実家に戻った秀男を待っていたのは、かなしげな顔の母と、何ごともなかったように振る舞う章子だった。父はいっそう寡黙になり、弟や妹たちが「どこへ行っていたの」と問うとき大きな咳払いをする。

戻るつもりもなかった屋根裏部屋に、空間はあっても居場所はない。秀男が「みや美」で過ごしているあいだに高校は退学となっており、配達先を誤魔化していた新聞販売店には、父と母がさんざん頭を下げ終わった後だった。

章子にもいっそ昭夫のように悪態をついてほしかったが、生まれたときから大きな諦めを背負ってきた長女はそんな気配を見せようともしない。

「ショコちゃん、なんで家の中こんなに静かなの？」と問えば、わけなく彼女の生き方が返ってきた。

「みんなちょっとだけ大人になったのよ」

久しぶりに訪ねれば、ノブヨは変わらず笑っている。何ごともなかったのではないかと秀男自身が錯覚するほどだ。

「まさか捜索願を出されているとは思わなかったわ」

「そりゃ、出すでしょうよ。わたしもいろいろ訊かれたもん。けど、誰にも何にも言わなかった。わたしが何か訊かれているうちは、秀男はどうにか上手くやってるだろうと思ってたし」

「見送るときは今生《こんじょう》の別れみたいな顔してたくせに」

「そりゃあんたも同じ」

あっけらかんとしたノブヨと話してようやく「仕方ない」の言葉を使えるようになった。

「いい店だったの。札幌にもゲイバーがあるなんて知らなかった。この世にはあたしの知らないことがまだまだたくさんありそうなの」

「懲りずにまた夜行列車に乗る秀男が見えるよ」

「なんでそう思うの？」

こちらの問いに少し間を置いて、ノブヨは「秀男だから」と答えた。

彼女の父のつてで「エメラルド」のバーテン見習いの職を得た。カウンターとボックスが三つの店は、バーテンダーとママと日替わり勤務の女の子数人で回している。ママはその昔、ノブヨの父と関わりがあったらしい。そんなことをあっさりと口に出せるノブヨと父親の関係も、秀男にとっては不思議なことに思えた。

夜の仕事を得たお陰で、朝夕に父や姉と会わずに済むのはありがたいが、母とふたりでいるときに、退学や家出のことにひとことも触れられないのが気詰まりだった。

毎日塩むすびをふたつ握ってくれる母の手がひどく荒れていることも、母そっくりな章子のことも、いっとき外の空気を吸ってきた秀男にとっては地蔵を背負っているような重さだ。

夜の店で働けるのはありがたい。しかし氷や酒類の運搬、皿洗い、食器磨き、店の掃除と、

「みや美」でも寮でもやっていたことが、まさか苦痛になるとは思わなかった。

「エメラルド」のバーテンダーは、見習い中に師匠が辞めてしまい、そのままとなった経験浅い男だったが、秀男の薄化粧が気に入らないようだ。ときどき「邪魔なんだよ、このオカマ」と低い声で恫喝《どうかつ》する。狭いカウンター内で秀男の足を引っかけたり、洗い物のなかにわざと欠けたガラス食器を挟んでおいたりする。秀男の手は一週間で傷だらけになったが、お前の不注意と言われれば返す言葉もない。

この店で働く唯一の楽しみは、ギターを持った流しがやってくることだった。流行歌から軍歌まで歌える四十がらみの男は、ときどきイヴ・モンタンを歌う。マヤとは違ってところどころこぶしをきかせるのが新鮮だった。

年明けあたりから「エメラルド」の店内に秀男見物の客がやってくるようになった。

「ここにオカマがいるって聞いたんだけど、どれだい？」

入ってくるなりきょろきょろと店内を見回す客もいれば、立ち働く秀男を指さして「あれかい？」と女の子たちに訊ねる客もいる。みな、オカマという言葉の意味を掘り下げもしなければ興味の先を隠しもしない。

「みや美」で夜ごと繰り広げられる華やかな風景のなかでゲイボーイたちが引き受けていたのは、こんな人間たちが疑いもしない無意識の恥だった。

ママは秀男目当ての客が来ると、気にする風もなく「あれよ」と顎で指す。不愉快さを顔に出せばこちらの負けだと思うから、秀男も表情を変えずに黙々と仕事をする。

客席に呼ばれることも増えたが、チップなどもらえばバーテンダーのやっかみにも刃物がちらつき始めた。そろそろ何とかしなくては手の傷どころでは済まなくなりそうだ――秀男の我慢も限界に近づいてきた。

節分を過ぎた週末の夜だった。どこかで見たことのある顔がぞろぞろと店に入ってきた。先頭の男は秀男が辞めた高校の教頭だった。もうずいぶんと酒が入っているらしい。秀男のことに気づいて、しゃくれ気味の顎を更に持ち上げた。

流しが客の注文を受けて軍歌を一曲披露し終えた。ほろ酔いを過ぎた教頭が声を大きくして、秀男のほうを見ながら語り始めた。ギターの流しは低くラテンの曲をつま弾いて次の注文を待っている。

「僕らの時代は化粧して戦《いくさ》に行くやつなんてひとりもいなかった。戦争に負けたからこんなやつらが堂々と歩くような世の中になったんです。嘆いたって始まらないけれど、嘆かないとこいつみたいなのがどんどん増えて行く。戦争に負けただけじゃ済まなくなって、今度こそ国が駄目になる」

別の客が自身の脇腹を指さし「ここに鉄砲の弾がひとつ」、肩に移り「こっちは銃剣の傷」、最後に左側のズボンの裾をまくり上げた。

「前線で俺はこっちの足をなくした。命からがら国に戻ってきたら、こんなおとこおんなが堂々と歩いてた。戦地で人殺しまでやって、俺はいったいなにを守ったたっていうんだ。ちくしょう」

酒と自分に酔った男はウイスキーの入ったグラスを持ちゆらりと立ち上がった。教頭の弁舌にあおられた男の目はカウンターを拭いていた秀男に向けられている。また絡まれる。身を固くしてかわす方法に思いを巡らした。

「おう、どうなんだ、俺たちのお陰で生き延びて堂々オカマになった気分は」

布巾を片手に一度礼をして、脇をすり抜けようと身を屈めた。同時に男の腕が秀男の襟首を摑んだ。

「逃げる気か。お前みたいなやつは戦場で真っ先に死んだ。いま生きていられるのは、俺たちが死ぬ思いで国を守ったからだ。その俺に対してその面つきは何だ」

「お水をご用意します。お待ちください」

「ふざけるな、俺は酒に酔っちゃいねぇよ。腐ったオカマに今の気分はどうだと訊ねているんだ。なんとか答えろ」

「お言葉ですが、あたしはオカマじゃありません」

じゃあ何だと問われ、一度しっかり教頭を睨んでから「ゲイボーイです」と答えた。

「男が女の真似をしてることに何の違いがあるんだ」

息を吸って吐く。吸って、ためて——吐く。マヤやミヤコの顔が通り過ぎる。

「ゲイボーイは、一芸あってこそ。自分の持っている芸でお客様を楽しませます。一芸を磨いていないとゲイボーイでは居続けられません」

秀男はこの日この言葉を口にしてようやく本物のマメコになった。しかしそれは、自分を支える一芸がまだあやふやなことを自覚することでもあった。

客の目が意地悪く光る。教頭と教師たちはボックス席でこのやりとりを意地悪く眺めている。男は布巾片手の秀男に対して「じゃあ見せてみろ」と低く唸った。

「お前の一芸とやらを、ここで見せてみろよ」
囃し立てるのは客だけだ。こんな場面になるとは思いもしなかったのか、ママがいつ割って入ろうかと眉を寄せている。遅い――「みや美」の客あしらいを見てきた秀男は「こんな店でやっていられるか」という気持ちを止められない。校長室での思いが蘇る。また同じことのくり返しなのか。
ここにいたら腐ってしまう――美しくなろうと決めた心が、根っこから折れてしまう。こんなドブでは咲く前に腐ってしまう。
いやだ。
秀男は流しの男にさっと視線を走らせた。演奏の手を止めてなり行きを見守っていた両腕が、ギターを持ち直すのが見えた。
――セテュヌシャンソン
――キヌゥルサーンブル
サビの歌い出しにかぶせ、ギターが追いかけてくる。
――トゥワトゥメメー
――エジュテメー
歌詞の内容などしっかり理解できてもいないはずなのに、マヤの歌う姿を思い出して胸が苦しくなる。マヤの面影が通り過ぎると、今度は文次が眼裏《まなうら》に迫ってきた。
どれだけ待っても、もう誰も文次にはなり得ないことが胸に落ちてきた。いちど捨てた街で自分はいったい何をやっているのか――文次のいない街で。

怒りとかなしみとさびしさが秀男の体に満ちた。ここでなにをどう説いたところで、有り金を失いながらも楽しかった「みや美」での日々には遠い。

歌い上げたあと、一拍おいて拍手がわいた。爪の先ほどの嬉しさも感じることができない。頭髪検査とまるで同じ場面をなぞっているような虚しさと、この拍手に感じるあるかなきかの憐れみが秀男を余計に傷つけた。これでは、怒鳴られたり唾を吐かれたほうが楽だ。こちらが血を出さぬぎりぎりで皮膚を切ってゆく他人の無意識に、これから自分はいやというほどまみれ傷ついてゆくこと、どこを探しても秀男の居場所に文次がいないこと、両方いっぺんに腑に落ちて、今夜はもう息をするのも面倒だ。

「ゲイボーイは、歌も歌える踊りも踊る。踊りねだりたかりで暮らすのが信条なの。本気を出したときは、あんたたちの財布が信じられないほど軽くなるのよ。あたしたちへの拍手は金の音と同じ。底の抜けた賽銭箱と覚悟してから芸を要求してちょうだい」

言うだけのことは言った。手足の感覚がなくなるほど冷えていた。

ギターが低くシャンソンを流している。先ほど喧嘩を売ってきた客はグラスに残っていた酒を一気に飲み干し、カウンターに金をたたきつけて店を出て行った。ママが小走りでドアまで行くと、さっと塩をまいた。教頭たちは、何の関係もないと言わんばかりにグラスを持つ。

「秀男、よくやったわ。あんな客、こっちから願い下げだ。あんた、明日からフロアで接客しなさいよ。ばんばん客を入れる。うちには本物のゲイボーイがいるんだって」

なにが嬉しいのかこれ以上ないくらい目を見開いている。すいた前歯のあいだから唾が飛んでこちらにかかりそうだ。ママの喜びようにしらけているのは秀男だけではない。流しの男が、帰りがけ秀男の肩口に顎を寄せて「にいちゃん、さっさとずらかりな」と告げて出ていった。「エメラルド」を紹介してくれたノブヨの父には申しわけないことだが、ここで歌ったり踊ったりを選んだところで、この店のバーテンダーと同じ道にはまり込むのが関の山だった。生きる技術がなければ、いたずらな敵意に振り回され終わってしまう。「みや美」では、マヤもミヤコもいちいち底を見せる必要がないからこそ悠然と振る舞っていられたのだ。もっと彼女たちから学ばなくては。

こんなところで、半端なゲイボーイを名乗り腐ってなどいられるか。

秀男は腰に巻いていた前掛けを外し、丁寧に畳んだ。呆気にとられているママや客の前で深々と頭を下げる。

「お世話になりました」

「どういうこと？」

「今日でお店をやめます」

「ちょっと待ってよ。明日からうちの店の看板にしてあげるって言ってるんじゃないの。なんでそんなことになるの」

「お気持ちはありがたいんですけど。あたしにはもったいないお話です。いいお勉強をさせていただきました、本当にありがとうございました」

ママが「いいお勉強って」と言葉を切った。低く「馬鹿にしやがって」と続ける。

「お前、こっちが下手に出りゃいい気になりやがって。十五、十六のオカマがそのつんつく高いばかりの鼻をどんだけ伸ばせるのか、どこでも行きたいとこへ行ったらいい。やれるもんならやってみな。お前みたいなちんちくりん、どこの世界が相手にするもんか。この変態が」

これが世間の答えなのだ。腹は立たなかった。一度でも家族を捨てた秀男にとって、この先なにを捨てることになっても怖いことはない。

いちど頭を下げて持ち上げたとき、視界には敵意が満ちていた。とりわけバーテンダーの視線はアイスピックに似た光を放っていた。秀男には退学した学校の教師たちまでがここを出てゆく追い風のように思えて仕方ない。

外に出ると、繁華街のネオンが星よりたくさん瞬いていた。氷点下の街に、呼び込みの声が響く。外套の下は黒いズボンに白いシャツだ。高校時代となにひとつ変わらぬ服装でいることが不思議だった。この街で七色に輝けるのはネオンばかりで、秀男を照らすスポットライトはどこにもなかった。

「みや美」に帰りたい——

秀男は故郷のネオン街に背を向けた。家に向かって川縁を歩いていても、自分の家に帰るという気はしない。このまま朝まで歩いたら自分はどこにいるだろうという心もちを、うまく表現する術もない。

河口から凍った風が吹いた。秀男の鼻先も、耳も頬も、なにもかもが凍る。両腕をきつく胸元で合わせた。胸の内側、奥の奥で角砂糖ひとつぶんの炎が立ち上る。

すべてを凍らせてしまいそうな寒さから、秀男は胸奥の炎を守った。

夕食前のひととき、針仕事をする母と姉に詫びた。

——母さん、ショコちゃん、ごめんなさい。

秀男は台所の板の間に両手をついた。生まれて初めての土下座だった。ふたりはほぼ同じ間を置いて針を持つ手を止め、居住まいを正した。

こんな分かりやすい方法でしか母と姉に詫びることができない。秀男にはまだなんの力もないということだった。

「家出をしたり学校を辞めたり、迷惑ばかりかけて本当にごめんなさい。とうさんのいないところで頭を下げるのは卑怯だってわかってます。ただ、またこっそり出て行くのはもっと卑怯だって思うから、ふたりにだけは謝らせてほしかったの」

母のマツが首をかくんと前に折る。

「しょうがないねえ、お前は」

持ち上げた頬は泣くでも笑うでもなかった。章子の目はかなしげで、秀男は姉の顔を真っ直ぐに見ることが出来ない。

謝るもなんも——

マツの声は弟や妹が騒いで父に叱られたときと同じように、穏やかで柔らかい膜に覆われている。

「ヒデは、腹の中にいるときも蹴りかたが違った。ちいさいくせになかなか出てこない頑固者でね。産声を上げたときから強情だとわかっていたさ。誰が自分の産んだ子を責められる。いくら臍の緒を切ったところで、どっちかが痛い思いをすればお互いがつらいんだ。口から先に生まれてきたようなお前が、他人様を喜ばせる仕事をするのはあたりまえなのかもしれないねえ」

マツはぽつぽつと言葉を繋いだ。

「子供は宝なの。どんな顔でもどんな姿でも生きていてくれたらそれでいいんだ」

少し丸まった背中を見て、母はまだ死んだ松男を背負っているのだと思った。言葉のひとつひとつは、息子にというよりも、自分に言い聞かせるようだった。

「ちょっと待ってね」

よっこいしょ、と声に出し母が立ち上がる。仏壇の下の小引き出しからなにか取り出し、板の間へと戻った。

「これさ。お前を見ているといつもこの子のことを思い出すんだよ」

母が差し出したのは、二枚の写真だった。角がすりきれ、表面に幾筋かのひび割れがある。写真館の椅子に座った男がひとり、髪をなでつけ着物姿で写っていた。目はすっきりと筆を走らせたような切れ長で、鼻筋も通っている。唇は薄く、紅をのせたならさぞ美しいに違いない。もう一枚は、女とふたりで写っていた。どちらも同じ日のようだ。

「こっちが母さん。この子はすぐ下の弟なんだ」

母に弟がいたというのは初耳だった。母が自分の実家の話をしたのもこれが初めてだ。幼いころのことも口に出さず、今と明日を生きている母だった。弟がいたことも、その写真を仏壇に忍ばせていたことも知らなかった。章子が二枚の写真を見て、ぽつりと言った。

「きれいなひと」

母がうんうんと頷き、少し誇らしげな表情になった。

「あんまり裕福な家でもなかったけれど、この子はちいさいときからお花を生けたり踊ったりというのが好きでねえ。素直で優しい子だったんだ」

マツは日本海側の雪深い街で、酒蔵勤めをする父の子として育ったという。鰊漁が盛んで酒蔵のある土地には、三味線や踊りといった花柳界のお師匠さんも多かった。

「上方舞の師匠がこの子をえらく気に入って、ずいぶん可愛がってもらってた。わたしらは末のふたりだったから、お前と章子みたいにとても仲が良かったんだよ」

舞いの師匠が弟の筋を褒め、ぜひとも婿にと申し出た際、家の者は願ってもないご縁と喜んだ。姉のマツも時次郎との縁談がまとまったころのことだった。

「地元の名士でもあるお師匠さんの家の入り婿に決まったっていうのに――」

弟は明け方の上り列車に飛び込んだ。誰もがその死を不思議がったが、心を病んでいたのではという想像で彼の死を着地させた。実弟の喪の明けを待って嫁に出たマツは、その後一度も実家には帰っていなかった。

秀男はその存在も知らずにいた叔父の写真に、ひとつの答えを見た。

「かあさん、おじさんってあたしによく似てなかった？」

マツは唇の両端を持ち上げて「うん」と頷いた。言葉を噛んで砕いて、更に噛みながらマツが言う。

「誰とというよりも、女の人と結婚しなけりゃならないことがつらかったんだ。誰にも言えなくて、さぞ苦しかったと思うんだよ」

マツは実弟がそうした心を持って生まれついたことを、うすうすだが気づいていた。ひとつ納得の息を吐き、「だから」と続けた。

「ヒデ、お前は自分の好きな道を行きなさい。世の中こんなに人がいっぱいいる。どんなふうに生まれつくかなんて、本人にだってわからないだろうさ。けれど、なにがあっても死ぬようなことはいけないよ」

章子が声を殺して泣いていた。握りしめた両手が、膝の上で青白い。記憶の端をリリーが通りすぎる。姉はいま、秀男のぶんも泣いてくれているのだった。

「ショコちゃん、これがお別れじゃないわ。あたし必ず一人前になる。いつか必ず、かあさんとショコちゃんにいい着物を贈るわ」

ふたりは同時に首を横に振った。何から何まで、母と姉はそっくりだ。母の弟が秀男と同じ心を持っていたというのなら、良縁も苦痛だったろう。生まれ育った土地から離れることも出来ず、思うことを口にも出せないまま、果たしてこのちぐはぐな心のかたちは死ぬようなことだろうかと秀男は思う。

死を選ぶくらいなら——あたしは誰に何を言われようと生きる方法を探す。

「かあさん、あたしはこのとおりどうしようもない馬鹿だけれど、死んで咲く花なんかどこにもないってことだけはわかる」

あたしには、わかるのよ——

マツがひとつ大きく頷いた。

卒業後、章子は請われていた高校の事務を執るという。父の持ってきた就職先の方が賃金は良いものの断った。秀男は姉の決断がささやかな抵抗であることを知っている。進学したかった気持ちを少しずつ手放すために、章子は母校という働き口を選んだのだ。

「ヒデ坊、たまには手紙をちょうだい。居所だけはちゃんと報せてほしいの。年に一度でも顔が見られたなら嬉しい。わたしも、ヒデ坊にしか話せないこと本当はいっぱいあるの。手紙を書かせて」

「わかった。あたしもショコちゃんには本当のことを報せるわ。笑えるようなことがたくさんあるよう、祈ってて。あたしはどこへ行っても元気。とうさんとかあさんのこと、ごめんね。仕送りできるようがんばるから。富男と福子にも、ちゃんとお小遣いを送る」

出発の日になっても、父はひとことも秀男のことに触れなかった。もう捜索願は出ない。今度はノブヨも笑って送り出してくれた。

笑顔で別れるために、二度も家出が必要になるとは思わなかった。

三月——章子が高校を卒業すると同時に、秀男は再び家を出た。捜索願が出されない旅立ちは、まだ冬場の冷たさを残している。母が持たせてくれたおにぎりの袋には、いつか仏壇に置いた二万円が手つかずで入っていた。文次が旅立った日によく似た風が吹いていた。

夕刻、ひと冬過ぎた札幌に春の雨が降っていた。立ち食い蕎麦を一杯腹に入れ、構内を出て空を見上げた。一気に雪解けだ。誰はばかることなくこの街で修業をするのだという決意が、細かな雨粒となって身に降り注いでいる。

その夜、秀男は喜び勇んで「みや美」のドアを開けた。

一瞬、店を間違ったかと目を疑ったものの、着物姿のミヤコを見つけ、店内へと入る。目いっぱい派手な服を着てきたつもりでも、店の中では地味でぱっとしない。

「マメコ、やっと来たね」

「ミヤコねえさん、あたし今度は堂々とここで働けるの」

ミヤコ以外の五人は、見たことのない顔ぶれだ。カウンターにいるはずのトメ吉も姿が見えない。「ママは?」と訊ねると、ミヤコが楽屋へと秀男の背を押した。

化粧と香水の匂いに包まれて、戻って来られたことにほっとする。しかしミヤコの眉は喜びの弧を描いてはいなかった。

「ミヤコねえさん、なにがあったの?」

店に一番客が来たようだ。聞き慣れない声が楽屋に滑り込んでくる。

「ママは、支店も掛け持ちするようになったの。トメ吉はグランドキャバレーに引き抜かれて、年明けからそっちに行ってる」

ためらいの気配を漂わせたあと、ミヤコが言った。

「マヤさんは東京に戻った。リリーが死んでマメコがいなくなって、なんだか気が抜けちゃったみたい」

マヤもミヤコも、もともとは東京で働いていたのだという。客あしらい、あるいは歌でそれぞれ身を立てられるようになってから、ゲイボーイを名乗り始めた。

「マヤさんが戻るって言ったとき、正直わたしも行こうかと思ったんだけれど。半年だけ遅らせることにしたの」

ミヤコはそこだけ明るく「マメコが戻ってくるかもしれないから」と微笑んだ。

「この世界のお作法を教える約束、ちゃんと覚えているのよ」

ミヤコに「よく戻ってきたわね」と頭を撫でられ、秀男の目から勢いよく涙がこぼれ落ちる。様子が変わってしまった「みや美」でたったひとり待っていてくれたひとの情に、秀男は素直に泣いた。

再び「みや美」でチップ暮らしを始めた秀男は、ミヤコから聞いたマヤの勤め先に短い手紙を書いた。

『マヤねえさんお元気ですか、マメコです。札幌に戻ってきました。ねえさんがいなくてとてもさびしいです。早く一人前になってマヤねえさんに会いに行きます。待っていてください。マメコ』

返事を待って待って待ちくたびれた一か月後、ようやくマヤから返事が届いた。

『自信がついたらこっちにいらっしゃい。マメコが来るまでこの店で歌っています。先に死んだらごめんなさいね。カーニバルのマヤより』

自信がついたらのひと言に喜びながら、同時に怯んでもいた。ミヤコに告げるとおっとりとした笑顔が返ってくる。

「マヤさんに、マメコを早く一人前にしろって急かされているみたい」

秀男はその日からみっちりとミヤコの手ほどきを受け、客あしらいを学んだ。「みや美」の客層も、マヤがいた頃とは違ったものになっていた。十日あるいは半月であちこちの店を回って歩く流しのゲイボーイを入れている。客も芸を楽しみにやってくるというより自分たちとは違う「いきもの」を珍しがっているだけのように見えた。秀男たちはそういった客にも、望まれた対応をする。ミヤコの接客は一にも二にも「持ち上げる」だったが、秀男目当ての客はその瞳の向こうに懐かしいマヤを見るのか、見当を少しだけ外した「下げ」を喜ぶ。ミヤコはそれがマメコの良さだといい、使い方を間違わぬよう丁寧に一日の接客を振り返っての反省会を日課とした。

「みや美」に戻って一年が経った。豆粒のマメコにも貫禄がつき、もう仕込みっ子ではなくなった。

ノブヨや章子から届く手紙も、それぞれが豆腐ほど厚みある束となった。ノブヨは変わらず小説を書き続け、ほかに興味もない生活を続けているようだ。章子は、ときどき縁談が来るけれどまだそんな気にはなれないという。

マメコの芸も歌と踊りと合間の話芸が定着し、看板ゲイボーイになった。トメ吉のあとにやってきたバーテンダーの次郎を「練習台」と思って付き合っているうちに、情も湧き始めた矢先のことだった。

「一度、名古屋に戻ってみるわ」

まさかミヤコのほうが先に「みや美」を去るとは思わずにいた秀男は、なぜなのかどうしてなんだと彼女に取りすがり、訊ねた。

「母親が、もうそんなにもたないみたいなの。兄弟たちはみんな戻って来るなの大合唱だけれど、わたしは長男だから。向こうでなにか、いっときでも親が安心するような仕事を探すことにする」

「あたしは、あたしはどうなるの?」

「マメコはもう、立派なここの看板さん。いつマヤさんのところへ行っても安心。こんなことになってごめんね」

ゲイボーイが天職だったはずのミヤコが、親を安心させるために化粧を落として仕事をするという。秀男は後頭部を殴られるような思いを味わいながら、けれど最後まで彼女の決意を翻すことは出来なかった。

「あたしも、時機をみてマヤねえさんに今後のことを相談します。ミヤコねえさん、ありがとうございました」

しかしミヤコの抜けた「みや美」で、看板を背負ったはずの秀男が我慢できたのは、たった三日のことだった。

流しのゲイボーイたちのなかでも、秀男を気に入らないという者は多かった。東京や大阪の話をしては地元で人気のマメコを仲間はずれにするのだ。そんな意地悪になんか構っていられないわとうそぶいていられるあいだは良かったが、こと芸の話になるとそうはいかなかった。

東京組のひとりが閉店後に大声で喧嘩を売ってきた。

「あんな下手くそな歌、堂々と歌われちゃかなわないわ」

ミヤコのいない店に、つっかい棒はない。秀男は「気の強いマメコ」のまま、売られた喧嘩を買う。遠慮も恐怖も感じない。相手は自分と同じゲイボーイだ。お互い、名乗るのなら名乗るだけの口で勝負をするまでだった。

「あら、歌えないやつが何を言ったって無駄よ。土俵が違うじゃないの。あたし知ってんのよ、あんたの芸がぜんぶ中途半端だってこと」

「豆つぶのマメコが言うことじゃないだろう、この寸足らず」

「うるさい、立ちん坊あがりのブス」

東京オリンピックに向けての取り締まりで夜の街頭から閉め出された経験のある者が三人、この喧嘩で敵側についた。秀男の味方は、こんな場面で仲裁もできない気弱な次郎ひとりだ。先にアイスペールに残っていた氷を投げつけたのは向こうだ。秀男も氷で応戦する。投げる氷がなくなったところで、手に触れたものを相手めがけて投げつけた。

壁にあたったグラスが割れて、破片が相手の首をかすめた。彼女の手のひらを染めた血を見て、その場の誰もが悲鳴をあげた。へなへなとしおれたゲイボーイを見下ろし、秀男は怒鳴る。本当は自分も悲鳴をあげたいのだが、両手を握りしめ堪えた。

「あたしに喧嘩売るときは、殺すつもりでやりな。お前らみたいな半端者と一緒にされちゃ困るんだよ」

店の壁にいくつも傷がついていた。床もぐちゃぐちゃだった。マヤが、ミヤコが、リリーが、全員が「みや美」のナンバーワンだった日が遠い景色になってしまった。

こんな面倒くさいところにいたら、あたしはまた腐ってしまう。ここはもう、秀男が戻りたくて仕方なかった「みや美」ではなくなっていた。

ガラスの破片がかすっただけで、救急車を呼ぶような傷でもなさそうだ。しょっ引かれなくて済むわと胸をなで下ろし、秀男は楽屋の荷物をまとめた。

次郎にそっと耳打ちする。

「次郎、あたしずらかるわ。ママには後でお詫びの手紙を書く。マメコが謝ってたって伝えて。

じゃあね」

店を出て電信柱一本分のところで、次郎が「マメコ」と呼び止めた。

ああ、まるで映画みたい――いい気分で振り向く。次郎が首の蝶ネクタイを外しながら追ってくる。いい感じじゃないの。半分喜んだものの、同時に爪の先ほどの煩わしさが顔を出す。

追いついた次郎が息を整え言った。

「俺も行く」

「駄目よ、あんたも悪者になっちゃうわ。あたしあんたのこと好きよ。だからあたしひとりを悪者にして、店に残りなさいよ」

秀男より五つも年上のくせに、そんな言葉に涙ぐんでいる次郎が、ひどく可愛く見える。

「マメコ、俺も行くよ」

「どこへ行くっていうのよ」

次郎の目玉がゆらゆらと泳ぐ。真面目に行き先を考えているようだ。言葉の意味を真っ直ぐにしか受け止められない素直な眼差しが、さらに愛しくなってくる。

秀男の体が少し重たくなった。荷物は必要最小限のはずではなかったか。そう思いながらもうらはらな言葉がこぼれ落ちる。

「お腹空いてない？　行き先は『だるま』でジンギスカンでも食べながら相談しようか」

次郎が外した蝶ネクタイをポケットにねじ込み目元の強ばりを解いて「うん」と笑った。

旭川、根室、帯広――次郎について行ってはみたものの、どの店もひと月かふた月で「みや美」と似たような最終日を迎えることになった。

マメコからミコ、アケミ、美月《みつき》、ヨーコ、アキ。土地と名前を何度変えても、落ち着ける先は見つからない。

道内を転々としているあいだに、秀男は右の内股《うちもも》に薔薇《ばら》の彫り物を入れた。次郎が日頃の憂さ晴らしにと彫り始めたものだった。木綿針を何本か束ねて毎日少しずつ彫り進め、筋彫りの薔薇が咲くころ、次郎は不機嫌さを隠さなくなった。十月、札幌行きの上り列車のなかで、すっかり面やつれした次郎がふわふわとした口調で言った。

「もう、俺のつてで行けるところはなくなった。次はお前の好きなところへ行けよ」

「好きなところって、どこよ」

「だから、好きなところだよ。俺がどこへ連れて行っても、お前はすぐ喧嘩をおっぱじめて追い出される。もう、頼めるところはどこもない」

くたびれた背広と、派手なワンピースの組み合わせは、よくよく見ればまだつるりとした顔立ちの若者なのだった。忌々しい目つきで通りかかる乗客が、しょっちゅう次郎と秀男を見ている。他人の視線などどうでも良かったが、説教を垂れそうな大人は秀男が煙草の煙で追い払った。

「あたしの好きなところに、あんたもついて来るっていうの？」

次郎はトンネルをひとつ抜けてから「ああ」と返した。

「じゃあ、もう一回すすきのに行くわ」

内股の薔薇はまだ一輪きりだった。彫り始めたころは太股いっぱいに深紅の薔薇を咲かせてやると話していた男の、横顔が疎ましい。まだ一色も入っていないうちから、こんな気持ちになるとは思わなかった。次郎が、札幌に出てどうするのかと問うた。

「どうするもこうするも、あたしたちいま文無しじゃないの。先立つものを何とかしなけりゃ、一歩も前になんか進めない」

太陽を追いかけて西へ向かっているというのに、どうして辺りはどんどん暗くなるのか。いったいいつになったら母と姉に着物を買ってあげられるんだろうと考えるとき、ほんの少し胸が痛んだ。

ふたりで東京に出る資金を貯めるはずが、喧嘩と酒であっという間にすっからかん。頭の中ではこんな男と一緒にいたところでどうにもならないと分かっているのに、なぜかどちらも別れを切り出さない。

すすきので、その日のうちに稼げるという店の張り紙を見つけ働き始めた。喧嘩して大暴れしなければだいじょうぶだという自信もある。同僚との喧嘩の原因はたいがい秀男に客がついてからのやっかみだった。女として働き始めても、客がついたら男と明かす。太股の筋彫りをちらつかせると、その口上の切れ味から、たいがいの客は秀男に関心を寄せる。

客はまず秀男が男だということに驚き、次に女より美しいことに驚いた。店に入ってすぐに「あたし今日が誕生日なの。パーティーしてよ」とねだれば、売り上げは伸びる。店主が気を良くすれば、同僚が舌打ちをする。

誕生日パーティーはしばらく封印し、今回は少し時間を置いてから稼ぎに入ろうと決めた。中年男女の席に呼ばれ、ミコの名前で挨拶をする。ふたりとも、もうけっこう酒が入り出来上がっているようだ。男のほうの眉が寄って、秀男の顔をじっと見た。

「お前さ――」

マメコじゃないのかと問われ、咄嗟に唇の端と両方の眉毛を思い切り持ち上げた。日給の良さに気を取られ、ここが「みや美」から歩いて十分もかからぬ、すすきの一角ということをすっかり忘れていた。

「あら、お客さんマメコをご存じでしたか」

「お前が大暴れして出て行ったすぐあとに店に行ったんだ。バーテンダーをだまくらかして連れてったって聞いたけど、いったいどこに姿くらましてたんだ」

「逃げも隠れもしてませんでしたよ」

「馬鹿言えよ、お前がすすきのにいたら必ず誰かが縛り上げてママの前で折檻だったぜ」

それほど怒らせたかと内心震え上がりながら、しかし笑顔を崩さない。目の前の男女は終始ニヤニヤと嫌な顔つきだ。

「まぁ、怖い。いったいどんな噂が出回っているものかわかったもんじゃない」

女のほうが秀男をなめ回すような目つきになり、薄気味悪いほどねばつく声で言った。

「あんたがマメコかぁ。噂には聞いてたけど、本当に可愛いわねぇ」

女がワンピースの膝に、手を伸ばしてくる。嫌な顔もせずに触らせておくが、男の手とは勝手が違って体温の意味がわからない。水割りを差し出したあと、男のほうが額のあたりで両手を打ち鳴らした。

「ご来店中の紳士淑女のみなさん、本日のショータイムは、元『みや美』の売れっ子ゲイボーイ、マメコのストリップだ。拍手でお迎えください」
カウンターの近くにいたママが「ゲイボーイ」と言ったきり口を開けて固まっている。秀男は仕方なくにっこりと笑い立ち上がった。

酔っ払いの口上ではっきりと思い出した。「みや美」でもゲイボーイを脱がせては大笑いしていた品のない客の一派ではなかったか。気っ風良く脱いで、練習中の芸を披露したことがある。まさか入店一日目でこんなことをやる羽目になるとは思わなかった。

店にはバンドもなく、音響といえばステレオが一式あるきりだ。秀男はレコードラックの中から見覚えのある一枚を選んで針を落とした。

もの悲しいシャンソンのイントロが流れ始めた。気の利かない店だと腹で毒づきながら、人の好さそうな女にチークダンス用の明かりにするよう頼んだ。薄暗かった店内が、ひと坪ほどの一角を残して更に暗くなる。秀男は明かりの下に立ち、スローなスタンダードナンバーに合わせて身をくねらせた。

曲のサビに向かって客に背中を向け、後ろ手でワンピースのファスナーを下ろす。右手を下げるときは左手を天井に向ける。それだけで人の体はS字を描き美しく大きくしなやかに見える。

こんな動きが出来るのも、マヤの教えどおりにやってきたからだった。湿っぽい思いが首筋から胸に向けて流れてゆく。どんなに酒を入れた体でも、柔軟体操は欠かさない。足首、ふくらはぎ、太股、腰や尻、背中、首、指先まで、体の一部が全部を支えている。頭を揺らさず真っ直ぐ引けば、ファスナーも素直に下りてゆく。

ホステスのひとりが、暗がりでぼそりと「男？」とつぶやいた。あとはもう、曲しか聞こえなくなった。

ワンピースの下は、下着代わりにさらしを巻いていた。くるりくるりと回りながら、曲に合わせてしなをつくる。体から剝いで手に溜まったさらしの塊で、前を隠しながら踊る。曲の最後にきて、さっと明かりの下から出た。客席の気配が変わる。秀男はテーブルの端にあったマッチ箱を手に取り、空いた席にさらしを置いた。座った客やホステスの頭が十センチも持ち上がる。どよめきで店内が膨れあがった。

真っ裸で腰を勢いよくひねり、前に付いたものを一瞬で股のあいだに挟み込む。そこへマッチ棒を一本差し込んだ。

「はいご注目」

視線がすべて秀男の下半身に集まったところで、別のマッチを擦って股間へと火を移す。ぱっと燃え上がった炎が秀男の体と辺りを照らし、ステージが終了した。

床のワンピースを身につけ、拍手のなかをママのそばまで歩み寄った。

「お粗末さまでした。この芸は高いんですけど、いいですか」

こんな場面に不慣れな彼女はうっかり「いくらなの」と訊ねてしまう。秀男は遠慮せず「一回一万円」と答えた。マメコとばれてしまったからには、ここで働き続けるわけにはいかない。明日の夜には「みや美」に噂が流れ着くだろう。

自分の口上で店内が盛り上がったことに気を良くしたのか、男は席に戻った秀男に自分たちの水割りを作れと命じた。秀男は巻き直したさらしの胸に、ママから巻き上げた一万円を挟んでいた。もう、今日の手取り分くらいは働いたという思いが湧いてくる。やってらんねぇや、という腹の内が透けぬよう気をつけた。

女の前に水割りを置いた。丸い膝がじりじりと秀男に寄ってくる。逃げるわけにもいかず、にっこりと微笑み返した。女は膝だけでは満足せず、顔まで寄せてきた。

「どうかしましたか。そんなにあたしの顔が見たい？」

冗談めかして訊ねると、酒臭い息が「マメコ」と囁き熱くなった。しなだれかかってくる頭や肩を避けようとしたところで、女の顔が秀男の頬や唇に触れる。体中の毛が天井に向かって立ち上がった。

「ちょっと、お客さん。こちらのおねえさんちょっと飲み過ぎじゃありませんか。だいじょうぶですか」

連れの男を見ると、ニヤニヤしながらこちらを窺っている。女を止めるつもりはないらしい。

「やめてくださいな」

「いいじゃないの、マメコぉ。お店が退けたら一緒に美味しいもの食べに行こうよ」

「ごちそうさま。お気持ちだけ」

「お前、なに気取ってんだよ。ちょっときれいだからって。お高くしてるとこんな商売できないだろう」

膝から太股へと上がってくる手に我慢ができない。女の気持ち悪さより、この行いをにやつきながら眺めている男に腹が立ってきた。女がもう一度「マメコぉ」と唇を重ねてきたところで我慢の底が抜けた。「みや美」で大喧嘩をした日から、秀男の沸点は低くなる一方だ。店や土地を次々に変わったけれど、初日に騒ぎを起こしたのは初めてだ。どのみち明日は来られない店だった。さらしの間に挟んだ一万円が体温を上げている。

「このすっとこどっこい、気安くオレの名前を呼ぶんじゃねぇよ」

女の動きが止まり、男の顔が強ばった。

「その汚い手を除《の》けな。さっきからベタベタ触りやがって薄気味悪い。客だと思って我慢してりゃあつけあがりやがって。気持ち悪いったらねえんだよ」

男の目が怒りで血走るのを見た。秀男は立ち上がり、ボックス席の椅子から一歩退いた。

「汚いのはどっちだ、この化け物が。てめぇいったい何様のつもりでそこに座ってんだ」

化け物上等。もう止まらない。店内の人間がすべてこちらを見ている。男も立ち上がった。勢いよくその腕が伸びて、結い上げた髪を摑んだ。あ、と声に出たときはもう、体が横倒しになっていた。

振り回され髪の毛が音を立てて抜ける。このままではどこに打ち付けられるか分からない。せめて顔だけでも守ろうと、左右に振られているあいだ懸命に摑まる先を探した。

勢いつけて床に飛ばされたとき、顔は守ったものの肩を打った。よろけながら起き上がると、男が手を振り秀男の髪の毛を払い落としていた。怒りに震えながらも、気持ちはここでまた暴れようかそれとも泣こうかと、冷静に考えている。沸点を下げてもその都度、自分で選んでいたことに気づいてしまった。

泣くほうを選ばなかったゆえの大暴れだった。

気づいたあとは、泣いてみたくなった。心に湧き出すのは、いつも助けてくれた文次の姿だ。

文次を買い戻そうと懸命だった頃——ゲイボーイを夢みていた頃の、ここがなれの果てだとは思いたくない。

秀男は乱れた髪を手ぐしで直した。

「お疲れさま。お気が済みましたか」

太い声で腹から問うたが、男は指にからみついた毛を払うのに気を取られておりこちらを見なかった。秀男はもう一度、今度は歌うときと同じく肩から力を抜き、全身に息を溜めて吐きだした。

「気が済んだかって訊いてんだろう、てめぇ。誰の髪ひっつかんで振り回したのか、分かってんだろうな」

抜けた髪の毛は油断した罰なのだった。

女はとっくに入口近くへ移動していた。秀男は履いていたハイヒールを片手に持ち、思い切り男の頭めがけて振り下ろした。

こめかみから頬を擦り、男の左頬がヒールで裂けた。男は椅子にすとんと腰を落とし、何が起こったか分からぬ様子で秀男を見上げている。何かが顔をかすって行ったことを確かめるように、頬に触れる。裂けた部分から血が滲み始めていた。

長居は無用だった。残ったほうがこの場の始末をする羽目になる。

逃げてはいけない。しかし唾を吐きかけてもいけない。ハイヒールを床に落とし、足を入れた。

「色男が台無し。早く消毒した方がいいわよ」

バッグを片手に店の入口まで行くと、ママが嫌らしい笑顔で立ちはだかった。男が今ごろ悲鳴をあげた。構わず店を出ようと肩からすり抜ける。呪いの言葉をひとつふたつ背中で聞いて、どれもひねりがないなとぼやきながら、ゆったりとした仕種で外に出た。

店から出て三歩、五歩、秀男は勢いをつけて走り出す。ヒールが折れてもいいと思いながら全力で走っていると、道往く酔っ払いが声をかける。口笛が聞こえたときは手を振って応えた。


六畳と三畳のアパートに住まいを決め、夕刻になると次郎と連れだって街のネオンに紛れ込む生活が始まった。地方の飲み屋街だとそうはいかない。どこにいてもどこで眠っても、家庭の朝飯にまで自分たちの噂話が枝葉を伸ばしてゆくのだ。札幌にいていいことのひとつは、ネオン街に働く者と給料取りの埋められない溝が見えることだった。溝があるお陰で、妙な諍いもない。

雪がちらつく頃になり、秀男は結局「みや美」の姉妹店だったキャバレー「ペガサス」に腰を落ち着けた。「みや美」のママに詫びを入れたあとは、大暴れのことなど遠い笑い話に変わる。騒ぎの相手が東京から来た腰掛けだったことも幸いだった。

「ミヤコからあれほどお前のことを頼まれてたっていうのに、あたしも悪いことをした。東京組と反りが合わないことくらい分かってた。ちゃんと見ていなかったあたしのせいだ」

どちらが店で稼ぐかと問われれば、秀男が上なのだ。都会の流行りや匂いをちらつかせ、自慢話をしながら取った客など長続きしない。男と女、両方の仕種と言葉を使い分けながら二重に楽しませる「マメコ」に客が流れてゆくのを、誰も止められない。今回は店の損害と秀男の売り上げを、ママの商売っ気で量った結果の採用だった。

「ペガサス」は、映画で観たことのある俳優や流行歌手が仕事の終わりに立ち寄る大箱のキャバレーだった。秀男が幼いころに侍の役で名を馳せた俳優とチークタイムに踊っていると、映画の中へ入り込んだ気分になってくる。ものおじせずに喋り続ける秀男は、どんな席でも重宝がられた。夜中になっても座の主役でいなければいけないスターにとって、話と芸でいっときでも代わりを務めてくれる秀男はボックスの大切な光になった。

多少回り道はしたものの、底意地の悪いゲイボーイと陰で足を引っかけ合いながら仕事をするよりずっと楽だった。

「ペガサス」には、トメ吉もいた。相変わらず細面の色白で、女たちに貢がせているようだ。すれ違う際に「刺されないようにね」と忠告すると、にやりと片頬を上げて見せる。トメ吉のおかげで、一か月で辞めそうなホステスが半年一年と勤め続けると聞いた。店にとっては悪いことばかりでもないのだろう。女にだって、騙されなくちゃいけないその時々の事情がある。

同じ店で次郎も一緒に雇ってもらえたのはありがたかった。すべてを水に流すと言ってくれたママの懐は、温かいものが流れつつ札束もひと休みする。秀男は再び「マメコ」になり、ときどき内股の筋彫りを客に見せては「ここに誰か色を入れてちょうだい」と甘える。懐の温かい客からは記念日にかこつけて大枚を巻き上げた。

「この世界に入って今日でちょうど三年目。お願い、おいしいお酒をごちそうして。酔っ払ったらあたしまた脱いで踊っちゃうかも」

機嫌のいいときにしかやらない、と噂されるマメコのストリップが見られるとなると客も景気良くワインやシャンパンを開ける。さんざん焦らしたところで、生バンドを背にマッチ芸を披露するのだ。

女だと変に生々しくなるところも、最初から男だと分かっているマメコが体をくねらせて踊りながら脱いでゆけばかけ声が掛かる。

――男のくせに一人前に色っぽいじゃないか。

そうした驚きの視線が秀男を包む。ガーターを太股に着け、膨らみのない胸を片腕で隠し、腰をひねりながらショーツ一枚で客席を練り歩くと、向こう一か月の暮らしに困らぬくらい札が差し込まれた。

自分たちには出来ないことだと割り切ってか、三か月も経つ頃には「ペガサス」で働く女たちもマメコに一目置くようになってきた。秀男にとってみれば、脱げと言われて恥ずかしがるほうがずっと恥ずかしい。ゲイボーイであることで客が安心して楽しめるのなら、自分の恥など熨斗《のし》を付けて野良猫にくれてやっていい。恥が恥でなくなるところに金が溜まってゆくのだ。常識の鼻先をかすめ、感受性の脇腹を突くのが秀男の仕事だった。ささくれた街を転々としながら覚えたことのひとつひとつが「ペガサス」で花開いていった。

この世の恥はいくら恥のかたちをしていても、秀男の恥にはなり得ない。この世にないものになる――決めたからには、なってゆく。

生活が立ちゆくようになってからの次郎は、ひとつ自信を得たのか「ペガサス」の給金で背広を作ったり博打をするようになった。生活の面倒は変わらず秀男がみているので、東京へ出て行く資金はなかなか貯まらなかった。

住所を定めたことを報告するために書いた手紙に、ぽつぽつと返事が届き始めた。秀男からは、無沙汰の詫びと仕事が上手くいっていることの報せ、最後に「会いたいわ」の本心とも建前ともつかぬ結びの一行だ。

章子からは真っ先に便箋八枚にわたる長い返事が届いた。なにをしているのかとずっと心配していたこと、父と母の様子、弟妹たちもずいぶん大きくなったことが綴られていた。とりわけ秀男の気持ちを揺らしたのは、長男の昭夫が釧路に戻ることになった、という報せだった。

『昭夫兄さんは、地元でお嫁さんをもらうことになりました。わたしの縁談をすすめるにあたって、やはりかあさんの手助けが必要ということに。家族が困るのなら、一生嫁になど行かなくてもいいのに、そういうわけにもゆかぬようです』

やっぱりショコちゃんはずっとショコちゃんなのね——心優しき文面に、生傷を刺激されたような痛みが走る。人の心の何をも疑っていない章子は、きっとそういう風にしか生きて行けないのだ。それにしても——秀男はあの兄がどこでどう自分に折り合いをつけたのか、よく故郷に帰ることを決めたものだと驚いていた。章子の代役を務めるために嫁ぐ女も気の毒なことだった。

誰もが替えのきかない人間であることを、頭では分かっていても自分のこととして納得するにはまだなにか足りない。秀男のなかでは、個人と家族は繋がっているようで、どこか断裂している。死んだ弟の残した穴に滑り込もうとしても叶わなかったことが頭を過ぎる。母は心の穴の上に正座をして、誰も何もそこへは立ち入れぬようにしてしまった。秀男は、母が隠しているのかたちを知りたいがために自分の掘った穴でもがいているのだという気がして仕方なかった。

ノブヨからは、高校を卒業したらいつか自分も札幌に出たいという手紙が届いた。そのときはよろしく、と結ばれていたが、具体的なことはなにも決まっていないようだ。秀男が街を出てからのことは折々の手紙に書かれていたけれど、ノブヨも自分も正直なところを綴っている気はしなかった。

何度も何度も読み返したのは、いつにも増して短いマヤからの葉書だった。

『そろそろ、あれもこれもうんざりしていることでしょう。こっち、くる？　カーニバルのマヤより』

秀男には読めないフランス語の一行が添えられていた。あれもこれもうんざり、か。遠く離れていても、マヤには秀男の毎日が見えているのだとため息をついた。


春の風が砂を舞い上げた日、秀男は贔屓にしてくれる客と昼飯を約束していた。苦手な早起きをして身支度を整えていると、次郎が起きてきた。

「あら、起こしちゃった？　朝ご飯できてるから、お味噌汁を温めて食べてね。あたし今日はお客さんとホテルのラウンジで食事の約束が入ってんの」

次郎がむくんだ顔を更にむっつりと不機嫌そうにしたのもつかの間で、顔を洗いすぐに身支度を始めた。おや、と秀男はつけまつげを着ける手を止める。

「どこか、行くの？」

「うん、俺もちょっと出かける」

「競馬？　パチンコ？　それとも麻雀？」

なにが気にくわなかったのか、返事をしない。賭け事ならばいちいち背広を着込むこともなかろうと、鏡の中にある男の動きを目で追った。

秀男の薄暗い予感は、次郎が新品の靴下を履いたことで確信に変わった。ぼさぼさの髪の毛を整髪料で固め直して玄関を出てゆく男に「気をつけてね」と声を掛けた。すかさず立ち上がり、持っている服の中で最も地味なシャツとズボンに着替える。次郎が曲がった道を窓辺から確認し、急いで外へと走り出た。

春の風でときどきまつげに砂が積もるなか、秀男は次郎の後をつけた。昼の日なかに鶯色《うぐいすいろ》の背広は場違いで、何よりの目印だった。いそいそとした足どりは、電信柱一本ぶんの距離を置いて後ろをついてくる秀男のことなど気付く様子もない。嫌な予感も体から離れて、だんだんこの尾行が面白く思えてきた。そう時間を置かずにまた新しい扉が開くということがわかるのだ。

狭い四辻にやって来たところで、次郎の体がぴょんと軽く跳ねた。ゆっくり回るフィルムを見ているみたいだ。着地と同時に左側へと走り出した男の横顔が、若さと期待に溢れているのを見て、秀男の心臓が大きく揺れた。

喜び勇んで、という言葉が彼のためにあるように思えた四辻から、五十メートルほど先が目的地だった。二階建ての木造モルタルアパートだ。午前十時、夜の街に働く女たちが多く住む地域はまだ一日が始まっていない。次郎は慣れた足取りで一階の端のドアに消えた。秀男は聞こえるはずもない足音を忍ばせて、次郎が入った部屋の前に立った。

安アパートのドアは秀男の住まい同様とても薄い。郵便受けの金属に響き、こちらが息を殺さねばと思うほど中の声が聞こえてきた。辺りはまだ眠りのなかにあるようだ。遠慮のないやり取りを、階段の一段目に腰掛けながら聞いた。

——あんた、よくこんな早くに来られたわねぇ。あいつ、まだ寝てんの？

——今日はもう帰ってこないよ。客と昼飯を食って、そのあと同伴で出勤だろ。今日の俺は自由なんだ。

ビールの栓を抜く音のあと、次郎が「ひぃ」とも「ひょう」ともつかぬ声を出した。そのまま布団に横にでもなったか、女がたしなめている。女の声に聞き覚えがあった。ここは「ペガサス」のホステスの部屋だった。

名前は思い出せない。秀男が名前を覚えないということは、意識の端に引っかけるものもない女ということだ。顔はまったく思い出せないが、ちょっと鼻に掛かった気怠げな話し方は記憶にある。秀男を「あいつ」と呼ぶくらいに、このふたりの関係は深いのだろう。

その「あいつ」がここにいるとは思いもしないふたりは、パチンコでいくら負けてそれゆえ今日は部屋で過ごそうなどと言い合っているのだった。

ふざけんじゃねぇよ——秀男の心はまるで日向ぼっこをしているような穏やかさと、ちりちりと怒りの導火線を進んでくる炎のあいだに在る。

男女の声は次第にこもった笑い声へと変わり、やがて女の声が吐息混じりに次郎の名前を唱え始めた。

秀男は立ち上がり、近所のどぶ板を一枚手に持った。板の後ろ側には春の日差しを逃れたなめくじが一匹はりついている。

秀男は一階の端の部屋、玄関の裏側へと回り込んだ。丈の足りないカーテンが掛かる窓に向かって、思い切りどぶ板を振り下ろした。ガラスの割れる音が止んだところで女の悲鳴が聞こえてくる。こんなことには慣れた地域なのか、どの窓も動かない。

中で慌てふためく女の声と、割れた窓の向こうからこちらを見た次郎の「ひぃ」という喉音が重なる。怒りよりも、いっぺんこんな場面を経験するのも悪くないだろうという乾いた諦めが勝っていた。

やわらかな春の日差しがひどく眩しく感じられ、秀男は数秒目を瞑った。いくら目を閉じようとも、瞼の裏側にも太陽はあった。残像とはいえ、それは紛れもなく太陽なのだった。

「やってくれるじゃねぇか、次郎」

女が唱えていた名前を、今度は秀男が叫んでみる。名前を呼べばすぐにわかった。気持ちはとうに離れている。今このときも、体を離すための儀式なのだろう。

「出てこい、次郎。ここでお前のついた嘘八百、きれいに並べてやろうじゃないか。お前が出て来ないなら、こっちから行くぜ。ふざけるのも大概にしとけ。あたしを怒らせてただで済むと思ってんのか、コラ」

静まりかえったアパート街に秀男の声が響く。腹から出した怒鳴り声が一丁先まで届きそうな勢いだったことで、秀男はほんの少し気を良くした。割れた窓ガラスの向こうは、空気が動く気配もなかった。足下に視線を移す。こんなときにも自分は真っ赤な十センチのヒールを履いていた。玄関には履きやすい突っかけサンダルもあったはずだが、咄嗟に足を入れたのはこの靴だった。

母や章子を泣かせ、兄になじられてまで入った世界なのだった。秀男は靴の輪郭を目でなぞったあと、つま先を自分のアパートに向けた。

アパートに戻って真っ先に始めたのは、次郎の荷物の整理だった。別れには別れにふさわしい更なる儀式が必要だ。秀男はまず、背広を一着ずつ裁ちばさみで切り刻んだ。一着バラバラにしたあとは加速がついた。三着立て続けに布きれに戻す。残るは下着と靴下だ。

浮き足立って新品の靴下さえ履かなければ、今日もうまく騙すことが出来たのに。

ついさっきの出来事が裁ちばさみの音に紛れて通り過ぎてゆく。下着は三つに、靴下はふたつに切り分けた。次郎の持ち物は、三十分もかからず百貨店の手提げ袋三つに収まった。かたちあるうちは入りきらなかっただろうが、切り刻んでみればまことに運びやすい。

秀男は昼食の約束に遅れないよう、赤いヒールに似合うようモノトーンのワンピースへと着替えた。化粧を直しへアピンとスプレーを使い、身長の足しにと髪を高く結い上げる。「ペガサス」のマメコの出来上がりだ。

準備を整えたころ、ドアを叩く音がした。荷物を取りにやってきたのは、次郎ではなく女のほうだった。額に描いた細い眉の、高さが合っていない。十代にも三十代にも見えるが、なによりも印象を薄暗くしているのは目だった。更に下へゆくと、鼻筋は悪くないのに口元が残念だ。ぽってりと厚ぼったい下唇に、この女が生まれ持っただらしなさが集まっていた。目いっぱい化粧を施した顔を想像してみるが、やはり店に立っているときの彼女を思い出せなかった。

「あのひとが、荷物を取ってきてくれって」

「あのひとって、誰？」

「お前んところに厄介になっていた、次郎だよ」

上目遣いがいっそう卑屈に光る。女が割られたガラスについて触れずにおいたところで、それぞれの立場が露わになった。

「荷物って、なに？」

「着る物とか洗面道具とか」

秀男は「ああ」と顎を上下させ、台所の歯ブラシを掴んだ。三つ並べておいた端の紙袋にそれを投げ入れる。女は秀男を刺激しないよう用心し、頬の下に力を入れている。鼻の穴が大きく膨らんで、みっともない。部屋の窓を開けると、窓の桟に積もった埃が室内に舞った。窓から見下ろした通りの、電信柱の陰に次郎を見つけた。笑いだしたくなるのをこらえながら、秀男は紙袋のひとつを手に取った。

玄関先で女がじりりと後ずさる。

「なに構えてんだ馬鹿。お前なんか百年先だって相手にしないから安心しな」

言葉を終えるか終えないかのところで、ぽいと紙袋を放った。布きれを舞わせながら、袋が落ちてゆく。着地を待たず、ふたつ目も三つ目も放った。あ、という声のあと、女の我慢が弛んだ。

「なんてことすんだ、この馬鹿野郎」

「あたしを馬鹿野郎呼ばわりは、なにか筋が違うんじゃないか。え？」

「こっちが黙ってりゃいい気になって。そんなだから大事な男を寝取られるんだ。馬鹿野郎は馬鹿野郎だ。野郎のくせに調子に乗るんじゃねえよ」

「てめぇ、それもう一回言ってみな」

「何度でも言ってやる。いくら女の真似したところで、面白いところで終わりなんだよ。誰が本気でお前なんか相手にするってんだ。いくら店で人気があるか知らないが、所詮前にモノがぶら下がってる男じゃないか。偽物なんだよ。お前なんかただの偽物だ」

耳に血が集まり、奥歯がきりきりと音をたてた。こんな不細工になにが分かるか確かめるのも腹が立つ。これ以上の言葉に傷つかぬようといま出来ることを考えるが、いい案が浮かばない。秀男は鏡台の前にあった裁ちばさみを手に取り、女に向けた。

「言いたいことはそれだけか。そこまで言うからには覚悟してんだろうな」

女の威勢が良かったのはそこまでだった。秀男には出せぬ高い悲鳴と「人殺し」の言葉を残して、階段を駆け下りてゆく。秀男は台所の塩をひとつかみして、玄関前に散らした。

窓からは、紙袋からもれた荷物をかき集め、女とふたりで走り出す次郎の背中が見えた。

「馬鹿野郎は、お前だよ次郎」

いっとき通わせた心も、体の前では形無しだった。不細工な女に所詮男だと言われたのが悔しくて、秀男はひとつぶ涙をこぼした。人殺しにならずに済んだことと引き換えにしても、ひどい言葉だった。

「ちくしょう、あたしが本当の女で、女と同じモノを持っていたら、絶対負けやしないのに」

いま、気に入らないからといって裁ちばさみで切るわけにもいかない。精一杯この体を慈しみながら、この世にないものに向かって走ってきたつもりだったが、偽物と言われ、日頃の強気がこんなにも揺らいでいる。この世にないものになるには、この世にはなかった痛みもついて回るらしい。

ふたつぶ目の涙は流れなかった。代わりに口をついて出たのは懐かしい名前だった。

文次――

秀男は目元の化粧を手早く直し、客と昼食の約束をしていたホテルへと急いだ。五十代の、製麵会社の社長だ。洋食の決まり事のだいたいをミヤコに習ってはいたが、自信があるとは言いがたい。見栄の張りどころを間違えると手痛い目に遭うのは毎度のこと。わらじほどもありそうなサーロインステーキが出てきたところで、両手を肩まで上げて降参した。

「スーさん、あたしどうやって食べたらいいのかわかんないわ」

「なんだマメコ、そこにある包丁みたいなやつで切り分けりゃいいんだよ」

「お願い、切って」

「ペガサス」のマメコを大のお気に入りにしている彼は、禿《は》げ上がった頭を更にてかてかと光らせながら、ステーキを一口大に切った。秀男は「それでね」と彼がナイフとフォークを使う横で「マメコ節」を披露する。

「ステーキは切れないんだけれど、あたしついさっき男をひとり切ってきたの」

「へぇ、マメコは紐付きだったのか」

「やだぁ、さっきまでのお話よ。ちょっとのあいだ面倒みてただけ。うっかりしてて本物の女に寝取られちゃった」

彼のナイフとフォークを持つ手が止まる。低い声でスーさんが言う。

「マメコ、それは駄目だよ」

「あら、あたしなにかいけないこと言った？」

「うん。マメコはマメコだから、本物も偽物もないと僕は思うよ。自分でそんな言葉を言うときは、よほど自信のあるときにしたほうがいい。その話が本当か嘘かわからないが、いま使うと、ただの強がりか負け惜しみになってしまうだろう。マメコはその女に負けたと思うから『本物』なんていう言葉を使うんじゃないのかい。本物と偽物があるとしたら、お前さんかどうか、というところで使うがいいよ」

「ごめんスーさん、あたし言われてる意味がよくわかんない」

娘に生き方を伝える父の視線というのがあるとすれば、きっとこんな感じだろう。

「マメコはどこまで行ってもマメコだろう？」

「うん、もちろんよ」

「マメコに本物と偽物があるとする。そうすると、偽物のマメコはマメコではないということになるだろう？」

「そうよ、あたし以外に『ペガサス』のマメコを名乗ったら、それは偽物よ」

「この世には女も男も、いっぱいいるだろう？」

深く頷くと、スーさんは肉より細かく切り分けた言葉を差し出した。

「本物の男と偽物の男がいないように、女にだって本物も偽物もないんだ。そもそも比較や分類の土俵が違うんだよ。マメコは女の恰好をして男と付き合うけれど、それはマメコ個人であって女の偽物ではないということだ。人間には性別の前に個人が在るんだよ。それに勝る仕切りはないはずなんだけどね」

「女の真似をしているだけの偽物って言われたのよ」

「お前さんが男の恰好をして『ペガサス』のマメコを名乗っているほうがずっと不自然じゃないか。マメコにとって自然なことだから贔屓にする客がつくわけでね。悪いが、東京や大阪でその街いちばんと言われるゲイボーイを見てきた僕が、この子は本物のマメコだと思っているわけだから、マメコは本物なのさ」

「この世界で、出世する名前だって言われたわ」

「そのとおりだ、識《し》ってるよ」

「でもあたし、マメコっていう名前好きじゃないの」

スーさんはステーキを切り分けた皿を秀男の前に戻し、目元に優しい皺を寄せた。

「じゃあ、次の名前にしたらいいよ。マメコは自分の好きな名前で生きていける。男にうつつを抜かしているあいだに、ずいぶんとせせこましいものの考え方をするようになってしまったんだなぁ。僕、ちょっと残念だな」

彼はぽつんとつぶやき、指を鳴らしてボーイを呼んだ。グラスに注がれた赤ワインと上質な肉を胃に落とし、秀男は黙々と腹を満たす。ホテルのレストランで、席を埋める金持ちの声が幾重にもなって秀男の耳に入ってくる。ここには秀男を色眼鏡で見る人間はいなかった。

分け隔てが卑しいことだと識っている人間を、目を閉じても見分けられるようにならなければ。そうじゃないと、この世は痛いことだらけだ。

早く「この世にないもの」にならなくちゃ。

秀男はこの日、頭の芯が痛くなるほど考えたあと、ほぼ同じ文面の短い手紙を三通書いた。

『札幌の暮らしにも飽きてしまいました。そろそろ暖かいところへ行こうかと思っています。落ち着いたらまた手紙を書きます。あたしは元気。元気すぎて困るくらいです』

鏡の前に、章子とノブヨ、ミヤコ宛の封筒が並ぶ。

出だしに少し迷いはしたが、マヤへの手紙には本当のところを書いた。

『マヤさん、あたしは偽物の女なんかじゃなく、あたしの本物になりたいと思います。本物のあたしになれるよう、また一から鍛えてください。季節が変わる前に、参ります。よろしくお願いいたします』

もう、秀男をこの地に引き留めるものはなくなった。振り返れば、引き留めていたのは次郎でもお店でもなく、秀男自身だった。脚をずらして、太股の筋彫りを見た。

電球の下に、色も与えられないまま五分咲きを迎えたさびしい薔薇が一輪あった。秀男は鏡台に置いた口紅と紅筆を手に取り、花びらの一枚一枚に色を入れた。白い肌に咲く真っ赤な薔薇は、いつ本物になるだろう。遠いところに来た気はしない。それどころか、まだ一歩も踏み出していないのではという恐怖が襲ってくる。

この薔薇のお陰で、この先なにがあっても自分を笑えるのだった。

勢いと恋しさで、秀男はもう一通手紙を書いた。

『文次様　釧路を出てからずいぶん経ちましたが、元気にしていますか。今回、縁があって東京に出て行くことになりました。小学校のときの文次しか記憶にないんだけれど、きっとずいぶん変わったのでしょうね。あたしもちょっとだけ変わりました。会えたら嬉しいです』

封筒の宛先は「東京　北海部屋　鈴木文次様」。届くかどうかはわからない。しかしこちらの住所も書かないので、戻ってくることもないのが慰めだ。

なぜ駅のホームでも文次は秀男に住む場所を告げなかったのか。はっきりと言葉にすることは出来ないものの、その名を書けば一瞬胸の内側を引っ掻かれるような痛みが走り、うっすらとだが秀男は文次の気持ちを理解する。今さらではあるけれど、あの日を今生の別れにしなければ前へと進めなかった文次を、いまようやく追いかけることができるのだった。

長く秀男を支えていた「買い戻す」という願いは消えている。ただひとつ、文次がまだ秀男のことを忘れていないことを祈った。

荷物をまとめると、柳行李ひとつになった。中には衣装やバンドマンに頼んで書いてもらった楽譜、何度読み返しても飽きない本、シャンソンのレコード、ハイヒールが弁当箱のおかずみたいに詰め込まれている。

秀男は翌日の勤めを終えたあと、店を辞めた。

「ママごめんなさい。あたしそろそろマヤさんのところへ行こうかと思うの」

「マヤのところったって、あそこはうちと違って老舗だしめっぽう厳しいってことで有名なんだよ」

「うん、いいの。一から勉強する。今ならやれそうな気がするの」

「しょうがないねぇ」

ママが釧路にいる母と同じつぶやきを漏らしたので、次に向かって走り出すことを実感できた。しょうがない——それは秀男を次の土地へ運ぶ、魔法の呪文だった。

数日前からスーさんに頼んであった東京行きのトラックに乗りこむと、ラジオから流行歌が流れてくる。「ダイアナ」の次は「アカシアの雨がやむとき」。がっちりとした体格のトラック運転手は、スーさんの戦友だという。

「おじさん、この歌好き？」

「おう、何度聴いてもいい歌だよ」

このまま死んだら自分を振った男はなにを思うだろうか、という曲に聞こえた。

「おじさん、けっこうロマンチストね」

「そうだよ、男はみんなそうさ。って、そういやお前さんも坊主だったな」

不思議とこの親切な運転手に坊主と言われても嫌な気持ちにはならなかった。

「あたしは、男の気を引くために死ぬなんてことは考えないと思うわ」

「へえ、恰好いいじゃねえか」

「死ぬより先に、やることあるもの」

「そのとおりだ。人間、死ぬ気になりゃなんでも出来るもんな」

そうよ——男のひとりやふたり、あたしには——文次がいるもの。

夜の国道を走るトラックの助手席で、次々に流れてくる歌に誘われ眠りに落ちた。歌手の声がマヤのそれに重なり、やがて自分の声に変わっていった。

秀男は初めての青函フェリーで酔った。リリーが身を投げたという海峡は荒れていて、船体を弄ぶ。乗り合わせた行商の老女が差し出した梅干しに救われ、陸に着いた。

関東に入るまでの山道も海側の道も、秀男にとっては初めての景色ばかりだ。なにが一番の驚きかというと、山にしろ海にしろ生まれ育った北海道とは違い、景色がすべて「切り取られ」ているということだった。山の端に、あるいは岬に、視界に在る景色にはみなしっかりとした輪郭があった。

「おじさん、なにがどう違うのかよくわかんないけれど、内地の景色って北海道とはぜんぜん違うのね」

「そうさなぁ、走ってりゃわかるけれども、北海道の端から端に行くつもりになりゃ、内地じゃいくつも県をまたげてしまうからよ。北海道は人間の住んでない土地の方が多いかしれんけど、こっちは山間の狭い川っ縁にまで家があるし。あっちに比べるとずいぶんと奥まで人の手が届いてる感じはするな」

「屋根が違う。外国みたい」

瓦屋根の家が建ち並ぶのを見たのは初めてだった。ときおり挟む休憩では、南へ向かう脚を温めるように気温が高くなっていった。腕に注射針《ヒロポン》を刺してはトラックを走らせている男の、ぽつぽつとした身の上話も面白かった。

男はハンドルを握りながら、命からがら戦争から戻ったはいいが嫁はいつの間にか男の弟とのあいだにふたりも子供をもうけていた、というようなことを笑いながら話すのだ。いったい誰の嫁だかわからぬ女や子供たちとの暮らしが農作業よりも面倒になって、何も言わず家を出たという。

「おじさん、捜索願は出なかったの？」

「なんだお前、えらく難しい言葉知ってるんだな」

「まあね」

「端っから俺は、誰かに探してもらうだけの価値なんかないからよ」

男の過去は、深刻さから遠いところにぽつんと置かれた道ばたの地蔵みたいだ。秀男は自分が、こんな話をなにも思わずに聞けることに驚いている。それどころか、そんな気づきを男に向かって放ることもできるのだった。

「おじさん、不思議。あたしそのお話を聞いても何とも思わない。かわいそうだとか気の毒だとか、言葉面ではわかるんだけど、それだけなの」

男は数秒黙り込み、ゆるいカーブを曲がり切ったところで「そうさ」と言った。

「だから話す気になったんじゃねえのかなあ。話して薄暗い気持ちになんぞならない人間にしか、こんな話は出来ねえからよ。あいつがお前さんを気に入る理由も、きっとその辺なんだろうな」

戦争でたくさんの友や家族を失ったスーさんの話をするとき、男の口はほんの少し重たくなった。

「あいつは自分が殺した敵兵の数と失くした人の数が同じなんだと。まあやりきれんわなぁ」

秀男は新橋のあたりで、トラックを降りることになった。ここから先は、マヤの住所と電話番号の書かれた便箋が命綱だ。

男は別れ際に秀男に向かって礼を言った。

「お陰で楽しかったぞ。達者でやりな」

「お礼を言うのはあたしのほう。また乗せてね」

「生きてるあいだに二度会えたらもうけもんだと思ってるよ」

男の笑顔に手を振ると、秀男はひとりになった。財産は一反風呂敷に包んだ柳行李ひとつ。この街のどこかにマヤの勤める「カーニバル」がある。初めて見る東京の、人の多さと濁った空気、そしてなにより歩く速さに目眩がしそうだ。

右へ左へ、規則性があるのかないのか分からぬ雑踏をぼんやり眺めていると、まったく動かない景色と人が目に入ってくる。用があるのかないのか、何分も同じ場所に佇み煙草をふかしている人間がいる。そのままクラブかキャバレーに出勤できそうな気配だ。この街の服装には昼も夜もなさそうだった。

まだ四月だというのに半袖のシャツで歩けるほど暖かい。北海道を転々としているあいだ、そんな土地はひとつもなかった。同じ国だというのに、こんなに違う。映像を早回ししているような景色の片隅にいると、映画なのか現実なのかわからなくなった。

情報が多すぎるわ——

電信柱や商店入口、ちいさな壁にも戸口にも、いたるところに映画や新商品の張り紙がある。泌尿器科と産婦人科の広告や看板が目について仕方ない。薬屋の店先には精神病や疲れに効く薬がいくつも宣伝されている。

こんなに人がいっぱいいれば、どこもかしこも疲れるだろう。雑踏に紛れ込むだけで疲れそうな街だった。女もののシャツの襟を立て、細身のズボン姿に素顔でぼんやりと街を眺めた。いつまで見ていても飽きない気はするけれど、いくら見ていても、秀男自身がこのなかのひとりだという実感がなかった。

目の前を、建材を積み込んだトラックが数台立て続けに通り過ぎた。舞い上がる埃の向こうでは埋め立て工事をしている。重機の唸りとエンジン音、行き交う作業服姿の男たち。こんなに近くに、着飾って通りを闊歩する男や女がいるというのに、それぞれはお互いが見えていないようだ。

柳行李をよいしょと持ち上げ、秀男は煙草屋の前からマヤに電話をかけた。嗄れ声の女にマヤの名前を告げる。篠田長吉《しのだちょうきち》、と口に出してはみても、なかなかマヤとは重ならない。本名は表向きの記号でしかないことがよく分かる。マヤやミヤコを思い浮かべれば、名乗った名前で歩いてゆくことには言葉にならない自由さがあった。

「いまどこ？」

不意に飛び込んできたマヤの声に、秀男は胸が詰まった。鼻の奥が痛むくらいの懐かしさだ。

「新橋にいます」

「新橋ったって広うござんすよ。そこから何が見えるか言ってみな」

秀男は西側に広がる埋め立て工事の景色と、映画館の名前とを告げた。

「三船敏郎の映画をやってる」

その隣では、この冬撮影所の事故で死んだトップスターの映画だ。

目に入ってくるものをひととおり告げると、マヤは「わかった」と返した。

「三船敏郎の看板の真下に立ってなさい。十分で行くから」

マヤは本当に十分で映画館の前にやって来た。金色のショートカットがまぶしく、彫りの深い目元は変わらない。白い細身のズボンに、上は南国の海を思わせる色のサマーセーター姿だ。

「マメコ、色々あった割にはやつれてないね」

「マヤねえさんも」

「あたしはおかしなもん飲んだり食べたりしないもの。贅沢もしない、貧乏もしないことに決めてるから」

お陰でどこへ行っても変人扱いだとぼやく横顔は、顎の線がすっきりと美しい。今も変わらず禁欲的な生活を送っているマヤに、秀男はここ一年の自分のことを細かく告げる気になれなかった。ここまでやってくるのに、あの回り道は本当に必要だったのかを考えると、張り紙で宣伝されている薬を片っ端から飲みたくなってくる。悔いてもどうにもならない薔薇が、内股で一輪震えていた。マヤはこれを見たらなんと言うだろう。

「さ、行くよ」

マヤは秀男の足下にあった柳行李の風呂敷包みをひょいと持ち上げた。あたしが持ちます、というと彼女は「それじゃあ半分」と言って持つ場所をずらした。

埋め立てが済んだ歩道を横切りしばらく行くと、商店とアパート、民家が混在した一角が現れた。先ほどの雑踏が別世界の景色にも思える静けさだ。マヤが狭い小路の四つ角にあるアパートの前で立ち止まった。

「ここだ。札幌を出てからずっとここにいる」

秀男は三階建ての建物を見上げた。のっぺりとした要塞のようにも見えるが、アパートだという。正面の扉を抜けると、外の音がまったく聞こえなくなった。

「静かねえ、ここ」

「建て付けだけはいいからね。悲鳴を上げても誰にも聞こえないらしいし」

秀男が黙るとマヤは「本気にするな」と言って笑った。一階には五部屋、二階と三階には六部屋あり、一階の入口近くには大家が住んでいるという。マヤの部屋は、大家の真上だ。

リビングも寝室も衣装部屋も、秀男が札幌で借りていたアパートの部屋がまるごと入って釣りが来そうな広さだった。大きなリビングボードに、宝石に似た輝きを放つカットグラスが並んでいる。室内履きは紫色のベルベット、洋室の床にはひと目で外国物とわかる複雑な模様の敷物が敷かれている。秀男の持ってきた柳行李だけが浮いていた。

「なにぽかーんとしてんの。ちょっと座りなさい」

螺鈿《らでん》を施した丸いテーブルを挟み、窓側に向けられている椅子のひとつに腰を下ろした。きらびやかなガラスのコレクションと壁に掛かったひまわりの絵、テラス窓に差し込んでくる遠慮がちな陽の光。「みや美」で寮生活を送っていたときのマヤからは想像できない豪華な部屋だった。

「おまちどおさま」

香りのいい紅茶と、丸いチョコレートの塊が出てくる。食器もなんだか高そうだ。驚いている秀男を見下ろし、マヤが我慢しきれない様子で笑いだす。

「マメコの目、鳩が豆鉄砲ってのはこのことだ。目も口もまんまるに開けて、お前その顔を鏡で見てごらんよ」

部屋も調度品も、つきあいの長いパトロンのものだという。

「あたしの荷物は札幌にいたときと同じ。出て行けって言われたら、掃除も含めて一時間で出られるようになってる。仮住まいが長くなったってところだ」

「部屋の持ち主は、やって来ないんですか」

「あたしがここに来てからは一度も。お店には年にいっぺんくらい顔を出すけれど。会ったって今さら、なんてこともない相手さ」

マヤは家主について、古いつきあいと言うのみでそれ以上は語らなかった。秀男は寝起きする部屋として三畳ほどの簡易ベッドのある部屋を与えられた。ここにいれば食べ物に困ることもなさそうだ。

なのにどうして――

収入が安定したら好きなところに住むといい、とマヤは言う。秀男はいつか持ちたいと思っていた「城」が目の前に現れたものの、それがマヤの住まいだったことに気持ちがざわついた。自分がこんな部屋を手に入れるまでには、途方もない時間がかかるような気がしたのだった。

札幌を出て来るときに持っていた「東京で勝負してやろう」という心もちは、マヤの暮らすお城に気圧されて萎み気味だった。この世にないものになろうという気持ちでやって来たはずだったが、走り出す前に怖じ気づいている。

マヤに気取られないよう、精いっぱい優雅な仕種で紅茶を飲んだ。果物の香りがするのに、どこにも果物がなかった。秀男にはこの飲み物の「よい匂い」がこの世にないものの「入口」に思えた。

「マヤねえさん、あたし東京で通用するでしょうか」

「なんだ、マメコにしては弱気なことだね」

「ねえさんのお部屋、いつかあたしが手に入れようと思っていたお城にそっくりなの。いい匂いのお茶も、ボードのガラス食器も、美しい歌を歌いながらの暮らしも、みんな憧れてたものばかり」

言葉にすると余計に惨めさが色濃く胸を締め付けてくる。自分を憐れむことだけはしたくないと思っているのに、体からこぼれるものは弱気だった。

それで――？

マヤは秀男に次の言葉を求めてくるが、うまく返すことができない。彼女は札幌を出たあとも変わらず、この部屋で座禅を組み体を整えていた。

振り返れば、「みや美」を飛び出し、北海道の地方都市を転々としながら男に筋彫りを入れさせ、惚れた腫れたのすったもんだで男の衣類を切り刻むくらいしか成果のなかった日々が在る。前へ前へと向かって歩いていたはずが、気づけば文無しなのだ。これでは勝負どころか恥をかきにきたようではないのか。

「それで、お前は何を言いたいんだ」

目的地に乗り込んだ途端に不安になったとは言えなかった。黙り込んでいると、マヤが大きく息を吐いた。

「まぁ今は、寝不足で頭も働きが悪いだろう。明日は面白いところに連れてってあげるから、今日はしっかりご飯を食べてゆっくり寝ることだ」

初めて食べるマヤの手料理は、筍の炊き込みご飯と野菜がたっぷり入ったすいとんだった。母と章子が作る団子汁に似ていた。甘みと醤油のにおいが食欲をそそる。マヤが食事のあいだ口を開かないのは変わらなかった。軍隊時代の名残だというが、彼女は決して二十五歳から年を取らない。

8

東京見物と称してマヤが連れて行ってくれたのは有楽町の「日劇ミュージックホール」だった。五百席はありそうだ。ほぼ満席の状態だったが、マヤはすいすいと前へ進み中央の通路側にするりと腰を下ろした。

「ここだとステージ全体も、ソロもよく見えるだろう」

「すごい、マヤねえさん。知り合いでもいるの？」

彼女はふふんと笑っただけで、秀男の問いには答えなかった。

場内が暗くなり、スポットライトが左右に踊る緞帳に、響き渡る音楽――瞬く間に秀男は腹に直接響いてくるバンド演奏ときらびやかな照明に取り込まれた。幕が上がり、現れたのは羽をまとった女たちだった。

長い手足を優雅に開いて羽扇子を広げて踊る女たちの視線は、こちらを向いているようにも遠い明日を見ているようでもある。恋のさや当てを演じる彼女たちの唇は笑顔を保ち、半裸の体を自在にくねらせていた。

映画を思い出すような表情あるメロディーと、女の胸を美しく浮き上がらせる照明、高く上げた脚とくびれた腰、長い腕と化粧、耳たぶのかたちにまで見とれていた。ダンサーたちが入

れ代わり立ち代わり、舞台中央へやって来ては客席の視線を引き締めて戻ってゆく。トップダ
ンサーがトリを飾るころにはもう、秀男はこの舞台に立ってみたくて矢も盾もたまらなくなっ
ていた。
フィナーレが終わり、客席が弛んだ。秀男は大きく息を吸い、マヤに告げた。
「あたしもこの舞台で踊りたい。あんなふうに、踊ってみたい」
一拍置いて、マヤが「そりゃ無理さ」と首を横に振った。
「日劇には男は出られない。女のヌードはいいけれど、男のそれを喜ぶ客はいないからねえ」
また「男」か――
つまらない壁だ。しかし秀男が思うよりずっと頑丈な壁は、つまらないなりに人を救ってい
る。次郎を連れて行った女にしても、最後に取りすがる壁があるからあんなに強気でいられる
のだ。いつものことだと思ってはみても、マヤにはっきりと告げられるとせっかく伸ばした背
骨から力が抜けてゆきそうだ。悔しい以外に、当てはまる言葉がなかった。
「女より綺麗になっても駄目なの？」
「ああ、駄目だろうね」
「誰より踊りが上手くなっても、駄目？」
「おそらくね」
ならば、この世にないものになればどうだ。壁の前で立ち止まってしまいそうなとき、必ず
次の一歩を支えてきた言葉があった。
この世にないもの――これならどうだと啖呵を切りたいところだが、まだひとつもこの世に

ないものを手に入れてはいなかった。答えがわかっても、それを証明しなければなんの足しにもならない。

「せっかくゲイボーイになったたっていうのに、これじゃあつまんないわ」

ほろりと本音がもれた。マヤがそこだけ高い声で笑う。

「お前はあたしんところに来る前に、別のところで修業してきたほうが良さそうだ。今夜手紙を書いてあげるから、それ持って会っておいで」

「誰に会うの？」

「あたしの古いともだち」

マヤが気に入っているという洋食屋でオムライスを食べたあと、秀男は鎌倉にあるという「一樹《かずき》」という店の名を聞いた。

「何日保《も》つかはわからないが、いっぺん行ってみる価値はあるだろう。急がば回れって言うじゃないか」

「回り道は、嫌い」

「大きな回り道をしないための道ってのもあるんだ。振り向いたらいちばんの近道だったたってことに気づくか気づけないかは、明日お前が面接に受かるかどうかで決まるんだ」

ここでマヤに反抗など出来るわけもなかった。行けと言われたら行くしかないのだ。マヤの知人ともなれば、相当の覚悟も必要になる。なにより秀男の背中を押したのは、面接に受かるかどうか、のひとことだった。

「マヤねえさん、あたしは面接で落ちたことがないの。必ず受かるから見てて」

自信があるかどうかを問われたら、確かなことなどなにもない。しかしたとえここが東京でも、今まで落ちたことのない面接で落ちるわけにはいかない。みながゲイボーイという土俵で負けん気に火が点くと、胸の中で秀男自身にもわけのわからない炎が燃える。勝たねばならぬというよりも、負けるわけにはいかないのだ。同じようでいてまったく違う、秀男なりの決まりだった。

翌日、マヤに見送られ「一樹」を訪ねた。一張羅のプリントワンピースと蛇革模様のハイヒール姿は、我ながら上出来だ。化粧もマニキュアもぬかりなし。あとは面接に受かるだけだ。

夕暮れの海縁を歩く男女や学生、あまりに動かないので木の一部かと思うような老人も、子供も、北海道に暮らす人々となんにも変わらぬ姿かたちをしているのに、洒落た海風が吹いているというだけで外国にいるようだ。波打ち際までずいぶんとありそうな砂浜も、ひょいと渡れそうな島影も、秀男の生まれた土地にはなかったものだった。

「一樹」はママの名前からつけられた店名だった。壁に沿ったボックス席が八つ、突き当たりにカウンターがある。フロアの大部分はバンドとダンス、ショーに使われているようだ。

マヤからの手紙を渡すと、一樹ママの右眉毛が五センチもち上がった。

「なんだいマヤったら、しばらくぶりだっていうのに本人じゃなくてこんなまめつぶに手紙なんか持たせて」

角刈りに着流し姿の彼女は手紙を読み進めるうち、眉毛が元に戻っていった。「へぇ」と言いながら手紙を指先でつまんで折りたたみ、封筒に戻した。

「珍しいこともあるもんだ。あの人間嫌いで面倒くさがりのマヤがねえ。それもこんなちんちくりんのまめつぶ」

まめつぶ、を繰り返されると作り笑いが崩れそうだ。必死に口角を上げてしなを作る。

「ゲイボーイの修業をしたいってのは本気かい」

「はい、ここで一人前にしてください」

面接に受かってしまえばこっちのもので、初日から目の玉が飛び出るくらい稼いでみせるぞと鼻息は荒い。一人前働くつもりなので、腰は低くても鼻がつんと上をむく。

「一人前ときたか――」

うっすらと白粉で肌を整えたママの、ぶ厚い唇が見事なくらい四角く開く。彼女は一音ずつ区切りながら「だめね」と言うのだった。

まさかこんなにあっさりと落ちるとは思ってもいなかった秀男は、すぐには言葉も思い浮かばない。いつもならくるくるとよく回る舌も、あまりのことに固まっていた。

「駄目。いくらマヤの頼みでも、あんたはウチでは雇えない」

喉がからからに渇き、飲み込む唾も出て来ない。数秒置いて、秀男はようやく「なぜでしょうか」とかすれた声を出した。

「なぜ、って」

ママは秀男の高く結い上げた頭のてっぺんからハイヒールのつま先まで、視線を二往復させた。

「うちはそんな長い髪して女装してる子は店に出さないの。夏が終わったら銀座の店に移るけれど、そこも同じ。あんたみたいな女装の子は、体を売るところに行きなさい。もしここで働きたいなら、その髪を短く切って出直してちょうだい」

「一樹」は短髪が原則で、男物の着物に角帯を締めて接待をするゲイバーだった。

髪と服で落とされるなんて冗談じゃない――

好きな服を着られないくらいで退散するわけにはいかなかった。校則を守るのとはわけが違う。マヤが行ってこいと言ったからには、理由があるはずだった。これが関東の流儀というのなら、真正面から受かってやろうじゃないか。

この土俵で負けるわけにはいかないという気持ちが、腹の底からわき上がってきた。

「わかりました。じゃあ、そうしてきます」

おや、という顔の一樹ママに背を向け、秀男は東京へ戻った。夜中にマヤが部屋に戻る頃には、背中まであった髪をうなじのあたりまで短く切っていた。

生徒指導室でバリカンを入れられたときに比べたら――自分の意思で切ったことが、頭だけではなく心もちまで軽くする。

仕事を終えて帰宅したマヤが秀男の頭を見てにやりと笑った。

「やってきたね。首尾はどうだい」

「明日また鎌倉に行ってきます。こんなことで面接に落ちるわけにはいかないもの」

「ああ、そうだ。この先どんな店でも働けるようになっておくのは、お前にとってもいいことだよ。『一樹』で覚えたことはいつか必ず役に立つ。あとはお前がどのくらい保つかだね」

マヤがふふん、と笑いながら音をたてて長いつけまつげを外した。

再びマヤと同じ店で働くために、まず彼女が与えた修業先で認められなくてはいけないのだ。髪を切ってしまってさえ、日劇で見たヌードショーが頭から離れない。そっちが男の演《や》れない舞台なら、こっちは客が来る舞台を作るまでだ、と思った。そんな気持ちがマヤに伝わったのかどうか、化粧を落とした彼女は珍しく真顔で言った。

「お前の出世、楽しみにしてるよ」

翌日、開襟シャツとズボン姿で現れた秀男を見て一樹ママは何度か瞬きしたあとため息を吐いた。

あんた、度胸あるねぇ——

一日でばっさり髪を切って来た秀男が気に入ったのか、ゲイバー「一樹」のママは、その日から店に出るようにと言った。夏が終わったら銀座に移るという。

「で、名前はどうしようかね。お前さん、本名は?」

「ミナモトマコトです」

鎌倉なら源だろうと、咄嗟に口をついて出たのがこの名だった。嘘を吐いていると無意識に「真」だの「本当」といった言葉を使いたがるようだった。自分を騙し果《おお》せた褒美として「本当」を手に入れたいのだ。

ママは「まぁなんでもいいわ」とひとしきり笑ったあと真顔になり「マコトか」とつぶやいた。

「よし、名前は『マコ』にしよう」

奇《く》しくも新しい名はマメコのメを取ったものだった。そろそろ両目を開けろと言われているような気がしてくる。こんなとき「メがなくなる」と思わないのが秀男だった。嫌な気持ちにならないことが何より大切で、そのためならば多少の伸び縮みや曲げ伸ばしなどどうとも思わない。出発の名がマメコだったことにも、大きな理由があったように思えてきた。

「ありがとうございます、今日からマコでがんばります。よろしくお願いします」

マメコの源氏名がマヤの言うとおり出世名だとすれば、この先自分はどこまでも伸びて行くのだ。

「一樹」への入店が決まったことを電話でマヤに報告する。

「夏の鎌倉を勤め果せたら、次は銀座だ。お前の器量がどこまで通用するか、やるだけやってみな」

マヤがすぐに自分の店へと誘わないことにも、なにか大きな謎と仕掛けがあるはずだった。秀男はマヤの真意が知りたい一心で鎌倉まで流れ着いた。自分に起こることにはすべて理由がある。ならばその理由がわかるまで前へ進むしかないのだ。

「マヤねえさん、鎌倉はいいところだわ。海も山もある。北海道とはちょっと違うけど、落ち着くところよ。お休みの日は遊びに来てね」

「そのうちマメコを頼って行くこともあるかもしれないねえ」

「ねえさん、あたし今日からマコになったの。新しい名前で出発なの」

「おや、芽が出て良かったじゃないか」

秀男は受話器を握りながら、新たなマヤの解釈に思わず膝を打った。

鎌倉「一樹」でマコとなった秀男は、もうすぐ十九になるとはいえいちばん下に違いはなかった。寮ではひとりに四畳半の部屋が与えられるが、ここでも食事の支度や共用部分の掃除は秀男の仕事となった。

　興が乗れば着物を脱いで見せる秀男には、面白がりの金持ち客がついた。湿っぽい話や媚び、苦労話が面倒な客にとって、秀男のあっけらかんとした悪びれることのない接客は新鮮に映ったようだ。

「やだもう、今日も暑いから脱いじゃうわ」を合図に「ハーレムノクターン」が流れ、脚のすねから膝、肩や背中をちらちらと見せながらたっぷり時間をかけて全裸になる。人前で裸になるくらい、秀男にとってはなんでもないことだった。ここが見せ場というところで脱ぐのをためらう方がずっと恥ずかしいことなのだ。脱いでおもしろがってもらえれば売り上げも伸びる。売り上げが伸びれば、ママも秀男を可愛がる。先輩たちの嫌がらせも厭味も「一樹」ではなんとなく品が良かった。常に怖いママの目が光っているので、表だった喧嘩などすればどちらにもいいことはないのだ。

　八月も終わりに近づき、銀座の店へ移る日も近づいていた。常連客のひとりが赤い色のピクニック用バスケットを提げてやってきた。みながいったい何が入っているのかと問うても、客はにやにやするばかりで答えない。酒も入って場が弛んだころ、その客がもったいをつけた仕種でバスケットを持ち上げた。

「マコ、またあのマッチ芸を見せてくれよ。そうしたらお前にだけこのバスケットの中身を教えてやる。もし気に入ったなら、まるごとくれてやってもいいぞ」

　この客は、股間にマッチを挟んで火を点ける芸が気に入っているらしい。

「うぅん、どうしようかな。ちょっと持たせてくれない？」

にやつく男の手から、バスケットの持ち手を受け取り持ち上げる。見かけによらずずっしりとした重みが肩に伝わってきた。

「これ、お金じゃないわ。踊ろうかな、どうしようかな」

「金じゃあないけど、金より価値があるとしたらどうだ」

「お金より価値があるものなんて、あたし思いつかないわ」

客は口をへの字にした。ここから先の問答が楽しいはずだった。今まで鍛えてきたマコの話芸が試されるときなのだ。

「マコ、お前は金で買えないものを見たことがないんだな。不幸なことだ」

「あら、そんなものは誰も欲しがらないんじゃなくて」

「違うね。今夜バスケットの中身を知る権利はこの世にひとつしかない。いま、この時間とこいつを手に入れられるのはお前だけだと言っているのに、マコはああだこうだと言って引き延ばし、挙げ句の果てに金にならないならば踊らないという。言っておくが、僕がこのやり取りを面白がっていると思ったら大間違いだよ。このおかしな具合にしらけた空気を、いったいお前はどう引き受けるつもりなのかな」

半ば勝ち誇ったように言われて、はっと辺りを見た。秀男がこの駆け引きに気を取られているうちに、周りの視線からバスケットへの興味が失せていた。

引っ張りすぎた。離れた場所で、一樹ママが煙草に火を点けた。表情を変えずになりゆきを見ている。秀男は着流しの襟元を直しながら立ち上がった。

「失礼しました。お詫びといってはなんですが、遅ればせながらあいつとめさせていただきます。マコ渾身のステージ、ご覧くださいな」

手の甲を顎の下に添え、肘を上げて一歩踏み出す。弛んだ気配のフロアにママが合図を送ると、サックスを持ったバンドマンが立ち上がった。光の輪に一歩入ると、客席の照明が一段落ちた。薄暗い客席に、ゲイボーイたちの化粧が白く浮かび上がる。

客に一本取られた悔しさはあるが、不愉快ではなかった。踊ればあのバスケットの中身が見られて、気に入れば手に入る。確かに、この好奇心には値段がない。秀男を含めこの場にいる者が知りたいことは「いま」の価値なのだ。

秀男はマコになりきり、着流しの襟元を弛めながらくるりくるりとフロアを回る。サックスの音がかすれるところで、膝に体重を預けて半分屈んだ。秀男の体が上下すれば、客の視線もついてくる。片袖を脱いだ。記憶の底から引っ張り出すのは日劇の妖艶なステージだった。

左右の肩を片方ずつ回しながら着物を滑らせた。急いではいけない。ゆっくりゆっくり、視線の苛立ちを肌で感じ取りながら、客の胸奥を撫でるように踊った。

裸になったあとはお決まりのマッチ芸だ。曲調もマンボに変わって客席にも花が咲く。勘所を外し、ちょっと焦げ臭さが鼻に上ってきたが、なんでもないふりをした。

フロアをひとまわりしてチップを集めた。席に戻った秀男を、バスケットの客がにこやかに迎え入れる。先ほどの険悪な空気も、裸と炎で燃え尽きた。

「良かったよ、やっぱりマコはこうでなけりゃ。つまんない理屈も駆け引きも、お前には似合わないよ」

「そうね、ありがとう」

素直そうに響く言葉も、その何倍も素直になれないゆえなのだが、正直に言ったところで誰がどう気持ちいいわけでもなかった。

「じゃあ、バスケットをちょうだいな」

「中身も確かめずに、いいのかい？」

「みんなこの中身を見たいのよ。あたしのストリップとマッチ芸で今夜が楽しくなるなら、それでいいの。ちらつかせてばかりいないで、ほら」

さあ早くちょうだい、とバスケットを指さした。客は「ほう」と感心した表情を浮かべた。店内の関心が再びマコと客のやり取りへと戻って来る。秀男は着流しの襟を合わせながら唇の皮が裂けそうなくらい引き延ばし微笑みを作った。

「よし、ずいぶんもったいつけてしまって悪かったね。こいつはマコのものだ、今日から可愛がってやってくれ」

可愛がって――？

なにを言っているのかと思いながら、ずっしり重たいバスケットを受け取る。

「さあみんな、中身を見るわよ。今夜開くパンドラの箱よ」

バンドマンが気を利かせて照明を増やした。身を乗り出す者、明かりの下を避ける者もいるなかで秀男はバスケットの金具を外し、蓋を開けた。

どこまでも底のなさそうな、バスケットの編み地も見えない暗がりに白っぽい光る布があり、その上にぬらりとした石がのっていた。石はふたつ――赤にも緑にも見えるがどこか虚ろな光を放っていた。

それまで秀男の隣で囃し立てていたゲイボーイの頭が勢いよくのけぞり、後ろにいた先輩の帯の下を直撃した。

「痛っ、なにすんのあんた」

謝るより先にのけぞったゲイボーイが「ヘビ」と高い声で叫んだ。そのあとは、湘南の波より早い後ずさりが続き、草履の音が退いたあと秀男の周りにはバスケットを持ってきた客以外いなくなった。

なんでここで蛇一匹のために脱がなきゃいけなかったのかと思いながら、秀男は膝の上にあるずっしりと重たいバスケットをのぞき込む。白っぽいのはうろこで、石に見えたのは、蛇の目だった。

「どうだいマコ、これは鎌倉の弁財天で見つけた神の使いだよ。通って通って、ようやく出会えた白蛇様だ。マコのお陰で今夜は面白かった。受け取ってくれ」

弧を描いて散ったゲイボーイたちの怯える様子を楽しんででもいるようだ。バスケットの中で白蛇がゆっくりと体をくねらせた。

客は好奇心を溜め込んだ目でこちらを見ていた。いつ悲鳴を上げるかと期待している。こんなものは要らないと、投げ出すのを待っている。要らないと言ったところで、次に行った店でも同じことが繰り返されるに違いなかった。

「あらクネ子、久しぶりね。お前もあたしと一緒に鎌倉まで流れて来たのかい。弁財天の白蛇とは、お前もたいした出世だったねえ。どれどれ」

用心深く見えないよう、白蛇の目の後ろあたりを指先でつまんだ。服従を選んだ蛇の体から力が抜けてゆく。間違ってはいないようだ。

「クネ子、いい子ね」

初めて蛇を間近で見た中学一年の夏が、遠い記憶から浮き上がり通り過ぎた。ひとりでいるのも家族を持つのも嫌だと思った一日――夏休みの宿題として秀男とノブヨに大きな問いかけを残したまま、未だ解かれていない。

秀男は静まりかえった店内で、外まで響きそうな声をあげて喜んで見せた。

「嬉しい、いつか欲しいと思ってたの。神様の使いがそばにいれば、ここから先は百人力ね。ありがとうございました」

秀男が首に白蛇を引っかけた。客が上半身を背もたれまで退いた。

「なんだマコ、お前蛇が怖くないのか」

「あいにくこちとら田舎育ち。鎌倉まで流れ着いたからには、怖いものなんざただのひとつもございませんよ」

ひとつ見得を切って立ち上がると、うなじから肩にかけてずっしりと白蛇の体重がかかった。

金より価値のあるものか――なるほど。

秀男は自分と蛇を遠巻きに見ている同僚や先輩に見せつけるようにして再び着物の帯を解いた。首に巻きつけた蛇はどういうわけか秀男の肌によくなじみ、おとなしくしている。秀男はサックスのバンドマンになにか一曲頼むと目配せをした。

小刻みに頷いたあと彼は「黒いオルフェ」をスローで吹き始めた。蛇の動きをイメージして肩を左へ左脚を右へ、くねりながらうねりながらフロアを歩く。ギターが音を重ねてゆく。反らした胸に、白蛇の目が光る。

サビでトーンを上げたギターとサックスに誘われ、自分の身長ほどもある蛇を頭上に持ち上げる。視線がすべて秀男に集まっていた。こんな快感は久しぶりだった。

気持ちいいわ、こうでなくちゃ。こうでなくちゃ――

皮膚がひりつき背骨がきしむような快楽が、今までの誰と過ごしたどんなひとときよりもつよく押し寄せてくる。秀男は手続きも駆け引きも要らない、本当の快楽を見つけた。この心地よさとなら、何を引き換えにしてもいい。

たしかに、自分はいま金には換算できないなにかを手にしている。巡り巡って、どんな経験にも花が咲き実が生《な》ることを実感できる。金で買えない時間は、大手を振って金をもらう時間へと変化するのだ。金で買えないものには、秀男が価値をつければいい。そのために切り売りするものが自分の好奇心であることを、言葉にならぬところで感じ取っている。マコとして咲かせる花の輪郭が、うっすらと見えた気がした。

その夜秀男は、自室でひとりになってから、ノブヨに手紙を書いた。机代わりのリンゴ箱の横に、赤いバスケットがある。バスケットの中でひっそりと疲れを癒やしている白蛇がいったい秀男の何を飲み込んでくれたのか考えていると、無性に誰かに手紙を書きたくなったのだった。

高校を卒業したノブヨがいまなにをしているのか、こんな夜でなくては考えることもない。走るだけで精一杯の日々に、思い出や挫折が入り込む隙間はなかった。

『ノブヨ、元気にしてる？　そっちはもう涼しいでしょう。鎌倉はまだ毎日暑いです。あたしはもう少ししたら銀座のお店に行くの。今日はいい相棒が見つかったので、その報告です。驚かないでね、相棒は「白蛇」。いつかあんたが死にそうな声を出して怖がった蛇です。あたしの踊りに惚れ込んだお客さんがご褒美にくれたの。体に巻き付けて踊ったら、最高に受けちゃってびっくり。ここから先は、この子とふたりでステージを務めることになりそう。でもなにを食べさせたらいいのか、よく分からないの。ご飯と味噌汁ってわけにもいかないし。箸を使う手もないし、逃げるときも足がない。なのに人に巻き付く力はびっくりするほど強いし、その気になればしゅるしゅるとどこかへ行っちゃいそうな感じもするの。なにを考えているのかわかんない感じは、ちょっと憧れます。

ノブヨは釧路で就職したのですか。あたしの連絡先はしばらくのあいだ東京のマヤさんのところにします。手紙はこっちに出してね。体に気をつけるのよ』

名古屋のミヤコは元気にしているだろうか。彼女には、こちらが元気なことだけでも伝えたかった。無事にマヤのところにたどり着き、鎌倉の店に採用になったことや銀座でも使ってもらえそうなこと、不思議な相棒のことなどを綴っているうちに夜が明けそうな時間になっている。秀男は今日の最後にまた、文次への手紙を書いた。

『文次、あたしは元気です。文次も元気なら、それでいいです』

それ以上なにを伝えようか、釧路駅のホームからずいぶんと遠いところへ来てしまった。確実にお互いの居場所の距離は縮まっているはずだが、白蛇を味方につけていてさえ、会える気はしない。

調べようと思えば電話帳を使っても人づてにでも「北海部屋」の住所は手に入る。それでもやはり、着くか着かないかがはっきりとしない「東京都　北海部屋」宛てなのだった。差出人住所は書かない。戻ってくる場所もない手紙は、着いたかどうかも判明しない。どこかで漂っているにせよ人に笑われているにせよ、この手紙が秀男を直接傷つけることはないのだ。

夏の終わり「一樹」銀座店に入った秀男は「一樹のマコ」として、ノブヨへの手紙に書いたことが現実となり、ステージをひとつ預けられるようになった。神の使いという白蛇の効果はすぐに表れ、噂が噂を呼び「蛇使いのマコ」を目当てに店にやってくる客も現れるようになった。そして人気と同時に頭を悩ませることも出てきた。

暑さもずいぶん和らいだ九月の終わり、日曜日の昼にマヤと銀座で食事をすることになった。休みの日はたいがい、マヤに歌の稽古をつけてもらうか舞台や映画を観たり本屋へ行ったりして過ごす。

そのときどきで肌を重ねてみる男はいるが、心煩わされるような存在はいない。気楽さとさびしさを同居させることを覚えた体には、新たな弱点が生まれ、今日はそのことをマヤに相談する日でもあった。

マヤはその日のメニューで魚を選んだ。ヒラメのムニエルと聞いても秀男にはなんのことかさっぱりわからない。

「ヒラメの切り身に小麦粉たたき込んでバターで焼くの」

「焼き魚と刺身以外の魚なんて、氷下魚《こまい》の珍味くらいしか食べたことない」

「この先、一流の男とつき合いたかったら、このくらいのことはマスターしておきなさい。安っぽい店で安っぽい芸を売って生きていくなら別にどうでもいいけれど」

「マヤねえさん、あたし安っぽいのはご免なんだけど、一流の男とつき合う前にちょっと悩んでることがあるの」

「へぇ、お前に悩みねぇ」

よほど意外だったとみえて、マヤがグラスに伸ばした手を止めた。秀男は最近客とチークダンスを踊っている際に耳打ちされた言葉が頭を離れないのだと打ち明けた。

「見かけよりごついな、って言われたの。ねえさん、あたし体つきが男っぽくなってきたみたいなの」

「そりゃ男だもの、仕方ないだろう」

「柔軟体操をしているとどんどん腕や太股に筋肉がついちゃって。ごついって言われてから、自信を持って着物を脱げなくなっちゃって」

「マメコらしくもない」

マヤはそう言ってひとしきり笑ったあと、グラスの白ワインを一気に飲み干した。

前菜を食べ終え、スープが運ばれてくる。ムニエルのヒラメは、釧路の港に上がるカレイそっくりだ。

「カレイも銀座で食べるとありがたいものなのね」

「お前はいちいち言うことが面白いね」

マヤが酒を飲んでいる姿が新鮮だった。なにか楽しいことがあったのかと問うてみる。彼女の目元に悪戯っぽい気配が潜んでいる。秀男はバターのにおいのする魚を口に入れ、今日のマヤねえさんは怪しい、とつぶやいた。返ってきた言葉は秀男の問いにはひとつも答えてはいなかった。

「『一樹』での修業はどうだった。お前はこの先、裸のショーで食べて行きたいのかい」

「あたしがヘビを使って踊るとお客さんが喜ぶの。裸になるともっと喜ぶの。あっと言わせたり感心されたりするのは大好き。きれいになったって言われるのはもっと好き」

ごつくなったという言葉が頭の中を旋回していた。バターのにおいが口いっぱいに広がっているのに、食べているのが魚という事実に納得がいかない。変化している自分の体にも頷けない。肩のラインも腰も、怪我をしないよう柔らかくしているつもりがおかしな具合に筋肉を呼び起こしている。このままでは、理想の美しさからどんどん遠ざかってゆきそうだ。

マヤはもなかにアイスクリームが入ったデザートを食べ終わり、手元にあった紙ナプキンで唇を押さえた。男であることを忘れさせるまで費やしたマヤの時間を思った。秀男が生まれる前からマヤはマヤだったのだと分かっていても、そこに到達するまで何十年も待ってはいられない。秀男にはそこまでのこらえ性がなかった。結果を急ぐのは日々変わりゆく体への、信頼のなさである。

「大阪にでも行ってみるか」

マヤの声がひときわ大きく響く。

「大阪?」

「うちの店の姉妹店みたいなもんかね。大阪じゃあなんだかこの世界もちょっと面白いことになっているようだ。天下の台所で、ひと勝負してみようかと思ってたところさ」

「マヤねえさん、大阪へ行っちゃうの?」

「なに言ってんだ、お前も行くんだよ」

いつになく楽しそうに応えるマヤの、骨張った頰が上がる。文次に会えないまま東京を後にするのだと気付き、言葉に詰まった。

「なんだい、心残りでもあるのかい」

「東京で会いたいひとがいたの」

「会えばいいじゃないか」

「会いにくいの。どうしたらいいのかわかんなくて。もっときれいになってからと思ってひき延ばしているうちに、こんなにごつくなっちゃったのよ」

この姿で現れたときの文次の顔を想像すると、まだ踏ん切りがつかないのだった。ゲイボーイになにひとつ恥じることはないけれど、たどってきた時間が、どのくらいそれぞれを変えたのかを実際に確かめるのが怖い。加えて秀男の意に反するように体つきがしっかりしてきている。

「お前らしくもないね。いつもの好奇心はどこへ行った」

出来れば——秀男は正直にいまの気持ちを口にした。

「こんなごつい体じゃないあたしで会いたいの」

マヤの濃いまつげが頰に影を作った。これぱかりは、と言いかけた秀男の言葉を遮り、彼女が言った。

「それじゃあ、女性《おなご》ホルモンでも打つか」

あまりにも清々《すがすが》しく、なんでもないことのように言うので秀男もつられて「はい」と頷いた。

女性ホルモン――

すぐには理解しがたい言葉だが、なにか心が踊りだしそうな気分だ。逞しく変化しようとする体に、歯止めをかける方法がある。マヤはその方法があることを知っている。

「いまの大阪なら、なんでもありだろう。お前は案外、そういうところが向いているのかもしれない」

銀座「カーニバル」が大阪との連携に選んだ同名の店は、全国から有名どころのゲイボーイが集まってくる大箱だという。着流しを着て髪を切ることもなければ、無理におっとり振る舞う必要もない。好きなドレスを着て好きなだけ喋ってよいという。

「向こうからきた子の品のないこと。もう、喋るわ触るわ触らせるわ脱ぐわで、みんな呆気にとられてる。でもすぐに人気が出て稼ぐ稼ぐ。大阪じゃそれが流行りなんだと。毎日びっくりするくらい満席になって、えらくうるさい店らしい。お前はそういうところに行けば頭ひとつくらい抜けて行くんじゃないかね」

大阪「カーニバル」からは、具体的な支度金の提示もあるという。

「あたしは年増だけど歌も歌うんでもう少しつり上げる。向こうはどちらのステージも観ていると言ってる。希望は十二月から。どうだい、ヘビを連れて一緒に行くかい」

「あたしはマヤねえさんについてく。でも、そのお店のひといったいいつ見に来たんだろう」

「いつどこに居るか分からないのがスカウトだ。誰も看板提げては来ないからね」

その日秀男は新橋の薬局に走った。

——すみません、女性ホルモンください。

——アンプルだけ？　一式？　どっち。

——一式。

薬の瓶や箱の前で、白衣姿の中年男が紙袋に必要な道具「一式」を詰めた。注射器、アンプル、錠剤。繁華街を擁した街では珍しくもないことらしい。薬局を後にしてマヤの部屋へ戻ると、マヤは慣れた手つきで秀男の腕に注射の針を刺した。

「マヤねえさんは、なんでも出来るのね」

「戦場じゃ、生きて帰るためならなんでもやる。あたしらの行った前線《とこ》じゃ、帰ってきて偉そうにふんぞり返ってるヤツは、狡《こす》っ辛《から》く弾をくぐり抜けたか馬鹿みたいに運のいいヤツだ。戦場にいたことを自慢するやつぁ、狡っ辛かった現実から目を逸らしてバレないようにしてるうちに、いつの間にか『偉いお人』になっちまってるのさ」

「マヤねえさんは、馬鹿みたいに運が良かったのね」

「狡っ辛かったんだよ」

注射一本で体が変化することが不思議だった。明日の自分がどうなっているかを考えると、針を刺す痛みも感じない。しかし、翌朝飛び起きてあちこち触ってみたものの、さっぱり体に変化はなかった。ただ胃のあたりがむかむかして、食べ物も美味しくなく頭が痛い。出勤時間が近づいたところで、マヤに頼み頭痛薬をもらった。マヤはため息をひとつつきながら低い声で言う。

「内側にあるもんを右から左に寄せるわけだからね。どこか痛くなるのは仕方ないのかもしれない。あんまり合わないようだったら、さっさと止めよう」

「こんなことくらいで何とかなるなら、我慢できる。だいじょうぶよ」

マヤは打たないのかと訊ねてみた。

「あたしの場合、声が変わってしまうとかえって不便なんだよ」

踊るゲイボーイ、歌うゲイボーイ、どちらも等しく喋り続け酒を売る。酒と一緒に時間も売るが、体を売ったらおしまいだ。この体を楽しむのは客ではない。体だけは自分の楽しみのために取っておくのだ。楽しめない体など要らない。

頭の痛みと一週間つきあう頃には、バッグに手つかずの頭痛薬がひと箱入っていないと安心できないほどだったが、それも自信を持って文次に会うためと思えば我慢できた。

大阪へ行く前に一度でも会いたい。こっそり稽古の様子をのぞき見するところを想像しては頭の痛みに耐えた。

秀男の体に変化が表れたのは、十一月も半ばのことだった。大阪からの支度金も手にして、あと数日で「一樹」を辞めるという夜、白蛇のリルを体に巻き付けての「マコ&リルヌードショー」を終えたときのこと。

楽屋の流し台でリルを洗っていると、同僚が「ひぃ」と悲鳴を上げた。毎日のことだというのに、一日に何度かそんな声を聞いた。寒くなってきたせいか、今日のリルは少し元気がない。一週間に一度、鳥獣店で生き餌をもらって食べさせてはいるが、次はもっと栄養のあるものをお願いしよう。

普段は怖がる同僚も、リルが脱皮したあとの皮だけは「御守り」とありがたがって持ってゆくから可笑しかった。秀男は半透明の鱗模様をハサミで小分けにして同僚に分けることで、楽屋での居場所を得ていた。

リルをバスケットに入れて、さあフロアに戻ろうと鏡前に座ったときのことだ。秀男は体に巻いたタオルの内側に痒みとも痛みともつかない芯を感じて、そっと鏡の前でタオルを外した。光の加減か、それとも目の錯覚なのか。平たかった胸の乳首の周りに、うっすらと「土台」が出来ている。乳首が天守閣なら、この膨らみは石垣――触れると先のあたりに皮が集まって尖っていた。

おっぱいだ――

ちいさく控えめながら、胸に乳房を認めたときは空が晴れるように頭痛が消えた。乳首の周りにできた、ちいさなたんこぶ。頭、胃、皮膚、体のあちこちが痛かった日々にも、結果が出たのだった。

まるでリルの脱皮みたいだ。自然に頬が上がってくる。自分はこうして古い皮を脱いで次の体を手に入れる。古い皮はどこかでありがたがられるが、もうそこに血は通っておらず、痛みもない。

いつか見た、蟬の抜け殻を思い出した。ノブヨの言ったひとことが、厚みを増して秀男の胸に落ちてくる。

――これって、もともとは隅々まで命が行き届いてたんだよ。内側の命だけ、ここから這い出てくるなんて神秘的だよ。

這い出ても這いつくばっても、みなひとつしかない命で生きているのだった。リルを体に滑らせながら踊るときの秀男は、次なる脱皮を夢見る蛇だ。

その日秀男の胸を見て、マヤも喜んだ。

「頭痛がひどいようなら、止めさせようかと思ってたところだった。ひとまず良かった」

マヤは東京暮らしに別れを告げるにあたり、部屋の主とも話をつけたと言った。

「今度こそ本当のお別れだ」

ぽつりとそうつぶやいた日の明け方、マヤは荷造りを始めた。秀男は結局、部屋の主とは一度も会わないまま東京を出ることになる。胸の変化のお陰で、体の線もほんの少し丸みを帯びて見えた。もっとしっかり膨らめとばかりに、きつく摑んでみた。痛くて飛び上がりそうになる。痛みによって自分の体であることを実感した途端、目の前が明るく晴れた。

これなら——

東京を離れる前に、ひと目だけでもという欲が湧いてくる。腰回りを絞って、しっかりと化粧をして——文次に会いに行く。

決めてしまったあと、迷っている暇はなかった。あと三日しかない。一日先延ばしにすれば大阪へ発つ日になってしまう。秀男は見ないよう努めていた「北海部屋」の住所を調べた。電話帳、相撲好きの客——文次の居場所は、会えないことにつまらない理由をつけていた時間を責めるような速さで手に入った。

厚手のワンピースを着てコートを羽織ったものの、今朝はかなり冷えたのか息が白い。仕事用の濃い化粧を落とし、自然な眉と目化粧を施しているうちに夜が明けてしまった。一度も横にならずにマヤの部屋を出てきたが、文次に会いにゆくことは昨夜のうちに告げてある。

空っ風の吹く朝の両国を歩いていると、この景色のどこかに文次がいて同じ空気を吸っているのだという思いが厚くなってゆく。肌を合わせてきた男の顔がひとつふたつと眼裏を流れてゆくが——今ではどれもへのへのもへじだ。

隅田川は、故郷の釧路川よりずっと幅が広かった。川に架かる橋も、秀男と文次の今までを繋いででもいるように長い。

マヤが描いてくれたおおざっぱな地図を見た。

——住所からいうと、このあたりに「錦」っていうちゃんこ屋があるはずだから。そこの通りをまっすぐ進めば「北海部屋」。九州場所が終わって間もないから、稽古しているかどうか。まぁ、思い立ったが吉日だ、行っていくらかでもすっきりしといで。

今日の秀男には、マヤの言うすっきりがどこに着地するのかまで考える余裕がなかった。ちゃんこ鍋「錦」の看板を見つけた。暖簾は内側だ。軒先で人が動いているのは、豆腐屋くらいだった。近づくと、白髪頭の主人が雨合羽に似た前掛け姿で腰を起こした。秀男と目が合い、首を傾げる。慣れない朝の光景に、いいわけしなくてはいけない気分になってきた。秀男は豆腐屋に話しかけた。

「おはようございます。『北海部屋』はこの近くだと聞いて来たんですけれど」

「若いお嬢さんが、朝からひとりで相撲部屋見学かい」

下町の軽快な語尾が響く。若いお嬢さんと言われたことで気を好くする。

「ええ、同級生が『北海部屋』にいるんです」

「へぇ誰かな。四股名《しこな》はなんていうの」

「それが、わからないんです」

秀男が客に訊ねた限りでは、釧路出身の力士がテレビやラジオの電波に乗っているという情報はなかった。

秀男は延ばし延ばしで今日まで文次を訪ねられなかった理由の端っこを見た。秀男自身の見てくれ同様、文次が誇ることの出来る「今」でなくてはお互いに傷ついてしまう。気づくと、上手く頬が持ち上がらなくなった。

「お嬢さん、いくつなんだい」

「十九歳です」

「出身地は？」

北海道だと答えると、主人の表情が柔らかくなった。

「考えてみりゃ、あそこの部屋はほとんどが北海道出身だったな」

「北海部屋」はその豆腐屋のお得意先だと聞いて、秀男も嬉しくなる。にがりのにおいも気にならなくなってきたところで、軒先にアルマイトの器を抱えたおかみさんが「おはようさん」とやって来た。

秀男は豆腐屋を出て三分ほどで「北海部屋」の看板にたどり着いた。

土俵のある部屋を、戸口からのぞき込んでみる。びんつけ油のよい匂いが漂ってきた。こんなときは持ち前の好奇心が背を押した。朝日が入り込む土俵部屋には、一段高い板の間に神棚が祀《まつ》られている。神棚の下でひとり、どっしりと腰を下ろしているのが親方だろう。切り取ったように険しい空気が漂っている。マワシ姿の力士は十人。円形の土俵の上で、かわるがわるぶつかってくるお互いをがっしりと受け止めている。静寂のなかに、両足が砂を擦る音が響いては止まる。目を凝らし、ちょんまげをのせた顔をひとりひとり見るが、文次らしき男はいなかった。

朝稽古の見学に来ているのは白髪まじりから黒々とした角刈りまで、年齢もばらばらな着流し姿の旦那衆が数人と、背広の男がひとり。

若手の旦那衆がひとり秀男に目配せをして土俵部屋の外を指さし「ねえさん、ちょっと」と合図をよこす。何の用かと戸口から出ると、彼が潜めた声で訊ねた。

「ねえさんこんな朝早くから朝稽古見学かね。誰かここいらの旦那にでも呼ばれたのかい」

「同級生がこの部屋にお世話になっているものだから。せっかく東京に出てきたので会いたいなと思ったんです」

男は「へぇ」と感心したふうで稽古部屋を振り返った。

「ねえさんの同級生ってのは、誰だい」

小学校の卒業以来、一度も会っていないのだ。お互い、ずいぶん見てくれが変わっているに違いない。もう一度、稽古中の顔をよく確かめたい。

「小学校を卒業してから一度も会っていないので、実は四股名も知らないんです」

おまけに今日ここに来ることも伝えていないと言うと、若衆は切れ長の目に気の毒そうな気配を漂わせた。

「そうかい、じゃあ出身地と年を言ってみな。すぐに俺が見つけてやるよ。なぁに、そんなに人数の多い部屋じゃない」

秀男は「釧路」と「十九歳」「文次」といった手がかりを彼に渡した。

「そりゃあもしかすると、霧乃海《きりのうみ》関と違うかな」

彼はそうつぶやきながら「ああ」と頷いたあと、苦い顔をした。霧乃海、と聞いてすぐに朝霧にけむる河口の景色を思い出す。若衆が似たような年頃の角刈りの男を部屋の外へと呼び出した。

霧乃海関はどうしているのか、朝稽古には出て来られないのか――

男たちの会話に耳を傾けながら、この場に文次がいないことがあまり良い理由ではないという予感も湧いてきた。

「ねえさん、霧の字はしばらく朝の稽古場には来られそうもねえようだ。残念だったな」

文次の身になにかあったのか、おそるおそる訊ねてみる。切れ長の目の若衆は声を潜めて角刈りになにか耳打ちした。

秀男は彼に促され、相撲部屋の門を出た。

通りにひとりふたりと行き交う人が現れ始めた。彼は「武美《たけみ》」と名乗った。どこへ向かっているのか散歩のようなのんびりとした足取りだ。武美は、自分たちは相撲部屋の後援や催しの仕切りなども仕事のひとつにしているのだという。

「それで、力士について詳しいのね」

「詳しいってほどでもないさ。俺はそのあたりはあんまり興味もなくてな」

どちらかというと――武美の言葉はそこで途切れ、さりげなく秀男の肘をつまんで細い小路へと誘った。瞳には朝に不似合いな艶めいた光がある。武美が開けた格子戸から中に足を踏み入れて、かすかに漂う湯のにおいでそこが連れ込み宿だと気づいた。

「そっちなんだろう？　実は俺もお前さんみたいなのが嫌いじゃないんでね」

武美はここを出たら文次に会わせてやると言った。秀男はするりと彼の腕の中へ入り込む。手続きがひとつ増えたと思えばいい。面構えもまぁまぁだし、腕は硬く引き締まっており、着物を通して伝わり来る胸や腹もほどよく硬い。寄り道ひとつで無理を通せるのなら、悪い話ではなかった。

雨戸を閉めたままの部屋で夜具にこぼれ落ちてゆきながら、秀男を腕の中に入れた彼はひとこと「朝からいい拾いもんだぜ」とつぶやいた。

昼時の相撲部屋はひっそりと静まりかえっていた。午後の稽古までおおかたの力士が昼寝をしているという。

「ちゃんこのあとは寝るのも仕事なんだ」

誘ったときとは打って変わって爽やかな物腰になった武美は、再び秀男を「北海部屋」へと連れて戻った。着流し姿の若衆たちは消え、土俵の土もきれいに掃いてある。

「お前さん、ここでちょっと待ってな」

武美が稽古場の奥へと引っ込み、再び戻ってきた。

「霧の字はじきここに来る。じゃあ俺はここで。朝っぱらからつきあわせて悪かったな。ありがとよ」

　男の引き際の良さは夜具の中でも同じだった。望みを果たせば体を離し、無駄口のひとつも叩かない。男の性分は、どうやらその刻《とき》にこそ隠しきれないものだということも、床を重ねるうちに覚えた。

　戸口にゆらりと大きな人影が現れた。秀男の腕や太股に残っていた男の感触が一瞬で消える。

　文次——

　白地に紺の波模様が入った浴衣姿に浅黒い顔、髷《まげ》。幼いころと変わらない文次が、見上げるほどの身長になっていた。たっぷりとした身幅は、駅のホームで別れたときを思い出せば倍にも見える。

　釧路川の縁で出会った小学校一年の頃から、ふたりで朝もやの道を市場へと歩いた夏、キャラメルを分け合った日。あの頃どうして自分はスカートをはいて過ごすことが出来なかったんだろう——文次。

　秀男はコートの胸を張った。この姿を見せたかったのだ。

　文次、あたしよ——

　声が出なかった。唇は動くのに、思いは音にならない。胸奥で何度もその名を呼べば、すぐに釧路川のほとりに戻ることが出来そうな気がしてくる。なのに、文次とひとこと声を掛けることができない。

　さてはまた、どこかの神様が意地の悪い仕打ちをしたのかと勘ぐるほどだった。文次に会うための関所か峠か、武美の誘いを断らなかった罰だろうか。秀男は「いや違う」と首を振る。

その名を呼ぼうにも目の前の相撲取りは、秀男のことなど、結い上げた髪の毛一本分も懐かしがる素振りを見せないのだった。

目の前の女がいったい誰なのか、問う必要がないのなら——文次。

見れば浴衣の右肩あたりが少し厚ぼったくなっている。右側だけ固定しているようだ。秀男の瞳も霧乃海関の無表情に問うものを失いかけていた。

「お客さん、なにかわたしにご用があるとか」

声の代わりに涙が出そうだ。秀男は慌てて唇を引き結んだ。

土俵に沁みた汗や痛みのにおいを嗅いでいるなか、耳の奥にこだまして流れるのはマヤの歌う「枯葉」だった。

——俺たちの思い出と後悔が枯葉になって落ちてくる。

「お怪我をされているとは知らず、すみません」

「このとおり怪我が多くて昇進も出来ません。お恥ずかしいことです」

——かき集めてみても遠いあの日は戻らない。けれど、俺はお前を忘れない。木々が葉を落としやがてどこかへ運ばれてゆくように、打ち寄せる波も俺たちの足あとを消してゆくが、ふたりで過ごした日々は俺の胸にいまも在る。

なんにも変わっていない。不思議でおかしな時間、秀男はいっそう微笑んだ。泣きだす一歩手前の笑顔だ。

「あたしも霧乃海関と同じ釧路の出身なんですよ。同じ小学校に通っていたと思うんです。平川と言います」

白蛇のリルとステージを務めるときのように、自信たっぷりの表情を作った。

「そうだったんですか」

霧乃海関の表情はまったく動かなかった。間違いなく文次だ。この無表情こそがその証しだろう。文次はいつも、こうして秀男を守っていてくれた。何があっても顔色ひとつ変えず、感情を漏らさず秀男を守っていた。

ああ、そうか――

秀男はひとつ腑に落ちて、頷いた。

もう、思い出に守ってもらうあたしではないんだ――

それがいちばん心を慰めてくれる答えだった。

なぁんだ、と声にせずつぶやいてみる。別れそびれた心を、新しく手に入れた体から引きはがすために会いに来たのだった。

幼いころの記憶に何度身を浸したところで、お互いそこから一歩も前には進まない。文次はしらばっくれることで思い出から逃れる。秀男も白々しい演技をしながら、こんなこと仕事に比べれば屁でもないわと思っている。

流れた時間の長さを測るより、今をしっかり演じきることが大切だった。自分は、誰の庇護も必要とせず生きる方法を見つけてしまったのだ。ここに来てひとつくらい手に入らないものがあったところで、それがいったい何だというのか。

「お怪我、早く治りますように。同郷のひとりとして、これからも応援していますね」

「そちらこそお元気で。今日はお立ち寄りありがとうございました」

下げ慣れた頭、艶やかな髷に向かってちいさく手を振った。これからお互いが向かう場所のために、文次の拒絶は必要な手形だったと思うことにした。

嫌われたわけじゃない。嫌いになったわけでもなかった。枯葉が一枚、別れのかたちをして風に流されてゆく。

長い橋を乾いた風に圧されながら渡る帰り途、秀男はハンドバッグの中から口紅を取り出した。幼い頃、川の縁で文次と開けた紙袋に入っていた赤い口紅だ。黒い川面が故郷の景色に重なりぼやけた。真っ赤な色が板についても、欲しいものは手に入らない。

文次は文次の道を、秀男は秀男の道を、ただ歩いてゆくしかないのだった。手の中にあった口紅を川に向かって放った。陽の中で一瞬光り、思い出が水面に吸い込まれていった。

さようなら。

さようなら、文次——

9

スネークストリップのマコ、カーニバルのマコといえば、大阪のゲイバーでは少し顔が知られるようになった——昭和三十九年、秀男二十一歳、春。

大阪は秀男にとって未知の自分に出会う色つきの街だった。それまでの生活が白黒だったと思えるくらいに鮮やかな光と色に満ちており、故郷の母には仕送りを、嫁に行った姉には祝いを贈れるほど懐も豊かになった。東京はオリンピック目前でのお祭り騒ぎだが、この街は理由も理屈もいいわけもなく、毎日がお祭りなのだった。

胸はホルモン剤を打ち続けて手に入れた。次郎が入れた筋彫りの薔薇は、消えない傷から色つきの牡丹へと進化した。脚も胸も、痛みが伴うぶん大切に出来る。秀男にとって体は大切な武器になった。

しかし日増しに存在を薄くしてゆく男の兆候は、同時に体の内側で新たな不満を膨らませていた。睾丸《こうがん》と陰茎がきらびやかな下着を着けて踊る際に邪魔なのだ。上手く隠そうとするほどに仕種が色っぽくなることに気づいたものの、男たちと過ごす寝床のことよりもはるかに、舞台上の出来不出来が秀男の頭を悩ませ始めた。

——残念だわ。こんなもんがあるばっかりに、着けたい下着も着けられない。

――そんなに邪魔なら取っちまえばいいじゃないか。

嘆く秀男にマヤが誰より早く答えた。

大阪中を探しに探して睾丸を摘出してくれる病院を見つけたとき、秀男の胸を駆け巡った思いは「美しく踊る」ことだけだった。肝心の陰茎は手つかずとなったが、それも刻を置かずに縮んでゆくと聞いて安心したのだ。

手術台に上がった秀男に、医者は何度も念を押した。

――絶対に後悔せんな、タマ取ったら二度と男には戻れへんで。

――もともと戻るところなんかないんですあたし。

――戻るところのない人間なんぞおらん、お前さんが誰だったとしてもな。

――強いて言うなら、あたしはあたしに戻ります。

自分でも上手いことを言ったものだと感心しているうちに麻酔が効き始めたのだった。秀男の決心に、おしゃべりな医者が無口になった。

手術の出来は傷口の痛みを引き換えにしてもお釣りが来た。半年待たずに秀男は店のナンバーワンになった。

大阪「カーニバル」の専属歌手として新しい立ち位置を見つけたマヤは、店の常連の中に新たなパトロンを得ている。

秀男は中津に得た少し広めのアパートで、気の向いた夜に男を連れ込んでは、朝を迎える前に追い出すという生活が続いていた。

ときには金持ちの贔屓客も現れて、秀男の部屋には一年でテレビと電話がついた。美しいカットグラスも手に入れ、毎日ひな壇のように飾っては眺める。

相撲中継で幕内に昇進した霧乃海を観たときは、自身の体から失われたものや得たものがいっとき膨れあがり言葉にならぬ痛みを感じたが、それもすぐに慣れた。土俵上の文次は怪我の癖を克服した。

勝てば白星、負ければ黒星。テレビで目にする相撲の勝敗は秀男にとって単純明快だった。土俵をどこに置くのか、どこが土俵なのか、果ては勝ち負けすら自身で決めなくては前に進めないのがきらびやかな大阪ゲイボーイの日常だ。お店にやってくる海千山千の政治家や芸能人と互角に渡り合う日々は、秀男に始終火を点け続けた。

名刺を配り続ければ毎日のように電話が鳴る。開店と同時に来てくれる客をタクシーで迎えにゆくことを思いついたときはマヤも笑った。新歌舞伎座まで迎えに来てくれという客に応えて乗り付けたとき、相手が新進の歌舞伎役者だったことも一度や二度ではなかった。新喜劇の俳優も人気ミュージシャンも、秀男のストリップと話芸に金を使う。音楽を聴き、新聞を読み、テレビを見続ける毎日に芝居を観る楽しみも加わり、一日が二十四時間ではどうにも足りなくなってきた。目や耳から絶え間なく体に注ぎ込む知識は、どんなに客が意地悪なことを言おうとも秀男を助けてくれた。

マヤは秀男の人気を喜び、やはり大阪に連れてきて良かったと満足げだ。

――お前らしいねえ、いっときも黙っちゃいない。

――あたりまえよ、タイムイズマネーだもん。

――それも寝床で覚えた英語だろ。

――淀川に流れてるのを拾っただけよ。

――お前の淀川には、何でも流れてくるからねぇ。

マヤは自身の歌う「枯葉」で、秀男は蛇を体に這わせるストリップで、客の心を摑む。白蛇のリルは働かせすぎたのか、大阪で二度目の冬を越せなかった。鎌倉の弁財天から連れられて文字通り秀男に大きな運と銭をもたらした神様を、焼いて骨に変え、バッグに入れて連れ歩く。

二代目のリルは市内の鳥獣店で見つけたものだが、緑色の鱗がライトで七色に光る掘り出し物だ。初代のリルより重たく、動きはゆったりとしているが素直に力を抜いてくれるので助かっている。

大箱の「カーニバル」では新人を数人並べてのチームショーも売りのひとつだった。秀男も最初はチームの端で脚を上げていたのだが、背がちいさいのと動きが妙に目立つため、すぐにリルを連れてのソロを演ることになった。やっかみは後を絶たなかったが、マヤが楽屋で「マコの仕返しは怖い」という噂を流してからはおとなしくなった。耳に入ってきたものだけで「帯に仕込んだ剃刀で頸動脈を狙う」「狭い道に入ったところで背後からムササビみたいに飛んでくる」「家ごと燃やされた同僚がいる」という具合だ。

「マヤねえさん、いくらあたしでもそこまではやらないわ」

どれも尾ひれがついて膨れあがったものばかりらしく、マヤは秀男が報告するたびに大笑いだ。

秀男のステージはマヤに言わせると「陽気・快活・淫蕩《いんとう》」をバランス良く備えているという。それが自分たちに必要な色気の正体だと言われれば悪い気はしない。

大阪の五月は故郷の真夏を思わせた。釧路の桜は五月に咲くが、ここではとうに桜も終わり、夕どきになっても少し動いただけで汗が出る。湿度も上がって汗の始末が必要になってくると、お気に入りの香水が目に見えて減っていった。

暑くても寒くても、思い出されるのは生まれ育った土地の冷えた空気だった。かき氷も扇風機も要らない夏の湿った海風を思い出すとき、秀男は出来るだけ景色から文次を消した。河口で過ごした時間を忘れてしまえば、その先に霧乃海——文次の昇進があるような気がしてくる。秀男の部屋から見える淀川の夕日は川下に沈む。釧路の夕日も河口に沈む。秀男の知らない世界にいる文次の太陽が、東からしっかりと昇ることを無意識に祈っている。

化粧を終えて、初代リルよりひとまわり大きくしたバスケットの蓋を開けた。二代目が傾きかけた陽の光を受けて居心地悪そうにしている。

「リル、今日もしっかり働いてちょうだい。明日にはまた美味しいネズミを食べさせてあげるから」

生きものを丸呑みして命を繋ぐリルは、そのまま「カーニバル」での秀男そのものだった。出勤が近づく時間リルの調子を確かめていると、両国の北海部屋で文次に別れを告げて隅田川に架かる橋を泣いて渡った日を思い出した。

釧路川と隅田川と淀川、長さも幅もまったく違う川なのに、どの景色にも文次が浮かんでは消える。大阪まで流れて来たというのに、流しきることのできない記憶が体にまとわりついてくる。

リルは飽きたところで皮を脱ぎ、少しずつ大きくなる。秀男も秀男の皮を一枚ずつ脱ぎ捨て

て生きて行く。脱いでも脱いでも追いかけてくる記憶は輝く鱗となって、畳んでもしまい込ん

でも秀男の内側で光り続けている。

文次は誰にも飼われたりはしないのだ。そう納得させる心にも、思い出は押し寄せ容赦なかった。夕暮れの川面に文次を探してしまう日は、頭痛がいつもよりつらい。

そろそろ部屋を出る時刻だった。今日は梅田にある建設会社の社長を迎えに行く日だ。政界から芸能界まで幅広い人脈のある男だった。いまの秀男にとっては街を流れる川よりも男たちがちらつかせる人の流れのほうが、どこでどう分かれ交差するのか想像つかないぶん面白い。

鏡で化粧の仕上がりを確かめたあと部屋から玄関へ体を向けたとき、電話が鳴った。二度見送り、三度目のベルが鳴る前に受話器を上げる。

「おはようございます、カーニバルのマコです」

ヒデ坊――

電話の主は章子だった。電話がついてからはときどき遠慮がちな声で章子が電話を寄こした。姉の嫁ぎ先は川湯にある老舗の旅館で、毎日が若女将の修業だと聞いている。

「あらショコちゃん、旅館ってこの時間は忙しいんじゃなかったの。珍しいわね、元気？」

「うん、今日は大丈夫。いま外だから」

釧路の両親と兄夫婦が上手くいっていることも弟や妹たちが元気で学校に通っていることも、姉の口から語られる故郷はいつも平穏で、落ち着いている。捨てた故郷とは言うものの、どこへ流れて行くにも起点は必要なのだった。

壁掛けの時計を見れば、もう何分も話してはいられない。

秀男からの電話を、一度で取り次いでもらえることは稀だった。章子から電話が掛かってくるとき以外はゆっくり話せない。姉からの電話は夫や姑が近くに居ないときに限られており、居室に戻る前の館内点検を終えた深夜にしか出来ないと聞いてからは、たとえその日連れ込んだ男といい雰囲気になっていても夜中の電話を取る。

章子の声が少し萎んで聞こえたので、秀男は姉の話を聞くことにした。これは秀男が出勤前の慌ただしい時刻だと知っていて掛けてきた急ぎの電話なのだった。タクシーにチップをはずんで飛ばしてもらうことにする。

「ヒデ坊、わたしこのまま旅館には戻らないつもりでいるの。釧路の実家には落ち着いてから知らせるつもり。ヒデ坊には先に伝えておくね」

秀男が姉の自分にはいつもそうしてくれたから、と章子は言う。嫁ぎ先でさえ人に勧められるままだった章子が自分の意思で婚家に戻らないというからには、なにか大きな理由があるに違いなかった。

「ショコちゃん、あと五分ある。五分しかないから、はやく連絡先と旅館を出る理由を教えてちょうだい」

「ヒデ坊、長くなっちゃうといけない。二、三日中にもう一度掛けるから。事情はそのときに。忙しいときにごめんね」

一拍後には不通の音が響いていた。もやもやとした心もちをどうすることもできなかった。しかし一歩部屋を出れば仕事の貌で歩き始めなくてはいけない。くつろぐ時間と働く場所をはっきりと分けられるようになったのはいつからだろう。

できるだけ夕日を見ないよう努めながら、秀男は空車の表示に向かって手を挙げた。

その日の社長は、タクシーの後部座席で秀男の太股をさすりながら上機嫌だった。顔も広く、新地の帝王とあだ名されるくらいの遊び人と聞いているが、秀男の前にいるときは気のいい親父だ。建設会社を経営する傍ら、複数の飲食店も持っているという。羽振りのいい話は仕入れておくが、決して物欲しそうにしてはいけない。秀男に遣う金を惜しまない男とは、いい関係でいられた。こちらは相手が誰でも互角を演出するのが仕事なのだ。羨むより羨ましがられるほうを選択すれば間違いはなかった。

「マコ、お前本当にタマ取ってしもうたんか」

「ええ、おかげで気分もお股もすっきり。見たい？」

「いや、わしはええ。お前の踊りを見るだけでごちそうさんや。痛い痒いの話は勘弁してぇな。なんやなぁ、北海道の田舎から出てきて、大阪の店でナンバーワン張るためにタマまで取ったゲイボーイがいるというから見に来たら、女より女やないか。わしはお前の肝の据わったところが気に入っとるんや。この街の惚れたはれたはタマの取り合いやが、本当にタマ取るとはなぁ。わっはっは」

「そんなこと言ってくれるの社長だけ。あたしはこの体を使っておもしろ可笑しく生きてるだけなの。そんな偉そうでも湿っぽい話でもないのよ」

「タマ取るのに、いったいいくらかかったんや」

「三万円。自分の体からラッキョウがふたつ出てきたときは可笑しくて笑っちゃったわ」

社長は「聞いとるだけで痛いわ」と顔をしかめ、太股にあった手を尻のあたりへと移動させた。社長に限らず、客はみな顔をしかめながらも秀男の去勢手術の話を聞きたがった。痛い痒いの話をそっくり抜いて、ついでに恐怖感もなかったことにして語ると、みんな大喜びだ。睾丸を抜いたあとの袋が化膿して狸の置物のように腫れあがった話も、そのとき感じた痛みと絶望を抜けばよい笑い話になるのだった。癒えたあとの傷がいい話題になり、金に姿を変える。秀男の中で芽生えた法則は、今のところぐらつく気配もなかった。

「マコ、今日はおもろい男を紹介したる。妹のところの次男坊でな、わしの甥っ子や」

「いい男なら何人でもオッケーよ」

「いいも悪いも、お前がひょいひょいと喉でもさすれば、世の中がぐるっと動くで」

「なぁにそれ。あたしが自由に動かせるものなんて、この子くらいよ」

足下に置いたバスケットをヒールの先で小突くと、社長が「開けるなよ」とそこだけ真面目な顔をする。

「まぁ今日はお前に会うのを楽しみにして来る男がいるよって、たんともてなしてやってくれ。お前に悪いようにはならんはずや」

店に入る前になにかつまむかと問われ、すかさず「はしりのハモが食べたい。鮎もいいわね」と答えた。景気づけにちょうどええわと社長の機嫌も良くなる。

「ハモは落としもいいけど、あたし焼き霜が大好きなの」

出がけに掛かってきた章子の電話を頭から振り払い、秀男は「仕事」を続ける。罪悪感はない。戦場での油断は命取りだ。

店でシャンパンを一本空けたところで現れたのは、恰幅のよい社長とは対照的な筋肉質の男だった。色の黒いのも体が大きいのも秀男の好みだ。なにより眼光の鋭さに引き寄せられる。

これが甥っ子、と紹介されて迷わず「いい男ね」と先手を打った。秀男より先にさっと名刺を差し出す仕種と、指の長さに目眩がしそうだ。

仲野丈司《なかのじょうじ》——肩書きは放送作家とある。

ブラジャーの内側から名刺入れを出し、一枚渡した。

「マコです。お電話一本でどこへでもお迎えに上がります。よろしく」

つよい目の光がゆるんだところでにっこりと微笑んで見せた。口元にほんの少し恥ずかしげな気配を漂わせたあと、仲野丈司が手元の名刺に視線を落とし、ひとり言に似た響きで「やっと会えた」と漏らした。初対面でそんな甘ったるい言葉を吐く男に会ったことがなかった。

「そんなふうに言われると、なんだか恥ずかしいわ」

しなをつくり上目遣いで秀男がつぶやいたところで、仲野は自分の言ったことに気づいたようだった。

「堪忍、こっちこそ恥ずかしゅうてかなわんもんやから」

眼光が鋭く見えたのは緊張からだったらしい。そうとわかれば秀男のほうも彼に対して優しい気持ちが湧いてくる。このやり取りに、紹介者である社長も満足げだ。すぐにシャンパンが追加された。

「放送作家って、どんなお仕事なんですか」

「テレビとかラジオの台本を書いたり、舞台の脚本を書いたりしてます」

「じゃあ俳優さんとか歌い手さんとか、芸人さんとも親しいのね」

「わりと交流のあるほうやと思うけど」

「お願いだから、そんなに緊張しないで」

仲野の肩にそっと触れたとき、秀男は夜の街で生きる自分の腕がほんの少し上がったのを感じた。陽気、快活、淫蕩。マヤの言葉が通り過ぎる。

その日は店が退けたあと、仲野と一丁先の寿司屋で落ち合った。酒が入り、ゆるやかな時間を挟んでいるというのに、心拍数は上がっていた。

仕事場以外で男に会う際の、覚悟のハードルは女たちより数段低く設定されている。駆け引きが必要と彼女たちは言うけれど、そんな湿気があるばかりに、裸になるまでのあいだに快楽の角が丸まってしまう。お互いを削り合うようなやり取りを三日続けるよりも、夜が明ける前に抱き合ったほうがいい。女たちがもたもたしている間にこそ、自分はライトに透かしたカットグラスみたいに、七色の光を放つ時間を手に入れるのだ。

寿司屋の暖簾をくぐり、カウンターにひとり座っていた仲野を見たときすでに、秀男は寝床でこの男をどう悦ばせようか考えていた。

鮎の塩焼きをつまみながら、仲野が嬉しそうに今日のステージの話をする。

「妖しいな、ものすごく妖しい。マコさんは踊りながら金色の鱗をまき散らしてるようやった。あんなステージ、大阪のどこの劇場へ行ったってお目にかかれるもんやない。僕はマコさんのことをこの世でいちばん美しい生きものだと思っとる」

仲野は秀男のことを女でも男でもなく「生きもの」と言った。この男は、案外正直なのかもしれない、という思いが湧いてくる。きみがもしも女だったら、もしも男でなかったら、という台詞は腐るほど聞いた。その先にどんな賛辞が待っていても、肯定が先に来ないのでは気持ちがささくれる一方だった。

それにしても――美しいという言葉は聞き飽きた。秀男はこの男からもっともっと滋養のある言葉を引き出したい。鮎の繊細な塩味に舌を満足させながら、褒められているときの約束として謙遜せずに微笑んだ。仲野の唇はもう、秀男への賛辞しか生まないようだった。言葉の世界で生きている男が、己の繰り出す言葉にもどかしい思いをしている姿は可愛くもあるし、なにやら切ない気持ちにもなる。今日は朝まで楽しもうと決めた。

秀男は送ってもらうタクシーの中で、男の肩にもたせかけた頭を彼の胸へと滑らせた。仲野は半分かすれた声で、今日のステージに話題を振ってくる。

「噂に違わず、本当にいいステージやった。マコさん、蛇の名前をリルにしたのはなにか理由があるんか」

「この子は二代目なの。初代は鎌倉の銭洗《ぜにあらい》弁天の白蛇様だったのよ。だからちょっとハイカラな名前で呼んであげたかったの。そのほうが新鮮じゃない」

「鎌倉の白蛇？　そんなもんどうやって手に入れるんや」

「お客さんがくれたの。いま思えばあの人、仙人だったのかもしれないわね。あたし野生の生きものとはけっこう相性がいいのよ」

ひとつ呼吸を置いて、仲野がつぶやいた。

「当然や。本来、野性は美しいものやから」

秀男も美しいと言われているような気がして、もっとこの男のつぶやきを聞いていたくなる。

「なんだか飲み過ぎちゃったかも。部屋まで送ってもらっていいかしら」

遠慮がちな男の腕が秀男の背中に回った。秀男は男の内側に赤く染めた爪を立てた。一日を振り返り、いい日だったと満足する。部屋に帰れば、新しい時間が待っている。さあどうやってこの男の胸の裡まで手に入れようかと、気持ちが引き締まってゆく。

仲野の腕に半ば抱えられるようにしながら階段を上った。夜風が熱い耳たぶに気持ちいい。男があまり手際よく自分を運ばないことも好ましかった。初心《うぶ》なふりをして、部屋に誘った途端に油断するのか急に手つきの変わる男もいる。そんな男にあたった日は抱きあう前に酔いも冷めてしまう。

なにもしないで帰す、ということをしないのは、大阪流に言うと「もったいないやんか」だ。そんなときだけ秀男は自分の内側に「男」が潜んでいるのを感じ取る。女は自分におかしな価値をつけるから一歩出遅れるのだ。快楽は相手が誰であれ五分五分だろう。それ以上でも以下でもない。言ってしまえば、秀男自身が楽しんでなんぼの遊園地なのだった。自覚があれば、こんなにも軽やかに毎日を楽しめる。楽しんだあとの薄い憂鬱さには、蓋をしたりしなかったり。憂鬱の蓋が甘いときに思い出すのは青函連絡船から身を投げたリリーだが、彼女は自分を楽しむための努力を怠った——だから金のかかる男が必要だった。

こんなふうに生まれついたことが才能なんだから、貢がせてなんぼじゃないのよ——

ベッドに横たわり、仲野の吐息を吸ってみる。嫌いじゃない。触れた体も髪の毛にまとわりつく指先も、嫌いじゃない。暗がりで、男の耳へ言葉を流し込んだ。

「あたし、あなたのこと嫌いじゃないかも」

男が「ありがとう」とつぶやいた。放送作家だって言うけれど、と秀男は喉の奥で笑う。この男は、案外口べたなのではないか。

「ここはお礼を言うところじゃないわ。もっと腹を立てていいところ。あたしあなたのこと軽く見ちゃってるかもよ」

「ええんや、なんでも。こうやって一緒にいるだけでええ」

「みんな最初は同じことを言うのよ。でもいいわ。嫌いじゃないから」

秀男にとって「嫌いじゃない」は「好き」よりずっと、実のある言葉に感じられる。体は自然に前へと出て体重を預け合うけれど、言葉は違う。言っても言われても、それぞれの質量を超えるときがある。「好き」だけでは伝えきれない夜、秀男は好んでこの言葉を使った。

夜更け、秀男は仲野の腕を離れ、頭痛薬を飲むために台所に立った。ころりとした形の、赤いホーローのヤカンから湯冷ましをコップに注ぎ入れる。毎度、瞼の裏側をノブヨの家にあったアルミのヤカンが過ぎってゆくのにも慣れた。毎日無意識に通り過ぎることで慣れてゆくものさびしさは、どんな出来事も記憶も、みんな過去のことだったと教えてくれる。

最近は明かりがなくても、夜中の台所で頭痛薬を飲めるようになった。手探りもしない。体が薬の在処を覚えている。馴染んだ動き、馴染んだ部屋のそこかしこに、別れがうずくまっていた。仲野との出会いはどちらに転ぶだろうと、コップの水を飲み干したところで考えた。痛み止めの効きが悪くなったと思いながら、息を浅くして溶けゆく薬の行き先を尋ねた。

体の芯に残る鈍い痛みにも、体の丸みと引き換えにした頭痛にも、これさえあればつき合えた。痛みと互角に戦えるのならば、秀男の勝負は負け知らずだ。勝たず、負けないことでしか続けられないこともある。

　カーテンの隙間から川に映り込む少ない明かりを見ていると、いま居る場所がどこなのか分からなくなった。頭の芯に宿った痛みをいっときでも忘れられるのは快楽だったが、その快楽も痛みがなくては手に入らない。快楽はときどき魔の穴にも似た場所に秀男を誘った。そこではリリーが「みや美」に居たときと同じく、楽しそうに酒を飲み笑っている。

　惑わされぬよう目を閉じると、その先に広がるのは果てのない湿地だった。不用意に入り込めば足を取られて地中に沈み、底なし沼が待っている。秀男はぎりぎりのところで孤独に耐える。この世に最後に残るものは耐えがたい痛みかもしれないが、その痛みにだって自分は耐えてやる。

　ベッドにいるはずの仲野が下着姿で戸口に立っていた。

「起こしちゃった？　ごめんなさい」

「いや、僕も水もらおう思ってな」

　秀男は台所から湯冷ましのコップを持ってきて窓辺に立つ彼に渡した。

「もう少ししたら夜が明けちゃうわね」

「夜明けは嫌いなんか」

「嫌いじゃないわ。ちょっとさびしいだけ」

　水を飲み干した仲野の腕に巻かれて、夜更けの川面を見た。頭上でよく響く声がする。

「あまりの急展開に、わざわざ伯父に頼み込んでマコさんを紹介してもらった理由を、まだ話してへんかった」

「会いたいことに理由なんて必要なの?」

「普段はいらん。けど、ひとつ頼み事があるよって、伯父の顔が必要やった」

「いやね、いま変なこと言ったら追い出しちゃうわよ」

せっかく頭痛薬が効き始めたというのに、一度寝たくらいの男の言うことなど聞きたくはない。だいたい、男がする頼み事にろくなことはなかったではないか。どんな道をたどるにしても、最後の最後は金でしか解決しないことを口にするのが男だった。

秀男は目を瞑った。また視界が果てない湿地に覆われ始める。お金なんかないし、あんたからなんてほしくもないわ。仲野を部屋から追い出すための、心の準備だけはしておこう。ちょっと惜しかったな、あたしってやっぱり馬鹿だな——いいわけも白々しいのだが、こんな一拍がないと胸の内側に要らぬ傷がつくのだ。

「頼みって、なに。口止めかしら。手短にお願い」

仲野は、昨夜から酒など一滴も飲んでいなかったような、そこだけ乾いた口調で言った。

「ゲイバー以外の舞台で踊ってみてほしいんや」

「ゲイボーイがゲイバー以外のどこで踊れるって言うの。寝言は寝てるときに言ってよ」

「大阪ミュージックや。あそこで今度僕がプロデュースしたエロティックな舞台をやる。その舞台、マコさんにも出てほしいんや」

そんな大事なことを、一度寝てしまってから言う阿呆に初めて会った。秀男は少ない光を集めて男の顔を見上げる。胃の上あたりに、餌のない釣り針を呑み込んでしまったような痛みが広がった。暗がりで見る仲野の瞳は大きく見開かれ、頬にも口元にも嘲りはない。冗談を言っているようには見えなかった。

「あんたみたいな男のことを、あたしの生まれたところじゃ『はんかくさい』って言うの。大阪流に言うと『ど阿呆』よ」

「うん。まだ誰にも話してない。誰かにマコさんのことを言って出し抜かれるのが嫌やったんや。あんたを世に出すのは僕の仕事や。伯父から話を聞いたときから、決めとった。蛇を使う踊り手っていうだけやない。あんたは人を気持ちようする魔法が使えるんや。僕が阿呆なら、僕の舞台観に来る客もみんな阿呆や。阿呆には阿呆しかわからん美しさがあるやろ」

「大阪ミュージックは、女が脱いで踊る小屋じゃないの」

「きれいなら、どっちでもええねん。マコさんもそう思うて脚にぎょうさん花の刺青入れて蛇までつこうて踊ってはるんやないのか」

秀男はひとつ息を吐いた。

「ひと晩つきあったくらいで、ふざけたこと言わないでちょうだい。気持ちいい夜が台無しじゃない。綺麗って言っておけば機嫌がいいやつとでも思った?」

「なにをそんなに嫌がるんや。わからんわ。僕があんたを舞台に立たせて笑いもんにしようと企んどるとか、まさかそんな風に思ってるんやないやろな」

仲野の語気がわずかに強くなった。秀男はその瞳を見つめ返した。男の言うとおりだった。女ばかりが脱いで踊るヌードショーの舞台に呼ばれて、いい気になって踊ったところで笑いものにされるのはまっぴらだ。

自分でもなぜこんなに仲野の誘いを跳ね返しているのか、はっきりとした理由がつかめずにいた。しかし、窓ガラスに爪の先を透かした瞬間、気づいてしまった。

あたしは言ってるほど自分に自信はないのだ――気づかずに朝を迎えれば良かった。泣き顔の手本は、いつだって「みや美」のミヤコだ。仲野の声が急に弱々しくなる。

「僕、マコさんとこんなんなって、阿呆を通り越しそうなくらい嬉しいんや。こんなときにさるまた一丁で言うことやあらへんけど――けど僕、なにが悲しゅうてあんたにそない泣かれなあかんのや」

秀男は喉の奥で短く笑い、男の瞳に告げた。

「馬鹿ね、こんなの嘘泣きに決まってるじゃないの。でも泣きたい気持ちは本当。女に混じって裸で踊ったら、ただの笑いものでしょ。あたし、踊るのも脱ぐのも好きだけど、恥ずかしいことを自覚して踊っていられるほどつよくないの。少なくともお店で踊っているときは、自分はこの世でいちばん綺麗だと思ってるんだから」

「マコさんはいったい何が恥ずかしいんや。性転換までして手に入れた立派な踊る裸があるやろ。それ、あんたの武器やろ。人間、痛い思いしたらそのぶんええ思いもせなあかん。あんたこのまま痛い思いだけして終わるつもりか」

性転換――聞き慣れない言葉だった。仲野のいう「痛い思いだけして終わる」のひとことが腹の奥まで突き刺さる。

「せいてんかんって、なに」

仲野の頬に力が入るのを見た。眼差しが鋭いせいか、どんな表情もすんなりと笑顔には見えない。彼は短く「男が女になることや」と言った。部屋中に、ガラスの冷たさが沁みてくる。

「マコさんが女性になるには、性の転換が必要やんか。そないなきれいなおっぱい手に入れて、大事なタマも取らはって、あんたもう立派な女やないか」

どうしても「立派な女」のところだけ白々しい響きになる。秀男はここを彼に指摘すべきか仕方ないと呑み込むべきか少し迷った。迷った挙げ句、身も蓋もないことを言った。

「正しくは、女みたいに見える体、なの。嘘っぱちだって自分でもよく分かってる。嘘っぱちだからこそ恥ずかしいとは思わない。女が隠すところを、あたしは見せる。男だからこの嘘に価値を与えられる。嘘は上手につかないと自分も相手も傷つくの。あたしたちはそこんところ嫌っていうほど知ってるのよ。おっぱいも刺青も取ったタマもこの顔も、髪も爪もなにもかも、稼ぐための大事な衣装なんだから」

一気にそこまで言うと息が乱れた。言ってしまったことで心も乱れた。男の胸にしなだれかかる。涙が頬に流れてくる。極上の演技をしたという満足と、言葉に包んで吐きだした「真実」に傷ついていた。仲野の腕の中に戻ると同時に、自分がいっときこの男に何かを預ける予感が通り過ぎて行った。


『ノブヨ、元気にしてますか？　あたしは元気。いつもながら余るほど元気です。今日はひとつ報告があります。あたしとうとうお店以外の舞台に立つことになりました。大阪ミュージックというストリップ劇場です。踊りと歌と演劇で作る舞台公演の企画に、是非出てくれって言われたの。迷ったんだけれど、これも何かの縁だから引き受けることにしました。主役の心に蠢く欲望をストリップで表現するんだって。ノブヨの爆笑白雪姫のことを思い出します。人前で自分以外の人間になれる面白さを味わったのはあれが最初だった気がする――』

秀男はテーブルの上に広げた便箋から視線を上げた。白磁のカップに手を伸ばして、ぬるい紅茶を飲んだ。

中学二年の秋、ノブヨの台本で白雪姫を演じてから、いったい何年経っただろう。十四の年だから、八年か。

ノブヨは父親が死んで本当のひとりきりになり、身軽のついでに札幌へ出た。きびきびと動くことができず、アルバイトを三つ立て続けにクビになったところまでは手紙で知っている。長距離電話の料金は目の玉が飛び出そうだといい、ノブヨとは変わらず手紙で近況を報告し合っていた。

『ねえノブヨ、白雪姫からもう八年。なんだかいろいろあったはずなんだけれど、ときどき同じことを繰り返しているような気分になります。踊って歌っていれば気分よく暮らせるし、知り合う男も打率がいい。けれどいつも、なんだか残念なお別れがやってきて、頭痛がいっときひどくなるの』

秀男はそこまで書いて、便箋を丸めて捨てた。湿っぽい話がたとえ本音でも、書いただけで再び薄暗い気分の復習をしているようになり気が滅入ってくる。

仲野から、大阪ミュージックの件は秋の公演に向けて準備をしている最中だと聞いた。秀男さえ承知してくれれば、脚本は秀男ありきで書き直すという。

――わかった、やってみるわ。やると決めたからには、しっかり務めます。

明け方のこと――仲野は秀男が帰れとも言っていないのに部屋を出て行った。午前五時に時計を気にする男は女房持ちだ。男が整髪料の匂いだけ残して去った玄関で、思わず「ちくしょう」とつぶやいていた。今までそんな気分になったことはなかった。

ああ、だから手紙がちょっと湿っぽくなっちゃったんだ。

ひとり納得して、椅子から立ち上がった。今日は厚い雲がかかり、今にも雨が落ちて来そうな空模様だ。閉めきった部屋の蒸し暑さは、東京にも札幌にも、ましてや故郷にもなかった。暑い、と思うとき、秀男は生まれた場所からずいぶん遠くにいることを実感する。

空きっ腹に頭痛薬を流し込んだところで電話が鳴った。頭の芯に響いて、一瞬飛び上がりそうになる。呼吸を整え、受話器を取った。章子だった。

本当に旅館に帰らなかったのかと問うと、章子は今までで最も明るい声でそうだと答えた。

「いったいどうしてそういうことになったの。あたし、ショコちゃんはてっきり旅館でしっかり者のいい若女将をやってるもんだとばっかり思ってた」

「しっかり者じゃないから、こんなことになってるの」

章子は、嫁に行って三度妊娠したのだと言った。章子らしくもない、妙にさばさばとした口調だ。秀男は姉が二年のあいだに得たものと捨てたものについて思いを巡らす。なにひとつ、自分に理解出来そうなことはなさそうだ。秀男も変わった。章子も変わったのだろう。

「ひとり目もふたり目も、産めなかったの。ここでは、女将修業をしている間は妊娠禁止なの。

二度目のとき泣いて頼んだけれど駄目だった」

「若旦那はどうなのよ、ショコちゃんだけ女将修業で旦那はなにやってんの」

章子の声が淀川の上に広がる曇天に重なる。

「あのひとは、出来てしまったら流せばいいという人だから。あの家でみんなの言うことを聞いていたら、わたしいつか炊事場の雑巾のようになってしまうと思って」

声が一度裏返ったあと始まった嗚咽を聞いていると、無性に腹が立ってくる。

だから言ったじゃないの——

ひとの言いなりになっていると、いつか自分をすり減らしちゃうんだから——

どれも声にはならなかった。

「いま、どこにいるの？」

「一緒に事務を執っていた先輩が標茶《しべちゃ》にお嫁に来ていて、昨日はそこにご厄介になったの」

「これからどうするつもり？　旅館に戻らないとなれば、釧路に帰る？」

そこまで言ったあと、秀男はひとつ大変なことを忘れていたことに気づいた。

「ちょっとショコちゃん、三回妊娠して二回産めなかったって言ったわよね。残る一回はどうなってんの」

一拍おいて「お腹《なか》にいる」と返ってきた。

「なに言ってんのよ。着の身着のまま旅館を出てきて、お腹に赤ん坊ってどういうことよ」

「ひとりで産むの。もう、あんな思いは嫌だもの」

いま腹にいる子こそ流したほうがいいのではないのか、と喉元まで出かかった。秀男はその考えにぞっとしながらも、姉の決心を応援する気持ちにはなれない。章子自身のかなしみは理解できても、かなしみの本質には一歩も近付くことができなかった。

「ショコちゃん、ひとりで産んでひとりで育てるって言うの？」

「うん」

「ひどい家の、ひどい男の子供じゃないの」

「だけどわたしのお腹にいるわたしの子だから」

「どこで稼いで、どこで暮らして、どこで産んで育てるつもりなの」

稼ぐことがいっとう最初に出た。家を出てからこのかた、暮らすことより稼ぐことが秀男にとっての大きな課題だった。稼がなければ暮らせないからだ。産んで育てることはよくわからないし、興味を持ったこともない。

「先輩の口利きで、住み込みの働き口を世話してもらおうかと思って」

秀男の怒りが倍増した。

「ショコちゃん、ふざけるのもいい加減にして。どこの誰がお腹の大きな女を住み込みで雇うっていうのよ」

「何でもやろうと思うのよ、この子のために」

「寝ぼけちゃいけない、よく考えてよ。川湯と標茶、目と鼻の先じゃないの。すぐ連れ戻されるに決まってるでしょう。なんでそんなこと分かんないの。半年先の行事まですべて頭に入れて、生徒会を仕切ってたショコちゃんはどこ行っちゃったのよ」

怒りが収まらず、労りの言葉も出て来ない。

「ヒデ坊、それでもわたし、もう赤ん坊を流すのは嫌なの。そんなことをするのなら、わたしが代わりに死にたいくらいなの」

章子はそう言うと、電話代を理由に通話を切ろうとした。姉の言葉にまったく納得のゆかぬ秀男は「待ちなさいよ」と引き留めた。

「ショコちゃん、そんなところでぐだぐだ言ってないで、大阪に来なさい」

生まれてこの方、姉に命令したのは初めてだった。思わず口を突いて出たひとことだったが、言ってからなるほどと思っている。秀男はぐるりと部屋を見回した。今なら、章子ひとりくらい充分養って行けるのではないか。章子が安心して居られる場所は鬼子のような弟の側しかないのではないか。身重という現実について、深く考えている暇はなかった。まずは姉を婚家から守ることが先決だ。

「とにかく、お金がなかったら先輩に借金してでも大阪までいらっしゃい。こっちから送ってる時間がもったいない。かかった分はあたしが出すから。ひとりで生きて行くって言うのは簡単だけど、生きて行けるようになるまでは本当にいろんなことがあるんだから。みんながみんな素朴が売りの生成り木綿みたいなわけにはいかないんだから」

「ヒデ坊――」

「すぐ来るのよ。来なかったら、承知しないから。この電話代払って、早くそこを出なさいったら出なさい」

四日後、小雨降る大阪に章子がやってきた。こんなに暑いのに、薄桃色の綿シャツにカーディガンを重ね、下は紺色のスラックス姿だ。頰は削げて肌に艶もない。手はあかぎれで皮膚が割れている。ついこのあいだまで温泉旅館の若女将だったとは思えない姿だった。列車と連絡船を乗り継ぎ、函館と仙台で宿に泊まったという。旅を終えた姉は、子供を産むどころか自分ひとりを支えるのも難儀な状態に見えた。

章子を部屋に落ち着かせ、秀男はまずお茶の用意を始めた。なにを話そうにも、章子の瞳がおかしな具合に輝いていて薄気味悪い。ふかふかとしたソファーに座らせても、背もたれに背をあずけるでもなく、浅く腰掛けまだ膨らんでもいない腹を抱えるようにしている。とにかく、と大阪へと呼び寄せてはみたものの、いますぐに婚家であったことをあれこれと訊ねるのは残酷だろう。

秀男は列車や船を乗り継いで、これだけ体に負担を強いてもまだ姉の腹にしがみついている赤ん坊のことを考える。遠い日に松男を亡くしたときの母を思い出した。

いちばん気に入っているカップに紅茶を注ぎ、章子の前に置いた。何を話そうものか、途方に暮れていると章子が化粧気のない頰を持ち上げ、微笑んだ。優しく包み込む声は、秀男を札幌へ送り出してくれたときのままだった。

「ヒデ坊、綺麗になったねえ。ここの暮らしは心地いい？」

「まぁまぁよ。これでもお店じゃ人気あるの。大阪じゃ、スネークストリップのマコって言ったらちょっとは知られた名前なんだから」

少し迷いながら、当面の暮らしには困らないはずだから安心していい、と告げる。章子の瞳が輝きを失った。見開かれていた瞼も、わずかに力を失ったように見えた。秀男は見たままを正直に告げる。

「ショコちゃん、若女将の修業なんて、本当は嘘だったんじゃないの？　その恰好、まるで下働きよ」

瞼を閉じて少し首を傾げた章子が、泣くでも微笑むでもない表情になる。どこかで見たことがあった――これは母が松男を失ったあとに見せた顔だ。秀男は章子を責めることをやめた。姉になにを言ったところで状況は変わらない。短い時間で得たり手放したり突き放されたり、章子もまたいろいろなことがあったのだ。

「ショコちゃん、この紅茶おいしいの。飲んでみてよ。あとのことはあとでゆっくり考えましょう。いい考えってのは、おいしいもの飲んだり食べたりしているうちにひょいと向こうからやってくるもんよ」

姉にたっぷりと栄養を与えて、きれいな洋服を着せて、あかぎれを治して、話はそれからだ。北海道を離れて、知らない人間に囲まれ思い切って半歩踏み出すだけで、この世には違う景色が広がることを章子に伝えたかった。豊かな大地のふりを続ける湿原の下に蕩々と流れる水があるように、見ようと思わなければ見られないものが、この世には必ずあるはずだ。

秀男は、しばらく姉のために稼ぎを増やそうと決めた。仲野の持ってきた大阪ミュージックの舞台で名を揚げれば、次の展開が待っているのではないか。いつだってそうだった。秀男が歩いてゆく先には、多少の痛みはあっても必ず面白いことがあった。駆け引き十割、差し引きゼロの一本道だ。

「まずは別れなさい。ここでつまずくと、あとが面倒。ショコちゃん、大阪の弟の面倒をみることになったとかなんとか、あたしを理由にしてでも悪者にしてでもいいから、とにかく北海道には戻らないことと離婚したいってこと、ちゃんと向こうに伝えなさい。戻ったところでまた同じことの繰り返し。あたしたちは……」

秀男は「つまんない振り出しになんか、何があったって戻れないのよ」と、自らに言い聞かせるようにそこだけゆっくりと告げた。

秀男を理由にすることも、今までの恨み言を書き連ねることもしない章子の手紙と離婚の申し出は拍子抜けするほど早くに決着がついた。産みたいのであればご勝手に、という一筆が添えられた手紙と一緒に送られてきたのは、妊娠にまつわる今後一切の要求を婚家にしないという念書だった。章子は憑きものが落ちたような晴れ晴れとした表情で判子を押した。

離婚が成立しその理由が母の耳に入るころ、章子は自分の体から命をひとつ流した。もう結婚もしないし、男女のことにまつわる面倒はたくさんだという。その身ひとつになればどこへでも行けるしなにをしても食べることは出来る。

三度目の子は産みたいと願ったときの心もちを捨てるまでに、姉の心がどんな動きをしたのか秀男は知らない。この先、言葉でどう説明をされたところで、理解は出来ないのだろう。秀男も、決心するに至った心のあれこれは訊ねなかった。

北海道と大阪で交わされる母と姉の会話は、電話の横にいる秀男にしてみれば核心をずらした歯がゆいものだった。けれど女の体はこんなふうに毒にも薬にもならないような会話で癒えてゆくものなのだと思い、黙って聞いた。母は、章子の選択を許したようだ。父と兄は菓子折を持って世話をしてくれた仲人に頭を下げに行ったという。それが旅館の看板に傷をつけようとするものではない、という、こちら側ができる精一杯の誠意で意思表示なのだと聞いた。秀男には納得のゆかぬことも、実家にとっては大切な行事らしい。

昼下がり、空になった体をソファーに横たえていた章子に、お粥を作って食べさせた。

「ヒデ坊のお粥、美味しい」

「あたりまえじゃない、ここはお出汁の街だし、卵も梅干しも極上のものを使ってるんだから。体が落ち着いたら、うんと精の付くもの食べに行くわよ」

言葉を選んでいるつもりだったが、結局秀男の口から出るときは直線になっている。

「ショコちゃんもラッキョウにお別れしたわけよ」

らっきょう、と章子が不思議そうな顔をした。

「うん、ラッキョウ。あたし、睾丸を取っちゃったの。この世界でいちばんになるには、多少の痛い思いも必要なの。ショコちゃん、人間って面白いのよ。痛そうな話は喜んでくれるけど、あたしが本当に痛かった話はちょっと怖いみたい。何もかも面白かったわ楽しかったわ、って言うと相手も嬉しいみたいなのよ。他人様があんまりしたことのない経験は、つらそうに話しちゃうと一銭にもならないの」

だから、と秀男はその先をのみ込んだ。

だからショコちゃん――三日後でも一週間後でも、一年後でも十年後でもいいから、今日のこと、一緒に笑いましょう。二度あることは三度あったでしょう。三回終わったら、次は振り出し。笑って乗り切らないと、つまんない四度目が待っているだけじゃない。

秀男が作ったお粥を美味しそうに食べる章子は、頬こそ削げたままだったけれど、一度目の失恋をした中学の頃に戻ったような幼さだ。

章子も自分も、この先何度も同じ場所に戻ってきては新しい今日を歩くのだ。何度泣いても、サイコロを振り続ける。負けても負けても、次の目で勝てばいい。

それにしても——笑いを含んだ頬を向けると、章子が不思議そうな顔をする。姉が子供を流した日に笑えることが、自分の良いところだと秀男は思う。そんなことは何でもないことなのだと、心から笑ってしまえるのだ。

「ショコちゃん、あたしもタマ取っちゃったし、今はふたりとも同じくらい身軽なのね。面白いわねえ」

「そうだねえ、ヒデ坊の痛みに比べたら、このくらい、たいしたことないわねえ」

章子も笑った。失ったものの重さは量るまい。取り返しがつかないと他人は言うが、取り返したい日などいくら待ったところで来ないのだ。秀男のたどり着きたい場所は前に進むことでしか現れない。今日からは章子も同じなのだった。

お粥を平らげて、章子が両手を合わせた。ごちそうさまの挨拶にしては少し長い。秀男は姉の手のひらが離れるのを待った。両手を膝の上に置いて微笑んだ章子は、幼い頃から弟を庇い続けてきた賢い姉に戻っていた。

「ヒデ坊に借りたこのお洋服、ちょっと派手かなって思ったんだけど、お陰で助かった。病院のひとみんな、仕方ないわねって顔をしてて、すべてが事務的に終わったの」

どうせなら爪も赤くして行きなさいと勧めたのだが、章子は「お洋服だけで充分」と笑って出かけたのだった。同情も無表情も、この先を半分死ぬ覚悟で生きる章子を救わない。姉の決断について秀男は「わかった」とひと言で返した。ひとりを選んだ章子を責める人間がいたら、秀男が許さない。それだけだ。

「ヒデ坊はいま、いままでのどんなときより幸福なんだね」

幸福かどうかなど考えたこともなかった。いや、とちいさく首を振る。考えることを避けてきた。そんなものは、いま考えることではないと目を背けてきた。

秀男と章子が捨てたものがあるとすれば、どこかでそれを大切にする人間がいるということだった。誰もが捨てるものなどありはしない。秀男はそのことを言葉よりかたちより、肌で知っている気がするのだ。捨てる神があれば拾う神がいる。すべてを捨てて生きるなんていうのはただの見栄か言葉遊びだろう。章子も自分も捨てきれない命ひとつで生きているではないか。

「ねぇショコちゃん、実はその服、あたしの持ってるもののなかでは三本の指に入るくらい地味なんだけど」

噴き出した章子につられて秀男も笑った。赤いスカートに西日があたる。電話の音が鳴り響いた。

「おはようございます、カーニバルのマコです」

華やかで、いつもよりすこし明るい一日の始まりだった。


東京オリンピックを目前に控え、東海道新幹線が四時間で東京―新大阪間を繋いだ。

「毎日がお祭り騒ぎ」を売りにするゲイバー「カーニバル」にも秀男の噂を聞きつけた東京の客がやってくるようになった。

リルに活きのいいネズミをひと呑みさせて、行きつけの鳥獣店を出た。太陽が沈むときも、大気はまだ熱を含んでいる。

仲野の脚本も仕上がり、日中の数時間を稽古に使うという日々が始まった。

『エロティックシアター・白昼夢』は、ショーダンサーの女が疲れてうたた寝する場面がくると一転、舞台上が彼女の夢の中へと切り替わるという設定だった。目覚めたときに隣にいる男の名前が思い出せないといった場面から始まり、懸命に稽古に励みながらも認められない悔しさ、少しずつにじり寄るようにセンターへと近づいてゆく精神力、正気と狂気の間を往復する内面——秀男の出番は、夢と現実を裸と蛇で表現する十分間にわたるストリップだった。

九十分の舞台で、そのなかで丸ごと十分を秀男ひとりで引っ張らねばならない。稽古に行くまでは、お店でやっていたことの延長だと高をくっていたのだが、そうはいかなかった。主役であるダンサーを演じるのは、歌も踊りも演技もできるという女優の巴静香《ともえしずか》だった。巴御前と静御前の名前を足した芸名だけあって、気の強さは秀男に引けを取らない。巴静香は稽古初日に「夢側のダンサー」五人のうちふたりを切った。

——そこのあんた、棒みたいな踊りするなら帰ってよ。

——ちょっと、さっきからずっと目がきょろきょろしてるじゃないの。そういうのが一人いると舞台の質が落ちるの。はい、選手交代。

二日目、三日目と稽古するうちに、秀男以外はみな入れ替わってしまった。プロデューサーと脚本家を務める仲野も、巴静香でひとつ話題を作って宣伝して行こうという方針が、根っこから揺らぎ始めている。

今日は東京から週刊誌も取材にやってきていた。背の低い眼鏡も半分ずり落ち気味の冴えない男の横で、仲野が眉根を寄せている。このままでは週刊誌が好意的に書いてくれないと、巴静香以外の誰もが思っているだろう。とうとう仲野がしびれを切らした。

「巴さん、悪いんだがもう少し寛容に、あなたの経験でみんなを育ててあげるようなつもりで頑張ってくれると助かるんやけどな」

彼女は仲野のひとことにも「じゃあもっとましなの連れてきて」と返す始末だ。週刊誌記者がやって来たことで、なおさら女優の鼻息も荒くなる。

十日後の初日に間に合うかどうか、秀男も心配になってきた。これほどダンサーや脇役の入れ替えがあるのでは、毎日が練習初日と同じで少しも前に進まない。

その日、秀男の我慢にも限界がきて舞台上で怒鳴ったのは、稽古開始から一時間後のことだった。

「おいそこの女、主役だからっていい気になるんじゃねぇ。お前のわがままのせいで、毎日毎日稽古にもなりゃあしない。お前が主役じゃあ初日も危ねぇってこと分からねぇのか馬鹿。そんな学芸会に毛の生えたような演技に釣り合うヤツなんざあいねぇよ。そんなもん、自分で見つけて小屋の外でやりな。このままじゃあ、お前以外の人間を主役にしないと、舞台が初日に転《こ》けるんだよ」

言い終わるか終わらぬかのところで、細く張り詰めていた裏方の気配が変化した。一瞬ぎゅっと締まり、ふわりと開いたあとは吐息の速さで右から左へと流れてゆく。舞台上で秀男とにらみ合う巴静香の、整った顔が怒りで赤黒くなった。

「お前みたいなやつにわたしの何がわかるんだ。悔しかったらいっぺんでも主役やってみろ」

「やってもいいけど、あたしのギャラは目ン玉が飛び出るくらい高いんだよ。こんなところで趣味の延長みたいに踊っているより、お店でおっぱいにお札挟んでもらってるほうがずっと稼ぎになるんだ」

吐き捨てたあと、秀男は主役の台詞を真似しながら着ていたものを脱ぎ、ショーツ一枚の姿になって踊った。演出上は秀男だけにスポットライトがあたるシーンだった。照明担当が慌てて舞台上にライトを合わせる。遅れて白昼夢のシーンに用意されていた「ハーレムノクターン」が流れ始めた。

夢のシーンだというのに、夢の主も同じライトの下にいた。秀男は巴静香に見せつけるようにして蛇を体に巻き付け、手足を大きく使って音楽を引き寄せる。ショーツ一枚の体に、リルのさらさらとした肌が気持ちいい。半歩後ずさりする巴静香に気づかれぬよう距離を縮めた。ライトも寄り添うようについてくる。こんな場面など何度もくぐり抜けてきた。今さらわがまま女優の気まぐれなんぞにつきあっていられるか。こっちは毎日リハーサルなしの鉄火場で勝負してるんだ。

主演女優に喧嘩を売ってしまった以上、もう大阪ミュージックでの仕事はおしまいだろう。そう思うと切ない気分になってくる。せっかくお店以外の舞台で拍手をもらえる機会だったというのに——始まる前に終わるなんて、まるで女好きな男に惚れてしまった夜みたいだ。

裸の胸から腰、そして肩先へとリルを滑らせる。かなしみも大きく押し寄せて、ハーレムノクターンのラストでは振り付けの予定にないブリッジまで加えた。怪我をするのは調子に乗っているときと自分を戒め、祈るような思いでリルの重みに耐える。身につけたショーツのラインをリルで隠して腰を前へと突きだした。しなった背中がきしむ。十五の年から履き続け、もう体の一部になってしまったヒールに全体重がかかる。途方もなく長い時間に思われるブリッジからの立ち上がり、決めのポーズだ。

ああ、本当にさびしいわ。

ストリップ小屋の板に男が演《の》るという、仲野と秀男の夢が終わる。舞台で踊る日を思いながら紡いだ夜が、いくつも流れて行った。

ポーズを決めたあと、秀男は悔しさを流し目に変えて巴静香にとびきりの笑顔を送った。お店で踊るときは、その笑顔を向けられた客がその夜の相手になる。腹の中で「ちくしょう」とつぶやきながら、表情は極上の笑顔である。スポットライトの内側で巴静香が唇を嚙んでいた。

「お粗末さまでした」

秀男の声が響いて、照明が戻って来た。一気に弛んだ緊張のなかで、巴静香だけがまだ身を固くしている。秀男はリルをバスケットに戻してガウンを着た。舞台下にいた仲野が一歩踏み出した。秀男はここまでかと彼に微笑み返す。仲野の瞳が一瞬光をたたえ、巴静香へと向けられた。

「巴さん、もうええやろ。ここは無事に初日を迎えたいと思わんか。いまみたいなステージを組み合わせて、もっとええ舞台作らんと、あんたも僕も名折れやで」

巴静香の肩が下がった。うつむき加減の顔を持ち上げたのが、諦めだったか演技だったかを、秀男は知らない。けれど彼女が周囲に向けて放っていた刃の先はみごとに丸まっていた。

「わかった」

短く応えが返ってきたあとはみな、それぞれの立ち位置に戻った。

稽古が終わり、このメンバーで初日を迎える約束をしたあと、秀男の体から一気に力が抜けた。こんなんじゃ初日までもたないじゃないの、と胸奥でぶつぶつ文句を言いながら楽屋から出ようとしたとき、巴静香が「ちょっと待って」と秀男を呼び止めた。

「あんた、どこのお店にいるの」

「カーニバルよ」

「今まで、ゲイバーであれを踊ってたの？」

「そうだけど——喧嘩はもう嫌よ。仲野さんに言われたでしょう。ここから先は出来るだけ前向きな文句を言ってちょうだい。あたしも、さっきは言い過ぎて悪かったわ」

香水の匂いがきつい楽屋の入口で、彼女の唇から「ごめんね」がこぼれ落ちる。うん、と返した。この女、底意地が悪いばかりでもなさそうだ。秀男より三つ年上の女優は、この舞台が復帰の足がかりなのだと言った。

「わたしミュージカルの舞台で怪我して休んだら干され始めたの。そんなときに仲野さんから声がかかってさ。だけど悔しかったんだ、いくら主役って言ったって、ストリップの舞台で素人と踊るなんて」

ため息に含んだ声も通りがいい。どこを怪我したのかと問うと足首だと笑う。ダンサーにとっては致命傷だったろうに。捨て鉢にならず毎日いたわりながら調整を続けないと踊る舞台には戻って来られなかったはずだ。

「また踊る気になったなんて、大したもんね」

「舞台しか居場所ないもの。元通りとはいかないけれど、見た目には分からないところまで来たと思うの。怖いときもあるけど、顔に出さないように気をつけることも覚えたし」

恰好いいじゃないの、と言うと恥ずかしそうな笑みが返ってきた。秀男のような人間もいるのなら、おかまの世界も悪くないわねと言うので、そこだけ片頬を上げてやんわりと押し戻す。

「悪いけどあたしはおかまじゃないの。ゲイボーイ」

「なにが違うってのさ」

「あたしたちの売り物は体じゃなくて芸なの。お客さんが気持ち良くなるお話をして、踊って歌ってガンガン高い酒を売りまくるの。踊り、ねだり、たかり以外では稼がない。財布が空になるまで気持ち良くお金を出してもらうのが仕事なの。財布じゃ足りなくて腕時計をくれるひともいる。腕時計がなくなったら、夜中でもやってるドレス屋さんに行ってツケで一着作ってもらう。客はあたしたちに金を惜しまないことで自分の価値を確かめるの。だから、あたしの体は札束で出来てんのよ」

女優の瞳が驚きから尊敬の色へと変わった。言ってからちょっと恰好つけすぎたかと思ったものの、秀男は自分の台詞に満足する。いつかマヤから言われた言葉がまだ体の奥で生きており、時間が経ってこの口から自信をもって言えるようになったのだった。十五歳の秋を境に生まれ直したような日々を送っていることも、たどる道として間違ってはいなかった。

巴が感心した表情で顎を上下させた。

「わたしと、やってること何にも変わらないじゃないの」

「女優かゲイボーイかっていうだけね」

「胸も度胸もあるんだから、充分女優だと思うけどな」

「サオが残ってんのよ。上手いこと隠す腕はついたけど、こいつのお陰できれいに下着を着けらんない。邪魔くさいわ」

巴が、邪魔なものは踊るときどうしているのかと訊ねた。

「脚の間に挟んで、ガムテープで後ろ側に貼りつけるの」

「痛くないの」

「痛いに決まってんじゃないの。毛は抜けるし肌は荒れるし突っ張るし。だけどオロナイン塗るとテープがはがれるから、ひりひりするけど毎日我慢のし通しよ」

巴静香の最後の質問は、男と女のどちらが好きなのかだった。

「男よもちろん。気持ちの悪いこと訊かないでちょうだい。体が大きくて男らしくて、顔と頭のいい男が好き」

ふと仲野が脳裏を過ぎったが、彼の優しさは秀男にとって少し物足りないのも本当のところだ。酔っていたにせよ、自分にとってあっさり手に入った快楽とはそういうものらしい。

ああ良かった、と巴がつぶやいた。

「わたしは背の小さい色白でナヨっとしたのが好きなんだ。同じ男を好きになったら嫌だなと思ったもんだからさ」

「あいにく背が小さくて色白は自分だけで間に合ってるの」

「けど、マコは男が好きなんだよね。世の中うまくいかないもんだね」

「残念ねえ」

女優の笑い声にほんの少し余裕が出てきた。彼女は自分と友達になりたいのだと気づき、秀男も気分がいい。

巴に手を振り、リルの入ったバスケットを持って外に出た。夕時だというのに、まだ熱を含んだ風が吹いていた。

夜中まで店に出て、喋る踊る飲むの繰り返し。日中は迫り来る舞台初日のための稽古がある。章子と一緒に暮らし始めて多少は規則正しい生活も手に入れたが、そればかりでは息が詰まりそうになる。気ままな生活に慣れてしまい、実家にいた頃のような朝ご飯も一か月を過ぎるころにはありがたみが薄れた。

章子もときどき、働き口を探してアパートを借りたいと口にするようになっていた。秀男が感じる同居生活の煩わしさに気づいているとしたら、少し胸が痛い。

秀男は宵の風を吸い込んだ。バスケットのリルにしても、ときどき動きが悪くなってきたのは働き過ぎが原因かもしれない。

章子の手前、部屋に男を連れ込むわけにもいかなかった。日々、相性のいい男に声をかけては連れ込み宿に入るのだが、仕事の前のひと働きも度重なれば疲れが溜まった。

稽古場の少し先にある大阪ミュージックの看板を見た。あと一週間を待たず、あそこで初舞台を踏むのだった。バスケットに向かってリルに話しかける。

「あんた、もう少しだからね。昼も夜もなく働かせて悪いけど、しっかり頼むわ」

リルからはなんの返答もないが、秀男の日々をいちばんよく分かっているのもリルなのだった。リルが疲れているときは、秀男も疲れている。仰いだ空が華やかな夕焼けに染まっている。

ここから先が秀男の時間なのに、今日はどうしてこんなに体が重いのだろう。

横断歩道を渡りかけた雑踏のなかに「マコ」という声が二度響いた。振り向くと、仲野が手を振りこちらに走ってくる。

「楽屋に行ったらもう帰ったいうんで焦ってしもた。今日は僕も店に行くわ。さっきの週刊誌の記者がどうしてもマコに話を聞きたいいうねん」

「タイプじゃないわ」

「タイプじゃなくても、舞台の成功のためや。店が退けてからでいいと言うてるんや。なんとしても頼むわ」

舞台の宣伝がマコの話芸にかかっていると言われれば悪い気はしない。頭を下げるほどのことじゃないのに、額に汗をにじませながら頼み込む仲野を見ているうちにふと悪戯心が湧いてくる。

「じゃあ、お店に行く前にちょっと抱いてよ」

男の汗がこめかみにまで流れ始めた。見ているだけで可笑しくなる。

「ここでか」

「どこのどいつが道のど真ん中で乳繰り合うんや、あほう」

秀男が下手くそな大阪弁を返すと、仲野が笑いだした。

「ええなあ、マコは本当にええ女や」

どこで抱いたらええんや、と訊かれてそのへんの連れ込みと答えた。

「時間もないの。知ってるところに連れてって」

仲野は周囲を見渡し、ひとつ頷いたあと「こっちや」と言って大またで歩きだした。

日付が変わるころ、仲野が出入りしている会員制サロンの奥で秀男は黒縁眼鏡の小男から一枚の名刺を差し出された。

「『週刊ドラゴン』の花園《はなぞの》と言います。今日は無理言ってすみませんでした。舞台稽古のときの見事な啖呵を聞いて、ぜひお話を聞きたいと思ったんですよ。うちは創刊したてで、なんでもありの週刊誌です。今日話してくれたことが来週か、遅くても再来週には記事になります。マコさんの記事が写真入りで出れば、オリンピック並の客が大阪に押し寄せますよ」

「花園ひろし、ってなんだか芸名みたいね」

「芸名より芸名らしいと言われ続けて、親を恨む毎日です」

「あたしの本名も秀男だし、人のことは言えないの。秀でた男って書いて秀男。優秀が過ぎてこんなふうになっちゃった」

眼鏡の奥に華やいだ笑みを作った男に、次々に言葉を投げ込んでゆく。嬉しそうに話を聞いている男が、記者でも客でも良くなってきた。今日はいったいどのくらい酒を飲んだろう。花園は大学ノートに芯をやたら長く削ったえんぴつを走らせた。

「それで、マコさんは去勢してから人気がうなぎ登りってことですが、人気と男のしるしを失うことを天秤にかけて、やっぱり人気を得ることが勝ったということですかね」

「違うわ、失ったんじゃなく自分の意思で取ったのよ。邪魔だったの。それだけよ」

「仲野君から、性転換と聞いています。僕なんかは小心者だから恐ろしくて想像も出来ない世界ですよ。気を悪くしないでほしいんだけど、いつか子供を持ちたいと思ったときのことは考えなかったんだろうか」

「自分だけで手一杯のところに、そんなこと考えるわけないわ。できればサオもちょん切っちゃいたいくらいなのに」

花園の瞳が少ない照明の下で光る。睡眠不足と酒でぼんやりし始めていたところへの、次の問いが秀男の目を覚ました。

「世の中には本当にそのサオをちょん切っちゃうブルーボーイもいるそうですね。そこがなけりゃあもう、ボーイじゃなくなっちゃいますけどね」

嫌な物言いをする。表情を変えないよう気をつけながら、右の薬指でアイシャドーのよれを直した。睾丸摘出手術をしてくれる病院を探している際に「まず精神科に行ってくれ」「そんなオペはフランスでやってこい」と言う医者がいた。精神科とフランスがどう重なるのか知らないが、嫌がる医者に無理やりメスを持たせるわけにもいかない。

フランスへ行けば男の体におさらばできると知ったものの、まだ手放したくないものもある。本当か嘘か分からないが、この世には既にヤミで切った人間もいると聞いた。しかし噂どおりサオとともに快楽も失せたなら、夜ごとの悦びも男を物色する楽しみもなくなってしまう。男の体つきに傾いてゆくのが嫌でぶら下がったラッキョウを取る決意をしたときとは、わけが違う。飛び出したものを切って塞がっているところを裂く手術なのだ。

「いずれ、切るつもり。どうせやるなら、ちゃんと穴も作りたい。中途半端は嫌よ。やるなら本場でやってくるわ。けど、ヨーロッパに行くにはお金も貯めなくちゃ。先立つものがないと無理ね」

「その資金、僕が記事を書いたら少しは貢献できるかもしれないよ。大きく書いてあげられると思う。ひとつ、週刊誌で宣言してみたらどうかな」

膝頭の向こうにあるグラスが汗をかいている。秀男の脇腹にも冷たい汗が伝った。うっすらとした恐怖が湧いてくる。こんな気持ちは顔に出してはいけない、誰に悟られてもいけない。恐怖心と負けん気が天秤の皿で上がったり下がったりを繰り返す。秀男は煙草の煙で表情を隠す。秀男は記者の眼鏡まで曇るよう祈りながら、二本吸い切った。

そうねえ——秀男が口を開くと、花園が身を乗り出した。

「お金、たくさん貯めたいわ。フランスへ行って、三百六十度どこから見ても完璧な女になるの。今だって一日二十四時間じゃ足りないくらいモテるのよあたし。女になったらどうなるかしら。考えただけで楽しくなっちゃう」

ノートにえんぴつを走らせる音まで聞こえてきそうだ。秀男は今までもそうだったように、己が吐いた言葉で己を鼓舞する。

「考えてみたら、女の体さえあればストリップダンサーにだって女優にだってなれるのね。ちょっとわくわくするわね」

「もちろん、今のままでも充分美しいと思うけれどね。たしかに、女じゃないと女優にはなれないね。マコさんならきっとできるよ」

熱風しか送らない団扇で扇がれているようだ。口を開くほどに高まってゆく不安は「きっとできる」のひとことで、また風に吹かれて行く。

裸で踊る姿を美しく見せるには、美しい体が必要だった。下着を脱いでリルや扇で前を隠して踊るときは「こんなものさえなかったら」と思うのに、いざそんな方向に舵を切ると途端に怖じ気づいてしまう。

なるほど、花園が言うように公に宣言してしまえばあともどりはきかなくなるだろう。

けれど——

いま「怖い」と言える相手はいないのだった。去勢の話にしても、人は何度も聞いているうちにいつか飽きる。次の「痛そうな面白い話」が必要になることは分かっている。

怪我を乗り越え土俵に上がる文次のことが頭を過ぎった。さぞ怖かったろうに、と思ったところで目の前から煙草の煙が散ってゆく。ボックス席に、打ち合わせを終えた仲野が様子を見に現れた。

「花園さん、ずいぶん長い取材やな。マコは稽古と仕事で疲れとるんや、ええ加減なところで勘弁してくれへんかな」

「いや、けっこう誌面を割く取材をしてたところなんですよ。このままだと巴静香と同格か、もっと大きな扱いになりそうなんだ。今回は仲野さんのお陰で充実した記事になりそうですよ。本当にありがたい」

「そないに大きな記事になるんか。マコ、良かったなあ」

素直に喜ぶ仲野には、一生かかってもこの恐怖感は伝わらない。誰も秀男を止めることができない。性懲りもなくまた、故郷に吹く風のようにどこかへ流れて行かねばならないのだった。

同じ場所に長く留まれないのは自分の習い性と分かっていても、ときどき言葉にならぬさびしさが秀男の胸奥で暴れ出す。さんざんかき回したあと、空から落ちる雨粒みたいにつんと孤独が頭を濡らす。

誰かに分かってもらおうなどと、思うほうが間違いだった。

「あたし、女になることにしたの」

仲野は言葉の意味を計りかねたのか、首を軽く傾げて曖昧な笑顔を作る。秀男がもう一度「いっぱいお金貯めて、どこもかしこも女にするのよ」と言ったところで、退路に花園が立ちふさがった。

「大きく扱わせてもらいます。大阪でいま最高に売れてるゲイボーイが本気を出すところ、僕は見届けましたよ。満を持して、世の中に打って出ましょうや」

数秒、仲野の視線がふたりの顔を往復した。

「マコ、女になる言うても、お前もう充分やんか。タマ取って男やなくなったんやから、もうええやんか」

「タマはないけど、今のままじゃそれだけなのよ。やるならとことん。この世にないものになるには、もうひと押し必要だったたってだけよ」

花園が「まだサオが残ってるんだよね」と秀男の顔をのぞき込み念を押した。

「そろそろガムテープ貼って踊るのも面倒になってきたところだったの。こんなもの、ないに越したことないわ」

「マコいかん。いかんって。花園君がなにをけしかけたか知らんが、そんな大事なことこの場で決めたらあかん。言うたらあともどりきかへんのや。週刊誌でそないな怖いこと宣言したら、お前本当にやってしまうやろ」

少しはこの性分を理解していたか、と仲野を見直しながら、しかしそれも今さらの話だった。

「大きく書いてちょうだいね」

男に戻ったかというくらいの低い声でそう言うと、花園は両方の眉を目いっぱい上げて「まかせてください」と笑った。秀男はその顔をどこかで見たことがある。記憶をたぐっていった先にあったのは、故郷の夏祭りで広場にやって来たサーカスのピエロだった。

放心した表情でつぶやいた仲野の声が、何度も壁から跳ね返ってくる。

――親からもらった大事なからだ、そないに切り刻むもんやあらへんで。


『エロティックシアター・白昼夢』は「週刊ドラゴン」の記事のお陰で客足が伸びた。金メダルの数と東洋の魔女とアベベが話題になる傍ら、大阪の街では巴静香を食う勢いで秀男の話題が駆け抜けてゆく。主役の巴が臍を曲げてはいけないと、舞台が終わるまで仲野は秀男個人の取材を受けつけなかった。千秋楽を迎えるころには巴静香にも次の仕事が舞い込み、現場は一気に和みの気配に包まれた。

十日間、満員御礼の舞台を終えるころ、秀男には次の取材がふたつ三つではきかないくらい舞い込んでいた。取材の依頼はすべて仲野を通して流れて来るのだが、千秋楽のあと、打ち上げの席で彼が嬉しそうな困り顔で秀男に顔を近づけ言った。

「舞台に上がって取材受けて、芸能人と同じ扱いになってきたんはええけど、なんや芸名がマコじゃあ、ちょっとさびしいんと違うかな」

「ドラゴンの記事には『マコ嬢』って書いてたけど、やっぱり短いかしらね」

さんざん名前を変えてやってきたので、また新しい名前になったところでなにも不安はない。「カーニバル」で行われた打ち上げの席には「週刊ドラゴン」の花園ひろしも来ており、記事の反響が大阪に留まらなかったことを語り続けている。

秀男は仲野と花園の間に座り、ふたりに濃い水割りを作る。酔いにまかせて、両脇に肩をぶつけながら「パッとした芸名を考えてよ」と甘えた声を出した。

「マコ嬢ってのは、僕は気に入ってるんだけれどね」と花園が言えば、仲野が眉根を寄せる。

「それだけやと、紹介記事書くときにただの『マコ』やんか。花園君は記事のことしか考えとらんかもしれんけど、僕は今後のマコの活動のこともぎょうさん考えとるんや」

秀男は、花園の下瞼《したまぶた》にしらけた気配が漂ったのを見逃さない。

舞台を無事に終えて、仲野はほっとしているのだろう。秀男の舞台デビューも巴静香の返り咲きも果たして、ひとつ心に決めた己の役割を終えたのだ。次の仕事も列を作って待っている。秀男は自分の存在が仲野の息抜きであることをよく分かっている。だからこそ、のめりこまないで済んでいる。

「僕、思うんですけど、仲野さんはマコさんにちょっと熱くなりすぎてるのと違いますかね。今後の活動のことを考えているのなら、どこかしっかりした芸能事務所に紹介するとか、いろいろ手はあると思うんだけど。いまは仲野さんが連絡先と聞いてますよ。マコさん、ご自分の電話も名刺もあるのに、あなたを通さないと芸能活動できないの、おかしいんじゃないかなって。僕、ちょっと関係を勘ぐっちゃってますけど」

仲野が言葉に詰まったところで、今度は秀男がしらけた気分になる。男同士のこんな会話に真面目につきあうといいことがない。白星黒星、それぞれの納得よりも勝敗が一見してはっきり分かるまで終わらないのだ。秀男は襟足の後れ毛と唇を持ち上げた。

「別に、あたしは仲野さんさえ良ければ今夜からおつきあいしてもいいわよ。もちろん花園さんも同じ」

花園が「へぇ」と長く息を吐き、疑い深い眼差しになった。

「僕はてっきりふたりは既にデキてるもんだとばかり思ってたけどね。もしそうじゃないのなら、さっさと立候補すりゃ良かったな」

秀男は花園の口元にある歪みに向かって「あら、そういうことは早く言ってよ」と笑いながら応えた。

「それじゃあ、今夜は僕がお願いしようかな。東京から出てきた甲斐があったよ」

つまらない競り合いを酒に紛れた冗談に絡ませられた。秀男が安堵した直後、仲野が水割りのグラスを花園に向けて振った。辺りから軽い悲鳴が起きる。仲野が立ち上がり、割れそうな勢いでグラスを置いた。

眼鏡からワイシャツ、ズボンまで水割りを浴びた花園は、口をあけて仲野を見上げている。秀男はつとめてゆっくりとした仕種でおしぼりに手を伸ばす。ざわつきが収まらない場を、巴静香が諫めた。

「そこの酔っ払いども、せっかくの千秋楽になにやってんだ。取り合うんなら女優にしろよ。男が男を取り合って何が楽しいいんだ」

「ほんとにはんかくさい人たちねえ。静香、あんたもちょっとこっちに来てちょうだいよ」

仲野の頬からはすっかり酔いが退いており、水割りをしたたらせている花園も注目を浴びて居心地が悪そうだ。男たちに取り合いされるくらい気持ちのいいことはないが、おかしな本気を見せられると今度は秀男の波が退いてゆくのだった。

仲野を退けて尻をねじ込むように座った静香が、ひとしきり脚本を褒めた。エロスを謳いながら、人の心の裏側に滑り込んでゆく台詞は秀男も気に入っていた。

「それにしても、マコの刺青は鮮やかだねえ。そこに蛇踊りときたもんだ。あれは体が見せ場を知ってる踊りだよ。いったいどこで覚えたのさ」

「おっかさんの腹の中だよ」

「そりゃいい。生まれながらの裸ん坊か」

「裸ん坊はいいんだけど、その蛇踊りっていうのやめて。あたしのはスネークダンスよ、スネークダンス」

「横文字にしただけだろうよ。うるさいこと言わない言わない」

がさつで女らしさの欠片もない巴静香を見ていると、ノブヨを思い出す。札幌に惚れた男が出来たというが、上手くいっているだろうか。

ボックス席の喧噪をよそに、マヤがステージに立った。目立ってきた白髪を黄色く染めて、出会ったころより更に異国の気配を漂わせている。たまにゆっくりマヤと話したいが、忙しく過ぎて行く毎日に、そんな機会も減っていた。

「あの歌手もゲイボーイなのかい」

秀男が思っていたよりずっと、静香の心は平たかった。理解があるとか優しいとか、そういった「心の高さ」ではなさそうだ。いたわりでも、物珍しさでもない。強いて言うのなら、秀男が何者でも秀男本人にしか興味を示さない、人間と向き合うときの垣根の低さだ。この女はきっと、差別という言葉を知らないのだろう。

「あたしの、この世界でのお師匠さん。たいがいのことはマヤさんに教わったわ」

「ものを習える人がいるっていいよ。わたしも、死んでも敵わない師匠がいる。今も地方のドサ回りを続けてるんだ。ときどき仕事先の温泉で師匠の劇団が公演してるのにぶつかるんだけど、舞台上から見えないところで見ていても、分かっちまうんだ。わたしにしか分からないアドリブ入れて、必ず泣かせる。わたしは客になりきる演技が出来てないんだ。修業が足りないんだなって、自分にがっかりするよ」

「あんたのこと、最初はいけすかない女だと思ってたんだよね」

「今はどうなんだい」

「嫌いじゃないわ」

巴静香のまんざらでもない含み笑いが、濡れ鼠の花園が吐く煙にぼやけて消える。煙の隙間で、静香がつぶやいた。

「もともと体についていたもんを取るって、やっぱり痛いよね」

秀男はそのときばかりは笑い話で返すのをやめた。この女が今後大切な友人になるかもしれないという予感があった。

「痛いと思ったら何でも痛いのよ。刺青だってタマ抜きだってお別れだって。だけどいつまでも痛いわけじゃない。あたしはそのことを嫌っていうほど知ってるの。痛みと引き換えにしても、欲しいものがあるんだから、そのためなんだからへっちゃらなのよ。痛かった話でかわいそうがってもらえるのは一度きり。だけど笑い話にすれば何度でも楽しんでもらえるの。あたしたちの痛い話には、ちゃんと値札がついてんのよ。上げるも下げるも、この腕しだいなんだから」

言葉にして納得するということもあるのだった。歌謡ショーの最後の一曲は「枯葉」だ。秀男はマヤの歌声がますます冴えているのを喜び、久しぶりに友が出来た夜に高揚した。

ショーを終えたマヤが打ち上げの席へとやってくる。秀男はどこで誰に会っても媚びのないマヤと、彼女に仕込まれてゲイボーイの看板を揚げていられる身を誇りにしている。

お呼びがかかっているテーブルを後回しにしたらしく、腰を下ろした途端にボーイが耳打ちにやってきた。

「ちゃんと行くから、酒樽抱かせておいてちょうだい」

マヤを見た静香が「恰好いいねえ」と感嘆のため息をついた。

「あたしの師匠よ。札幌時代からずっと憧れてんの」

名案が浮かぶ。この際、秀男の芸名ひとつでくだらない喧嘩をしている男たちは放って、マヤに新しい名前を付けてもらえばいいのだ。「みや美」に飛び込んだ日に「マメコ」という出世名を付けてくれたのも、マヤではないか。

「ねえマヤねえさん、あたしに新しい名前を付けてちょうだい」

「なんだ、またどこかに流れて行きたくなったのかい」

「違うの。週刊誌の取材を受けるのに、マコだと短いって仲野さんが言うの」

マヤはちらりと仲野に視線を流し、薄い唇を真横に引き伸ばし一直線にした。

「ソフィア・ローレン、エリザベス・テイラー、ブリジット・バルドーにオードリー・ヘプバーン——貫禄があって苗字と名前を同時に呼んでもらえるような名前なんぞ」

マヤの言葉がそこで途切れた。彼女は膝の先にあるグラスに水を注ぎ入れた。そんなことは、と体を浮かせた秀男を遮って「いいから」と手のひらを軽く振る。グラスの水を一気に飲み干し、マヤが言った。

「いいのを思いついた。毎日がお祭り騒ぎ、カーニバルで名を揚げた、カーニバル真子《まこ》だ。真子の真は、偽りなし、真実、真打ちの真だよ」

一拍置いて、静香が「そりゃいい名前だ」と後を追う。

——カーニバル真子
なにやらピンとこないまま、二度三度声に出してみる。

「カーニバル真子って、いったいどんなふうに呼ばれるのかしら、あたし」

「そのまんまに決まってるだろう。お前はいつかこの名前で大舞台に立つんだよ」

けらけらと乾いた声で笑うマヤの満足げな目元に、何本もの皺が寄る。その名前で大舞台に立てば、マヤの言葉が本当になるのだった。

「わかったわ、マヤねえさんありがとう」

秀男は近くにあった水割りのグラスを片手に立ち上がった。

「おう、皆の衆、こっち見ろ」

わざと男声を出して座の視線を束ねる。すべての興味がこちらに集まったところで、肩と腰をくねらせた。

「レディース&ジェントルメン、あたしの芸名が決まりました。今夜からカーニバル真子になります。毎日がお祭り騒ぎのカーニバル出身、真子の真は偽りなし、真打ちの真。カーニバル真子、よろしくね」

振り出しは「マメコ」だった。たいそうな出世名だと聞かされたときは不思議に思ったけれど、間違いではなかったのだ。

「あたし、やるわ」

秀男はその夜から、カーニバル真子になった——

10

翌年春、秀男は大阪ミュージックの舞台を盛況に終わらせたことで「女より美しい男」として夜の仕事の傍ら芸能の世界へ足を踏み入れた。去勢と女性ホルモンで作り上げた体は話題を呼び、小柄な体は武器へと変わった。もうひとつの武器は十五の頃から鍛えた話術だ。客が誰であろうと、秀男の態度は一切変わらない。秀男自身もいつしか、筋を通さずに生まれついた体と心は、筋を通そうとする男たちに好かれるように出来ていたと思うようになった。

「カーニバル真子」と呼ばれるようになってからは、客の層も変わった。以前よりいっそう金持ちたちが列を作って秀男を待つようになった。出し惜しみをしない色気と話芸、ツボを外さない言葉の快楽に翻弄される男たちの顔は、みな札束と同じ模様をしていた。

昼過ぎ、ひと風呂浴びて髪の毛を乾かしている秀男に、いまは印刷会社のタイピストをしている章子から電話が掛かってきた。

「ショコちゃん、いいお天気ねえ。外に出たら春の陽気で溶けちゃいそう」

「なにか冷たいものでも届けようか」

「いいわよ、冷たいのは世間の目だけでたくさん」

もう押しも押されもせぬ大阪のスターじゃないかと、章子は電話口で笑う。そりゃそうだわね、と返しながらレースのカーテンを薄くひらいた。川面に太陽の光が乱反射している。川の向こうにはまばらな建物と茂る緑が広がり、ぼんやりしていると湿原と見間違えそうだ。うっとりするような景色の片隅にあるのは、掘り返す必要のないかなしみであったり、蓋を開ければ消える雪の結晶だ。

章子は昼休み中なので手短に話すと言っておきながら、週刊誌に載った秀男の記事がとても良かったと話す。

「ヒデ坊は昔から努力家だし、ひとを楽しませることが大好きだったもんね。百問百答の記事、とても良かった。今後なにになりたいかっていう質問に、あたしはあたしになるって書いてあった。あれ、とても好きよ」

「ショコちゃん、褒めないでお願いだから。ショコちゃんに褒められると、どうしてなのか責められているような気分になるの。いっそなじられたほうがましなの。親きょうだいにだけは悪いって思ってんのよあたし」

章子は「うん、ごめん」と声を低くする。電話の本当の用件は、釧路の実家のことだった。

「このあいだ、『週刊ドラゴン』に載った記事のことで、かあさんが心配して電話かけてきたの。ヒデ坊が手術をしに外国に行くっていう話。あの記事から人気が出たのもわたしは知ってるから、だいじょうぶよって言ってあるの」

淀川の向こう岸が、今度ははっきりと湿原の気配を帯びてきた。母の名を出されると秀男も弱い。週刊誌のインタビューではどんなに卑猥で失礼な質問にも耐えられるのに、母のこととなると途端に背骨が力をなくしてしまうのだ。できるだけ素っ気ない口調でつぶやいてみる。

「かあさんは、記事のなにをそんなに心配してるのかしら」

「なにをどう書いてあっても、かあさんはヒデ坊の心配をすると思う。会いたいなんて言うから、ちょっと心配になっちゃって」

「会いたいって、誰に？」

章子がゆったりと「ヒデ坊に決まってるでしょう」と答えた。

「せめて電話してあげたらいいのに。声だけでも聞きたいんじゃないかと思うの」

「ショコちゃんの報告だけで充分じゃないの。あたし、かあさんとなにを話していいかわかんない。お互いに黙っちゃうと却って心配かけると思うのね」

本音は半分、残りは常に高めに保っている心の水位が母の声を聞いてしまうことで下がるのではないかという怖れだ。章子の電話でさえ罪悪感を振り払うのが大変な日があるというのに、このうえ母のねぎらいなど耳にした日には一日が台無しになってしまう。

美しく在るために、今日も明日もひたすら稼がねばならないのだった。男たちの財布から、湯水のように金を引き出し、早く、誰よりも早くこの世界を駆け上ってゆきたい。上り詰めた先になにがあるのか、指をくわえて待っている気はなかった。いま出来ることをすべてやる。それが自分の生き方なのだ。

バスローブの内側に残る男の体にそっと触れた。実のところ、このちいさな力ない突起を忌々しく思う日々は過ぎていた。多少の煩わしさにも慣れてしまった。「切るわ」という発言によって自分を追い詰めていることもわかっている。囃し立てる側の、顔も見えているし声も聞き分けられる。仲野は相変わらず秀男に寄ってくる男たちについて良くは言わない。そのうえ未練がましく一日の予定を聞きたがる。

母のことを思うと、別に無理して切らずともいいのではないかという問いが内側からこみ上げてくる。あってもなくても、秀男が「カーニバル真子」であることにかわりはない。突起があっても、秀男を欲する男たちにとって大きな変化はない。この先も秀男は、自分の値をつり上げるためにできる限りのことをする。化粧も爪も髪の毛も衣装も、一流のもので飾り立てるのだ。

だって、あたしはあたしの「本物」なんだもの——

念じながら言い聞かせてみる。言い聞かせるたびに薄ら寒い思いに襲われた。本物を謳う本物の、胡散臭《うさんくさ》さが腑に積もる。母になにをどう言っていいものか考え始めると、次の一歩が遠くなるのだった。

章子が案じ、母に不安な思いをさせているのだと思うそばで、秀男の自我が持ち上がってくる。そうなるとまた、陰茎を切り落とすことも、この体が必要としている宝石のひとつではないかと思えてくるのだった。体が必要としていることは、秀男が欲していることだ。思いは常に収縮を繰り返し、蛇の腹そっくりにうねる。

章子が少し湿った声で言った。

「今年のお盆、釧路に行ってみようと思うの。お正月も行けなかったし。とうさんやかあさん、昭夫兄さんに謝らないと。富男と福子のことも気になるし。時間が経つほど帰りづらくなる気がするの」

「あたしはもう何年も戻ってないわ。行ったところで、誰も喜ばないもん」

少しの間をあけて「ヒデ坊の分も切符取っておくから」と告げるとき、章子の声は幼いころ弟を庇っていたときと同じ響きになった。

「考えておく。忙しくて行けなかったらごめんね」

どの面下げてという思いもあるが、いっときでも故郷に戻ることで普段は内側に押し込んでいる心の弱さと向き合うのが嫌なのだった。

章子には過去と向き合うつよさがある。秀男にはない。あるのは、前へ前へと突き進もうとする美しい容れ物としての自分だけだ。

あたしの体には、髭と同様、根っこなんてもんも生えてないのよ——

電話を切ったあと、無意識につぶやいた声に教えられた。

なるほど、こいつは「根っこ」だったか。

バスローブの内側、体の中心にある男の名残は、時代と人間の額ぎりぎりをかすめて生きようとする秀男を今に引き留める、ささやかな根だった。

根っこを切ってしまったら、もう少しうまく流れて行けるかしら——

淀川が、いつしか釧路川に見えてきたところで、次の電話が掛かってきた。

「お電話ありがとう、カーニバル真子です」

贔屓からの電話だと思ったら、仲野だった。

「真子、今夜の予定はどないなっとるかな」

「どないにもなっとらん。今夜もガバガバ働いてガバガバ飲むだけや。気が向いたら脱ぐで」

「そりゃいつものこっちゃ」

ずいぶんと機嫌がいい。最近は明るい話もしていなかったことを思いだした。

「このあいだ紹介してくれたお客さん、夜中までやっているドレス屋さんに連れてってくれて、その場で二着作ってくれたの。仲野さんのお陰よ、ありがとう」

「いくら紹介したかて、お前の腕が悪ければその先はないやろ。商売繁盛、ええこっちゃ」

ついさっき姉の章子から電話があったことを告げる。お盆に実家へ誘われたという話をすると、仲野は「ええやないか」と声を弾ませる。何を言っても機嫌がいいので、なにやら薄気味悪くなってきた。

「まあ、釧路に帰るのは気が向いたらってことで。で、なにかあったの？　またお客さんを紹介してくれるのかしら」

「今度はただの客やあらへんで」

少しばかり芝居がかった低い声で仲野が続けた。

「とうとうお前がお茶の間に登場するんや。テレビや、テレビカメラの前にカーニバル真子が立つんや」

「テレビって、あたしの部屋にあるテレビのこと？」

「そうや、そのテレビや。今夜紹介する男に会《お》うてみい。お前がひどい失敗さえしなければ、刻を待たずにテレビの中でカーニバル真子が踊る日が来るんや。ブラウン管の中で、次のメケ・メケやヨイトマケの唄を歌うんはお前やで」

秀男はまた、窓の外の川面を見た。仲野の言葉を内側へと落としてゆく。楽しみの扉は次の居場所を用意して、夢はひとつひとつ叶ってゆくが、そのぶん何かがすり減ってゆく気がするのだった。今度はいったいなにを差し出せばいいんだろう。この「いい話」にも鱗が一枚剝がれるくらいの罠が潜んでいる。ドレスの一枚二枚で喜んでいるうちはいいのだった。舞台が変わるとき、気まぐれな神様は秀男に必ず何かを捨てるよう要求する。

「歌を歌うって言ったって、そっちはマヤさんの仕事よ」

「アホやなあ、テレビいうんはなんでも映してしまうんや。マヤさんはそれがわかってるから夜の店で歌うんや。歌ってるからって、みんながみんな有名になりたい思うたら大間違いやで。聞いてみい、人前に出るいうんは上手い下手やあらへんって言わはる。マヤさんはそこんところようわかってはるお人や。カーニバル真子は、この世にふたりおらへんのや。みんなその、この世のたったひとりが見てみたくてしょうがないねん」

カーニバル真子は少しずつ立つ場所が変化しているのだ、と仲野が言う。舞台の上でもカメラの前でもお前ならばなにも怖れずにいられるはずだ、という言葉が心地良く腑に落ちてゆく。

あたしなら。

あたしなら——できる。

「悪くないわね」

店でも舞台でも、望まれるかたちや態度が分かるようになってきた。今日も仲野が喜ぶような言葉がするりと口から出て来る。この男は、秀男がなんでも喜んで飛びつくとしらけるのだ。ちょっと渋りながら高飛車なもの言いをすると、なぜなのかいつも嬉しそうにしている。

「な、悪くないやろ。とにかく今夜、店に連れていくから」

秀男はこの話で仲野が少しはいい目を見られるのかと問うてみた。「週刊ドラゴン」の花園のときのように、途中で妙な焼き餅を焼かれてはたまらない。どんな親切にも多少の利ざやがなければいけない。人の居場所と機嫌はいつも同じではないことをさんざん見てきたのだ。どんな善人にも、不意に襲ってくる「魔」がある。魔が差した顔を見分けられるようになったぶん、気づかないようにふるまう技術も身につけた。

「気に入らない男だったら、悪いけどお断りするわね」

「真子、そないなこと言って僕を困らせせんといて。相手はさんざん世話になった業界の先輩やねん」

会話ひとつ取っても、仲野とは、常にこちらが余裕のある顔をしていなければいけなかった。男たちはみな様々な心のかたちを持っているけれど、等しく言えるのは少しでも凹《へこ》んだところを素手で触れてはいけないということだった。だから夜の街が存在するのだと気づけたのも、マヤの側にいたからだ。

受話器を置いたあと、秀男はさてと天井を仰いだ。テレビとは、ずいぶん面白い話が舞い込んできたものだ。いったいどんな仕事だろう。

今度はいったい、なにをお供えすればいいのかしらね――

いい話が来たあとは、同じくらい嫌なことも耳に入ってくる。なので「これで済んだ」と思うために、秀男は賽銭代わりに金を使う。幸福代の前払いだ。

ときには章子や母への贈り物だったり、マヤの部屋に薔薇の花束を届けたり、仲野の妻に男名義で菓子折を贈ったり。幸せのお裾分けは秀男の賽銭だ。喜ぶようなものを贈れているうちはいいのだ、喜ばれているうちは大丈夫なのだという、根拠のない安心を得て更に前へと出て行く。贈り物に卑屈さと媚びが混じるようになったら、この仕事をやめよう。誰より秀男自身がそんな場面に耐えられないに違いなかった。

良いことには金を払う。しかし、男たちに賽銭を渡したことはなかった。ひと晩過ごしただけで喜ばれる存在でい続けることが、秀男を好いてくれた男たちへの礼儀なのだった。

仲野の紹介でカーニバルにやってきたのは、ＯＴＶ、大阪テレビのプロデューサー西木《さいき》幹生《みきお》だった。

西木はステージを終えた秀男が隣に座った途端、やたらと褒め言葉ばかり投げかけてきた。褒め言葉にも加減というのがあるだろうに。褒められていると、この対価は何だろうと考えたり褒め言葉の上に乗るくらいの気高さを手に入れようと思ったり、心はいっときも穏やかではないのだが、相変わらず悪い気はしないので厄介だ。

「いやあ、間近で見るとやっぱり違いますわ。舞台で照明浴びてる真子さんも綺麗やけど、隣に座ってもらったら、これはちょっと穏やかな気持ちでおられんくらいのべっぴんさんや」

西木は秀男に酒を注がれながら、言葉のわりに容赦なく光る目を向ける。男の視線は胸を張って歩くための栄養くらいに思っていた秀男も、骨の髄までテレビに浸った男の視線の前では腰に力が入った。

「仲野ちゃんからずっと聞いとったんやが、僕のほうはそっちの趣味ないもんやから、ずっと聞き流しとったんや。けど最近週刊誌でもずいぶん騒がれてるやないか。なんや、近々ほんまもんの女の体にするいう話やんか。肝の据わったやっちゃ、これは済まんかったと、慌ててやって来たってわけや」

「仲野さんには良くしていただいてます。西木さま、今日はお目にかかれて光栄ですわ」

「そやな、僕に会うたひとみんな光栄言いますねん。けど、今んところ光って栄えてるの僕の頭だけやねん」

西木が手のひら一枚ぶん後退した額を叩く。いい音がして、辺りはみんな笑った。周囲と一緒には笑わぬことが秀男の仕事だった。西木の目の光りかたが変わった。

「真子さん、あんたいっぺんテレビに出てみたらええんと違うかな」

「テレビ？　そんな恐れ多い。寿命が縮まっちゃいそう。怖いわ」

「本当はいっぺん見たあと仲野ちゃんに、やっぱりあかんかった、あんた眼鏡違いやでと言う予定やった。けど、考え変わったわ。真子さんあんたテレビ出てみ」

「あたしみたいなのがテレビに出て、誰か喜んでくれるのかしら」

西木が鼻で笑った。軽口との差に脇腹が寒くなる。西木が胸ポケットの内側に煙草を探ったところで、こちらも傍らのバッグからライターを取り出す。タイミング良く火を点したときの態度で、男の地位が分かった。

西木は舶来物のライターひとつに視線を揺らすことのない男だった。男の態度に、この話が冗談や撒き餌ではないことを感じ取る。仲野は端の席で脚も組まずにただ水割りを飲み続けている。

秀男は一度目を伏せたあと、天井からぶら下がるシャンデリアに視線を移した。

「いいわね、それも。面白いかもしれない。なんでも経験かしら。ダメで元々だもん。西木さん、いろいろ教えてくださる？」

自慢の尖った顎を持ち上げて、極上の微笑みを返した。

西木はカーニバル真子の返答に満足したのか、唇の端を片方持ち上げて「もちろんや」と辺りに響き渡るような声で笑った。

「あんた上等や。じゃあ手始めに夜中の番組のアシスタントからにしよか。ちょうど探しとったところや。きれいなおなごはぎょうさんいはるけど、きれいな男はそうおらへんからな」

「テレビを観ているかた、あたしが男だとわかったらがっかりしないかしらね」

西木は秀男の媚びには目もくれず、水割りを口に運んでは氷の音を響かせながら嚙み砕く。

「あほなこと言いなさんな。あんたががっかりさせへんような顔で出るんや。出るからにはお客さんじゃ済まんのや。観るほうは観るプロやで。テレビはなんでも映すしな」

背中から脇腹にかけて、ぞくりと寒気が走る。またひとつ、舞台が増えるのだった。女のように持って生まれたものに甘えられないぶん、カメラの前に立ったときは、可愛げがないほどの色気を見せつけなくてはいけない。

もしもテレビに出たら――文次もいつか観てくれるだろうか。

秀男はフロアの黒服に灰皿の交換をするよう目で合図を送った。

三日後の開店早々、西木の部下と名乗る男がやってきて、秋からの新番組「ミッドナイト大阪」で司会者の隣に座るアシスタントに本決まりだと告げた。

大阪発信の娯楽番組だという。毎週ゲストを迎えて送る三十分の放送中、秀男の仕事は「色っぽい相づちを打つ」ことと「ゲストに飲み物を出す」こと「スポンサーの商品紹介」だった。

意外だったのは、章子の喜びようだ。仕事の合間に寄こした電話で報告すると、珍しく「すぐかあさんに連絡する」という言葉が返ってきた。

「かあさん、どう思うかなあ。あたし、思いっきり女の恰好をして出るんだけど」

テレビという未知に向かって不安も期待も常に同量の秀男だが、髪を伸ばしハイヒールのつま先を尖らせて歩く息子を見て、母がどう思うかを想像すると少しだけ心の柱が細る。

「ヒデ坊が元気でいるのが分かれば、喜ぶに決まってるでしょう」

「とうさんや兄さんの手前、喜ぶってことはないと思うわ。言うときは自分で言う」

章子は「だったらなおのこと」と語気をつよめた。

「お盆、一度釧路に帰ってみようよ。ふたりで行けば道中も楽しいだろうし、わたしいっぺんヒデ坊とふたりで旅をしてみたかったの」

ああ、と腑に落ちた。嫁ぎ先で手ひどい失敗をした章子の帰省は、内側に謝罪を積もらせている。電話で何度父や母、兄に謝ろうと、実家に戻って家族からの視線を浴びるとなれば、身の縮むような思いも味わうに違いなかった。章子は章子なりに、秀男を誘うことで自分を責めるばかりの旅から逃れたいのかもしれない。

「あたし、最近のショコちゃんのこと、昔よりずっと好きよ」

「ヒデ坊、どうしたの、いきなり」

「わかったショコちゃん、あたしも久しぶりに釧路に帰る」

電話の向こうの気配が華やいで、章子の声がはずんだ。姉が喜んでいると、秀男も嬉しい。章子にとっては、自分の意思で生きることがなによりの困難なのだ。自分の意思でしか生きられない秀男にとって、疎ましくもうらやましい女が姉であったことは、嫉まずに済むぶん幸運だった。

電話台の上に、先日章子の荷物の中から出て来たという写真が一枚置いてある。秀男が小学校に入学する際に父が撮ったものだ。体に合わないブレザーを着て、カメラに背を向け両手を腰にあてて横を向いている。格好だけは立派なブロードウェイミュージカルだ。

「釧路のお盆はもう、秋の風が吹いているわね」

言ったあと、鼻の奥につんとした痛みが走った。あの街にはもう、ノブヨも文次もいないのだった。母にこの顔を見せることと、父や兄に疎まれるための里帰りだ。今度はいったいどんな言葉を投げかけられるものか、だいたいの想像はつくけれど、もう避ける必要も戦う気持ちも起きてはこない。生きる場所を見つけるというのは、きっとこういうことなのだ。章子も秀男も、故郷から遠く離れたからこその、体ひとつで楽に過ごせる「居場所」だった。心許なさは、余さず期待に換えて行く。

電話を切ったあと、無意識に「テレビか」とつぶやいた。大相撲の放送を思い浮かべる。いつかこの姿をもっと飾り立て、懐かしさでも偶然でもなく、世の中にお膳立てされた舞台で文次に会ってみたかった。語り合う思い出を捨ててしまった自分たちにはもう、人前でわかりやすい微笑みを浮かべて、懐かしさを演出されながらの再会しか許されていない気がする。

ここまできてもあたしはまだ――まだ文次なのか。

数えきれない男たちの体をあの手この手で乗り越えて来たくせに、ふとした瞬間に心を過ぎってゆく面影に胸が痛む。

秀男はバックポーズを決めた自分の写真を赤い爪でつつき「それがどうした」と声に出さず

己に言い聞かせた。淀川は今日も夕日に向かって流れている。自分が生まれ落ちた街で蛇行する川も、大海へなにかを運び続けているのだ。

女になれば女優になれる。日劇の舞台にだって立てるかもしれない。

もっと大きな舞台にだって——香りのいいお茶を淹れてひとくち飲むと、喉の奥が贅沢を恋しがり、舌の先に嘘がたまってゆく。目を瞑ればみな、幸福な顔をしている。秀男はそっと膨らんだ胸を撫でた。

夏の日に殻を捨てた蟬のように、自分も姿かたちを変えて次へ往く——次の秀男へと生まれ変わる。あたしは何にでもなれる。ほんのすこし痛い思いをするだけだ。好きなひとに抱いてもらえない体など、要らない。隠さねばならぬものなど、要らない。あたしの嘘は痛い思いをして手に入れた宝石。これまでもこれからも、誰にも何も言わせない。

世間に向かって吐く嘘は、秀男のなかの真実だった。

その夜、仕事を終えたあとママに今年のお盆は一度帰省したいと告げた。

「お盆に一週間の休みをくれとは、お前も出世したもんやな。ずいぶん稼がせてもらったことやし、はいよとお休みをあげたいのは山々なんやけど、せめて三日にしてもらえへん?」

「姉も一緒に帰省するんです。あたしだけさっさと帰ってくるってわけにも。三日か四日だと、一日向こうに居られるかどうか」

「あんたの故郷はいったいどこの国や。地球の裏側か」

あきれ顔のママに釧路だと告げる。そこはどこにあるのかと言うので、北海道の端っこのほうと答えた。秀男は両腕を左右に広げ、左右の手の高さをほんの少し変えて微笑んだ。

「向かってあたしの右手の中指あたりが函館、左手首のあたりが釧路なの。このあいだは汽車で十三時間くらいかかるのよ」

「ようわからんけど、なるほどそれは遠そうやな。そないなことなら、飛行機つこうたらええやんか。金ならぎょうさんあるやろ。さんざん稼いで貢がせとるやないか」

実家へ帰るのに飛行機を使うとは考えもしなかった。休みを承諾したものの、ママの顔は浮かない。

「なんか、心配やな」

「なるべく早く戻りますから」

「いや、店のことやないんや。お前さんが元気に戻って来るかどうか、気になるんや」

それはもちろんだと答える。

「ママ、それきり来なくなるとか別のお店見つけるとか、あたしはそんなことはしないわ。里帰りって嘘ついてほかの店の面接受けるような阿呆じゃないし、引き抜きが来たって追い返してるじゃないの。カーニバルがなかったら、カーニバル真子も生まれなかったのよ」

珍しくママが目を伏せる。アイラインも半分落ち、白粉を突き抜けてうっすらと髭の先が顔を出している。ママは厚い唇をへの字にして「そういうんじゃあらへんのや」とつぶやいた。

「その調子なら真子、あんたいつもの服と化粧で行くつもりやろ」

「多少は地味な服でと思うけど、あたし素顔でなんて外を歩きたくないわ」

「あんたはそれでええかもしれんけど、親はそんななりで帰って来た息子をどう思うやろな。きょうだいはおるんか」

秀男は真っ赤に染めた爪の先を四本立てた。ママは首をゆらりと横に振る。戦後を赤い腰巻きで生き抜いてきたママは、店の子が明るい顔で実家に行ってくる、と話すとき不安になるという。

「みんなうちの親は理解あるからだいじょうぶ、仕送りも喜んでくれてるの、って言って出かけるんや。二度と会わん覚悟で入った世界やけど、調子づいてくると金回りも良くなるし、離れて暮らしていると、なんとなく親不孝を詫びたくなるのもわからんわけやない」

ママは帯に挟んだ煙草を一本取り出し、火を点け深々と吸い込んだ。

「けどな、みんな店に戻ってきたとき、表情が暗いんや。何があったかは察しがつく。血の繋がった人間から受ける蔑《さげす》みってのは、他人さまからの比やない。言葉でも態度でもない蔑みには、うちら生まれつき敏感なんや」

「ママ、あたしそこはもう充分慣れてると思うけど」

「思うと現実とは、大違いってことよう覚えとき。ゲイボーイになったからには他人とはどこまでも戦えるし、借金と男で失敗しない限りはまぁなんとか仕事もあるやろ。けどな、いくらうちらでも親きょうだいから向けられた目に耐えられるほど、つよくはないんや。あんたが実家に顔出して、喜んでくれるひとの顔をよう思い浮かべてから行くんやで。けど、ひとつも期待したらあかんよ。ひとの心は目からだだ漏れや。送る金を喜んではくれても、本人まで歓迎してくれるとは限らへんで」

ママは少し間を置いて「なんでもええから、あんたくらいは笑って戻ってきてえな」とつぶやいた。

「たまにそんな子がおらんと、いい加減あたしも凹んでしまいそうや」

黙ってふたりの話を聞いていたマヤが、壁に体をあずけながら言った。

「ゲイボーイはよく死ぬって、お前もわかってるだろう。あたしが見てきたのも、似たり寄ったりだ。たいがい理由は男と金で——親きょうだいに化け物扱いされながら育ってきて、好きな男がやさしくしてくれりゃあ、そりゃあ嬉しくもなるだろうさ。嬉しいからってなんでも預けて、気持ちまで渡して、気がついたら手元になんにも残ってないってのはよくある話よ」

津軽海峡で船から飛び降りたリリーを思い出す。ふと見回せば何人かにひとりはリリーのようないかついゲイボーイだ。理想の容姿を得られないことのつらさが、望むものがなにひとつ手に入らないという絶望に降りかかってくるときがある。

「ママもマヤさんも安心して。あたしは、だいじょうぶよ」

秀男は、だってあたしは美しいもの、という言葉を呑み込んだ。ふたりはまるでその言葉が聞こえてでもいたように、別の方を見ながら知らぬふりをする。

「まぁ、故郷に錦というのやあらへんけど、できるだけ豪華な里帰りをしとき。血縁いうたかて、ちょっとでも弱いところ見せたら、いろんなもんが刺さってくる。無意識ばかりは誰も止められへんのや」

ママの言葉をマヤが引き継いだ。

「飛行機で行きなさい。そうすれば少しは箔《はく》が付くってもんよ。忙しくて往復飛行機じゃないと休みも取れないって、ちょっと大きく言っておいで」

「マヤ、それ大きくやあらへん。本当のことや。飛行機ならどんな田舎でもその日のうちに近所まで着くやろ。ああ、わたしがパパさんに頼んでみるわ。今ごろはたぶんキタでなにかつまんでる頃やろ。お盆の三日間でええな。ええか真子、休みは三日やで」

「ママ、もうひと声」

「仕方ないな、四日や。もうこれ以上一日もやれへん」

「ママ、姉も一緒なの。飛行機、ふたりぶんお願い」

秀男は右肩を上げてにっこりと微笑んだ。ママが舌打ちをしたあと、さっと目化粧と口紅を塗り直す。ひとつでもお願い事が浮上したのは、馴染みにとってもママにとってもいい機会なのだろう。ママは「早く頼まなくちゃ」と、フロアの主任に小言をひとつふたつ言ったあと店を出て行った。

夜中、秀男は珍しくマヤとふたりで「カーニバル」を出た。出勤時に漂っていた春の陽気はなくなり肌寒い。秀男は出汁とソースと香水の匂いが充満するこの街が好きだった。マヤのお陰で一歩一歩前進している。女しか演《や》れない舞台にも演《の》り、一度でも顔を拝みたいという客が次から次へとやってくる。そして秋からはテレビだ。

マヤが自宅のある方に向かって歩きだした。誘われたわけでもないのに、秀男もついて行く。何も問われないし、こちらからも問わない。

「たまにたこ焼きでも食べたいわね。あんたはどう、ま――」

振り向いたマヤが大きな目を半分にして照れ笑いを浮かべた。真子ではなくマメコ、と言いかけたのだと気づいて秀男も笑う。

「あたしもたこ焼き食べたい。連れてって」

春の夜風もやがて、季節の移ろいを受け止め熱を帯びてゆく。真夜中の歩道で、自分たちと同じくらい化粧のくずれた女たちとすれ違った。お互い少し疲れているが、ひとりの夜をそう嫌いでもないことがヒールの音でわかる。最近は、恨みつらみのある足音を聞き分けられるようになった。どんなときも、マヤの靴音はひときわ気高く響く。たこ焼き屋で二箱買い求めたあと、マヤが「寄っていきなさい」と自宅に向かって歩き始めた。

東京を引き払って大阪に住み着いてから、マヤの部屋は変わらない。絵の一枚も飾らず家具も食器も必要最小限。三畳のひと部屋がきらびやかなドレスでいっぱいなことを除けば、昼間勤めの章子と同じだ。洋風の居間は四角く切り取られたような板張りで、その上に花模様の絨毯が一枚敷かれている。店まで歩いて通えることが何よりの条件と聞いた。

「お茶を淹れる。化粧落として、そのへんに座ってて」

秀男は台所の横にある洗面台で、マヤのクレンジングクリームを借りて顔にのばした。指先でくるくると円を描く。化粧紙でクリームを落とし、化粧水を含ませたコットンで今日を拭き取ると、顔だけではなく気分まで軽くなった。

マヤは居間に何も置かず、ひとりの時間を柔軟体操と瞑想に使う。必要以上に人と関わらないのも、歌う声を維持するためだ。禁欲的な生活を続け、毎日を歌うことに費やしている彼女が、歌で世間の注目を浴びたいと思わぬことが不思議でならなかった。慣れたとはいえ、店では秀男をやっかむ者も後を絶たない。新入りほど挑戦的なので困る。マヤは、出会ったときから今まで態度も体温も変えなかった。

マヤのパジャマを着て絨毯の上に座っていると、「みや美」の寮に戻ったような気分になった。懐かしくて痛い、自分が産まれた場所に似ている。化粧を落としたマヤが、お茶とたこ焼きを洋風のお盆に載せて向かい側に座った。

「どうぞ、夜更けのたこ焼き。このくらい冷えたのが好きなんだよ本当は」

「お酒じゃないってのがマヤねえさん。あたしは駄目、目の前にお酒がある限り飲んじゃう」

「この先はお前も、店とはまた毛色の違う人と知り合って行くんだよ。素面《しらふ》相手の仕事では失敗も成功もあるだろうけど、気持ちも体も健康じゃないといい仕事は出来ないよ」

その声が仕事で疲れているせいばかりでもないような気がして、たこ焼きに伸ばした手を止める。

マヤがひとつ口に入れた。しばらく噛んでのみ込んだあと、ふたりの間にある空気に馴染ませるように言った。

「ミヤコがもう、長くない」

秀男は耳を疑った。長くない、とはどういうことか。母親の看病のため、化粧を落として名古屋へ戻ったのではなかったのか。秀男は選びに選んだ自分の言葉にがっかりする。

「ミヤコねえさんが、どうかしたの」

「一年保たない。手紙の調子がなんだかおかしいなと思って、思い切って電話をかけてみたら病院だっていうのさ。このあいだのお休みで一度会いに行ってみた。骨と皮だった」

マヤの口に、次のたこ焼きが消える。話の内容に合わせて深刻な空気を作ったところで、なにひとつミヤコのためになどならないし、自分たちはそんな偽善ぶりを心から嫌って生きてきたのだった。

「ミヤコねえさんが、骨と皮って」

「あの体が線香の八つ割りくらいに細くなってた」

秀男は「みや美」でミヤコに仕込んでもらった日々を頭の端から端まで並べた。その、どの場面にもミヤコが病に倒れたシーンなどなかったし、そんなことが起こるとも思っていなかった。秀男が出会ったゲイボーイのなかで、ミヤコほど日常に無理なく入ってゆける存在はいなかった。

「もう少し、生きちゃいるだろうけどね。でも、もう結末は見えてるようだ。本人も、しっかり覚悟を決めてるし、好きにやってきたことを後悔してはいない。一度でいいからパリで働くのが夢だったと言ってた。着物を着て、パリのお店で働いてみたかったって」

ミヤコが痩せこけた顔でそう言い微笑んだとき、マヤは「それは残念だったわね」と返したという。ふたりのあいだにある空気の色までが見えるような気がして、秀男は口を閉じた。

「一級品だった、客あしらいも気遣いも、手練手管もなにもかも。ミヤコはいつか自分の店を持って、マメコみたいな子をたくさん育てて行くんだと思ってた。あたしはその店の隅っこでマイク持って――」

マヤは最後まで言い終わらぬうちに、たこ焼きを立て続けに口へと放り込んだ。怒ったような表情で、表に出てきそうになる感情をのみ込んでいる。

二箱のたこ焼きをふたり黙々と口に運び、静かな時間をやり過ごす。たこ焼きも尽き、何杯目かのお茶を淹れたあと、マヤが「マメコに言づけだ」とつぶやいた。

「マメコは恵まれた顔と体とその性分でどこまでも昇って行く子だから、自分が思ったとおりにやっていきなさい――だそうよ」

「あたし次のお休みに名古屋に行って来ます」

そこだけ厳しい口調でマヤが「駄目だ」と秀男を諫めた。

「あたしが行ったことも、ミヤコは嫌がってた。しっかりのたれ死ぬためには、おかしな未練なんか残さないことが大事なんだ。あの子はいま、死化粧の総仕上げをしてる。それはつまんない葬式なんかよりも優先されなきゃいけないことなんだよ」

のたれ死ぬ、の意味がわからない。下瞼から盛り上がってくる涙をこぼさぬようお茶を流し込んだあと、問うた。

「マヤねえさん、のたれ死ぬって、どういう意味なの」

マヤは細く長い脚を組んで、背筋を伸ばした。背骨から頭蓋骨まで、天井に釣られているようだ。肺にいっぱい空気を入れる。胸がほんの少し厚くなる。秀男は彼女の言葉を待つあいだ、骨と皮になっているというミヤコの姿を想像する。しっかりのたれ死ぬと言うけれど、「のたれ」の意味が分からない。一度息を吸って吐いたマヤが、頭も揺らさず「のたれ死には、のたれ死にだ」と言った。

「母親を看取《みと》ったあと、ミヤコはきょうだいたちと縁を切ったんだ。正確に言うと、縁を切られた。親がいなくなったら、他人より悪いのがきょうだいさ。気がおかしくなっているからといって精神病院に連れて行かれて、変な薬も出たようだ。病院と薬で治るもんならみんなやってる。これは病気じゃない、持って生まれた手足と同じ。髪や爪みたいに切って落とせないだけだ」

頭の中に映し出されるのは、幼いころから観てきた景色と振り袖で踊った日の幸福感と、重なり合っては通り過ぎた人の顔だった。

「わかんないわ、マヤねえさん、あたしにはわかんない」

マヤは秀男の声など聞こえなかったように、続けた。

「親に多少の財産があったのがいけなかった。母親が死んだ途端に、今度は付き添いしていたミヤコが別の病院送りになった」

「なんの病気なの」

「気が違ってる、って。あの子が東京と札幌で働いていた店のことも調べがついてるらしい。即入院が周りのどんな事情だったかは知らない。ミヤコの言い分なんぞ、どうでもいいことだったろうけどね。まあ、そこで気とは違う別の病気が分かって、先が短いと知ってからは窓に柵のついたところからは出られたらしい。手紙も書けるし、病院から出たいとさえ言わなければ、なにも問題は起きないそうだ」

ミヤコは、今後一切親族と関わりを持たない、墓にも入らないという念書に本名の「田中輝太郎」と記し判子を捺した。そのときは頭が正常でなくてはいけないことから、速やかに柵付きの病院から出されたという。

マヤは数秒黙ったあと、吐き捨てるように言った。

「誰がおかしくて誰がまともかなんて、いったい誰が決めるんだか」

ああ腹が立つね、と立ち上がったマヤの、わずかによろけた膝を見た。怖くて顔を上げられない。いまマヤがどんな表情をしているのか、想像をするのも嫌だった。

「あのミヤコの本名が、田中輝太郎《たなかきたろう》だって。笑っちゃうだろう。輝く太郎で、輝太郎なんて」

マヤがお茶道具の並ぶ洋風の盆を台所に置いた。食器の音が夜明け前の部屋に響いて、改めて秀男は今が現実だということに気づいた。

死ぬとき周りに誰もいないことが「のたれ死に」というのなら、自分は喜んでそこに飛び込んで行くだろう。親もきょうだいも、一度は捨てたものじゃないか。一度でも捨てたものに捨てられるのは、仕方のないことだろう。なんにでも「あいこ」がある。

兄や章子は一万円の金にカツカツいいながら世の中の決めたまっとうを生き、秀男はまっとうから流れてくる金で財布やクローゼットを満腹にさせる。

おあいこよ――

なにもかもあいこじゃないか、と下っ腹に言い聞かせてみたものの、線香花火に似たちりちりとした怒りは去らなかった。

「マヤねえさん、あたし本当にミヤコねえさんに会いに行っちゃ駄目かしら」

「ああ、駄目だね」

病院での別れ際、病気のせいなのか本来の輝きなのか、ミヤコがきらきらとした目で言ったという言葉が、秀男の皮膚のごく間近で発光する。

「あとはしっかり死ぬだけなの。取り乱さずしっかり死ぬことが、最後の仕事なの」

マメコによろしく伝えてと結ばれたその話を、今後何度思い出そうとも泣くことはすまい。泣けばミヤコの思いが無駄になる。

あたしたちの仕事はいつだって、喋って飲んで飲ませて笑ってもらうことだもの。泣くことがわかっている人間とは、会っちゃいけないんだ。

実家に帰ってみよう、という気持ちが強まったことが不思議だった。帰って、父や母、兄や弟妹に会って――けれど歓迎されようなどと思ってはいけない。この先、一度でも二度でも会うたびに、距離が確実に離れてゆくことも、永遠に交わらない道が続いてゆくことも、承知の上で帰る。

秀男の内側に霧笛の音が響いてくる。遠い故郷の、霧の夜更けに船を呼ぶ音だ。ぼうぼうと霧のひとつぶひとつぶを縫って沖へゆくのは、光が届かぬ海上にいる者への、陸の祈りだった。

まだ暑さの去らぬ大阪を出て、章子とふたり東京、千歳と二度の乗り継ぎを経て釧路へと向かった。雲を上から眺めたことが、秀男の気持ちを軽くする。いっとき、どこに向かって飛んでいるのか忘れるほどに、空を飛ぶ乗り物は刺激的だった。パパさんから往復の航空券を世話してもらったママは、何度もしつこいほど「笑って帰ってくるんやで」を繰り返し、そのたびに秀男は「心配ないわ」と笑って見せた。

初めての飛行機で怖さと楽しさの両方が胸を占めているなかでも、客室乗務員の髪の見事な夜会巻きに見とれたり脚は自分のほうが美しいと思ったり、心だけは忙しない。けれど秀男も章子も、乗り換えを重ねて十勝の上空を過ぎるころには口数が少なくなった。

朝八時に伊丹空港を出て、釧路空港に着いたのは午後二時過ぎだった。

「ショコちゃん、飛行機ってずいぶん速いわねえ。想像以上だったわ」

「うん、『カーニバル』のママさんにお礼を言わなくちゃね」

「週一のお休みも美容室やつき合いで消えちゃうし、こんなことでもなかったら四日も休みをもらえることないの。あたしお店の売り上げにはけっこう貢献してるもん、いいのよ」

たった半日で故郷に戻ることができる不思議と、空を飛ばねばその日のうちに戻れないほど遠くへ行った現実が上手く重ならない。北海道はもう既に秋の気配を帯びており、緑もどこか気が抜けた色を広げていた。湿原で風にそよぐ葦も、いくぶんゆったりとして秀男と章子を出迎えている。

釧路駅前行きのバスに乗るまでのひととき、磯でもなく緑でもなく動物でもない、なつかしいにおいが秀男の鼻先を通り過ぎた。何のにおいだったのかを思い出せずにいると、視界を狐が横切って行った。すぐそばで狐を指さし騒いでいるのは、内地からの客だろう。

「ショコちゃん、あたしちょっと薄着だったかしら」

お盆だしシックにと思い、黒い膝丈の半袖ワンピースにグレーのラメ入りカーディガンを羽織ってきたものの、湿原を渡ってくる風の前では肌寒かった。八月の風は毎年吹くはずなのに、いつもその温度を忘れてしまう。章子は薄紫の長袖ブラウスに紺色のスカート姿だったが、肌寒いのか荷物の中から青いニットを取りだし袖を通した。

「大阪の暑さを経験すると、ここは寒いくらいね。わたし今日のヒデ坊の服、好きよ」

章子はほんの少し首を傾け、「でも、みんなびっくりするね」とつぶやいた。姉の心配が分からないわけではなかった。けれど、カーニバルのママが用意してくれた航空券を使ってひと目を忍びながら故郷に戻るのは、秀男にとって納得がゆかない。ママの言う、里帰り後に顔つきが変わってしまう同僚たちとは違うという自負もある。

「あんまりきれいになっててびっくりされるのは、なんとなく想像できるわね」

章子は「うん」と頷いて「かあさんが」と言いかけて言葉を切った。

「かあさんがどうかした？」

「うん。驚くだろうな、と思って」

喜ぶ人間を思い浮かべてから帰るように、とカーニバルのママも言っていた。何日も考え、充分思い浮かべて、この服に決めたのだった。運動靴とシャツとズボンで出て行った日、母は息子がもう元には戻らないことに気づいていたはずだ。

喜ばなくてもいい。逆に、喜ばれると心が不完全燃焼を起こしてしまう。

「かあさんは、あたしのことなんかすべてお見通しよ。最初の家出に失敗したときも『なんで見つかっちゃったんだい、バカだね』って顔してたもん」

秀男の嘘に、章子がふふっと笑った。バスがゆったりと停留所にやってきた。広いばかりの空から濃い水色がこぼれてきそうだ。頭上を大型の鳥が旋回していた。白い体と風切り羽の黒、長い脚。丹頂鶴《たんちょうづる》が秀男の帰還を見守っている。モノトーンに赤烏帽子《あかえぼし》の鶴は、紅い口紅を塗った秀男と同じだ。

「ショコちゃん、あたしやっぱりこの服で来て良かったと思うわ。多少背伸びはしているけど、シックでお盆にはちょうどいいと思うの」

母のもとに、幼くして死んだ弟の松男が帰ってきている。死んだ者が帰ってくるのだから、生きている者はできるだけ一か所に集まって迎えるのがいいだろう。

秀男はお盆の意味を自分なりに理解し、バスに乗り込んだ。章子とふたり窓の外を流れてゆく葦原と空を見る。姉の両肩が、少し持ち上がっていた。緊張を含んだ不安げな瞳が秀男に向けられている。

「ヒデ坊、空を飛んでいたときは空の上にいることで気持ちがいっぱいいっぱいだったけど、家が近づいてくると、なんだか急に怖くなってきちゃった」

「ショコちゃんらしくもない。ドンとしてなさいよ。なにをそんなに怖がってるの」

言いながら、秀男の脳裏にも父と兄の顔が過ぎってゆく。バスは街中へと入り、小一時間で終点の釧路駅前に到着した。

ボストンバッグとハンドバッグを両手に提げ、章子とふたり歩きだした。

兄の結婚を機に、引っ越したと聞いた。秀男が生まれ育った家はもうなかった。章子の案内で、駅前を西側に向かった。新しい家は、秀男が中学校に通った道を抜けて、鉄道病院を越えたあたりにあるという。海とすり身と焼き魚のにおいが満ちて、胸が苦しくなってくる。

「この先の、角の家よ」

章子の言う場所には、白っぽい木造モルタルの二階屋があった。隣には床屋、海産問屋の看板がある。

「死んだ者はいいわね、年に一回大手を振って帰って来られる。あたしたちは生きてるってのに何をびくびくしてんのかしら。もしかしてこれが、供養っていうやつ？」

「ヒデ坊、そんなこと言ったらバチが当たっちゃう」

「このおっかなさで全部帳消しにしてもらいたいくらいよ。あたしたち、悪いな、とは思ってもちっとも悪いことなんかしていないじゃない」

章子が笑った。今日は自分が章子を守る日なのだと腑に落ちて、歩幅が大きくなる。実家の表札を確認して、玄関の引き戸を開けた。

「ごめんくださぁい」

夜の店で鍛えた声を響かせた。奥から章子と同じ年格好の女が出てきた。秀男の横で章子が「こんにちは」と頭を下げる。視線が二度三度ふたりを往復し、女はひとつ大きく頷き笑顔になった。兄嫁だった。

「おかえりなさい。遠いところ、お疲れさまです」

「初めまして、次男の秀男です」

少し遅れて母が玄関に出てきた。髪の毛が真っ白になっていた。秀男を見ても、少しも驚いた様子はない。秀男は精いっぱい、赤い口紅が映える笑顔を作った。

「かあさん、ただいま」

「おかえり。章子もヒデも早くあがんなさい」

年齢よりずっと老けた母の、割烹着の紐が細くよれている。着物は幼いころに見たものとなにも変わっていない。足袋の裏には継ぎが当てられていた。

時次郎とマツ、富男と福子、兄夫婦が住む家は、中古住宅を修繕したものだという。秀男が生まれ育った木造の家より何倍も広い。

居間の隣に、ふすまを開け放した仏間があった。新しくなった仏壇から座布団二枚分離れたところに、父があぐらをかいている。秀男と章子が膝をついて挨拶をしても、こちらを見ようとはしない。

秀男は目をそらせば負けだと思いながら、いったい自分は何と戦っているのかと裡に問うた。こんなことの繰り返しをいつまで続けるのか、いっそ父に訊ねてみたい。

マツが「さぁさ」と仏壇へのお参りを促した。居間の横にある八畳の仏間は、父と母が使っているという。仏間の隅には両親の箪笥がある。秀男が家を出たときは上に父のラジオが置かれていたが、今はいくつもの菓子箱が重ねられていた。

松男の位牌が古びた様子もなく仏壇の奥で光っていた。ピラミッドに似た団子や落雁《らくがん》、もなかや桃が供えられている。兄が札幌から帰ってきてからは、この家の暮らし向きもずいぶんと良くなったようだ。

兄の昭夫とは、最初の家出で連れ戻される際に札幌駅でお互いをののしりあってから顔を合わせていなかった。昭夫も、死ねば良かったとまで言った弟に今さら会いたくなどないだろう。

黙り込んだままの父に背を向け、鶴屋八幡のお盆用干菓子を供えた。章子と並んで仏壇に手を合わせる。死んだ者と会える気はしないが、帰ってきていると言われれば神妙に見せるしかない。

お参りを済ませた章子が体の向きを変え、両手を突いて深々と頭を下げた。

「おとうさん、いろいろ申しわけありませんでした。ご迷惑をおかけして、お詫びのしようもありません。本当にごめんなさい」

時次郎は「ふん」と喉の奥で返事をし、腕を組んだ。

「大阪はどうだ」

「はい、ヒデ坊にはずいぶん助けられています。この子がいなかったら、どうなっていたかわかりません」

父はまだ秀男のほうを見ようとしなかった。章子の口から自分の名前が出たからには、やはり挨拶くらいは必要だろう。父がこちらを見ないのは、既に秀男の様子をちらとでも見たからなのだ。喉を狭めて、高めの声を出した。

「おとうさん、ごぶさたしています。お元気そうで何よりです」

章子のときよりも数秒遅れて、父はまた「ふん」と喉を鳴らした。兄嫁が居間の中央に置かれた大きな座卓に、麦茶のコップを並べた。

「おふたりともお疲れでしょう、こちらにどうぞ」

頭のかたい兄の元に嫁いできた彼女は、章子よりふたつ年が上だという。

「秀男さん、初めまして。昭夫の嫁の繁子《しげこ》です」

こちらこそ、と微笑みながら繁子の顔つきを観察する。心根の悪い表情は浮かべていない。ひっつめた髪と化粧気のない丸顔、地味なシャツとスカートに前掛けを垂らしている。彼女はワンピースに長い髪を揺らし、化粧をして現れた義弟に、必要以上の興味も嫌悪も持ち合わせていないようだ。少々拍子抜けした気分で、しかしこの場に昭夫が居ない理由をあれこれと考えてみる。

章子が風呂敷から岸澤屋の丹波黒豆と夏菓子を取り出し、繁子に渡した。

「繁子さん、いろいろ面倒をおかけしました。兄さんや繁子さんには、本当に申しわけなく思っています」

繁子が土産の菓子箱を一度掲げて座卓の下に置いた。盆を膝の横に待たせて座卓の向かい側で正座すると、章子よりも深く頭を下げた。

「わたしたち、章子さんがどんなひどい目に遭っていたのか薄々ですけれども風の噂で知っておりました。知っていて連れ戻さなかったこと、お義父さんお義母さんも昭夫さんも、本当は悔やんでます。わたしも同じ気持ちです。謝って済むことじゃないですけども、本当に済まないことでした」

繁子の言葉は少し津軽地方の調子が混じっている。父も母も、ゆったりとしたこの嫁とならばきっと暮らしやすいだろう。昭夫にはもったいない——秀男は少し意地悪な心持ちで、言葉には出さず「まあ嫁らしい嫁って感じかしら」と品を定めた。両親と弟妹の世話、子供を産み育てるにはちょうどいい女だろう。何も気づかずに長く暮らせば、本人も御の字に違いない。

夜の街で見る昭夫によく似た男たちは、たいがいそんな女との暮らしがつまらなくなって、たいした金も持たずに「会社や家とは違う自分」を探しに来る。秀男はこの期に及んでまだ兄にひとくさり言ってその硬い頭をかち割りたいという、自分の執念深さにうんざりした。

章子が昭夫はどこかと問うた。繁子がほんの少し言いよどみながら頷く。

「ちょっと出かけとります。おふたりがお帰りになることは知っているので、もうじき戻ると思うんですけど」

「どこに行ってるの」

秀男が訊ねると、手入れとは無縁そうな彼女の眉が八の字になり、か細い声で「たぶんパチンコだと思います」と返ってきた。

秀男は顔に出さず腹で大笑いする。「ほらやっぱり」と、思い浮かべた昭夫の顔の、穴という穴にパチンコ玉が吸い込まれてゆく様子を想像した。可笑しくて脇腹が痙攣を起こしそうだ。母がテレビのほうを向いたまま「あれもいろいろ大変なんだわ」とつぶやいた。

「兄さんはつまんない常識が好きだからねえ」

秀男が本音を漏らすと、章子が肘で突いてきた。喧嘩はしない、もめ事を起こさずに大阪に戻ると約束はしたが、兄次第だという気持ちも捨てきれない。父は相変わらず仏間の真ん中であぐらをかいて腕を組んでいた。

「堅物だった兄さんが、パチンコねぇ。人間変われば変わるわ。どこで覚えたのかしら。まぁ、あたしも見かけはずいぶん変えたけど」

繁子が素直に笑う。つられて章子も笑えば、空気が和んだ。マツがゆるりと顔を上げた。今年五十三歳になる母の顔には、深々とした皺が走り、髪もほとんど白髪だ。秀男は女もゲイボーイも男も、ずいぶんと同じ年代の人間を見てきたが、マツほど老け込んではいなかった。

「かあさん、あたしその白髪染めてあげる」

「いいよ、面倒だもの」

「駄目よ、お嫁さんが来たからって婆さん役になりきっちゃ駄目。気に入らなかったら白く戻してもいいから」

「お前、すぐ戻すほうが難しいだろうよ」

母の機転に笑いが起こる。仏間の時次郎が立ち上がった。茶色いズボンの膝が抜けて、脚全体が曲がっている。父も爺《じい》さん役になりきろうとして、どこかに無理を抱えているように見えた。時次郎は座卓を囲む女たちのやり取りが面倒なのか煩わしいのか、玄関から突っかけの音をさせて出て行った。章子がどこへ行ったのかと問うと、繁子が申しわけなさそうに眉尻を下げ「パチンコだと思います」と消え入りそうな声を出した。

秀男はため息をひとつ吐いた。

「あのふたりは、何から何までそっくり。ひとりで行ける場所も同じだなんて、皮肉だわ。結局男って、ひとりじゃひとりにもなれないのよね」

父の足音が遠ざかった玄関先に、階段のきしみが響いてくる。ぞろりと顔を揃えて居間に入ってきたのはよく似た少年と少女だった。章子が「富男、福子」と呼ぶので弟と妹だということはわかったが、幼いころの面影がうっすら戻るだけで、懐かしい気持ちは湧いてこない。

「こんにちは、お久しぶり」

ふたりには、章子は見えても秀男の姿は見えないらしい。秀男が自分の手足をつねって存在を確かめたくなるほど徹底して、弟と妹は視界にある兄を無視すると決めたようだった。決して秀男と目を合わせようとしない父、会おうとしない兄、その場にないものとする弟妹――秀男は、見えないなら見えないでいいわとうそぶきながらバッグを手に立ち上がった。

「あたし、かあさんの白髪染めを買ってくる。まだお店開いてるだろうし」

章子が夕飯の支度を手伝いたいと言うと、繁子はもう用意を済ませてあるからと返した。重苦しい夕食の場面を想像するとめまいがしそうだ。カーニバルのママが言ったのはこれか。改めて実家の平穏を乱しにやって来たのが自分だったことに気づく。

あたしはこんなことくらい屁とも思わないわ。

一度捨てた家族だった。半ば章子の付き添い代わりの帰郷なのだと自分に言い聞かせてみる。

父や兄、弟妹たちの態度くらい想像の範囲内なのだ。

胸の落としどころに沈ませてはみたものの、辛抱強い母や兄嫁の姿を見れば、好き勝手しているのは秀男のほうだと責められるような気分は続く。自分で自分を責め始めたらおしまいだよと、どこからかマヤの囁きも聞こえてくる。

外国製の白粉も、口紅もマニキュアも、肌に添うシルクのドレスも、男たちとの他愛《たわい》ないおしゃべりも真新しいシーツに体を沈めるときの背中の冷たさも、秀男が求めてきた快楽の爪の先ほども母や繁子は求めていないのだった。手荒れの癒えた章子は、もう二度と嫁には行かないという。北海道を離れたことは、章子にとっても自分を取り戻す良い機会だった。遅ればせながら姉は、唇と爪をほんのりとでも染めることを覚えたのだ。

「じゃあ、わたしもヒデ坊の買い物につきあわせてもらおうかな。お店屋さん、お盆休みじゃなけりゃいいんだけど」

章子もなにやら所在なげに、無駄にスカートの裾など気にしていた。姉も秀男の出かけたあとの実家に残されるのは気詰まりらしい。

「お義姉さん、兄さんと父さんのよく行くパチンコ屋って、どこかしら」

駅前の「アタリ会館」と聞いて、礼を言う。帰りにのぞいてみると言うと、心優しい繁子は秀男が彼らに歩み寄っていると解釈したらしく、顔中に笑みを集めた。

「秀男さん、ありがとうございます。今夜は美味しいものをいっぱい並べますから、みなさん楽しんでください」

秀男はバッグを手にして、台所でこちらの様子を窺いながらも必死で無視を続けている弟と妹のそばを、足を踏みそうなところまで近づいてから横切った。彼らの鼻先に香水の香りをぶつけるようにして通り過ぎると、富男が背後で「ケッ」と鼻を鳴らす。とりあえず秀男のことが見えてはいるようだと安心し、こちらも同じように鼻を鳴らした。

玄関を出てひとつ目の角までやってきたところで章子が大きく息を吸い、吐いた。

「ヒデ坊、お願いだから誰とも喧嘩はしないでね」

「しないわよ」

章子が二度も同じことを言うので、そんなに心配なら口にテープを貼って両手両脚を縛っておいてくれと返す。

「ショコちゃん、心配ないわ。想像の範囲内のことよ。カーニバルのママはあたしが暗い顔で店に戻るのを心配してたけど、そんなことにはならない」

まずは母の白髪を染めなくてはならない。実家で自分が出来ることを見つけ、秀男の心は前を向いている。薬局で白髪染めを買い求める際、店主が不思議そうに秀男の顔をのぞき込んだ。目を見開いて唇の両端を持ち上げて見せる。ばつの悪そうな表情で釣り銭を差し出してくる。

「ありがとう」

言いながら、礼を言うのは店主のほうだろうと腹の中で毒づいて更に微笑んだ。章子が繁子にと、ハンドクリームをひとつ買い求めた。

「ショコちゃん、あたしあのひと、いいお嫁さんだと思うわ」

「わたしは、ぜんぶ彼女の肩にのっかってるんだと思うと申しわけない気分」

「ショコちゃんは、もう家を出たんだから。彼女はあの家に入ったの。みんな、自分が生きやすい場所で生きるんだからいいじゃないの。心配とか申しわけないとか、いちいちそんなこと言ってたら、向こうだってありがた迷惑よ」

章子が無意識に口にするいいわけを言葉で斬りつけたあと、秀男は駅前通りから一本裏通りへと入った。舗装の亀裂にヒールのかかとを取られぬよう気をつけながら、「アタリ会館」の前までできた。章子はあまり気が乗らぬ様子だが、構わない。

一歩入ると流行歌がかすむほどの音量で金属玉のぶつかる音がする。ずらりと並んだ男たちは煙草を口にくわえ、親指でひたすら玉を弾く。あたしと同じ盆休みのばちあたりども——秀男は背中の並ぶ狭い通路を父と昭夫の姿を探しながら進む。ときどきこちらに色目を使う男もいる。いつの間にか、男の目つきひとつで財布の中身が分かるようになった。

ろくなもんじゃないわね——

思わずこちらから声をかけたくなるような男はいない。だいたい、盆休みに釘を甘くしているようなパチンコ屋なんぞあるわけないのだ。

二列目の通りに五人の客を挟んで、父と昭夫が玉を弾いていた。章子も気づいたようだ。秀男はふたりの真ん中あたりの通路に立った。首を右に左に、こちらに気づかぬ父と兄を交互に見た。丸めた背中も、いかり肩も、わずかなかぎ鼻も、やっぱり父と兄はよく似ていた。お互いの居場所に気づいているのかいないのか。

別々に玉を買い別々に店を出る様子を想像する。いったいどこがこのふたりにとって居心地いい場所なのか考えてみるが、ざわつく気持ちの着地点は容易に見つけられなかった。

「ショコちゃん、行こう」

気づかれぬようパチンコ屋を出た。いくらか玉を買って与えてから、厭味のひとつも言ってやろうかという気持ちは驚くほど凪いで、あとかたもない。ひとつ角を曲がるまで、秀男は姉に話しかけなかった。章子もなにも言わない。早起きのツケがきたのか、うまく頭が回らない。いつの間にか空が薄桃色に変わっていた。

「帰って、かあさんの髪を染めるわ。あんなに真っ白じゃあ婆さんみたい」

「ヒデ坊に髪を染めてもらったら、かあさん嬉しいと思うよ」

姉の頰に笑みが戻ったのを確かめて「あたりまえよ」と返した。


家に戻ると、お盆の食卓を調える嫁に気を使いながら、母は終始台所に立っていた。父は相変わらず不機嫌な様子を隠さず、兄はパチンコ屋から戻ったというのに玉を弾いているような無表情だった。弟と妹には、まだ秀男の姿は見えないようだ。それもまた面白いと、秀男もつきあっている。章子と兄嫁の繁子は、あちらにもこちらにも気を使い、ときどき冗談を言ってはふたりで笑い合ったりしている。

いなり寿司、太巻き、刺身、煮〆——繁子は母とふたりで用意したと言うが、食卓に並ぶ料理の味は、秀男が知るより少し濃い味になっている。ほとんどが繁子の味付けなのだろう。母の遠慮が見えるようだ。食卓を囲んでいても、繁子はくるくるとよく働いた。秀男のそばにそっと灰皿を置いたりもする気働きぶりは、昭夫にはもったいない。

昭夫は昔の父のように、不機嫌を隠さずに箸を持つ。煮〆を口に運ぶたびに、コップの冷や酒を一センチ二センチと減らしてゆく。父が兄へと代わり、母が嫁に役割を譲った今も、この家の空気は少しも変わらなかった。

兄もまた「大阪の暮らしはどうなのか」を章子に訊ねた。

「章子はこっちに戻ってくる気はないのか」

「ずいぶんと迷惑をかけたので、しばらく向こうで暮らそうと思ってます」

「ほとぼりが冷めたら、こっちに戻るつもりか」

章子は少し間を置いて「まだ何も考えられません」と答えた。

詰問調の兄にうんざりしながら、これ以上章子が責められるのは敵わないと口を挟んだ。

「なんでもかんでも、すぐに右から左ってわけにはいかないじゃない。相変わらず兄さんは、自分のこと以外はせっかちねえ」

「お前は戻らなくていい」

戻るつもりなんか、と言いかけた秀男の膝を、章子が手の甲で諌めた。

気詰まりな食事を終えて、章子と繁子が後片付けに台所へと立った。

「秀男さん、風呂が沸いています。お先にどうぞ」

父は仏間で新聞を広げている。母は台所を娘と嫁に任せ、テレビをつけた。無口になった富男と福子は、さっさと二階へ上がった。次男坊が帰って来ただけで日常がなくなってしまった実家だが、それだけに、いなくなれば元に戻るのだという安心もある。

ブラウン管の向こうでは、歌番組の合間に風邪薬の宣伝が流れた。秀男はバッグから白髪染めの入った箱を取り出した。

「かあさん、髪を染めてあげる」

章子が台ふきを片手に「やってもらいなよ」と言うと、母はぼそぼその眉を下げて不安げな表情を浮かべた。繁子がテレビの近くまでやって来た。

「お義母さん、こんな機会はないですよ。わたし、お義母さんの黒髪を見てみたいです」

マツがちらと仏間へと視線を向けた。こちらの会話は聞こえているはずだが、父は新聞から顔を上げない。

「お風呂で染めるから、はやく用意して」

マツがしぶしぶといった仕種で立ち上がった。伏し目がちではあるが、それほど嫌がってはいないことが、すぼめた口元に漂う照れで伝わってくる。

秀男は母を、水色のタイルで出来た湯船に半身浸からせた。後ろ向きになった母の髪を、下穿き一枚の姿で染め始める。櫛で掬う白い髪の毛は、すっかり細って柔らかい。日向のにおいがする髪に、アンモニアでつんつんする染料を櫛に取ってのせてゆく。

「目に入っちゃうといけないから、ちょっとだけ上を向いててね」

「お前、こんなことも出来るようになったのかい」

「いろんなこと出来るようになったよ。なんでもひとりでやらなきゃいけないからさ」

「ひとりで生きて行くってのは大変だろうねえ。お前はどんどんしっかりしていくねえ」

目の奥が熱い。アンモニアが沁みたろうか。喉の奥に石ころが詰まったみたいだ。母に気づかれぬよう深呼吸をする。

「かあさんも、風呂付きの家に住めるなんて良かったわねえ。なんにも役に立たない次男坊で悪かったわ」

送った着物は一回でも袖を通してくれたかと訊ねると、マツは「もったいなくて」と言葉を切った。

「着ないで寝かせておく方がずっともったいないじゃない。いい着物ほど袖を通さないと」

しかし秀男にも分かっているのだった。母には鶯色に孔雀が羽を広げている訪問着など、着てゆく場所も機会もない。買って送るのならば、新しい長襦袢か腰巻き、真白い足袋だったろう。母が自分では買えぬものを送ってこその孝行という思いで選んだ着物は、これから先も箪笥の肥やしになりそうだ。

「かあさん、紬のアンサンブルだったら、着てくれるかな」

マツは「なんもいらんよ」と笑った。

ねえかあさん――秀男の裡に、心細さで逃げ出したくなるような問いがある。口に出しても答えを得ても、誰も幸福にはしないとわかっているのに、髪に触れているだけで訊かずにいられない。

「ねえ、かあさんは松男の代わりにあたしが死ねば良かったたって思うことないの?」

マツは不意の質問に驚く様子も見せず、秀男に髪を梳いてもらいながらのんびりとした口調で「ないねぇ」と答えた。湯気に混じったアンモニアが目に沁みる。

秀男は気持ちを無理やり湿ったところから持ち上げて、テレビは好きかと訊ねた。

「そうだねえ、毎日朝から晩まで面白いことやってるねえ。滑稽な箱だよ」

「あたしね、秋からそのテレビに出るんだよ」

「ほぉ」とも「へぇ」ともつかぬ声を出してマツが振り向いた。

母の視線が、上半身裸の秀男の胸で止まった。見開いた目はすぐに壁のタイルへと戻ったが、「ああ」という声は、どこか気持ちの良い感嘆の響きを残している。母の背中が小刻みに上下する。泣いているのかと焦った秀男に、母は肩を揺らしながら「いいねえ」と笑うのだった。

「お前は子供のころから強情な子だった。自分のあたりまえを通すところは、なぁんも変わっちゃいなかったねえ。多少驚くことはあったけれども、お前にとってあたりまえなんだから周りがとやかく言ったところでどうにもならない。その、脚に描いた牡丹の花も見事だねえ」

マツは言葉を切ってまた少し笑い、「それにしても」と振り返る。

「お前その胸、立派なこと。かあさんの若いころよりきれいなかたちだ」

喉の奥の石がするりと落ちて行く。今度こそ、秀男は素直に泣いて母に詫びた。

「あたし、親からもらったもんを出したり取ったりしてるの」

「誰もが出来ることではないだろうさ」

母の髪を流し、シャンプーで洗ったあと、秀男は思いきって下穿きを脱いだ。湯船の中のマツはそっと体をずらし、秀男のために場所を作った。前を隠し、母と並んで湯船に浸かる。ここから先は泣かずに話さねばならない。泣けば母の心配を増やすばかりだ。

「かあさん、あのね、あたしの周りじゃよく人が死ぬの。病気とか事故じゃないの。生きてるのがつらくなっちゃうの。水に入ったり薬飲んだり。みんな美しくなりたい気持ちだけが置き去りになって、自分の理想に負けちゃうの。あたしは、何が恵まれてるって、かあさんからもらったこの体なの。磨けば光る体に生んでくれて――」

ありがとうのひとことが声と湯気を揺らし、秀男は心を決めた。

「かあさん、あたしこの胸と引き換えにいつか下のものを切るんだけれど、痛くなんかないから心配しないでね。痛いっていうのなら、今までのほうがずっと痛かったの。だから心配しないで」

湯あたりを起こしそうなほど間を置いて、マツがぽつぽつと言葉を紡ぐ。

「息子の見かけが娘になったところで、生きてることに変わりはないんだわ。指先ちょっと切っただけであんだけ痛いだろう。けど、それがお前の選んだ一生の仕事なんだろうから。わたしは自分の生んだ子がどんな姿でも、誰かを幸せにしているのならそれでいいよ。みんながお前のその痛い思いを喜んでくれるなら、かあさんも一緒に痛いの我慢する。誰かを傷つけてるわけじゃあない。お前の痛みが、いつか誰かの役に立つときが来るんだろう。わたしはなんだかそんな気がする」

くれぐれも、無理をしないでほしいと母が言う。生きて、好きな人生を歩いてくれれば母親としては御の字なのだと、マツはそんな話をしながら最後にやはり「しょうがないねえ」とつぶやくのだった。

湯上がり、黒く染まった髪をうなじでまとめた母が、恥ずかしそうに茶の間に戻った。体が温まり血色も良くなった母は、いっぺんに十歳も若返ったように見えた。

盆の一番風呂に入るなんてバチが当たりそうだと言うマツに、章子と繁子が約束でもしていたように交互に「似合う」を繰り返す。父はまたちらとこちらを向いたあと、今度はごろりと背を向けて寝転がった。

その夜、一階の通り側にある四畳半に繁子が二組の布団を用意した。章子と並んで体を横たえると、早朝からの緊張や体の強ばりが血管の一本一本から抜けて解けてゆく。目を瞑ると、豆電球の朱色が瞼の裏側に残り、海に沈む夕日を思わせた。

「ショコちゃん、誘ってくれてありがとう」

「こちらこそ。ヒデ坊がそばにいてくれると、たいがいのことは頑張れる気がするの」

章子には章子にしか分からぬ痛みがある。わかり合えなくてもいいのだ。そんなことは、大きな問題ではない。

「あたし、かあさんにおっぱい見せた」

「かあさん、なんて?」

「自分の若いころより立派だって」

章子は「かあさんらしい」とひとしきり笑い、そのあと一度洟をすすった。

「ショコちゃん――あたしたち、本当に姉妹になっちゃうかも」

おどけて言うと、章子が今日いちばん軽やかな声で応えた。

「わたしはずっとヒデ坊のこと、妹だと思ってたよ」

章子が、明日の夜は盆踊りがあると言った。

「ヒデ坊の振り袖、可愛かったねえ。かあさん、札幌に送り出したあとずっとその話ばかりしてた」

ひどく遠くに来たような気もするし、まだ一歩も踏み出していない気もする。つまりはそれが、母のそばなのだと気づいて目を閉じた。母のそばを離れて大阪に戻れば、好きなときに好きな服を着て出掛けられるし仕事も出来る。誰はばかることのない毎日に母はおらず、それゆえに自由は少しさびしいのだろう。

「ヒデ坊、明日はかあさんを誘って一緒に踊ってこようよ。ヒデ坊に髪を黒くしてもらって、なんだかすごく嬉しそうだったもの」

「わかった。かあさんに浴衣着せてあげよう」

明日のことを考えると、頭の痛みも薄れてゆく。母と章子が笑いながら踊りの輪に入るところを想像して、秀男はいっとき幸福な思いに包まれた。

明日にならねば、開かぬ扉がある。誰かが開けてくれるのを待つのはもどかしかった。

瞑った瞼が夕日に染まる。緋色の河が海に向かって流れてゆくのが見える。

河口から向こう、水平線には血の色に染まった太陽が沈もうとしていた。

赤く、朱く、紅く、より緋《あか》く――

ああ、なんてきれいなんだろう。

秀男の瞼に、この世にない色が満ちた。

この河を沖に向かい泳いでゆくのだ。

呼吸を止めてでも泳ぎきってやる。

怖がることはない。緋に染まる、空と海の境目だ。

緋色に輝く水平線だ――

あとがき

人生の舵を自分で切り続けたひと、自分の居場所を自分で作ったひと——

本書主人公のモデルとなっていただいたカルーセル麻紀《まき》さんに持った第一印象は、書き終えた今もなにひとつ変わりません。

初めてお目にかかった際つよく感じたのは、パイオニアの孤独でした。

そのとき釧路湿原の話に寄せて交わしたやりとりをよく覚えています。

「アフリカに行ったとき、この景色どこかで見たことがあると思ったら、釧路湿原だったの」

「わたしは毎日釧路湿原を見ながら、サバンナってこんな感じなのかなと思っていました」

お互い、原風景はモノクロの荒野に沈む、そこだけくっきりと緋《あか》い夕日でした。

あの日、炭鉱と漁業とパルプ生産で賑わう街の片隅に生まれた少女が、終戦後にどんな人生を送ることになるのか、どうしても書いてみたくなりました。

釧路の街のことは、どこから太陽が昇りどこへ沈むのか、いつどんな花が咲くのか、雪の音も街のにおいも、冷たい風も、「カルーセル麻紀」の名が大きく世に出たときの騒ぎも、みな記憶にあります。

ほかの誰にも書かせたくなかった、というのが正直な気持ちでした。

問題は、芸歴五十年を超える彼女には山ほどインタビュー記事があるのだけれど、どんな赤裸々なインタビューでも語られなかったことを書かなければ、小説にはならないということでした。

長く芸能界で暮らしているひとに、小説を書くからといって思い出話をさせるのは何かが違う。思い出話ならば、麻紀さんが語ったほうが百倍面白いのです。

人生の修羅場をくぐり抜けてきたひとに思い切って頭を下げる際、恐怖感の隣にあったのは書き手の幸福感でした。

「カルーセル麻紀さんの、少女時代を書かせてください。今まで、どんなインタビューにも答えて来なかった部分を、想像で書かせてくださいませんか。虚構に宿る真実が見てみたくて小説を書いています」

「いいわよ」のあと麻紀さんからは「あたしをとことん汚く書いて」という注文がつきました。そのあとつくづく不思議そうに「あたしまだ生きてるのに、小説にするなんてあんた不思議な子ねえ」とも。

生きることの答えが、生きてそこにあるのだから、たどり着きたい――

ひとつの時代を作り上げたひとは、無意識にひとの心を動かしてしまうようでした。

小説を書く者の欲望で、家族構成と登場人物、出来事のほとんどは虚構です。

この物語を最後まで引っ張ったのは、いつか麻紀さんが何気なくつぶやいたひとことでした。

「ちいさいときに弟が死んだの。でもちっとも悲しくなかった。母親がまたあたしのところに戻ってくると思ったから」

パイオニアの孤独は、物語を走らせるなによりの燃料でした。

新聞連載が中盤にさしかかった頃、いちど麻紀さんに訊ねたことがあります。

「ヒデ坊が書き手の想像を超えて前向きで、どんどん悲愴感から遠ざかってゆくのが不思議で仕方ないんですよ」

返ってきた答えは簡明率直。

「あんた、そんな暇なかったわよ」


小説「緋の河」執筆にあたり、カルーセル麻紀さん、そしてご家族や関係者のみなさん、マネージャーの宇治田さんにはひとかたならぬご協力をいただきました。小説家の我儘を見守り、ご理解いただけましたこと、ほんとうにありがとうございます。

執筆中は絶え間なく幸福でした。

連載中、毎日美しいイラストで支え続けてくれた赤津ミワコさん、新聞三社連合、新潮社文芸のみなさん、ありがとうございます。

関わってくださったすべてのみなさまへ、心から感謝申し上げます。

令和元年五月

桜木紫乃

【初出】

本作は北海道新聞、中日新聞、東京新聞、西日本新聞の夕刊に二〇一七年（平成二十九年）十一月一日から、二〇一九年（平成三十一年）二月九日まで、河北新報の夕刊に二〇一八年（平成三十年）二月九日から二〇一九年五月十八日まで連載されました。

書籍化に当たり、加筆修正を行いました。

本書には、現代の観点からすると差別的とみられる表現がありますが、作品の時代性に鑑みそのままとしました。

（編集部）

アートワーク　赤津ミワコ
装幀　新潮社装幀室

著者紹介

1965年北海道生まれ。2002年「雪虫」で第82回オール讀物新人賞を受賞。07年、同作を収録した『氷平線』で単行本デビュー。13年『ラブレス』で第19回島清恋愛文学賞、『ホテルローヤル』で第149回直木三十五賞を受賞。『硝子の葦』『無垢の領域』『ふたりぐらし』『光まで5分』『砂上』『氷の轍』『裸の華』『霧（ウラル）』『それを愛とは呼ばず』『起終点駅（ターミナル）』『ブルース』『星々たち』『蛇行する月』『ワン・モア』『誰もいない夜に咲く』等、ほかにも多数の著書がある。

緋《ひ》の河《かわ》

発　行……2019年6月25日

著　者……桜木《さくらぎ》 紫乃《しの》

発行者……佐藤隆信

発行所……株式会社新潮社

〒162-8711　東京都新宿区矢来町71

電話　編集部（03）3266-5411

　　　読者係（03）3266-5111

https://www.shinchosha.co.jp

印刷所……錦明印刷株式会社

製本所……加藤製本株式会社

ISBN978-4-10-327725-5　C0093

ふたりぐらし　桜木紫乃

夫婦になること。夫婦であること。いいことばかりじゃないけれど。もしかしたら、ひとりじゃないということだけで幸せなのかもしれない。桜木史上〈最幸〉傑作。

肖像彫刻家　篠田節子

芸術の道を諦め職人となった正道の彫刻には、文字通り魂が宿る⁉　亡き両親、高名な学者、最愛の恋人……銅像が語るホンネとは。哀しくも愛おしい人間ドラマ。

クローゼット　千早茜

男性が苦手な洋服補修士の女。要領よく生きているフリーターの男。一万点以上の洋服が眠る美術館で、秘密の記憶が甦る——。あなたの勇気を後押しする長編小説。

地球星人　村田沙耶香

なにがあってもいきのびること。恋人と誓った魔法少女は、世界＝人間工場と対峙する。でも、私はいつまで生き延びればいいのだろう——。衝撃の芥川賞受賞第一作。

嘘　Love Lies　村山由佳

全てを変えた中学2年の夏から20年後、過ちとトラウマを共にする男女4人の求め合う魂が更なる悲劇を呼ぶ。作家生活25年、新境地となる哀切のノワール！

おっぱいマンション改修争議　原田ひ香

いまは亡き天才建築家設計の通称「おっぱいマンション」に、問題が発覚！　壊すべきか、残すべきか。天才の娘や右腕、居住者たちの人生を賭けた闘いが始まる！

罪の終わり　東山彰良

崩壊した世界で「食人の神」と呼ばれた男の人生はどんなものだったのか？　緊張感に満ちた文体。戦慄の真実。「神の青春」は圧倒的なエンターテインメントだった！

傍流の記者　本城雅人

エース級ばかりの黄金世代。だが、社会部長になれるのはたったひとりだけだった。出世競争の渦中、新聞社が倒れかねない危機が勃発する。男たちが選んだ道とは？

光の犬　松家仁之

北の町に根づいた一族と、その傍らで人びとを照らす北海道犬の姿。百年にわたる家族三代の記憶を軸に、たしかにそこにあった人生の瞬間を描きだす、待望の新作長篇。

夜の側に立つ　小野寺史宜

親友は死に僕が生き残った。夜の湖で。愛する女性の前で——。残酷にして誠実な青春の残滓。大人は判ってくれないと思っていたあなたへ。この小説は胸にくる。

ノースライト　横山秀夫

望まれて設計した新築の家。しかし、そこに越してきたはずの家族の姿はなく、ただ一脚の椅子だけが残されていた。一家はどこに消えたのか。待望の長編ミステリー。

手のひらの京《みやこ》　綿矢りさ

なんて小さな都だろう。私はここが好きだけれど、いつか旅立つときが来る。生まれ育った土地、家族への尽きせぬ思い。京都に暮らす三姉妹に彩られた綿矢版『細雪』。

名もなき星の哀歌　結城真一郎

記憶を取引する店で働く青年二人が始めた探偵業が、予想外の展開へ――。大胆な発想と圧倒的な完成度が話題を呼んだ、第5回「新潮ミステリー大賞」受賞作！

幸福なハダカ　森　美樹

朔也の趣味は、素人女性のヌードを撮影すること。モデルとなった女たちに起こるある変化とは……。窒息寸前の日常から解き放たれ、美しく咲き誇る女たちの物語。

出版禁止　死刑囚の歌　長江俊和

幼児ふたりを殺した罪に問われた男は、法廷でも反省の弁を口にすることがなかった。真実が見えたときの衝撃と快感。騙された！と叫びたくなる長編ミステリー。

樽とタタン　中島京子

小さな喫茶店でタタンと名付けられていた私が、常連客の大人たちから学んだことは――。忘れかけていた幼い頃の大切な記憶が甦る、心にじんわり染みる傑作短篇集。

守　教（上・下）　帚木蓬生

殉教、密告、棄教――。江戸時代が終わるまで、隠れ続けたキリシタンの村。信じている、と呟くことさえできなかった人間たちの魂の叫びが甦る。慟哭の歴史巨編！

北海タイムス物語　増田俊也

北海道の弱小地方紙に入社した野々村巡洋。過酷な労働環境に打ちのめされるが、そこにはかけがえのない出会いがあった――新入社員の成長を描く熱血お仕事小説。